ars vivendi
Krimi

Tatort Franken
No. 3

ars vivendi

Inhalt

Ewald Arenz

Tod im Zoo

1.

Obwohl es meine Pflicht ist, ermittle ich nicht gerne in Franken. Das hat nichts damit zu tun, dass ich in meiner Jugend – nach einem erzwungenen Umzug aus eher nördlichen Gegenden nach Mittelfranken – auf dem Schulhof eines Fürther Gymnasiums ein prägendes Erlebnis hatte. An meinem ersten Schultag in dieser neunten Klasse sah ich mich nämlich von einigen Jungs umringt, die alle auf meine Krawatte starrten. Einer der Jungs trug Bomberjacke und Karottenjeans, die damals gerade in waren. Ein anderer hatte ein Iron-Maiden-T-Shirt an, obwohl es November war. Alle wirkten deutlich bodenständiger als ich, der ich mich nach zwei erzwungenen Klassenwiederholungen als Existenzialist betrachtete, schwarze Anzüge und schwarze Krawatten trug und dazu schwarze Zigaretten rauchte. Misstrauisch hatten sie mich gemustert, seit ich mit zehnminütiger Verspätung das Klassenzimmer an diesem nebligen Morgen betreten hatte. Jetzt standen sie locker um mich herum und versuchten wohl herauszufinden, wes Geistes Kind ich war. Oder, anders gesagt: ob ich eher Popper oder eher Rocker war. Leider verstand ich – trotz meiner existenzialistischen Lektüre – die wesentlichen Fragen nicht, mithilfe derer sie vielleicht testen wollten, wie viel Ahnung ich von dadaistischen Dialogen hatte. Ob ich fegen wolle, wurde ich von Iron Maiden gefragt, und als ich nicht gleich antwortete, fragte Karottenhose höflich, ob ich ein Brett brauche. Beides verneinte ich verständnislos, aber hochmütig, was zu zwei fast gleichzeitig eintreffenden Ohrfeigen von Karotte und Iron Maiden führte. Eine Sekunde danach wälzten wir uns zu dritt auf dem nebelfeuchten Schulhof und prügelten uns, bis wir zehn Minuten später von einem gelangweilt aussehenden Sozialkundelehrer in Schlabberpullover getrennt wurden. Schnaufend erhob sich Iron Maiden als erster mit einem Stück meiner Krawatte in der Hand, meinte nicht ohne Anerkennung in der Stimme, dass die Popperfrage jetzt geklärt sei, und reichte mir die Hand, um mir beim Aufstehen zu helfen. Karotte maulte noch etwas, weil seine Nase blutete, aber nachdem er in der zweiten Pause von mir seine erste Camel ohne Filter aus einer versilberten Dose angeboten bekam, gab auch er mir die Hand und murmelte etwas Fränkisch-Freundliches, das ich damals noch nicht verstand. Ob es nun am Nebel lag, der wie in dem Film *Casablanca* um den Schulhof waberte, oder an etwas anderem, weiß ich nicht, aber es war der Beginn einer wunderbaren Freundschaft.

Daran also liegt es nicht, dass ich ungern in Franken ermittle. Es liegt daran, dass Franken immer irgendwelche Überraschungen bereithält, die kein Mensch braucht, und es ist hier nicht die Rede vom Auf- und Abstiegsverhalten des Clubs. Deshalb starrte ich jetzt auch auf einen unglaublich breiten Hintern, der weitgehend bewegungslos aus einer offenen Bürotür der Nürnberger Tiergartendirektion ragte und wahrscheinlich Teil einer Leiche war, deren Rest aber im Büro lag, weshalb ich kein abschließendes Urteil fällen konnte. Andererseits gehöre ich zur Mordkommission, deswegen war nicht anzunehmen, dass es sich hier um das Opfer einer leichten Ohnmacht handelte, zu dem ich gerufen worden war. Durch die Fenster flackerte das Blaulicht unseres Einsatzwagens an den Wänden entlang. Mir ist nie klar geworden, warum wir die Dinger nicht abstellen, wenn alles schon passiert ist.

»Iron«, wandte ich mich an meinen Kollegen, der eigentlich Bert heißt, diesen Namen aber seit unserer Schulhofprügelei vor dreißig Jahren behalten hat, »das ist wirklich ein dicker Hintern.«

»Man könnte von einem regelrechten Pferdearsch sprechen«, konstatierte Iron ziemlich gefühlskalt nach einem weiteren Blick auf die Leiche.

»Das könnte damit zusammenhängen«, stellte ich nebenbei fest, »dass es sich tatsächlich um den Hintern eines wirklich großen Pferdes handelt, das hier im Büro des Tiergartendirektors liegt.«

»Womöglich«, gab Iron zu.

Es war sechs Uhr morgens. Ich bin zwar ein Frühaufsteher, aber ich kann es nicht leiden, wenn Iron mich um fünf Uhr aus dem Bett holt, um mir ein totes Pferd zu zeigen.

»Ich weiß nicht genau, ob du plötzlich zum Vegetarier geworden bist«, fragte ich ihn geduldig, »aber ich jedenfalls bin weder militanter Tierschützer noch Veterinär. Ich interessiere mich nicht für tote Tiere. Ich gebe zu, dass ein totes Kaltblut im ersten Stock der Tiergartenverwaltung etwas ungewöhnlich ist, aber immerhin ist es der Tiergarten. Im Rathaus wäre es eine echte Attraktion gewesen. Wieso hast du mich hergeholt?«

Iron antwortete nicht gleich. Er starrte auf das Display seines neuen Handys, das noch nicht immer genau das tat, was von ihm erwartet wurde.

»Äh ja«, sagte er dann mit gerunzelter Stirn und etwas zerstreut, »es ist nicht wegen dem Pferd. Es ist wegen dem Direktor.«

Er deutete vage in Richtung des Büros.

»Es heißt: wegen des Pferdes!«, verbesserte ich Iron. An manche Sachen in Franken habe ich mich bis heute nicht gewöhnt. »Und was ist mit dem Direktor? Wo ist er?«

Iron steckte sein Handy weg, deutete wieder auf das Fleischgebirge, das einstmals sicher ein beeindruckendes Pferd gewesen war, und sagte dann lakonisch:

»Unter dem Shire Horse.«

Das stimmte. Ich sah es jetzt auch, als ich mich auf den Hintern des Pferdes kniete und ins Büro spähte. Unter der rechten Schulter des Shire Horse ragte ein Arm etwa bis zum Ellenbogen heraus.

»Na und?«, fragte ich in der allerletzten Hoffnung auf einen ruhigen Bürotag, »das sieht für mich aus wie ein Arbeitsunfall.«

Iron sah mich ernst an. Nur seine linke Augenbraue hob sich um eine Kleinigkeit. Er kennt mich nun schon so lange und weiß meistens, was ich denke, bevor es mir selber bewusst wird.

»Lass mich deine Gedanken zusammenfassen«, sagte er gelassen. »Der Tiergartendirektor bittet gegen Mitternacht ein zwei Meter hohes englisches Kaltblut in sein Büro, um über seine nachlassende Performance als Kutschpferd zu sprechen und ihm eine altersbedingte Frühverrentung anzubieten. Das Shire Horse regt sich auf, es kommt zu einem Streit, in dem das Pferd, das schon lange eine Herzschwäche hat, einen Infarkt erleidet und auf dem Direktor zusammenbricht. Richtig?«

So wie Iron das darstellte, kam es mir auch ein wenig unwahrscheinlich vor, aber das wollte ich nicht zugeben.

»Könnte doch sein«, verteidigte ich mich schwach, »solche Dinge passieren in einer multimedialen Welt.«

»Hm«, meinte Iron und wies in das Büro, »das ist eine wunderschöne Theorie, die leider daran scheitert, dass irgendjemand zumindest einen Arm des Direktors auf den Boden getackert hat, bevor das Pferd auf ihm zusammenbrach.«

Ich sah noch einmal genauer hin. Richtig. Offenbar hatte man den Mann nackt mit ausgebreiteten Armen und Beinen hingelegt und seine Gliedmaßen dann mit Riemen auf den Holzboden geheftet.

»Gott, wie ich diese Ritualmorde hasse«, murmelte ich und versuchte, den toten Gaul wenigstens ein kleines Stück beiseitezuschieben, damit ich über ihn ins Büro klettern konnte. Obwohl das ganze Gebäude hohe Decken hatte und sehr geräumig war, schien das ein aussichtsloses Unterfangen. Ich hätte genauso gut versuchen können, ein Haus wegzuschieben. Also quetschte ich mich einfach durch.

»Ja«, gab Iron von jenseits der Tür zu, »schön ist das nicht. Hast du eine Zigarette?«

»Du rauchst seit anderthalb Jahren nicht mehr. Von mir kriegst du keine!«, sagte ich und ließ meine Blicke durchs Büro schweifen. Das tote Pferd einmal ausgenommen, wirkte es eigentlich sehr aufgeräumt. Es gab keine offensichtlichen Anzeichen eines Kampfes und zum Glück auch keine mit Blut auf den Putz geschmierten satanistischen Symbole. An der Wand lehnte ein Gewehr.

»Warum hat ihn der Täter nicht erschossen?«, fragte ich nach draußen.

Iron lachte.

»Das ist ein Betäubungsgewehr, Trottel. Haben wir in Waffenkunde wieder nicht aufgepasst?«

Das war eine Unverschämtheit. Waffenkunde ist ein Orchideenfach. Ich finde, es genügt, dass ich mit meiner Waffe umgehen kann. Und wer hatte Iron damals in Polizeirecht abschreiben lassen, weil er nicht mal wusste, wie man Grundrechte buchstabierte?

Von außen flackerte jetzt neben dem blauen auch ein gelbes Licht herein.

»Werden wir gerade abgeschleppt?«, fragte ich Iron, denn ich konnte nicht aus dem Fenster sehen. Das Pferd versperrte den Weg dorthin. Leicht gedämpft kam seine Antwort:

»Nein. Das ist der Kranwagen. Die Kollegen haben ihn bestellt, damit wir das Pferd entfernen können.«

Als ich zurück zu Iron in den Gang kletterte, wurde eben das erste Drahtseil durch die Treppe nach oben gebracht und um die Hinterhand des Pferdes geschlungen. Brettschneider von der Spurensicherung sah sehr unglücklich aus. Er mochte es nicht, wenn der Tatort durcheinandergebracht wurde, bevor er zur Leiche konnte, aber sogar er sah ein, dass man unter anderthalb Tonnen Pferd keine Spuren sichern konnte. Fluchende Männer in gelben Overalls, die sonst Geländewagen abschleppten, eine hysterische Sekretärin, ein paar Kollegen in Uniform und wir beide standen herum und trugen nicht dazu bei, das Gedränge in dem relativ kleinen Treppenhaus zu verringern.

»Alle raus!«, brüllte der Kranwagenfahrer, der von unten ins Haus spähte, »es geht los!«

Iron und ich waren eben aus dem Haus getreten, als die Winde zu heulen anfing und man von innen interessante Geräusche vernehmen konnte.

»Ich denke, das war die Wand zwischen Büro und Gang«, bemerkte Iron gelassen, als ein massives Krachen zu hören war und eine Kalkwolke aus dem Eingang stäubte. Dann begann ein Poltern, das immer stärker wurde, unterlegt von einem bedenklichen Ächzen, das von gequältem Holz kam und in einem ohrenbetäubenden Donner endete.

»Die Treppe«, sagte ich lakonisch. Iron nickte und tastete seine Jacke zum zehnten Mal nach Zigaretten ab. Das tat er mittlerweile seit anderthalb Jahren, und es war eine etwas nervtötende Angewohnheit. Die ersten Fotografen waren eingetroffen und machten ihre Bilder. Der Kranwagen hob sich jetzt vorne ein wenig, und die Winde kreischte, als das Seil sich sirrend spannte. Das Shire Horse hatte sich im Eingang verkeilt. Noch schriller pfiff der Motor der Winde, der Diesel des Kranwagens lief auf höchsten Touren, und seine Vorderräder hoben sich in die Luft, als die Mauer endlich nachgab und anderthalb Tonnen totes Pferd in einer Wolke von Ziegelsteinen und Putzstücken herausgeschossen kamen. Sie schlitterten auf dem regennassen Pflaster quer über den Platz und knallten in unseren Wagen. Das Blaulicht ging aus.

»Scheiße!«, brüllte der Kranwagenfahrer. Blitzlichter gewitterten. Iron und ich sahen uns an.

»Schön ...«, begann Iron nach einem Blick auf den zerbeulten Wagen mit einem kleinen Seufzer, »... ist das nicht!«, ergänzte ich. Es sah ganz so aus, als hätte Nürnberg seinen diesjährigen Sensationsmord.

2.

Iron und ich saßen in unserem Lieblingscafé hinter der Lorenzkirche, sahen durch beschlagene Fenster nach draußen in den strömenden Regen und nahmen unseren ersten Kaffee des Tages. Das Café hatte den Vorteil, weit genug vom Präsidium entfernt zu liegen, um dort keine Kollegen zu treffen, aber nahe genug, um rechtzeitig zurück zu sein, wenn man ernsthaft gebraucht wurde. Wir fanden aber beide, dass wir nach diesem Morgen unseren Kaffee ehrlich verdient hatten. Der Tatort war eine Katastrophe gewesen. Brettschneider hatte fast geweint bei dem Versuch, noch ein paar brauchbare Spuren zu sichern.

»Überall nur dieses Scheißpferd!«, hatte er gebrüllt, während er sich durch die Trümmer des ehemals so aufgeräumten Büros von Herrn Tiergartendirektor Braunfels gequält hatte. Wir dagegen hatten uns Herrn Braunfels selbst angesehen. Abgesehen davon, dass er mit ausgebreiteten Armen und Beinen an den Fußboden geheftet worden war und etwas flacher als gewöhnlich wirkte, hatte man keine weitere Gewalteinwirkung feststellen können. Ganz eindeutig war er mit dem Pferd umgebracht worden. Iron blies den Schaum von seinem Cappuccino weg, bevor er trank.

»Wie Brettschneider wohl das Pferd in die Asservatenkammer kriegt?«, dachte er laut nach.

»Ich glaube«, gab ich zu bedenken, »sie tun es in den Kühlraum. Vielleicht ist das Pferd ja auch ermordet worden.«

»Dann geht mich der Fall nichts mehr an«, gab Iron in gespielter Erleichterung zurück, »das ist dann Sachbeschädigung.«

»Es gibt unauffälligere Tatwaffen als ein zwei Meter großes Kaltblut«, überlegte ich, »vielleicht wollte der Täter uns irgendetwas sagen.«

Iron sah mich mit großen Augen an.

»Glaubst du?«, fragte er gespielt ungläubig. »Boah, wie krank!«

Er sah auf das bisher unberührte Croissant auf meinem Teller. »Isst du das noch?«, fragte er.

Ich legte meine Hand auf das Croissant.

»Nein. Aber du kriegst es auch nicht. Wer will einen Tiergartendirektor umbringen?«, überlegte ich weiter, »ich meine, das ist ja keine Hassposition so wie Bayerischer Ministerpräsident oder Chef der Deutschen Bank oder so. Und wenn so ein Tiergarten bankrott geht, dann bricht auch die EU nicht auseinander.«

Von uns beiden ist Iron sicherlich die weniger optimistische Natur. Er sah mich mitleidig an und hob die Hand.

»Tierschützer«, begann er aufzuzählen, »Gegner der Delfinlagune. Satanisten mit einem Tiergartendirektorfetisch. Schüler, die ihren achten Wandertag im Zoo hatten. Klassische Raubmörder.« Die Finger der linken Hand waren aufgebraucht, weshalb er seinen rechten Zeigefinger hob und mit bedeutungsvollem Grinsen sagte:

»Und die betrogene Ehefrau.«

Ich war einigermaßen verblüfft.

»Woher weißt du das schon wieder?«

Iron sah mich mitleidig an.

»Anders als du bin ich in Franken geboren. Ich habe Beziehungen, von denen du als Zugezogener nur träumen kannst. Man hört eben so dies und das.«

Ich zog ein Gesicht. Ich kann es nicht leiden, wenn Iron seine fränkische Überlegenheit ausspielt. Ich komme mir dann wieder vor wie damals im Schulhof.

»Auch für eine sehr wütende Ehefrau dürfte es schwierig sein, ihren Mann mit einem Pferd zu erschlagen«, gab ich zu bedenken.

»Ach«, sagte Iron, »wo ein Wille ist, ist auch ein Weg.«

Plötzlich veränderte sich sein Gesichtsausdruck, und er sah zur Theke.

»O mein Gott!«, sagte er fassungslos, »o nein!«

Ich schaute zur Bar hinüber, konnte aber nichts entdecken.

»Was?«, fragte ich Iron alarmiert, aber dann sah ich es schon. Iron kaute, und mein Croissant war weg. Ich war wieder mal darauf hereingefallen.

»Ich hasse dich manchmal mehr als meine Frau«, sagte ich erbittert.

»Ein starkes Band!«, gab Iron fröhlich und mit vollem Mund zurück, »wollen wir anfangen?«

Wir kehrten in unserem demolierten Wagen zum Zoo zurück. Der Kranwagen war verschwunden, und man hatte etwas aufgeräumt, aber auf dem Vorplatz lag immer noch eine Schicht Ziegel- und Kalkstaub. Ein paar Tierschützer hatten sich als Delfine verkleidet und protestierten gegen die Delfinzucht im Nürnberger Zoo. Da es aber nach wie vor regnete und es außerdem Spätherbst war, gab es keine Besucher, die man mit diesem Protest beeindrucken konnte.

»Sind alle Tierschützer blöd?«, fragte ich Iron. Der zuckte mit den Schultern und las interessiert die Plakate, auf denen stand, wie viele Delfine in den letzten Jahren in Nürnberg gestorben waren und warum das die Schuld des eben verblichenen Direktors war. Sie hatten wohl noch nicht von seinem Tod gehört.

»Unser Tiergartendirektor scheint nicht nur Freunde gehabt zu haben«, bemerkte er dann. Im Laufe der nächsten zwei Stunden stellte sich heraus, dass Iron – ganz gegen seine sonst sehr pessimistische Art – mit dieser Aussage nahezu grotesk euphemistisch gewesen war. Wir unterhielten uns mit Tierpflegern und Sekretärinnen, mit Kioskbetreibern und dem Reinigungspersonal, und selten war Trauer die erste Äußerung, als wir den Gesprächspartnern vom Tod des Direktors berichteten.

»Ich glaube«, sagte Iron leicht erschüttert nach zwei Stunden, »dass dieser Tiergarten nicht oft so viel unbeschwerte Heiterkeit erlebt hat wie an diesem düsteren Novembertag.«

Wir standen im Raubtierhaus. Eine Tierpflegerin, der wir vor fünf Minuten mitgeteilt hatten, dass ihr Chef heute Nacht unter einem Kaltblut gestorben war, schob eben vergnügt pfeifend und leichten Schrittes ihre Schubkarre nach draußen.

»Ich denke«, sagte ich, »dass man sich angesichts der Gefühlslage in diesem Zoo eher fragen muss, warum er erst jetzt umgebracht wurde.«

Im Raubtierhaus war es warm. Die Tiger schliefen. Ein Löwe im anderen Gehege sah uns durch die Glaswand interessiert an.

»Und wir haben noch nicht mal mit seiner Frau gesprochen«, sagte Iron nachdenklich, während er seine Jacke nach Zigaretten abtastete.

»Anscheinend waren die Einzigen, die ihn mochten, die Tiere.«

Ich war kurz versucht, Iron eine Zigarette aus dem Päckchen anzubieten, das er mir vor anderthalb Jahren gegeben hatte, entschied mich aber wegen der Croissantsache von heute Morgen dagegen.

»Pferde nicht«, meinte Iron kurz und fügte erbittert hinzu: »Anscheinend ist es das einzige Wesen, das kein Alibi hat!«

Das stimmte. Es hatte am Abend eine Feier der Tierpfleger gegeben, die sich bis in die frühen Morgenstunden hingezogen hatte. Wir hatten beide den Eindruck gewonnen, dass sie sich zu einer Festwoche ausgedehnt hätte, wäre die Nachricht vom Tod des Direktors eher zu ihnen durchgedrungen.

»Komm«, sagte ich müde, »wir befragen mal die Ehefrau.«

Der Blick des Löwen in meinem Rücken irritierte mich ein wenig. Es lag so eine gelassene Sicherheit darin, so eine Art Überlegenheit, mit der ich nicht klarkam. Wahrscheinlich ahnte der Löwe, dass er – anders als ich – in Nürnberg geboren und hier zu Hause war. Heimvorteil nennt man das wohl. Iron stand auf und winkte dem Löwen lässig zu. Der Löwe hob die Tatze, aber das war bestimmt Zufall und hatte nichts mit einem geheimen Einverständnis zwischen geborenen Franken zu tun, wie Iron mir mit einem bedeutungsvollen Blick zu verstehen geben wollte.

»Ich habe überlegt«, sagte Iron langsam, »dass wir die Geliebte auch gleich kommen lassen sollten. Wir bestellen sie in die Pathologie. Da kann sie ihren Geliebten identifizieren, und wir konfrontieren sie gleich mit der Ehefrau.«

»Wie unfassbar schlau du bist!«, sagte ich in gespielter Bewunderung, »und wir sparen uns auch noch einen Weg. Iron, Freund aller Tiere und ihrer Umwelt!«

Iron ging nicht auf meinen Ton ein. Er sinnierte.

»Ich frage mich manchmal, ob wir nur deshalb so viel herumfahren, damit wir in der Presse und im Fernsehen gut rüberkommen.«

»Halt die Schnauze, Batic«, antwortete ich grinsend.

Wir gingen schweigend durch den nebligen Tiergarten zu unserem Auto.

»Von uns beiden«, gab Iron grinsend zurück, als wir auf dem Parkplatz waren, »bist du der Ausländer. Ich bin der Leitmayr.«

Ich überlegte kurz, dann fiel mir das Richtige ein, und ich sagte boshaft:

»Aber wenn du Leitmayr wärst, mein Lieber, dann wärst du auch Münchner.«

»Bah – Bayer!«, sagte Iron angeekelt, schüttelte sich und spuckte ostentativ aus.

»Steig ein, alter Mann«, sagte er und hielt mir die verbeulte Tür auf. Er wollte fahren, und ich merkte erst, als wir bereits unterwegs waren, warum. Die Beifahrertür ließ sich seit heute Morgen nicht mehr schließen, und ich musste sie die ganze Zeit bis zum Präsidium festhalten.

3.

Als wir die Tür zu unserem Büro öffneten, schlug uns eine aromatische, aber sehr dichte, intensiv blaue Wolke Tabakrauch entgegen. Irons Kopf riss es herum, und er schnupperte sehnsüchtig.

»Erfreulich, dass es immer noch Menschen gibt, die sich um keine Verbote kümmern«, murmelte er. Durch die Schwaden war schemenhaft eine elegant gekleidete Dame zu erkennen, die auf einem der unbequemen Ikeastühle saß, die wir für unsere Vernehmungen verwenden, weil wir ja sonst keine Folter anwenden dürfen.

Ich ging durch den Raum und öffnete die Fenster. Ich bin eigentlich kein Kind von Traurigkeit, aber auch keine Lebensform, die Kohlenmonoxid in Sauerstoff umwandeln kann. Als der Rauch abzog und dafür feuchte Herbstluft in den Raum strömte, nahm die Dame ihren Pelz um die Schultern. Um sie herum, auf dem Boden, dem Schreibtisch und sogar im Papierkorb lagen Zigarettenstummel.

»Wann werden Sie den Mörder meines Mannes festnehmen?«, fragte sie mit einer erstaunlich klaren Stimme, während sie eine weitere Zigarette auf dem Topfuntersetzer meiner Orchidee ausdrückte. Die Orchidee sah noch unglücklicher aus als gewöhnlich. Nicht gegossen zu werden ist eine Sache, aktiv vergiftet zu werden eine andere.

Iron setzte sich auf die Kante unseres Schreibtisches. Wir lernen ziemlich viel aus Krimiserien, die wir manchmal abends zusammen ansehen. Diese Schreibtischkantensache hatte uns viel Übung gekostet, aber sie war sehr effektiv, wenn ich gleichzeitig lässig am Aktenschrank lehnte. Es sollte Polizeichoreografen geben, dann müsste nicht jedes Ermittlerteam solche Sachen selber herausfinden.

»Woher sollen wir wissen, dass nicht Sie Ihren Mann umgebracht haben?«, fragte Iron jetzt gelassen, aber messerscharf.

Die Dame sah zwischen uns hin und her. Dann deutete sie auf die Ecke des Schreibtisches, auf der Iron sich niedergelassen hatte.

»Sie sitzen auf einer Kippe«, sagte sie, »und sie scheint noch zu glühen.«

Iron fuhr fluchend hoch und klopfte auf seinen qualmenden Hintern. So etwas ist für keine Choreografie gut. Die Frau lehnte sich zurück, zündete sich eine neue Zigarette an und fragte dann sehr selbstsicher:

»Warum sollte ich meinen Mann umbringen? Er war zwar ein Schwein, aber er verdiente ausgezeichnet. Von einer Witwenrente kann ich nicht leben.«

Ich versuchte, den Heimvorteil zurückzugewinnen.

»Vielleicht, weil er Sie betrogen hat?«

»Wenn das so gewesen wäre«, gab sie kühl zurück, während sie ihre zugegebenermaßen ziemlich schönen Beine übereinanderschlug, »hätte ich die Geliebte getötet. Meinen Mann hingegen hätte ich die nächsten zwanzig Jahre dafür teuer bezahlen lassen. Ich glaube aber, dass die Delfinschützer ihn umgebracht haben.«

»Wo waren Sie gestern Abend?«, fragte ich.

»Ich glaube nicht«, antwortete sie gelassen, »dass ich Ihnen das sagen möchte.«

Iron und ich wechselten einen Blick, der in etwa beinhaltete, dass wir beide der Frau einen Mord zutrauten, dass wir sie trotz ihrer Unverschämtheit attraktiv fanden und dass wir versuchen sollten, ihre Selbstsicherheit zu erschüttern, sowie Irons stumme Frage, ob ich nicht doch eine Zigarette für ihn hätte. Wir kennen uns einfach schon so lange. Ich schüttelte fast unmerklich den Kopf, und Iron sagte:

»Wenn Sie uns in die Pathologie begleiten würden – Sie müssten Ihren Mann identifizieren.«

Die Frau des Tiergartendirektors klopfte die Asche von ihrer Zigarette ab, schob den Rock des Kostüms um eine Kleinigkeit nach oben und kratzte sich mit gepflegten Fingernägeln aufreizend an ihrem glänzend bestrumpften Oberschenkel. Dann bemerkte sie Irons und meinen Blick und zog – nach einer freilich sehr effektvollen Pause – den Rock wieder glatt.

»Ich bin bereit«, sagte sie im Aufstehen.

»Daran zweifle ich keinen Augenblick«, antwortete ich und hielt schnell einen Aschenbecher zwischen ihre Hand und meine Orchidee. Achtlos ließ sie die Kippe fallen.

Während wir zum Auto gingen, konnte man aber dann doch einen Augenblick durch ihre schimmernde Rüstung blicken, als sie etwas unsicher fragte:

»Wie ... wie ist er denn gestorben?«

»Schnell«, antwortete Iron sachlich.

Ich hielt ihr die Beifahrertür auf und fühlte mich an meine Katze erinnert, als sie auf den Sitz glitt. Ich dagegen stieg hinten ein. Sie drehte sich zu mir um.

»Haben Sie Angst vor mir?«, fragte sie mit verschleierter Stimme.

»Ja«, gab ich zu, »das auch. Aber dass ich hier hinten sitze, hat andere Gründe.«

Iron war eingestiegen, trat aufs Gas und fuhr schwungvoll in die Schlotfegergasse hinter dem Präsidium ein. Die Beifahrertür schwang auf, und wäre Frau Braunfels nicht bereits angeschnallt gewesen, hätte sie ein sehr schönes Beispiel für einen ungewollten, aber durchaus spektakulären Ich-verlasse-ein-Auto-im-Fahren-Stunt geliefert. Aber auch so hing ein Großteil von ihr im Freien. Im Gegensatz zu mir hatte Iron vergessen, dass die Beifahrertür kaputt war.

»Gottverflucht!«, schrie sie wütend in den Fahrtwind und angelte nach dem Türgriff, während ihr Rock sehr dekorativ flatterte und allmählich nach oben wanderte, »wollen Sie den Rest der Familie Braunfels auch noch ausrotten?«

Iron schaltete das Blaulicht ein und fuhr eine Rechtskurve über zwei Gegenfahrbahnen. Frau Braunfels flog jetzt nach innen. Leider hatte Iron auch vergessen, dass das Blaulicht nicht mehr ging, und deshalb erkannte der Fahrer des Eislasters nicht, dass er uns nicht rammen durfte. Er hielt stur auf mich zu.

»Iron!«, schrie ich angstvoll und stieß wuchtig mit dem Kopf gegen den Plafond, als wir gerade noch rechtzeitig über den Bordstein auf den Gehsteig krachten und die Mauer des Fürther Tors uns zum Stehen brachte. Eine alte Dame begann, wütend mit ihrem Schirm auf den Kühler unseres Wagens einzudreschen, weil wir ihren Rollator zusammengefaltet hatten. Frau Braunfels dagegen richtete ihr Haar, zog wieder einmal ihren Rock nach unten und klopfte eine Zigarette aus ihrer Packung. Iron setzte zurück und sah dabei sehnsüchtig zu ihr hinüber.

»Hätten Sie vielleicht eine für mich?«, fragte er mit schlecht verhohlener Gier, als er wieder anfuhr.

Frau Braunfels hielt die Beifahrertür fest und deutete auf das Mütterchen, das sich am Kühler festgeklammert hatte und weiter mit dem Schirm auf die Windschutzscheibe einhieb.

»Wollen Sie mir Ihre Dienstwaffe geben? So wie Sie Auto fahren, möchten Sie vielleicht, dass ich die Alte erschieße?«

Iron ließ das Fenster herunter und zeigte der Frau seinen Dienstausweis, aber anscheinend hatte die ihre Brille im Rollator gehabt und konnte deshalb den Ausweis nicht lesen, denn ihre Wut blieb ungehemmt, und die Windschutzscheibe bekam jetzt ernsthafte Kratzer. Also bremste er noch einmal kurz und abrupt, und Mütterchen verschwand aus unserem Sichtfeld, als hätte es sie nie gegeben.

Während Iron jetzt auf den Ring einbog, sah uns Frau Braunfels nacheinander an:

»Vielleicht haben *Sie* meinen Mann umgebracht«, merkte sie sarkastisch an, »ich habe nicht den Eindruck, dass Sie zu den Guten gehören.«

»Halten Sie die Tür fest!«, befahl ich und lehnte mich zurück, aber ich merkte, dass wir beide deutlich an Autorität verloren hatten, seit wir Frau Braunfels begegnet waren.

Iron fuhr viel zu schnell durch das Gelände am Nordklinikum zum Institut für Pathologie. Er hatte seine Jacke seit einer Viertelstunde nicht mehr nach Zigaretten abgetastet und wirkte zufrieden. Zweimal hatte ich besorgten Mitbürgern Entwarnung signalisieren müssen, die neben uns hergefahren waren und aus dem geöffneten Fahrerfenster gebrüllt hatten:

»Ihr Auto brennt!«

Ich hätte ihnen gerne erklärt, dass die Rauchwolken, die wir durch die kaputte Beifahrertür hinter uns herzogen, aus Frau Braunfels und nicht aus dem Motor stammten, aber bei siebzig Stundenkilometern ist das schwierig, und deshalb hatte ich dann einfach die Kelle mit dem Stoppzeichen herausgehalten, um sie loszuwerden. Als Iron auf den Ärzteparkplatz beim pathologischen Institut einbog, fuhr er zwar nur noch dreißig, aber er bremste ziemlich hart, und Frau Braunfels war eben dabei, sich eine neue Zigarette anzuzünden, wofür sie beide Hände brauchte, deshalb flog die Beifahrertür wieder auf, und dieses Mal war für die gequälten Scharniere ein Mal zu viel gewesen. Fassungslos beobachtete Iron, wie die losgerissene Tür funkensprühend über den Asphalt schlitterte und erst von dem toten Pferd aufgehalten wurde, das mitten auf dem Parkplatz lag, als ob es nur schliefe.

»Kosmische Gerechtigkeit«, murmelte ich leise, als ich ausstieg, aber Frau Braunfels hörte das wohl nicht, denn sie hatte das Pferd ebenfalls gesehen und verlor jetzt das erste Mal wirklich die Fassung.

»Horst!«, schrie sie auf, »o mein Gott! Horst!«

Dann rannte sie auf das Pferd zu. Iron und ich kamen ihr langsam hinterher.

»Ich sage es nur ungern«, gab Iron zu bedenken, als wir bei ihr angelangt waren, »aber das ist nicht Ihr Mann.«

»Gefühlloses Monstrum!«, fauchte sie ihn wütend an, »was haben Sie mit Horst gemacht? Er ist ... er sieht furchtbar aus!«

Das stimmte. Die Sache mit dem Kranwagen hatte dazu geführt, dass Horsts Leiche etwas ramponiert aussah.

»Scheiße!«, sagte Frau Braunfels nach einem kurzen Schweigen mit zitternder Stimme, »wir sind seit fünfzehn Jahren zusammen. Wir waren das perfekte Team!«

Ich hätte sie gerne gefragt, ob sie das auch von ihrem Mann sagen würde, aber ich unterdrückte die Bemerkung und murmelte stattdessen nur:

»Herzliches Beileid.«

Frau Braunfels sah uns wütend an.

»Schieben Sie sich Ihr geheucheltes Mitgefühl in den Arsch!«, zischte sie. »Sie sind ja ganz offensichtlich keine Reiter. Sie haben keine Ahnung davon, was einem ein Pferd bedeuten kann!«

Iron und ich waren erstaunt, ein echtes Schluchzen in ihrer Stimme zu hören, als sie fragte:

»Wie ist er denn ... wie ist Horst gestorben?«

Ich zuckte die Schultern.

»Wissen wir nicht. Deshalb ist er vermutlich hier.«

Frau Braunfels gewann ihre Unnahbarkeit zurück.

»Hier«, schnaubte sie und machte eine Handbewegung, die keinen Zweifel an ihrer Verachtung für den Parkplatz der Pathologie ließ, »... hier sieht's aus wie auf der Fürther Freiheit!«

Iron und ich kommen beide aus Fürth. Wir warfen uns einen kurzen Blick zu und mussten ihr im Stillen recht geben.

»Kommen Sie mit!«, forderte Iron sie auf. Zögernd folgte sie uns zum Eingang der pathologischen Klinik. Iron und ich tauschten einen Blick. Wir erwarteten uns einiges von der Konfrontation mit der Geliebten ihres Mannes, obwohl wir diese ja selber noch nicht gesehen hatten. Aber das hatte der Polizeipsychologe kürzlich im Strategieseminar vorgeschlagen. »Bringen Sie die Verdächtigen an unvertrauten Orten zusammen. Erschüttern Sie ihre Selbstsicherheit. Überraschen Sie sie. Die Ergebnisse werden auch überraschend sein!«

4.

Im Sektionssaal im Untergeschoss wartete Professor Schäfer auf uns. Ich bin ziemlich sicher, dass der Mann schon im Ersten Weltkrieg Arzt war und sich nur so lange gehalten hat, weil er jeden Tag ein Fläschchen Vitriol trinkt. Der Mann ist das Böse in Person, und wenn mal zufällig jemand nur scheintot wäre und bei Professor Schäfer in der Pathologie erwachte, würde er nicht davon abzubringen sein, dass er doch tot und vor allem in der Hölle sei. Professor Schäfer stand mit überkreuzten Armen vor der Bahre, die er aus einem der Kühlschränke gezogen hatte.

»Sie sind zu spät!«, sagte er. »Ich kann Unpünktlichkeit nicht leiden.«

Die rumpelnden Geräusche, die auf diese Aussage folgten, interpretierte ich so, dass nicht nur wir, sondern auch all die Leichen in ihren Kühlschränken Haltung angenommen hatten. Es war aber doch nur der Aufzug, der sich oben ächzend in Bewegung gesetzt hatte. Frau Braunfels dagegen war einigermaßen unbeeindruckt geblieben.

»Ich nehme an, dass mein Mann keine Termine mehr hat«, sagte sie mindestens so kühl wie Professor Schäfer, »wo ist er?«

Der hagere Arzt deckte das Tuch auf und machte mit seinem spitzen Kinn eine Bewegung in Richtung des Toten.

»Ist er das?«, fragte ich sie.

Frau Braunfels trat einen Schritt näher heran. Sie nickte knapp.

»Das ist er.«

Dann beugte sie sich plötzlich noch einmal vor und sagte überrascht:

»Das ist ja komisch. Er sieht viel dünner aus! Nimmt man nach dem Tod ab?«

Ich sah forschend in ihr unbewegtes Gesicht.

»Sehr mitzunehmen scheint Sie der Tod Ihres Gatten nicht.«

Sie wiederum blickte uns an:

»Ich habe nicht den Eindruck, dass Sie die Art Menschen sind, denen man gerne seine Gefühle offenbart. Sie testen mich hier doch gerade nur, weil Sie denken, ich hätte ihn umgebracht. Wieso ist mein Mann so flach?«

Iron mischte sich ein.

»Ihr Mann wurde mit Ihrem Pferd Horst umgebracht. Deswegen ist ein klitzekleiner Verdacht, dass Sie womöglich etwas damit zu tun haben, nicht ganz von der Hand zu weisen. Kennen Sie diese Frau?«

Ich war zum Fahrstuhl getreten, der jetzt unten angekommen war. Auf Irons Frage hin drückte ich den Knopf. Als sich die Fahrstuhltür öffnete, hatte man für eine Sekunde das Gefühl, als wehte von ferne der Klang eines großen Swingorchesters über eine glitzernde Showtreppe in die Pathologie. Wenn Frau Braunfels ganz und gar unterkühlte Erotik war, dann war die Geliebte des Tiergartendirektors weißglühender, roher Sex. Und sie gab sich keine Mühe, das zu verbergen. Als sie in ihrem extrem eng anliegenden, extrem kurzen Kleid aus dem Fahrstuhl trat, hatte man Mühe, sich auf ihr Gesicht zu konzentrieren. Brettschneider, der sie begleitete, weil Müller krank war, war knallrot, wirkte sehr verlegen und schwitzte Blut und Wasser. Iron sah mich an, und ich zuckte nur resigniert mit den Schultern. Wieso hatten selbst dicke tote Nürnberger immer noch heißere Frauen als wir beide schlanken lebendigen Fürther?

Sie machte nicht den Fehler vieler schöner Frauen, kleinmädchenhaft zu trippeln, sondern ging so, dass Brettschneider neben ihr hereilen musste wie ein Hündchen. Die Beine waren lang und wohlgeformt, und wenn es so etwas wie Körpersprache gibt, dann war das, was sie sagten, mit Sicherheit nicht das Wort »gehen«. Ich verstand jetzt, wieso Brettschneider schwitzte.

»Frau Baldessari«, kündigte er schwer atmend an. Ich nickte ihr kurz zu, Iron dagegen trat zur Seite und streckte die Hand aus, als Frau Baldessari hinter ihm Frau Braunfels sah und ihre Augen sich plötzlich weiteten. Die Überraschung schien vollkommen. Frau Baldessari wich ein kleines Stück zurück.

»Ich«, sagte sie dann stockend und hastig, »ich wollte Sie nicht umbringen! Wirklich nicht! Ich dachte, Sie sind tot!«

Sogar Professor Schäfer, den wahrscheinlich nicht einmal eine nukleare Explosion aus der Ruhe bringen würde, war etwas perplex. Brettschneider und Iron sahen sich an und hoben die Schultern. Frau Braunfels hatte erstaunt die Brauen hochgezogen, was wieder sehr arrogant aussah, ihr aber trotzdem stand. Ich fasste mich zuerst.

»Falls Sie eben mit Herrn Tiergartendirektor Braunfels gesprochen haben«, sagte ich, »dann kann ich Ihnen versichern: Er ist tatsächlich tot. Und warum haben Sie ihn dann umgebracht?«

»Was?«, fragte mich Frau Baldessari verwirrt. »Ich habe ihn doch nicht umgebracht! Es war ein Unfall! Und sie ist schuld! Weil sie mich umbringen wollte.«

Sie wies anklagend auf Frau Braunfels. Jetzt war es an ihr, fassungslos zu sein.

»Ich wollte Sie umbringen?«, fragte sie hochmütig, »ich töte doch niemanden, bloß weil diejenige weder Stil noch Geschmack hat. Ich kenne Sie nicht einmal!«

»Was?«, rief Frau Baldessari. Ihre Brust hob und senkte sich aufgeregt, was keiner der Männer im Raum – außer dem Tiergartendirektor natürlich – umhin konnte zu bemerken.

»Sie haben versucht, mich zu töten!«

Iron mischte sich ein.

»Hören Sie!«, sagte er mit Stentorstimme, »es bringt die Polizeiarbeit wirklich total durcheinander, wenn Sie über Morde reden, deren Opfer noch leben. Können wir uns einfach erst mal auf die Leiche konzentrieren, die wir haben? Wer von Ihnen hat ihn auf den Boden getackert?«

»Auf den Boden getackert«, sagte Frau Braunfels plötzlich nachdenklich und sehr langsam, »ja. Ich erinnere mich.«

»Nein, das war ich«, sagte Frau Baldessari und streckte sich stolz.

Ich sah, wie Brettschneider sich schwer und fassungslos auf eine Bahre setzte, obwohl sich unter dem Laken eine menschliche Gestalt abzeichnete. Er sah aus, als wollte er weinen. Morgens ein Pferd am Tatort, mittags dieses blonde Gift und jetzt zwei Geständnisse für einen Mord, das war einfach zu viel für ihn. Deswegen war er ja auch zur Spurensicherung gegangen. Weil er klare Sachen liebte. Ich hatte aber kein Mitleid. Er sollte ruhig mal sehen, wie es uns die ganze Zeit ging.

»Haben Sie ihn vielleicht zusammen umgebracht?«, fragte ich in der vagen Hoffnung, dass sich vielleicht alles doch noch auflösen würde.

»Nein!«, empörte sich Frau Baldessari, »das wollte er doch so. Er ... na ja ... er mochte es eher etwas unkonventionell.«

Für einen Moment wirkte sie sehr berührt, als sie an die Bahre trat, den Toten ansah und leise sagte:

»Helmut. Mein Tiger! Es tut mir so leid!«

»Was?«, fauchte Frau Braunfels fassungslos. »Ihr Tiger?!? Was war das eben?«

Sie kam drohend um die Bahre herum auf Frau Baldessari zu. Die wiederum wich keinen Schritt zurück und streckte ihr hübsches, etwas vulgäres Kinn vor.

»Das ist doch alles Ihre Schuld!«, sagte sie wütend, »wenn Sie nicht mit Ihrem Elefantenpferd dazwischengekommen wären, dann wäre Helmut noch am Leben.«

»Sehr interessant«, sagte Frau Braunfels kalt, »meinen Mann nennen Sie Tiger, mein Pferd Elefant. Mir werden allmählich die Gründe klar, weshalb ich Sie angeblich umbringen wollte, Sie kleine Schlange.«

Professor Schäfer, der im Präsidium Doktor Tod genannt wurde, weil man bei ihm noch nie eine Gefühlsregung erlebt hatte, schien sich in diesem Augenblick in Frau Braunfels verliebt zu haben. Er klappte sein Zigarettenetui auf und reichte es ihr. Sie nahm eine Zigarette, ohne hinzusehen, und ließ sich von ihm Feuer geben. Irons linkes Augenlid begann zu zucken. Ich verlor die Nerven und begann zu brüllen:

»Was, verdammt noch mal, ist jetzt eigentlich passiert?«

Ich deutete anklagend auf Frau Baldessari:

»Sie glauben, Sie hätten Frau Braunfels umgebracht, aber anscheinend haben Sie sie mit Ihrem Geliebten verwechselt, denn tot ist der. Und Sie«, bellte ich jetzt Frau Braunfels an, die nachdenklich rauchend dastand, »wollen uns nicht sagen, was

Sie gestern gemacht haben, aber Ihr Mann lag unter Ihrem Pferd, das ja auch irgendjemand umgebracht haben muss. Das war wahrscheinlich dann ich!«, wurde ich sarkastisch leiser, nur um dann noch einmal in höchster Lautstärke zu brüllen: »Reden Sie jetzt endlich!«

Iron hatte überrascht zu mir herübergesehen. Ich wurde sonst nie laut. Sein Gesicht drückte für eine halbe Sekunde Bewunderung aus. Es gab ein kurzes Schweigen, in dem Professor Schäfer sich seine eigene Zigarette anzündete. Er war nicht der Mann, den Wutausbrüche einschüchterten. Frau Baldessari dagegen sagte kleinlaut:

»Also gut. Ich ... Helmut und ich haben uns im Büro getroffen. Und er ... na ja, ich meine, er mochte es immer etwas außergewöhnlich. Er hatte diese Riemen und meinte, ich solle ihn ... also ... er wollte nackt auf den Boden getackert werden.«

»Eine weitverbreitete sexuelle Praxis«, bemerkte Iron trocken. Seine Stimme triefte von ungläubigem Sarkasmus. »Und dann wollte er sicher, dass Sie zusammen mit dem Pferd ... ich verstehe schon.«

»Nein!«, rief Frau Baldessari. »So doch nicht! Ich meine, als wir eben ... also, als ich ihn hingetackert hatte, kam ja seine Frau schon auf ihrem Riesenpferd ins Haus geritten und hat geschrien, dass sie mich umbringt und so. Ich wollte Helmut losmachen, aber da ist sie schon die Treppen heraufgekommen. Auf dem Pferd.«

»Ah«, gab ich mich interessiert, »jetzt hört sich die Sache gleich plausibler an.«

Frau Braunfels mischte sich ein.

»Ich glaube«, sagte sie stockend, als ob sie sich nur mühsam erinnerte, »sie hat recht. Ich ... es ist wie ein Traum ... ich dachte, ich hätte das geträumt.«

»Was?«, fragte Iron jetzt sehr ungeduldig.

Frau Baldessari fuhr hastig fort.

»Na, sie kam auf dem Pferd ins Büro gebrochen, und als sie Helmut auf dem Boden gesehen hat, hat sie angefangen, mich mit der Reitpeitsche zu schlagen und hat ihr Pferd auf mich zugetrieben, und da hab ich solche Angst gekriegt, dass ich ...«

Sie schluchzte trocken. Iron und ich blieben trotz der Bewegung, die das Schluchzen in Frau Baldessaris Busen auslöste, unbeeindruckt.

»Ha!«, rief Frau Braunfels jetzt so laut, dass wir zusammenzuckten, »ich weiß es wieder! Das Luder hat auf mich geschossen! Mit dem ... o mein Gott. Mit dem Betäubungsgewehr!«

Mir schoss eine Erinnerung in den Kopf. Ich kniete vor Frau Braunfels nieder und schob ihren Rock hoch. Sie beobachtete kalt, wie ich ihren Oberschenkel abtastete.

»Sind hier im Raum eigentlich alle sexuell abnorm veranlagt?«, fragte sie.

Ich hatte aber schon entdeckt, was ich gesucht hatte.

»Das hier sieht aus wie ein Einstich«, sagte ich stolz und wies auf die Stelle an ihrem Oberschenkel, an der sie sich im Büro gekratzt hatte. Dann wandte ich mich an Frau Baldessari:

»Haben Sie mit dem Gewehr auf Frau Braunfels geschossen?«

Sie zuckte mit den Schultern und sagte dann wütend:

»Ja! Natürlich! Ich hab gedacht, sie bringt mich um! Das Gewehr stand in der Ecke, und ich habe einfach wild um mich geschossen. Und sie ist dann vom Pferd gefallen. Und dann ist das Pferd auf Helmut gefallen. Ich hatte wohl beide erwischt!«

»Sie dumme kleine Schlampe!«, zischte Frau Braunfels in kalter Wut. »In diesem Betäubungsgewehr waren die Pfeile für die Elefantenuntersuchung in dieser Woche! Sie hätten mich töten können!«

Ich schaltete mich wieder ein.

»Und dann?«, fragte ich Frau Baldessari scharf.

»Gott, ich hatte doch keine Ahnung, was ich tun sollte!«, schrie sie los, »ich meine, auf einmal waren alle tot! Helmut und das Pferd und seine Alte!«

Ich hörte, wie Frau Braunfels mit den Zähnen knirschte.

»Ich hab ... ich hab sie dann einfach ins Auto geschleppt und zu ihrem Haus gefahren. Da habe ich sie dann ... ich hab sie ausgezogen und ins Bett gelegt und die Kleider um sie verstreut. Ich dachte ... ich dachte, vielleicht denkt man, dass sie beim Sex gestorben ist. An einem Herzanfall. Ich meine, sie ist ja schon alt.«

Ich war jetzt ziemlich sicher, dass dünner Rauch aus Frau Braunfels' Ohren aufstieg, aber sie hielt sich noch zurück.

»Ah«, sagte Iron, »und Sie dachten sicher weiterhin, dass man denkt, Herr Braunfels sei auch beim Sex gestorben, was? So mit einem Pferd auf sich drauf und so?«

Die Baldessari zuckte nur mit den Schultern:

»Das Pferd konnte ich ja schlecht wegschaffen!«

Plötzlich schwiegen alle. Wenn es angesichts des toten Tiergartendirektors nicht etwas geschmacklos gewesen wäre, hätte man sagen können: Ein Engel ging durch den Raum.

»Warum«, fragte ich Frau Braunfels, »haben Sie uns eigentlich nicht sagen wollen, was Sie gestern Abend gemacht haben?«

Das erste Mal sah ich sie ein klein wenig verunsichert.

»Ah«, sagte sie leicht verlegen, »als ich aufgewacht bin und meine Kleider so neben mir überall verstreut gesehen habe ... na ja ... ich dachte, ich hätte womöglich ... und ich hatte so einen wahnsinnig schweren Kopf und wusste nicht mehr genau, ob ich vielleicht in einer Bar ...«

»Das wundert mich nicht«, bemerkte Professor Schäfer trocken, »sogar ein Elefant hätte von dem Betäubungsmittel Erinnerungsstörungen und Kopfschmerzen.«

Iron zog die richtigen Schlüsse und fragte maliziös:

»Können wir davon ausgehen, dass Sie schon öfter mit um sich herum verstreuten Kleidern aufgewacht sind und nicht mehr wussten, was Sie mit wem am Abend zuvor getan haben?«

Frau Braunfels gewann ihre Fassung wieder.

»Sie können von gar nichts ausgehen, außer dass die Geliebte meines Mannes versucht hat, mich zu ermorden.«

Ich warf Brettschneider einen wütenden Blick zu, weil der das Betäubungsgewehr nicht mitgenommen hatte. Brettschneider aber hob nur hilflos die Schultern. Er hatte ja recht – Braunfels war ja nicht erschossen worden.

»Wie oft haben Sie geschossen?«, fragte ich Frau Baldessari. Sie schnaubte verächtlich durch die Nase.

»Keine Ahnung. Vielleicht vier, fünf Mal. Haben Sie sich das Pferd mal angesehen? Wenn Ihnen jemand mit so einem Pferd einen Hausbesuch macht, schießen Sie auch!«

»Äh ... waren Sie auch nackt?«, fragte Iron, der die letzten fünf Minuten damit zugebracht hatte, ihre Beine zu betrachten, scheinbar völlig zusammenhanglos. Ich musste ein Grinsen unterdrücken.

»Nein!«, fauchte Frau Baldessari. »Und denken Sie besser nicht mal daran, sich das jetzt vorzustellen.«

Wie man aus der Psychologie weiß, führen solche Aufforderungen zwangsläufig zum gegenteiligen Ergebnis. Alle Männer im Raum – abgesehen vom Tiergartendirektor – lächelten verträumt. Ich riss mich als Erster zusammen.

»Gut«, sagte ich, »wir gehen nach oben und schauen uns das Pferd noch mal an. Dann sehen wir ja, was an Ihrer Geschichte dran ist.«

Warum Professor Schäfer mit in den Aufzug wollte, wurde mir erst klar, als er sich brutal zwischen Frau Braunfels und mich drängte und ihr eine weitere Zigarette anbot. Ich dagegen hatte noch Brettschneiders Bauch im Rücken, und nur Iron war glücklich. Er stand Frau Baldessari gegenüber, und wahrscheinlich dankte er Gott gerade dafür, dass der Aufzug so eng war. Ich hatte den Eindruck, dass er sein Jackett diesmal nicht nur abtastete, um nach Zigaretten zu suchen.

5.

Der Novemberregen war in Schnee übergegangen. Große Flocken fielen. Während wir in der Pathologie gewesen waren, hatte der Schnee das Klinikgelände mit einer dünnen Schicht überzuckert. Das Licht war grau geworden. Das Shire Horse wirkte auf dem Parkplatz wie eine Wanderdüne. Wir gingen hinüber zu ihm, und Iron wischte ein paar nasse Flocken weg, während er breitbeinig über dem mächtigen Hals stand und das Fell absuchte.

»Oha!«, stieß er überrascht hervor. »Hier! Vier Pfeile!«

Er zeigte auf die Stelle, und dann zog er sie rasch heraus. Über das Fell des Pferdes lief ein Zittern.

»Sieht so aus, als wäre der Fall gelöst«, sagte er mit einem Anflug von Bedauern und wollte eben sein Bein wieder über den Hals des Pferdes schwingen, als es wie aus dem Nichts heraus den Kopf hochwarf und dann mit einem mächtigen Schwung erst auf die Vorderbeine kam und anschließend hufscharrend, klappernd die Hinterhand hochbrachte. Iron sah sich unvermutet auf dem Rücken eines Pferdes sitzen, dessen Schulterhöhe über zwei Meter maß.

»Äh«, sagte er etwas überrascht. Wir anderen sagten gar nichts, so baff waren wir.

»Das ist medizinisch unmöglich!«, protestierte Professor Schäfer. Er hörte sich so beleidigt an wie ein Naturgesetz, das man soeben pensioniert hatte.

»Horst!«, jubelte Frau Braunfels. Das Pferd schüttelte schwer sein gewaltiges Haupt. Iron klammerte sich an der Mähne fest und fragte schwach:

»Äh ... kann jemand eine Leiter holen oder so was?«

Aber es war zu spät. Horst fühlte sich nicht gut. Dem Pferd waren Dinge angetan worden. Horst war sechzehn Stunden bewusstlos gewesen, und in dieser Zeit hatte er versehentlich den Mann seiner Herrin getötet, war brutal durch ein Haus geschleift und auf einen Kranwagen geworfen worden und schließlich hatte man ihn mit üblen Schürfwunden auf diesem Hof liegen lassen, wo es nach Tod roch, was für seine wirklich hässlichen Kopfschmerzen nicht gut war. Und zu guter Letzt saß jemand auf ihm, den er nicht kannte. Horst mochte das alles nicht. Horst hatte die Nase voll. Horst wollte in seinen Stall.

»Scheiße!«, brüllte Iron, als das Pferd mit einem einzigen, mächtigen Satz in den gestreckten Galopp fiel. Wir anderen spritzten auseinander, als Horst mit donnernden Hufen an uns vorbeibrauste. Iron flog auf seinem Rücken wild herum wie eine Stoffpuppe.

»Reiten kann Ihr Kollege auch nicht«, merkte Frau Braunfels abfällig an.

»Heinrich!«, brüllte Iron durch den Schnee, »tu was!«

Ich sprintete zu unserem Auto.

»Brettschneider!«, schrie ich, »komm schon!«

Aus irgendeinem Grund drängten jetzt alle ins Auto, aber ich hatte keine Zeit mehr, sie hinauszuwerfen. Frau Braunfels saß neben mir, als ich den Motor startete.

»Wenn Horst was passiert, bringe ich Sie um!«, zischte sie mich an.

»Wenn meinem Kollegen was passiert, bringe ich *Sie* um!«, giftete ich zurück und setzte mit durchdrehenden Reifen zurück.

Obwohl Iron bereits außer Sicht war, bereitete es mir keine Schwierigkeit, ihm hinterherzufahren. Horst hatte eine Spur der Verwüstung hinterlassen. An der Schranke der Klinikausfahrt kletterte eben ein fassungsloser Sanitäter aus dem Fenster seines Rettungswagens. Er hatte wohl klugerweise versucht, Horst auszuweichen und war umgekippt. Mitten im Rotkreuzlogo konnte ich im Vorbeifahren einen tiefen Hufabdruck erkennen. Sobald wir die Schranke hinter uns hatten, wäre die Verfolgung eigentlich einfacher gewesen, denn wir konnten den Spuren in der dünnen Schneeschicht folgen, wenn denn das Blaulicht oder die Sirene gegangen wären, um den Weg frei zu machen. Da aber zudem die Beifahrertür fehlte, war es nicht nur eiskalt, sondern es hatte auch aufs Funkgerät geschneit. Ich konnte meine Kollegen nicht um

Hilfe anfunken. Also bog ich hupend und schleudernd in die Pirckheimerstraße ein, wo ich in der Ferne Horst erkennen konnte. Immerhin hing Iron noch an seinem Hals. Sein Mantel flatterte wild. Ich gab Gas, bis ich kurz hinter ihm war, konnte aber wegen des Gegenverkehrs nicht überholen. Horst galoppierte die Straßenbahnschienen entlang, und bis jetzt hatte er noch die grüne Welle erwischt, aber etwa hundert Meter vor uns sprang die Ampel plötzlich auf Rot. Eine lebensmüde Grundschullehrerin trat auf die Straße, breitete die Arme aus, und ein langer Zug lampionschwingender Kinder begann, singend die Straße zu überqueren.

»Sankt Martin war ein guter Mann, der uns als Beispiel gelten kann«, sangen sie, während Iron schreiend auf sie zudonnerte, »zeigt uns, dass Teilen Freude macht ...«

»Aus dem Weg! Halt!«, schrie Iron abwechselnd die Kinder und das Pferd an, und ich – mit einer Hand am Lenkrad – zog in meiner Verzweiflung die Pistole, als Horst etwas zu nah am Straßenbahnschild vorbeiwollte, Irons Mantel sich darin verfing und mit einem lauten Geräusch mittendurchriss. Er flog dabei beinahe vom Pferd, das plötzlich innehielt und irritiert den Kopf nach hinten drehte. Irons halber Mantel segelte elegant zwischen die vollkommen erstarrten Kinder.

»Ach, verfluchte Scheiße!«, schrie Iron. Nicht nur, weil er in dem Schneetreiben seinen halben Mantel verloren hatte, sondern weil Horst aus Angst vor dem dunklen Fetzen zwischen den Kindern stieg, kurz mit den Vorderbeinen in die Luft schlug und dann wieder in den Galopp verfiel. Die Kinder spritzten kreischend auseinander. Lampions wirbelten durch die Luft. Ich gab wieder Gas. Nur ein einziges dünnes Stimmchen sang vollkommen verunsichert weiter:

»Dem Bettler half er in der Not, als er ihm den Mantel bo...«, aber eine andere Stimme, wahrscheinlich die der Grundschullehrerin, schrie hysterisch dazwischen:

»Halt jetzt endlich die Schnauze, Ludwig-Pascal!«

»Es ist anzunehmen«, bemerkte Frau Braunfels durch den tosenden Fahrtwind, »dass diese Kinder den Martinitag in Zukunft respektvoller begehen werden.«

Ich antwortete nicht. Brettschneider, der mit Frau Baldessari und Professor Schäfer hinten saß, gab von Zeit zu Zeit ein Stöhnen von sich. Frau Baldessari dagegen atmete mir heiß in den Nacken. Ihr schien das Ganze zu gefallen. Professor Schäfer schlug gelassen vor:

»Wenn Sie mir Ihre Pistole geben und wir nah genug herankommen, erschieße ich das Pferd!«

»Klar!«, höhnte ich, während ich mich darauf konzentrierte, die Spur zu halten, »damit wir noch einen Toten unter diesem Pferd hervorziehen können!«

Horst überquerte eben ohne Rücksicht auf den Berufsverkehr den Ring und schlug die Richtung zum Wöhrder See ein. Man hatte nicht den Eindruck, dass er müde wurde. Andererseits funktionierte er offensichtlich wie ein Navigationsgerät: Er nahm den kürzesten Weg in Richtung Tiergarten, was zur Folge hatte, dass ich durch vier verkehrsberuhigte Zonen fahren musste, zweimal geblitzt und von zahlreichen Radfahrern mit Ausdrücken beschimpft wurde, die nur Frau Baldessari alle kannte. Aber immerhin: Iron hielt sich tapfer, auch wenn er nicht immer auf dem Rücken des Pferdes saß. Als wir endlich die Unterführung auf der Straße zum Tiergarten passierten, fiel Horst in einen raschen Trab. Iron, der sich eben wieder einigermaßen eingerichtet hatte, wurde jetzt in einem hässlichen Rhythmus durchgeschüttelt, aber es sah nicht mehr lebensgefährlich aus, und alles hätte gut gehen können, wäre da nicht die Straßenbahnstation vor dem Altersheim gewesen. Wir sahen nicht genau, was geschah, als eine alte Dame unversehens hinter der Straßenbahn hervortrat, aber Horst scheute, stolperte und überschlug sich. Iron schlitterte quer über die Straße, suchte nach Halt und bekam den Rollator der alten Dame zu fassen, was ihn kaum verlangsamte, aber die Frau zu Fall brachte. Ich bremste, was das Zeug hielt, und kam zwei Meter vor Iron und der alten Frau zum Stehen. Der Rollator holperte noch zwei Meter weiter.

»Sie schon wieder!«, schrie die alte Frau und hieb mit ihrem Stock abwechselnd auf Iron und Horst ein, der sich eben hochrappelte, »was ist los mit Ihnen? Hassen Sie Rentner?«

Frau Braunfels war ausgestiegen und versuchte, die alte Frau von Horst wegzudrängen.

»Soll ich sie jetzt erschießen?«, fragte sie mich.

Ich versuchte es das letzte Mal an diesem Tag mit Polizeipsychologie.

»Hören Sie«, warb ich bei der Alten um Verständnis, »mein Kollege kann nichts dafür. Und wir sind von der Polizei.«

Die Alte sah auf das Pferd. Dann sah sie auf unser Auto, das weder Blaulicht noch Beifahrertür hatte. Dann sah sie, wie sich Frau Baldessari in ihrem knappen Kleidchen, begleitet vom hageren Professor Schäfer und dem vor Angst zitternden Brettschneider, aus eben diesem Auto schlängelte. Sie zog ihre Schlüsse.

»Gottverdammte Russenmafia!«, schrie sie, »Hilfe! Hilfe!«

Die Straßenbahn hinter ihr klingelte, fuhr an und zermalmte ihren Ersatzrollator.

Zwei Stunden später saßen wir erschöpft in der *Waldgaststätte* im Tiergarten. Frau Braunfels hatte den Ersatzschlüssel aus dem Büro ihres Mannes geholt, weil wir alle einen Schnaps gebraucht hatten. Horst war in seinen Stall zurückgekehrt. Brettschneider hatte wortlos ein Taxi genommen. Er sah nicht so aus, als würde er je wieder mit uns sprechen wollen. Draußen schneite es in dicken Flocken. Wir schwiegen und tranken Schnaps. Endlich brach Frau Baldessari das Schweigen. Unsicher fragte sie:

»Werde ich ... ich meine ... muss ich ins Gefängnis?«

Keiner antwortete. Frau Braunfels räusperte sich.

»Wird Horst ... ich meine ... werden sie ihn einschläfern?«

Keiner antwortete. Schließlich fragte Professor Schäfer nach einer kurzen Pause mit zitternder Stimme:

»Werde ich ... also, ich meine ... muss auch ich irgendwann sterben?«

»Ja«, antwortete Iron, der noch etwas lädiert und schlecht gelaunt war, nach einer Weile auf alle drei Fragen mürrisch, »ja und ja.«

Ich schenkte Schnaps nach. Allmählich wurde uns wieder warm.

»Vielleicht ja«, sagte ich schließlich, »vielleicht nein. Aber was auch immer passiert«, fügte ich nach einer Weile hinzu und zündete ein Teelicht an, das ich hinter der Theke gefunden hatte, »es wird auf jeden Fall nicht mehr heute sein.«

Frau Braunfels klappte ihr Etui auf und bot Iron eine Zigarette an.

Jan Beinßen

Zeit zum Sterben

»Wissen Sie, was das wirklich Tragische am Altwerden ist? Dass man unsichtbar wird. Ja, wirklich, es ist ein weitverbreitetes Phänomen. Als junger Mensch besitzt man gewisse Eigenschaften, die wahrgenommen werden: Man ist entweder dick oder dünn, groß oder klein, hübsch oder hässlich, in jedem Fall aber wird man beachtet. Das lässt mit dem Alter mehr und mehr nach, immer weniger Mitmenschen schenken einem Aufmerksamkeit – sie sehen durch einen hindurch. Unsichtbar, ja, man wird unsichtbar.«

Kriminaloberkommissarin Jasmin Stahl schmunzelte, als sie den betagten Mann ansah, der ihr gegenübersaß. Sein weniges verbliebenes Haar lag in sorgsam arrangierten Strähnen silbergrau auf seiner hohen Stirn, das Gesicht war mit Dackelfalten überzogen, der Rücken gekrümmt. »Ich sehe Sie klar und deutlich vor mir sitzen, Herr Brehmke«, sagte sie, »und ich bin glücklich, mich mit einem der erfolgreichsten Kriminalbeamten aller Zeiten unterhalten zu dürfen.«

Brehmke griff ihr Lächeln auf. »Danke, aber meine Verdienste sind längst verblasst. Das war eine ganz andere Zeit damals, ein anderes Handwerk. Was hätte ich drum gegeben, wenn wir in meiner Ära schon so fortschrittliche Fahndungshilfen wie den DNA-Vergleich gehabt hätten. Nun ja, wir haben ja auch ohne moderne Methoden eine gute Quote erreicht.«

»Das kann man wohl sagen. Vor Ihrer Spürnase konnte kein Ganove sicher sein«, schmeichelte Jasmin Stahl dem Senior. »Ihr Ruf ist bis heute legendär.« Sie blickte sich in der mit dunklem Holz verkleideten Bibliothek des *Heilig-Geist-Spitals* um. Neben ihnen hielten sich einige andere

Heimbewohner in dem überheizten Raum auf, stöberten in antiquarisch anmutenden Romanen und Bildbänden, beschäftigten sich mit Brettspielen oder starrten regungslos vor sich hin. Niemand schien ihnen Beachtung zu schenken. Dennoch senkte die junge Kommissarin die Stimme, als sie fragte: »Ich möchte nicht lange drum herum reden, Herr Brehmke: Sie haben mich mit Ihren Andeutungen am Telefon neugierig gemacht. Was genau ist vorgefallen? Sie sprachen von ominösen Todesfällen.«

Auch Brehmke redete leiser, als er antwortete: »Es ehrt Sie, dass Sie die wirren Worte eines Tattergreises ernst nehmen und mich nicht schon am Telefon abgewürgt haben. Ich an Ihrer Stelle hätte es nämlich wahrscheinlich getan. Schließlich ist es nichts Ungewöhnliches, wenn in einem Seniorenheim der ein oder andere das Zeitliche segnet. In diesem Fall eine immerhin schon einundneunzigjährige Frau.«

Jasmin Stahl schürzte die Lippen. Zugegeben: Hätte es sich bei dem Anrufer, der sich vor zwei Tagen bei ihr gemeldet hatte, nicht um den in ihren Kreisen hoch geachteten Altkommissar gehandelt, hätte sie dem Hinweis auf angebliche Unregelmäßigkeiten in dem altehrwürdigen Seniorenstift keine Bedeutung zugemessen. Noch dazu, wenn ein amtsärztlich ausgestellter Totenschein besagte, dass es sich um das natürliche Ableben einer Herzkranken handelte.

»Worin genau begründet sich Ihr Verdacht, dass es sich bei dem Tod der alten Dame …«

»Elfriede«, unterbrach Brehmke sie. »Sie hieß Elfriede Rumreich.«

»Gut, danke. Also, Herr Kollege, weshalb sollte Elfriede ermordet worden sein? Haben Sie konkrete Anhaltspunkte oder gar Beweise?«

Der alte Kommissar schüttelte behäbig den Kopf. »Nein, mit Beweisen kann ich nicht dienen. Auch nicht mit Anhaltspunkten im ermittlungstechnischen Sinn. Es ist bisher lediglich eine Vermutung.«

Jasmin Stahl war etwas enttäuscht, dass ihr Vorbild offensichtlich nichts in der Hand hatte, um seine Andeutungen mit Fakten belegen zu können. Das passte so gar nicht zu dem, was sie sich von dem versierten Fahnder erwartet hatte. Dennoch zeigte sie weiterhin Interesse: »Vermutungen sind schon mal ein Anfang. Schießen Sie los, Herr Brehmke: Was haben Sie entdeckt?«

Brehmke hob seinen Blick und ließ ihn langsam und beobachtend wie ein Adler auf Beutesuche über die Köpfe seiner Mitbewohner gleiten. Erst nachdem er sich davon überzeugt hatte, dass sie noch immer nicht die Aufmerksamkeit der anderen erregt hatten, begann er mit seiner Erklärung: »Vor ungefähr einem Vierteljahr haben wir einen Neuzugang bekommen. Das ist an sich nichts Besonderes, denn die Abgänge – meist durch Tod oder Verlegungen ins Krankenhaus oder auf eine Palliativstation – werden in etwa durch das nachfolgende ›junge Blut‹, wie wir es nennen, aufgewogen. Alles Weitere folgt meistens einer Standardprozedur: Die Neuankömmlinge stellen zunächst klar, dass sie aus freien Stücken ins *HeiGei* eingezogen und selbstverständlich im Vollbesitz ihrer geistigen wie körperlichen Kräfte sind. Viele geben an, dass es sich um einen vorübergehenden Aufenthalt im Heim handele, etwa, weil ihre Angehörigen eine Auslandsreise unternähmen und sie in sicheren Händen wissen wollten. Die Neuen sondern sich anfangs ab und versuchen alles, um nicht in die Rituale und immer gleichen Abläufe des Heimlebens zu verfallen. Das hält zwei oder drei Wochen an, bei manchen auch etwas länger. Spätestens nach einem halben Jahr aber fügen sie sich in ihr Schicksal und akzeptieren, dass sie den letzten Lebensabschnitt erreicht haben und es kein Zurück gibt. Sie versuchen dann, dieses abschließende Kapitel mit Würde zu bestehen.« Brehmke sah seine junge Besucherin aus melancholisch verklärten Augen an. »Das mit der Würde ist der schwierigste Teil. Sie aufrechtzuerhalten, kostet unglaublich viel Energie. Doch sie zu verlieren, bedeutet das baldige Ende.«

»Wenn ich Sie ansehe, bin ich guten Mutes, dass Ihnen die Energie nicht so schnell ausgehen wird«, ermunterte Jasmin Stahl den Altkommissar und versuchte zu verbergen, wie nahe ihr seine Ausführungen gegangen waren.

»Das mag sein«, bestätigte Brehmke. »Denn ich habe einen starken inneren Antrieb, der meinen Lebenswillen über den achtzigsten Geburtstag hinaus beflügelt hat: Ich werde in Kürze zum zweiten Mal Uropa. Ich kann Ihnen gar nicht sagen, wie glücklich es mich macht, dass ich die Generationen nach mir noch kennenlernen darf.« Das Lächeln, das sich bei der Erwähnung seiner Kinder, Enkel und des Urenkels in seinem Gesicht gebildet hatte, verschwand, als er anknüpfte: »Ein gewisser Herr, der vor etwa drei Monaten ins *HeiGei* eingezogen ist, verfügt über einen mindestens ebenso starken Lebenswillen. Doch ich kann es mit jeder Pore meines Körpers spüren, dass er seine Energie aus keiner guten Quelle schöpft.«

»Könnten Sie etwas konkreter werden?«, hakte Jasmin Stahl ein.

»Entschuldigen Sie meine Abschweifungen und die blumige Sprache. Ich fürchte, das gewöhnt man sich im Heim an. Es gibt hier ja keinen Grund zur Eile, der Hang zur Gemächlichkeit spiegelt sich in der Redeweise wider.« Er räusperte sich. »Wie schon gesagt: Ich habe keinerlei Beweise, aber seit dieser Mann im Haus ist, liegt eine unheimliche Bedrohung in der Luft. Nichts Greifbares, aber man kann es fühlen. Ich bin sicher, dass seine Anwesenheit mit Elfriedes Tod in Zusammenhang steht.«

»Mit Gefühlen allein überzeugen wir keinen Staatsanwalt – und schon gar keinen Richter«, redete Jasmin Stahl nun Klartext.

Brehmke zuckte zusammen. »Ja, selbstverständlich, Sie haben recht. Schreiben Sie meine unpräzisen Angaben meiner einsetzenden Senilität zu und haben Sie bitte ein Nachsehen mit mir. Ich will versuchen, Ihnen etwas Überprüfbares an die Hand zu geben: Bei besagtem Neuzugang handelt es sich um Günther Barschel, Jahrgang 1929, pensionierter Verwaltungsbeamter, verwitwet, keine Kinder. Barschel übersprang die Eingewöhnungsphase, suchte und fand vom ersten Tag an zahlreiche Kontakte. Er verpasst keine gemeinsame Mahlzeit, keinen Kirchgang und kein Freizeitangebot oder sonstigen Anlass zum geselligen Zusammensein.«

»Klingt nach einem aufgeschlossenen, unternehmenslustigen Mann.«

»Ohne Frage, ja. Auf der anderen Seite gibt es eine Reihe von Heimbewohnern, die ihn meiden. Das meine ich wörtlich: Sie gehen ihm aus dem Weg, haben sogar ihre angestammten Plätze im Speisesaal aufgegeben, um eine größere Distanz zu Barschel zu schaffen.«

»Gibt es dafür irgendwelche triftigen Gründe?«, wollte Jasmin Stahl wissen.

»Mit Sicherheit ja. Aber ich kenne diese Gründe nicht – noch nicht.« Brehmke hob seine buschigen Brauen. »Elfriede zählte zu dem Kreis derjenigen, die Barschel ausweichen.«

Jasmin Stahl sah ihren alten Kollegen eine Weile nachdenklich an. Dann sagte sie: »Ihre Beobachtungen in Ehren, Herr Brehmke. Aber in der Tatsache, dass Elfriede Herrn Barschel eventuell nicht leiden konnte und daher ihren Tisch nicht mit ihm teilte, erkenne ich kein Mordmotiv. Nicht mal einen Anfangsverdacht, der offizielle Ermittlungen legitimieren würde.«

In Brehmkes fahle Wangen kam Farbe: »Vollkommen verständlich, junge Dame. Ich erwarte nicht von Ihnen, dass Sie morgen eine SoKo bilden und mit Ihren Kollegen das *HeiGei* auf den Kopf stellen. Aber wäre es möglich, dass Sie den Namen Günther Barschel durch den Polizeicomputer schicken und überprüfen, ob etwas gegen diesen Herrn vorliegt? Vielleicht geben Sie auch Elfriedes Namen ein, um nach Übereinstimmungen zu suchen.«

Jasmin Stahl wusste sehr wohl, dass sie selbst diesen kleinen Gefallen ablehnen müsste, doch sie meinte, es dem verdienstvollen Vorgänger schuldig zu sein, und sagte zu. »Versprechen Sie sich aber nicht zu viel davon«, sagte sie und erhob sich.

Auch Brehmke stand langsam auf, musste sich aber sogleich an der Stuhllehne abstützen. »Wenn sich mein Verdacht nicht erhärtet, ist das auch in Ordnung. Doch ich würde mich freuen, wenn Sie mir die Ergebnisse persönlich übermitteln – in meinem Alter bekommt man nicht mehr oft Besuch von einer so reizenden und gescheiten jungen Frau.«

***

»Hallo, Jasmin«, wurde die Kommissarin von Carola Frommhold im K11 begrüßt. Die Assistentin stellte ihr einen Milchkaffee auf den Schreibtisch, legte den morgendlichen Pressespiegel dazu und trug die wichtigsten Neuigkeiten vor, einige dienstliche, die meisten jedoch privater Natur. Denn ihrem biederen Aussehen zum Trotz genoss Carola Frommhold ein recht turbulentes Liebesleben, an dem sie Jasmin Stahl durch ihre detaillierten und blumigen Berichte bereitwillig teilhaben ließ – ob diese sie nun hören wollte oder nicht.

Zur Fußnote degradiert wurde von Carola Frommhold eine Nachricht, die, obwohl nur beiläufig erwähnt, Jasmin Stahl elektrisierte wie ein Stromschlag:

»Ach ja, und dann meinen die Kollegen, dass jeder einen Obolus leisten sollte, vielleicht fünf Euro oder so, für den Kranz zur Beerdigung. Immerhin war er ja etliche Jahre hier angestellt, der alte Kollege. Obwohl ich persönlich ihn ja gar nicht mehr kennengelernt habe, den Herrn Brehmke.«

»Was?« Jasmin Stahl sprang von ihrem Bürostuhl auf. »Brehmke ist gestorben? Warum weiß ich davon nichts?«

Die blasse Assistentin mit dem braven Pagenschnitt zuckte mit den Schultern. »Ja, am Freitag, aber dann kam ja das Wochenende dazwischen, sodass es sich erst jetzt bis ins Präsidium herumgesprochen hat. Der alte Herr ist im

Seniorenheim friedlich eingeschlafen. Soll schon längere Zeit krank gewesen sein.«

»Krank? Das ist mir neu!« Jasmin schob die Kaffeetasse beiseite und zog sich das Telefon heran.

»Geben Sie fünf Euro dazu oder nicht?«, wollte Carola Frommhold wissen.

»Ja, selbstverständlich. Später. Jetzt habe ich Wichtigeres zu tun!« Jasmin gab der Assistentin mit einem energischen Wink zu verstehen, dass sie sich trollen sollte. Kurz darauf hatte sie Fritz Wanka am Apparat, zuständig für die Einsatzplanung des Kriminaldauerdienstes. Sie erkundigte sich nach dem Fall Brehmke, wurde aber abgespeist:

»Kindchen, das ist kein Fall«, belehrte Wanka sie. Der Endfünfziger mit der pragmatischen Grundhaltung eines Polizisten, den nichts mehr umhauen konnte, machte ihr klar, »dass Kollege Brehmke Diabetiker war und sich glücklich schätzen konnte, überhaupt so ein langes und ausgefülltes Leben genießen zu können.« Der Arzt, der den Tod festgestellt hatte, habe jedenfalls keine Veranlassung gesehen, die Polizei hinzuzuziehen. Und er, Wanka, sehe sie auch nicht.

Jasmin Stahl konnte dieser klaren Ansage auf Anhieb nichts entgegensetzen. Dennoch war sie höchst alarmiert, ließ alles stehen und liegen und machte sich auf den Weg ins *Hei-Gei*.

Als sie eintraf, parkten zwei Fahrzeuge im Innenhof des historischen Gemäuers: ein Ambulanzauto und ein Leichenwagen. Jasmin schwante Böses, und tatsächlich bestätigte ihr eine unverbindlich freundliche Dame am Empfang, dass in der Nacht eine Heimbewohnerin verstorben sei. Jasmin Stahl zeigte ihren Dienstausweis und erfuhr den Namen der Toten: Gertrud Ebermann, siebenundachtzig Jahre. Todesursache: Herzversagen.

»Verdammt, noch ein Opfer!«, entfuhr es der Kommissarin, woraufhin sie einen verwunderten Blick der Empfangsdame erntete.

»Entschuldigen Sie, aber von Opfer kann wohl kaum die Rede sein. Todesfälle gehören bei uns zur Tagesordnung, das liegt in der Natur der Dinge«, klärte sie Jasmin Stahl auf.

Diese wischte den Einwand beiseite und erkundigte sich, ob der Arzt, der den Totenschein ausgestellt hatte, noch im Haus sei. »Ja«, sagte die Empfangsfrau und beschrieb den Weg zum Ambulanzraum, wo der Doktor wahrscheinlich noch sitze und frühstücke.

»Stahl«, stellte sie sich dem Arzt vor, einem gutaussehenden Mann mit braunem Teint und grauen Schläfen. Sie hielt ihm ihren Ausweis entgegen. »Ich muss etwas über die jüngsten Todesfälle erfahren. Wir suchen nach Unstimmigkeiten, womöglich wurde von jemandem nachgeholfen.«

Der Arzt sah sie bass erstaunt an. Dann musterte er die Kommissarin von oben bis unten, als wollte er ihren eigenen Gesundheitszustand abschätzen, und sagte: »Wenn Sie annehmen, dass bei einem der alten Herrschaften ein Messer im Rücken steckte, muss ich Sie enttäuschen. Das wäre mir sicher aufgefallen.« Da Jasmin Stahl ihn bitterböse ansah, fügte er eilig hinzu: »Nichts für ungut. Aber ich erledige meine Arbeit hier im Heim ebenso gewissenhaft wie überall anders auch. Es handelte sich durchweg um medizinisch zweifelsfrei erklärbare und nachvollziehbare Todesursachen, samt und sonders natürlich.«

»Ich habe triftige Gründe zu der Annahme, dass dem nicht so ist«, blieb Jasmin Stahl beharrlich.

Der Arzt lächelte herablassend. »Dann möchte ich Sie in Ihrem Eifer nicht bremsen. Es steht Ihnen frei, eine weitere fachliche Meinung einzuholen. Aber ich glaube, Sie benötigen dafür eine richterliche Verfügung.«

»Die bekomme ich!«, gab sich die temperamentvolle Kommissarin selbstbewusst. Sie verkniff es sich hinzuzufügen: Darauf können Sie Gift nehmen.

Oberstaatsanwältin Katinka Blohm, bei der Jasmin Stahl noch am selben Vormittag vorsprach, ließ sie eiskalt abblitzen.

Damit hätte sie zwar rechnen müssen, da sich beide aufgrund der gemeinsamen Zuneigung zu ein und demselben Mann nicht ausstehen konnten, doch diesmal standen ausschließlich sachliche Argumente im Raum:

»Was haben wir?«, fragte Katinka Blohm und strich ihr langes blondes Haar von der Schulter, um das sie Jasmin Stahl mit ihrem rotbraunen Kurzhaarschnitt insgeheim beneidete. »Drei Tote, alle drei Bewohner eines Altenheims, alle drei hatten die achtzig deutlich überschritten – und damit die durchschnittliche Lebenserwartung eines Menschen.« Sie räusperte sich. »Was haben wir noch? Drei Totenscheine, die keinen Zweifel an natürlichen Todesursachen aufkommen lassen, sowie die Aussage des Arztes, dass er – was selbstverständlich ist – äußerste Sorgfalt hat walten lassen.« Abermals hustete sie in ihre Faust. »Was haben wir außerdem? Die vagen Spekulationen eines früheren Polizeibeamten, die jedoch völlig ohne Beweise daherkommen, gepaart mit dem blinden Ehrgeiz einer aufstrebenden Kommissarin.«

»Das ist nicht fair«, beschwerte sich Jasmin Stahl und biss sich auf die Zunge, da ihr im selben Moment klar wurde, wie unprofessionell dieser Einwurf in den Ohren der Oberstaatsanwältin klingen musste.

»Um das Gespräch abzukürzen«, sagte Katinka Blohm mit strenger Miene, »ich habe mich mit Ihrem Vorgesetzten, Herrn Schnelleisen, in Verbindung gesetzt. Wir sind beide ganz einer Meinung: Ihr Engagement in dieser Angelegenheit ist – wenn auch Ihre Beweggründe ehrenvoll sein mögen – ab sofort beendet.«

Niedergeschlagen schlich Jasmin Stahl zurück in ihr Arbeitszimmer und verrichtete ihren Tagesdienst. Als sie nach siebzehn Uhr allein im Büro war, gab sie den Anordnungen ihres Chefs zum Trotz die beiden Namen in die Datenbank ein, die Brehmke ihr genannt hatte. Ohne Resultat.

Als sie drei Tage später vom Tod eines weiteren Heimbewohners erfuhr, neigte sie dazu, sich der allgemeinen Meinung anzuschließen. Das Kommen und Gehen gehörte zum Leben, insbesondere zu dem in einem Seniorenstift.

***

»Ach, herrje!« Als Svenja Beyer in die Tasche ihres Kittels fasste, um nach einem Feuerzeug zu suchen, beförderte sie einen zerknitterten Briefumschlag zutage.

»Was ist denn das für ein Wisch?«, erkundigte sich Birgit Jankowsky, ebenso wie Svenja Altenpflegerin im *Heilig-Geist-Spital*. Beide standen auf der kleinen, von der Pegnitz umspülten Wiese am Fuße des Gebäudes, um gemeinsam ihre Zigarettenpause zu verbringen.

»Ein Brief von einem meiner Opis. Den sollte ich für ihn aufgeben. Hatte ich völlig vergessen. So'n Mist.«

»Halb so schlimm. Schmeiß ihn halt nachher in den Briefkasten. Wird ja nicht so eilig sein.«

Die zierliche Svenja verzog gequält das Gesicht. »Der Brief kommt vom alten Brehmke und ist ans Polizeipräsidium adressiert. Brehmke ist ja inzwischen ...«

»Tot, ja«, vollendete Birgit den Satz. »Okay, dann sieht die Sache anders aus. Mmm, das gibt Ärger, wenn es rauskommt, dass du den Brief unterschlagen hast.«

Svenja lief feuerrot an. »Was heißt denn unterschlagen? Ich habe es ja nicht absichtlich getan!«

Birgit, deutlich stämmiger und resoluter als die jüngere Svenja, griff nach dem Brief und riss das Kuvert kurzerhand auf. »Werfen wir mal einen Blick auf das Geschreibsel, dann wissen wir, ob es was Wichtiges ist.«

»Aber du kannst doch nicht einfach ...«, protestierte Svenja halbherzig.

Die andere faltete ein DIN-A4-Blatt auseinander und begann vorzulesen: »Liebe Frau Stahl, nach Ihrem freundlichen Besuch bei mir ... blablabla ... habe ich noch immer keine Beweise für meine Vermutung ... blablabla ... aber ich habe den Personenkreis der gefährdeten Kandidaten eingekreist ... blablabla ... dazu gehören nach meinem bisherigen Erkenntnisstand Frau Gertrud Ebermann sowie Herr ... blalabla ...« Birgit blickte auf. »Der Alte hat wohl bis zum Schluss nicht verstanden, dass er kein Polizist mehr ist, was? Traurig, das geht ja leider vielen so, dass sie es nicht wahrhaben wollen, wenn sie nicht mehr gebraucht werden.« Sie zerknüllte den Brief. »Ich denke, diesen Unsinn können wir der Kripo ersparen. Die haben bestimmt Wichtigeres zu tun, als den Hirngespinsten eines Senilen nachzugehen.«

Mit diesen Worten warf sie den Brief in die Pegnitz, deren Strömung ihn sogleich erfasste, eine Weile wie ein Papierschiffchen auf und ab spülte, um ihn dann in einem kleinen Strudel versinken zu lassen.

Veit Bronnenmeyer

Massenmord in Banz

24. September, 19 Uhr 27; EILMELDUNG:
Attentat auf CSU-Spitze. Landtagsfraktion und Angehörige der Staatsregierung einem Giftgasanschlag zum Opfer gefallen.
Bei der Herbstklausur der CSU-Landtagsfraktion im oberfränkischen Kloster Banz kam es offenbar zu einem verheerenden Massenmord. Unter Umständen sind sämtliche Teilnehmer der Tagung inklusive des Ministerpräsidenten und fast aller CSU-Minister ums Leben gekommen. Grund war ein Attentat mit einem noch unbekannten Giftgas. Rettungskräfte, Katastrophenschutz sowie die Polizei sind vor Ort im Dauereinsatz. Zur Stunde können aber noch keine näheren Angaben zur Zahl der Toten und Verletzten gemacht werden. Das Landeskriminalamt hat für morgen Mittag eine Pressekonferenz angekündigt.

25. September, aus der Presseerklärung des LKA Bayern:
Am Abend des gestrigen Tages wurde dem Lüftungssystem der Tagungsräume des Klosters Banz bei Staffelstein gegen 19 Uhr eine große Menge eines hochgiftigen Gasgemisches zugeführt. Die Menge des Gases reichte aus, um die Atemluft im großen Sitzungssaal, in dem sich zur angegebenen Zeit die Landtagsfraktion der Christlich-Sozialen Union sowie die Regierungsmitglieder der Partei versammelt hatten, mit einer für den Menschen tödlichen Dosis zu sättigen [...] Das Gas wurde wahrscheinlich im Klostergarten in die Ansaugöffnungen der Lüftungsanlage gegeben. Hier wurden drei noch nicht identifizierte männliche Leichen und fünf Gasflaschen gefunden [...] Noch liegt kein Bekennerbrief o. Ä. vor, dennoch gehen die Ermittlungsbehörden davon aus, dass die Tat

wahrscheinlich einen terroristischen Hintergrund hat [...] Die 130-köpfige Soko »Banz« des bayerischen LKA ermittelt unter Hochdruck in alle Richtungen. Vorrangig wird zu klären sein, wie die Täter und das Gas trotz der hohen Sicherheitsvorkehrungen auf das Gelände kommen konnten.

26. September, aus dem Bericht des rechtsmedizinischen Instituts der Universität Erlangen:
Die vom LKA Bayern bzw. dem Polizeipräsidium Oberfranken zur Sektion übergebenen Attentatsopfer weisen in einigen Fällen eine auffällige, hellrote Färbung der Haut auf. Außerdem sind leuchtend rote Leichenflecken zu beobachten. Das venöse Blut der Toten war mit Sauerstoff angereichert. Diese Hinweise führten zu der Hypothese, dass es sich bei dem eingesetzten Giftgas um Cyanwasserstoff gehandelt hat (im Volksmund auch Blausäuregas genannt). Die Hypothese konnte inzwischen chemisch bewiesen werden. [...] Die tödliche Wirkung des Cyanwasserstoffes entsteht durch irreversible Anbindung des Cyanids an das zentrale Eisen(III)-Ion des Häm-*a*3-Kofaktors in der Cytochrom-*c*-Oxidase in den Mitochondrien. Hierdurch kommt die Zellatmung zum Erliegen, aufgenommener Sauerstoff kann nicht mehr verwertet werden, und der Tod durch Sauerstoffmangel oder »Inneres Ersticken« tritt ein.

[...] Die drei männlichen Leichen aus dem Klosterhof starben ebenfalls an einer Cyanidvergiftung. Entweder haben sie die Wirkung des Gases unterschätzt oder sie wussten nicht, was sich in den Gasflaschen befand und gingen entsprechend unachtsam vor. In der Kleidung eines der Männer fand sich ein Brief. Dieser wurde zur Auswertung an das LKA zurückgeschickt.

26. September, aus dem Kommentar des Chefredakteurs des BR im ARD-Brennpunkt:
Wer aber begeht so einen grausamen Massenmord? Auch wenn er in der heutigen Zeit nicht mehr präsent ist, so muss

doch neben dem rechten auch der linke Extremismus genau ins Auge gefasst werden. Die Ermittlungsbehörden werden sich fragen müssen, wem der Tod einer ganzen Landtagsfraktion nützt, und da werden sie nicht umhinkommen, auch der Opposition ein paar unangenehme Fragen zu stellen. Undenkbar, sagen Sie? Nun, das war der Massenmord von Banz bis vor drei Tagen auch.

Mit dem Herz von Kriminaloberrat Zeuner stand es schon länger nicht mehr zum Besten. Er hätte sich bereits vor ein paar Jahren beurlauben lassen sollen, aber als pflichtbewusster LKA-Beamter vom alten Schlag wollte er noch die wichtigsten Fälle abschließen, mehrere Personalfragen lösen und auch dem Steuerzahler keine unnötig hohen Kosten verursachen. So kam es, dass Kriminaloberrat Zeuner nun ebenfalls der Soko »Banz« angehörte und seine Tage und fast alle Nächte in den Räumen der Polizeiinspektion Lichtenfels verbrachte, wo das Hauptquartier der Soko untergebracht war. Und dementsprechend fand sich Zeuner am Abend des 27. September auch am Fuß des Schlossberges von Blendersbuch wieder, um eine Befragung vorzunehmen, um die sich alle anderen bislang gedrückt hatten. Es war eigentlich eine reine Routinesache, kurz ein paar Angaben zum Aufenthaltsort während der Tatzeit einholen. Aber der Graf von Blendersbuch war keiner, dem man solche Fragen stellte. Zeuner hatte sich geopfert, da er eh bald nicht mehr im Dienst sein würde. Ihm konnte karrieremäßig nichts mehr passieren, und außerdem war er nach wie vor der Meinung, dass man als bayerischer Polizist gewissenhaft und gründlich vorzugehen habe. Also hatte er sich von einem pflichtvergessenen Kommissar ins fünfzig Kilometer entfernte Blendersbuch fahren lassen. Der Bursche mochte Ende vierzig sein, sein Name war Rainer Maul, und er hatte während der Dienstzeit offenbar nichts Besseres zu tun gehabt, als ein Kochbuch zu lesen. Nach einer vierzigminütigen Autofahrt wusste Zeuner, dass Maul aus Hof zur Soko abgeordnet worden war, wohin man ihn vor einem Jahr strafversetzt hatte. Offenbar drehte sich bei ihm Tag und Nacht alles nur ums Essen, und Zeuner konnte ihn nur mit Mühe davon abhalten, die Speisekarten diverser Dorfgaststätten zu studieren. Außerdem war Zeuner zu der Überzeugung gelangt, dass Maul die Fahrerlaubnis entzogen gehörte und dass es auf jeden Fall besser gewesen wäre, er wäre in Hof geblieben. Und was Hunde betraf, so hatten sie nach Zeuners Meinung nur dann etwas in einem Dienstfahrzeug zu suchen, wenn es Polizeihunde waren und sie sich – nach Vorschrift – in einem Käfig im Kofferraum aufhielten. Aber Maul hatte erklärt, dass er ohne seinen Nero nirgendwo hingehen würde, und nun saß das schwarze Vieh auf dem Rücksitz und hechelte Zeuner seinen üblen Maulgeruch in den Nacken.

Jedenfalls war die Zufahrt zum Schloss Blendersbuch schon kurz nach der Abzweigung der Ortsverbindungsstraße, die das zum Adelssitz gehörige Dorf mit Bauernschlauersreuth verband, durch eine Schranke blockiert. Diese zwang Zeuner und Maul, den Dienstwagen zu verlassen und sich zu Fuß an die Ersteigung des Schlossberges zu machen, was wiederum Zeuners angegriffenem Herzen gar nicht gefiel.

27. September, 16:45, Erklärung der Landtagsopposition:
[...] Doch trotz der Abscheu gegen diesen feigen Anschlag und der Trauer, die wir über das Ableben so vieler geschätzter Kolleginnen und Kollegen empfinden, muss der Freistaat Bayern weiterregiert werden. Der Landtag wird daher in der nächsten Woche einen neuen Ministerpräsidenten aus seiner Mitte wählen. Neuwahlen sind zum gegenwärtigen Zeitpunkt weder unserem politischen Gegner noch den Bürgerinnen und Bürgern in Bayern zuzumuten.

»Hallo«, rief Maul in Richtung der Zinnen. »Kriminalpolizei! Machen Sie auf, ich sehe doch, dass jemand da ist!«

Es war nun schon fast dunkel. Maul hatte einen Rettungswagen rufen müssen, weil der alte Greis von Kriminalrat ihm fast mit einem Herzkasper abgenibbelt wäre. Als die Sanitäter endlich da waren, hatte Maul eigentlich wieder zurückfahren wollen, weil es ja eine Tageszeit war, zu der sich ein Feierabend schon vertreten ließ. Aber Zeuner hatte ihn angewiesen, die Befragung nun alleine vorzunehmen, und Maul die Akte mit den Hintergrundinformationen überreicht.

»Und wagen Sie es ja nicht, ohne eine Aussage des Grafen zurückzukommen«, hatte Zeuner noch geröchelt. »Andernfalls sorge ich dafür, dass Ihre nächste Versetzung nach Afghanistan führt. Wir bilden dort Polizisten aus!«

Das war dann sogar für den hartgesottenen Rainer Maul etwas Neues, und er beschloss, der Anweisung des Kriminaloberrates mal lieber Folge zu leisten. Also rief er weiter gegen die erleuchteten Fenster des Schlosses an. Drei davon waren sogar sehr hell erleuchtet, und es dauerte nicht lange, bis Nero mit lautem Gebell das Anliegen seines Herrn unterstützte. Das Schloss war von einem Graben umgeben, und die einzige Zufahrt bestand aus einer Zugbrücke, die geschlossen war. Somit blieb dem unfreiwillig pflichtbewussten Kommissar nichts anderes übrig, als sich akustisch bemerkbar zu machen. Nach zehn Minuten wurde endlich eines der Fenster geöffnet. Es schien so, als ob die Abenddämmerung mit einem Mal wieder heller wurde, und man konnte einen Kopf in der Maueröffnung erkennen.

»Wurde bislang nicht ausreichend deutlich gemacht, dass keine Störung der Abendstunde gewünscht wird?«, rief eine Stimme, die zum Grafen gehörte. Das wusste Maul aber nicht so genau, weil er sich für das große politische Tagesgeschehen noch nie so recht interessiert hatte.

»Hauptkommissar Maul«, rief er. »Kriminalpolizei. Ich habe ein paar Fragen an den Grafen Blindersbach!«

»Blendersbuch«, hallte es zurück. »Man heißt hier von und zu Blendersbuch, und zwar seit dem dritten Kreuzzug! Wir dürfen also sehr bitten!«

»Auch recht!«, schrie Maul und hielt sich die Hand schützend vor die Augen. »Hauptsache, Sie lassen jetzt endlich das Holzding da runter, damit ich rein kann!«

»Es wurde nicht gesagt, wir lassen bitten, sondern wir dürfen sehr bitten, was sich auf die korrekte Aussprache des gräflichen Namens bezog!«

»Ich habe strikte Anweisungen, diesen Grafenbengel zu befragen.« Maul wurde nun ungeduldig. Zwar hatte sein Diensteifer schon lange ziemliche Tiefen erreicht, auf der anderen Seite mochte er es aber auch nicht, wenn ihm widersprochen wurde, das war so eine Unsitte aus seiner zwölfjährigen Militärzeit. Auf ein Zeichen hin begann Nero wieder laut zu bellen.

»Silentium«, rief der Graf. »Diese räudige Promenadenmischung sollte endlich zu schweigen lernen!«

»Nur, wenn ich reinkomme.« Maul fragte sich, was das für eine merkwürdige Lichtquelle war.

27. September, 19:42, Sondersendung des heute journals (ZDF): Gundula Gause:
Meine sehr verehrten Damen und Herren,
wir unterbrechen das aktuelle Programm wegen einer wichtigen Meldung. Offenbar wurde mittlerweile ein Bekennerbrief der Attentäter vom 24. September gefunden. Aus dem Schreiben ergeben sich Hinweise, die in Richtung der Roten Armee Fraktion deuten. Es spricht viel für einen linksextremistischen Hintergrund oder gar eine Neugründung der RAF [...] Wir melden uns wieder, wenn der genaue Wortlaut des Schreibens bekannt ist oder andere neue Ergebnisse vorliegen.

Als die Zugbrücke endlich heruntergelassen wurde, betrat Maul mit Nero den dämmrigen Schlosshof. Auf der gegenüberliegenden Seite wurde die Tür des in seinem Kern noch gotischen Palas geöffnet, und ein hutzeliges Männchen im Frack humpelte dem Hauptkommissar entgegen. Es handelte sich dabei um Konrad, den gräflichen Butler und Stiefelknecht. Er führte Maul mit einem Kerzenleuchter in der Hand vorbei an alten Rüstungen, Jagdtrophäen und Ahnenporträts in den großen Rittersaal im ersten Stock, was geraume Zeit in Anspruch nahm, weil Konrad nicht mehr gut zu Fuß war.

»Seine Gnaden bittet Sie, noch kurz hier zu warten«, Konrad tupfte sich mit einem weißen Tüchlein den Schweiß von der Stirn. »Er wird Ihnen sogleich zur Verfügung stehen.«

»Und was gibt's zu trinken?«, rief Maul. Doch Konrad war nicht nur hüftkrank, sondern auch schwerhörig und entfernte sich daher aus dem Saal, ohne dem Kommissar zu antworten.

Maul sah sich in dem großen Raum um. In der Mitte stand eine Tafel mit zwölf schweren Eichenstühlen. In der Wand hinter deren Kopfseite befand sich ein offener Kamin von beachtlichem Ausmaß, in dem ein Feuer loderte. Es war relativ dunkel, das Feuer schien die einzige Lichtquelle zu sein. Auf einer Anrichte gegenüber der Längsseite des Tisches fand Maul ein paar Flaschen Rotwein samt Gläsern und einem Korkenzieher. Der Hauptkommissar entkorkte eine der Flaschen und schenkte sich ein Glas randvoll ein. Unweit des Kamins waren zwei Ledersessel platziert. Maul wählte den rechten und beschloss, in Ermangelung eines Kochbuchs nun eben doch einmal einen Blick in die Unterlagen des alten Zeuner zu werfen.

Franz-Leopold Graf von und zu Blendersbuch war noch keine vierzig Jahre alt, als er im Rahmen einer kuriosen Kabinettsumbildung zum Bundesfinanzminister berufen wurde. Bis dato war er ein kleiner Bundestagsabgeordneter aus dem Wahlkreis Lichtenfels gewesen. Er war nicht weiter beachtet worden, ebensowenig wie seine dreihundertseitige Abhandlung *Ein neuer Marshall-Plan – Visionen für Europa im 21. Jahrhundert,* in der er seine Vorstellungen darüber skizziert hatte, wie der Kontinent aus der anhaltenden politischen und vor allem finanziellen Krise herauskommen könnte, die schon mehrere Staaten fast in den Bankrott getrieben hatte. Was in diesem Werk drin stand, wusste anscheinend niemand so genau, es wurde aber immer wieder als Beleg dafür herangezogen, dass der Graf nicht nur ein würdiger Finanzminister, sondern wahrscheinlich auch der Retter der parlamentarischen Demokratie sein würde. Obwohl er nichts weiter getan hatte, als gut auszusehen, gestelzt daherzureden und den Bürgern zu versprechen, dass die Steuern »sicher vorerst nicht sinken, aber auch – wenn irgend möglich und vermeidbar – in dieser Legislaturperiode nicht nennenswert steigen« würden, war er in kürzester Zeit zum beliebtesten Politiker der Republik aufgestiegen. Dies war freilich kein allzu großes Kunststück, wenn man sich die Konkurrenz so ansah, es brachte aber ordentlich Bewegung in die Medien und besonders in die Boulevard-Presse. Franz-Leonhard von und zu Blendersbuch wurde als Heilsbringer gefeiert, als Lichtgestalt, die mit aristokratischem Anstand, Würde und Manieren das Vertrauen in die Politik und ihre Repräsentanten im Volk wieder entflammen konnte. Dabei immer an seiner Seite: seine Gattin Sophie, eine kühle Schönheit aus dem Norden, die entfernt mit Katharina der Großen verwandt war.

Der Ruhm des Grafen war aber nur von kurzer Dauer gewesen. Denn 14 Monate nach Antritt seines Ministeramtes wurde bekannt, dass er den *Neuen Marshall-Plan* gar nicht selbst geschrieben, sondern aus verschiedenen anderen, teils wissenschaftlichen, teils belletristischen Werken zusammengeklaut hatte. Eine Internet-Gemeinschaft hatte schnell die größten Stücke des Diebesgutes identifiziert. Zu ihnen gehörten *Wohlstand für alle* von Ludwig Erhard, *Der Weg zur Knechtschaft* von Friedrich August von Hayek und *Kapitalismus und Freiheit* von Milton Friedmann. Darüber hinaus wurden auch Originalpassagen von Karl May (*Winnetou I–III*), Ottfried Preußler (*Der Räuber Hotzenplotz*) und Erich Kästner (*Emil und die Detektive*) gefunden. Der Graf bezeichnete die Vorwürfe in einer ersten Stellungnahme als »absurd«. In den folgenden Wochen, als zum Teil schon Urheberrechtsklagen von Verlagen oder

Erben der Autoren anhängig waren, hatte Franz-Leopold von Blendersbuch scheibchenweise eingeräumt, dass sein Buch »womöglich nicht ganz frei von Zitierfehlern« sein könnte. Kurz vor seinem Rücktritt hatte er diese noch damit erklärt, dass er das Werk in turbulenten Zeiten geschrieben hatte. Neben seinen Verpflichtungen als Abgeordneter und Aristokrat hatte sich der Graf mit einer Borkenkäferplage im gräflichen Forst, einem Hausschwammbefall im Schlossturm sowie mit einer lebensgefährlichen Virusinfektion seines Lieblingshengstes herumschlagen müssen. Er bestand aber darauf, dass »niemals nicht unbewusst getäuscht oder gar fremdes geistiges Eigentum nicht als solches gekennzeichnet wurde.« Da er zum Zeitpunkt seines Rücktritts gerade mal 38 Jahre alt war, wurde seitdem spekuliert, wann und wie der Adelsspross wieder in die Politik zurückkehren würde. Erste zaghafte Versuche hatte es schon gegeben, die aber von seiner Partei und der deutschen Öffentlichkeit nicht sonderlich begrüßt worden waren.

»Wie es scheint, wurde der Château Rothschild schon geöffnet«, sagte der Graf zur Begrüßung und deutete auf das Weinglas, in das sich Maul schon zum zweiten Mal nachgeschenkt hatte. Der Exminister trug einen tadellos sitzenden hellgrauen Anzug mit einer lilafarbenen Seidenkrawatte und ebensolchem Einstecktuch sowie einen Trauerflor am rechten Oberarm. Nero knurrte leicht, als er sich auf dem zweiten Ledersessel niederließ, doch der Graf schien das nicht zu bemerken.

»Gar nicht so übel, das Zeug.« Maul bemerkte, dass es wieder heller geworden war, denn er konnte die Unterlagen nun wesentlich besser entziffern.

»Natürlich hätte man ihn noch dekantieren müssen«, mahnte Seine Gnaden milde lächelnd.

»Wissen Sie, ich kann mir seit meiner Scheidung keinen Wein mehr leisten. Früher hat's manchmal den albanischen Vino Tinto von der Norma gegeben ...«

»Entzückend«, das Lächeln des Grafen wurde etwas krampfhaft.

»... ja, aber bei meinem Konsum geht das nicht mehr. Jetzt muss Aldi-Pils genügen.«

»Nun, hoffentlich wird das nicht zur harten Probe für die Gesundheit.« Der Graf hob sein Glas und nippte an dem edlen Tropfen.

»Aber nun sagen Sie, mein Bester, ääh ...«

»Hauptkommissar Maul.«

»... mein bester Hauptkommissar. Was führt Sie in unser bescheidenes Heim zu so später Stunde?« Von Blendersbuch legte ein Smartphone auf seine Armlehne, um deutlich zu machen, dass er trotz der Tageszeit noch sehr beschäftigt war.

»Ja, also«, Maul hätte gerne noch weiter über sein Lieblingsthema – sich selbst – geredet, riss sich dann aber doch zusammen und versuchte sich an einer halbwegs professionellen Befragung.

»Sie waren ja auch da in dem Kloster, also, an dem Tag, als diese ganzen Politiker vergast worden sind, oder?«

»Ich habe der Klausur am Nachmittag meine Aufwartung gemacht, das ist zutreffend«, sagte der Graf, lehnte sich zurück und schlug die Beine übereinander.

»Und da stellt sich die Frage, warum Sie nicht auch ...«, Maul verdrehte die Augen und machte röchelnde Geräusche.

»Warum ich nicht auch dem Attentat zum Opfer gefallen bin, meinen Sie?«

»Genau.«

»Nun, die Veranstaltung wurde bereits am späten Nachmittag wieder verlassen. Wie Sie ja sicher wissen, wurden alle meine Parteiämter und -mandate vor einiger Zeit aufgegeben.«

»Ja, öh«, Mauls graue Zellen brauchten etwas, um die Passivkonstruktionen des Grafen zu übersetzen. »Aber warum waren Sie dann überhaupt dort, in dem Kloster?«

»Es gehört sich, dass man den Parteifreunden sowohl beratend als auch zur Beantwortung eventuell noch offener Fragen hinsichtlich meiner Demission auf Wunsch zur Verfügung steht.«

»Und wie sind Sie dorthin gekommen?«, Maul versuchte, die Aussagen des Grafen in seinen Worten zu notieren.

»Es wurde ein Exemplar aus unserem Fuhrpark benutzt«, der Graf nahm seine randlose Brille ab und putzte sie mit dem Einstecktüchlein.

»Ein Lieferwagen«, präzisierte Maul nach einem Blick in die Akte.

»Ja, der Maybach ist zur Inspektion, und beim Jaguar gab es wohl ein Problem mit der Batterie.«

»Und sind Sie selbst gefahren oder ... ich meine, so einer wie Sie hat doch einen Chauffeur, oder?«

»Leider sind wir derzeit etwas knapp an Personal«, der Graf zog besorgt die Stirn in Falten. »Wir sind auch gezwungen, die Pferde selbst zu striegeln und den Garten zu bewässern.«

»Dann haben Sie also keinen Chauffeur, keinen Stallknecht und keinen Gärtner«, folgerte Maul.

»Das sollte mit der Aussage deutlich gemacht werden.« Seine Gnaden wurde nun etwas ungeduldig und tippte nebenbei auf seinem Smartphone herum.

»Dann schaut's wohl gar nicht so gut aus mit Ihrem Vermögen, oder?« Maul grinste verschlagen. »Merken Sie's jetzt schon, dass es kein Ministergehalt mehr gibt?«

»Ich habe in allen meinen Äußerungen seit Eintritt in den Bundestag darauf hingewiesen, dass eine finanzielle Apanage für meine Dienste nicht benötigt wird«, noch schaffte es der Graf, die Contenance zu wahren. »Der Dienst an diesem Land geschieht aus Hingabe an die Sache. Es ist eine Frage des Anstands, dabei nicht an das Materielle zu denken.«

»Und warum haben Sie dann keine Leute hier? Der Butler ist ja auch schon weit über dem Verfallsdatum.« Maul hatte sein Glas wieder geleert und griff nach der Flasche, um sich nachzuschenken, doch der Graf hielt den edlen Tropfen mit der rechten Hand fest.

»Wir haben leider noch keine geeigneten Domestiken finden können. Wie Sie sicher wissen, ist ja der Arbeitsmarkt – nicht zuletzt durch mein Wirken, wie ich bescheiden anmerken möchte – wieder sehr belebt. Da findet sich auf die Schnelle kein guter Stallbursche oder ein Chauffeur mit tadellosen Manieren.«

»War ja nur eine Frage.« Maul zog nochmals an der Flasche, bekam sie aber immer noch nicht frei.

»Die, wie alle anderen, hoffentlich zur Zufriedenheit beantwortet wurde«, sagte der Graf. »Offen gestanden muss nun auch auf ein baldiges Ende dieses Gesprächs gedrängt werden. Man ist ja doch sehr betroffen von diesem Ereignis und wird von verschiedenen Seiten häufig zu sprechen gewünscht.«

»Ach wissen Sie, so betroffen macht mich das jetzt nicht.« Maul ließ die Flasche wieder los. »Das sind doch eh alles nur Sprücheklopfer, die auf Kosten der Steuerzahler leben. Und sprechen will mit mir nie einer, ich bin nämlich nicht teamfähig, wissen Sie.«

»Es waren ja auch wir gemeint.« Leicht verärgert nahm der Exminister den Chateau Rothschild vom Tisch und stellte ihn neben sich auf den Boden.

»Ja eben, wir zwei.«

»Nein, wir«, rief der Graf. »Also ich!«

»Ach so«, Maul zog die Augenbrauen zusammen. »Das ist dann dieser Majestix Plural, oder wie das heißt ...«

»Gibt es jetzt also noch Fragen?«, seufzte der Graf und versuchte, die Fassung wiederzugewinnen.

»Na ja, ich müsste schon noch wissen, wo Sie zur Tatzeit waren und wie das jetzt mit Ihnen weitergeht ... also, was Sie jetzt so machen ...« Maul versuchte, seinem Gegenüber in die Augen zu sehen, wurde aber durch so etwas wie eine starke Lichtreflexion daran gehindert.

»Wir haben bereits in mehreren Stellungnahmen deutlich gemacht ...«, begann der Graf, als die Tür geöffnet wurde und eine blonde Schönheit den Raum betrat.

»FL, die Bundeskanzlerin und der Landtagsvizepräsident wünschen dich zu sprechen, ohne Verzug. Das ist eine Telefonkonferenz«, sagte sie und blickte ungehalten auf Nero, der an ihrem Bein schnüffelte, »... in deinem Arbeitszimmer.«

»Ja, das ... duldet nun wahrlich keinen Aufschub«, lächelte der Graf erleichtert und bat seinen Besucher, doch etwas in der Bibliothek zu warten. Er würde sich seiner wieder annehmen, wenn die Anliegen der Bundesregierung und des Landtages erschöpfend behandelt worden seien.

»Den lasse ich da sitzen, bis er schwarz wird«, knurrte Seine Gnaden, nachdem die Gräfin mit Maul den Saal verlassen hatte.

21:45, ARD-Brennpunkt
Ulrich Deppendorf:
Uns ist nun Gerhart Baum zugeschaltet, Innenminister der Bundesrepublik Deutschland während der Hochphase des RAF-Terrors. Herr Baum, ist Ihnen der genaue Wortlaut des Bekennerschreibens mittlerweile bekannt?
Gerhart Baum:
Herr Deppendorf, mir sind nur die in der Pressekonferenz zitierten Passagen bekannt, der Text als Ganzes noch nicht.
Ulrich Deppendorf:
Können Sie mit den bekannten Passagen einen Bezug zur RAF herstellen?
Gerhart Baum:
Vorab ist zu sagen, dass der Brief wohl kein Signet der RAF trägt, auch ist die Gruppe anscheinend namenlos geblieben. »Diese Personen sind Hauptakteure, die die ökonomische Krise des imperialistischen Systems und den Zusammenbruch des Wirtschafts- und Finanzsystems verhindern wollen« oder »die aggressive Restrukturierung des Kapitals und die Expansion der transnationalen Banken« sind aber Formulierungen, die original aus Bekennerschreiben der RAF während der Siebziger- oder Achtzigerjahre stammen könnten.

Ulrich Deppendorf:
Halten Sie auch eine Neugründung der RAF für möglich?
Gerhart Baum:
Wissen Sie, Herr Deppendorf, ob es eine Neugründung der RAF ist oder eine andere Gruppe, die in dem entsprechenden Geist agiert, ist doch in diesem Zusammenhang unerheblich.

Gut, dass Maul es noch geschafft hatte, beim Verlassen des Rittersaals eine der Rotweinflaschen von der Anrichte zu stibitzen, denn eine Bibliothek war so ziemlich das Schlimmste, was man dem Hauptkommissar antun konnte. Auch dieser Raum war relativ groß und von oben bis unten voll mit Büchern. Es gab nur eine spärliche Notbeleuchtung und den fünfarmigen Kerzenständer, den ihm die Gräfin überlassen hatte. Immerhin war es wärmer geworden, nachdem die Nachfahrin von Katharina der Großen die Tür wieder hinter sich geschlossen hatte. Maul hörte, wie der Schlüssel herumgedreht wurde, und machte sich keine falschen Hoffnungen. So schnell würden sie ihn hier sicher nicht rauslassen. Wäre nicht so tragisch gewesen, wenn es einen Fernseher gegeben hätte, gab es aber nicht. Auch ein Radio war nicht zu finden. Also öffnete Maul mit seinem Schweizer Messer den Rotwein, gab Nero ein Achtel davon ab und machte sich auf die Suche nach einem Kochbuch, ohne freilich ein solches Druckerzeugnis zu finden. Maul seufzte und überlegte verzweifelt, ob er nun weiter in der Akte vom alten Zeuner lesen sollte oder doch nach über dreißig Jahren mal wieder ein echtes Buch. Die Akte konnte ihm nichts Neues mehr sagen. Als Menschenkenner, für den Maul sich selbst hielt, war er sicher, bereits alles über den gescheiterten Minister zu wissen. Wobei er ihm sein abgeschriebenes Buch nicht krummnahm. Auch Maul hatte seine Zulassungsarbeit an der Beamtenfachhochschule nicht selbst geschrieben. Schreiben lag ihm nicht so, er sah seine Stärken mehr in der direkten Kommunikation und in seiner tiefen Lebensweisheit.

Also wollte er sich trotz einiger Bedenken die Zeit mit der Lektüre eines Buches vertreiben. Nur welches? In dem Saal standen Tausende, wo sollte man da anfangen? Maul sah sich um und entdeckte auf einem Schreibtisch in einer Ecke ein einzelnes Druckwerk. Es schien neueren Datums, schon mal nicht schlecht, Maul konnte kein Latein. Und es war nicht zu dick. Das waren bereits zwei gute Gründe. Dem Cover nach schien es ein Spannungsroman zu sein. Gut, Erotik wäre Maul lieber gewesen, aber besser als Philosophie oder irgendwelche Gedichte. Er nahm das Buch auf und überflog den Klappentext im Licht des Kerzenleuchters.

»Nero«, sagte Maul und pfiff durch die Zähne, »jetzt wird's aber richtig interessant.«

28. September, 9:45, B5 aktuell:
[...] Der Präsident des Bundesamtes für Verfassungsschutz, Hans Homm, verwahrt sich jedoch gegen Vorwürfe, wonach der Geheimdienst keine Kenntnis von der erneuten Gründung einer RAF-ähnlichen terroristischen Vereinigung gehabt haben soll. Laut Homm gibt es keine solche Organisation in der Bundesrepublik. Zum Wortlaut des Bekennerschreibens sagte Homm: »Alte RAF-Briefe kann jeder kopieren. Wenn es so etwas jemals wieder geben sollte, dann wüssten wir davon.«

»Sind Sie noch bei Trost?« Kriminaloberrat Zeuner war eigentlich nicht dienstfähig, hatte sich aber mit starken blutdrucksenkenden Medikamenten wieder in die Soko-Zentrale nach Lichtenfels begeben.

»Das ganze Attentat steht hier drin, genauso, wie es passiert ist.« Maul hielt den Kriminalroman *Opernball* von Josef Haslinger hoch. »Ein Giftgasanschlag mit diesem Wasserstoffzeugs, und die halbe Regierung geht drauf.«

»Das mag ja sein«, seufzte der Kriminalrat und nahm noch eine der Pillen. »Aber bloß weil Sie dieses Buch in der Bibliothek des Grafen gefunden haben, können wir doch nicht ...«

»Dann prüfen wir doch einmal nach, wo seine drei Angestellten geblieben sind.« Maul packte ein Brötchen und einige Scheiben Bierschinken sowie ein Gurkenglas aus. »Er hat keinen Chauffeur, keinen Stallburschen und keinen Gärtner mehr.«

»Sie meinen, das sollen die drei Täter sein?« Zeuner blickte missbilligend auf Mauls Brotzeit.

»Vielleicht haben sie nicht gewusst, dass das Giftgas ist.« Maul schnitt das Brötchen auf. »Die armen Teufel in dem Buch haben auch gedacht, das wäre was anderes. Und warum ist er mit einem Lieferwagen nach Banz gefahren, er selbst?«

»Das wird er Ihnen sicherlich erklärt haben ... Sie machen Fettflecken auf die Unterlagen, Herr Maul!«

»Entschuldigung, aber immer zwischen zehn und elf bekomme ich so einen Schwächeanfall, wenn ich nichts esse ...«

»Dann holen Sie sich in Gottes Namen einen Teller ... nein, berichten Sie erst weiter.« Zeuner winkte ab und massierte sich die Augen.

»Also gut«, Maul zuckte mit den Schultern, »angeblich gab es kein anderes Auto. Aber es wäre eine Erklärung, wie das Gas und die Männer unbemerkt in das Kloster gekommen sind.«

»Hm«, der Kriminaloberrat atmete einmal tief durch. »Gut, das sind einige Auffälligkeiten, das gebe ich zu, aber ...«

»Vielleicht kann man dieses Gas ja auch noch in dem Lieferwagen nachweisen.« Maul kaute schmatzend sein Wurstbrötchen. »Damit kenne ich mich nicht aus, aber ich verstehe was vom Leben, mir macht keiner etwas vor, da brauche ich keine Profiler oder so einen Schmarrn ...«

»Verschonen Sie mich mit Küchenpsychologie, Herr Hauptkommissar«, sagte Zeuner und kaute nervös an seinem Daumennagel.

»Kein Problem.« Maul lehnte sich zurück. »Ich bin's schon gewöhnt, dass keiner zugibt, wenn ich mal wieder richtigliege. Das macht mir nichts aus, ich will nur meine Ruhe. Dann kann ich meinen Speiseplan weiterschreiben, ich bin jetzt schon im Dezember, wissen Sie.« Er holte ein Kochbuch aus seiner Aktentasche. »Aber ich sage Ihnen, der Bursche will zurück auf die große Bühne. Der hält's nicht aus, wenn er mal zwei Tage nicht auf der ersten Seite der Zeitung ist, und dafür ist ihm jedes Mittel recht. Macht und Ruhm, das sind harte Drogen. Und weil ihm leider selbst nichts einfällt, hat er bei dem Anschlag genauso kopiert wie in seinem komischen Buch da ... na ja, ich lese so was ja nicht, und als Droge reicht mir gutes Essen und das Pils vom Aldi.«

»Er könnte zweifellos von der momentanen Situation profitieren.« Motiv, Gelegenheit und Mittel – Zeuner wurde langsam klar, dass man hier zumindest noch einmal genauer hinschauen musste, und ihm wurde übel.

»Was halten Sie von einem Heilbuttfilet in Senfsauce mit kleinen Dillbutterkartoffeln am 15. Dezember?«, fragte Maul.

29. September, EILMELDUNG:

Franz-Leopold von Blendersbuch unter Verdacht

Der ehemalige Bundesfinanzminister Franz-Leopold von Blendersbuch soll vom Bayerischen LKA zu dem Attentat vom 24. September intensiv verhört werden. Laut Staatsanwaltschaft liegen belastende Indizien vor, die den Grafen in Verbindung mit dem Giftgasanschlag auf die CSU-Spitze im Kloster Banz bringen könnten. Was es dabei mit einem merkwürdigen Lichtphänomen auf sich hat, das Spionagesatelliten des CIA kurz vor der Tatzeit im Klosterhof von Banz zeigten, ist noch unklar.

Franz-Leopold von Blendersbuch war erst gestern als aussichtsreicher Kandidat sowohl für das Amt des verstorbenen CSU-Bundesinnenministers als auch für das Amt des Bayerischen Ministerpräsidenten gehandelt worden. Der Graf hatte erklärt, eigentlich noch nicht so früh wieder auf die politische Bühne zurückzuwollen. Wenn sein Land ihn aber brauche, werde er seine Pflicht erfüllen.

Die Verdachtsmomente im Zusammenhang mit dem Attentat von Kloster Banz bezeichnete er als »absurd«.

Brigitte Bühler

Dr. Katzenbergers Ende

»Ideales Wetter für das Begräbnis«, flüsterte Theoda vor sich hin, aber noch war es nicht so weit. Sie fühlte, wie die Wut in ihr aufstieg und ihr der Hals anschwoll. Das ganze Lehrerkollegium zerriss sich schon das Maul über die Affäre. Insbesondere die Frauen erbosten sich. Nicht etwa über Dr. Katzenberger, sondern über das junge, böse Ding, das, in der Absicht, ihre Noten zu verbessern, dem Kollegen den Kopf verdreht hatte. Und dies, obwohl sie hätte wissen müssen, dass eine solche Beziehung für ihn strafbar war.

Leichter Nieselregen tröpfelte durch das Blätterdach der Hohen Warte. Es war noch früh am Morgen, und der Nebel, der sich in der Nacht über weite Teile Oberfrankens gelegt hatte, umfing den Wald mit einem dichten weißen Schleier. Theoda parkte ihren Wagen auf einer abgelegenen, von der Straße kaum einsehbaren Lichtung. Sträucher und Pflanzen umwucherten die von Moosen durchsetzte Wiese, in deren Mitte ein paar gelbe Blüten leuchteten. Auf Theoda wirkte der Ort unberührt und friedlich. Hierhin hatte sich seit Langem keiner mehr verirrt. Sogar zur Hochsaison, wenn halb Bayreuth auf der Suche nach Pilzen die Umgebung durchpflügte, gab es an diesem Platz noch immer stattliche Exemplare. Dr. Katzenberger, stellvertretender Direktor des Gymnasiums und passionierter Pilzsammler, hatte ihr den versteckten Ort gezeigt, den er entdeckt, gepflegt und lange Zeit wie seinen Augapfel gehütet hatte. Als Theoda ihm eines Tages anbot, das Haus ihres Vaters zu einem günstigen Preis zu kaufen, hatte er sie in sein Geheimnis eingeweiht und ihr damit das Gefühl gegeben, dass sie etwas Besonderes für ihn war. Seit diesem Tag hüteten beide das Wissen um den Ort und ließen sich gegenseitig an der Ernte des anderen teilhaben, wann immer einer von ihnen zum Pilzesammeln in den Wald ging. In der letzten Zeit war Dr. Katzenberger jedoch nur noch selten hergekommen, und Theoda fühlte sich plötzlich nirgendwo sonst so einsam und verlassen wie hier.

Ihr Blick streifte das vertraute Unterholz und die toten Äste, die sich seit dem letzten Sturm hier aufgetürmt hatten. Entschlossen, ihren Plan in die Tat umzusetzen, nahm sie einen der umliegenden Zweige vom Boden auf und brach ihn mit kurzem Knacken in mehrere Stücke. Alles war durchdacht, es würde schnell und schmerzlos sein. Sie schaute auf das Dickicht zu ihrer Linken. Das Eisen, das sie vergangene Woche im Baumarkt besorgt hatte, ließ sich bequem darin verstecken. Wenn die Gelegenheit gekommen sein würde, brauchte sie es nur rasch herauszuziehen und ihm einen gezielten Schlag ins Genick zu verpassen. Ihre Gedanken kreisten um diesen Augenblick, bis ihr schwindelig wurde. Angestrengt versuchte sie, sich die Situation so genau wie möglich vorzustellen: Sie zog das Eisen aus dem Gebüsch, holte aus, schlug zu und traf. Die Sekunde, in der er nach unten schaute, durfte sie auf keinen Fall verpassen. Schon das kürzeste Zögern konnte alles verderben.

Es wird ganz einfach sein, dachte sie und machte sich Mut. Aber die Zweifel, die einmal aufgekommen waren, blieben. Je stärker sie dagegen ankämpfte, desto hartnäckiger bohrten sie sich in ihre Gedanken. Was wäre etwa, wenn ihn der Schlag nicht gleich tötete oder sie nicht schnell genug wäre und er ihre Absicht erkannte? Würde er sie zur Rede stellen oder sich gleich zur Wehr setzen? Im Zweikampf wäre sie ihm klar unterlegen. Er war der Kräftigere, und es würde sich einmal mehr bewahrheiten, dass sich eine Waffe immer auch gegen einen selbst richten konnte. Aber so schlimm musste es ja gar nicht kommen. Viel eher war anzunehmen, dass er sich weigerte, mit ihr zum Pilzesammeln hinauszufahren, und der Plan damit hinfällig würde. Oder was, wenn er heute oder morgen allein hier auftauchte und die Grube vorzeitig entdeckte? Das zumindest ließe sich verhindern, indem sie ihm heute noch einen Korb mit Pilzen vorbeibrächte. Hauptsache, er tauchte nicht auf, solange sie hier die Vorbereitungen traf. Sie nahm das Messer, schnitt die Steinpilze ab, die an dieser Stelle wie immer üppig wuchsen, und ließ einen nach dem anderen in den Korb gleiten, den sie eigens zu diesem Zweck mit einem frisch gewaschenen Tuch ausgeschlagen hatte. Die prachtvolle Ernte würde ihn vielleicht sogar zum gemeinsamen Sammeln animieren, doch bis dahin war noch viel zu tun. Das Grab auszuheben würde anstrengend werden, und seitdem sie unter chronischem Kopfschmerz litt, durfte sie sich nicht zu viel zumuten.

Theoda fühlte, wie sich die ersten kalten Regentropfen durch die Nähte ihres neuen Ölmantels arbeiteten und den Nacken hinunterliefen. Auf das Sonderangebot war sie nur hereingefallen, weil sie sich neulich, nach der heftigen Auseinandersetzung mit Elvira, etwas Gutes tun wollte. An alle Einzelheiten, die sie sich von ihrer Kollegin hatte anhören müssen, konnte oder wollte sie sich nicht mehr erinnern. Sie sah nur noch Elviras falsches Grinsen vor sich, als das Lehrerkollegium mehrheitlich gegen Theodas Forderung, Dr. Katzenberger zur Rechenschaft zu ziehen, abgestimmt hatte. Noch im Konferenzzimmer hatte Elvira in Anwesenheit aller lauthals verkündet, dass der gute Ruf der Schule mehr zähle als die Moralvorstellungen einer ältlichen und offensichtlich frustrierten Kollegin. Außerdem wisse ja jeder, dass sie, Theoda, ein Auge auf Dr. Katzenberger geworfen habe.

Theoda, Gymnasiallehrerin für Deutsch und Biologie, klopfte das Herz bis hinter die Schläfen, als sie sich an diese Bloßstellung erinnerte. Es war, als hätte sie der Blitz getroffen und ihre grauen, drahtigen Locken in alle Richtungen aufgetürmt. Ihr langer, dünner Körper schwankte wie eine von Schnecken befallene Bohnenstange und reckte die Glieder, um allem Gegenwind zum Trotz am nächsten Holzstecken

Halt zu finden. Sie wusste nicht, worüber sie sich mehr empören sollte – über Elvira, die aussprach, woran niemand rühren durfte, oder über ihre eigene Fehleinschätzung, die ihr allzu lange die Gewissheit gegeben hatte, dass zwischen ihr und Dr. Katzenberger ein besonderes Verhältnis bestand. Es war höchste Zeit, dass sie diesem Irrtum ein Ende bereitete und er seine gerechte Strafe bekam.

Sie strich die jägergrüne Kapuze zurück und hielt ihr Gesicht in den sanften Regen. Dann gab sie sich einen Ruck und holte den Spaten aus dem Kofferraum. Um die Beschaffenheit der Erde zu prüfen, stocherte sie zunächst an mehreren Stellen herum. Der Platz unter dem großen Busch schien besonders geeignet, weil sich der Erdboden hier lockerer anfühlte als andernorts. Sie band die herabhängenden Zweige hoch, schob die welken Blätter beiseite und löste die regendurchtränkten Mooskissen vorsichtig vom Boden. Sie sollten später zur Tarnung des Grabes dienen. Schließlich setzte sie den rechten Fuß auf die Kante, bohrte das Eisen so tief wie möglich in das Erdreich und drückte den Stiel wie den Schenkel eines Zirkels langsam zu Boden, bis der mit Wurzeln durchsetzte Humus die Schaufel freigab. Am Anfang war es leicht, aber je tiefer sie grub, desto fester wurde die Erde und desto mehr Steine kamen zum Vorschein, die sie mit bloßen Händen herausnehmen musste. Theoda biss die Zähne zusammen und trieb den Spaten Stück für Stück immer tiefer in den Boden. Sie hatte sich vorgenommen, heute wenigstens einen Meter zu schaffen und das Loch in den nächsten Tagen bis über drei Meter zu vertiefen. Erst dann konnte die Leiche eingebracht werden. Andernfalls musste man damit rechnen, dass Hunde und Füchse sie wieder ausgruben. Zur Neutralisierung des Verwesungsgeruchs hatte Theoda jede Menge Kaffee besorgt und die Päckchen einsatzbereit in ihrer Wohnung gestapelt. Mit dem Pulver wollte sie den Körper bedecken, bevor sie das Grab endgültig schloss. Der Plan war perfekt. Jetzt kam es nur noch darauf an zu graben, Dr. Katzenberger zum gemeinsamen Pilzesammeln zu überreden und energisch, mit kompromissloser Härte zuzuschlagen.

Inzwischen hatte sich der Nebel gelichtet. Theoda hielt inne und setzte sich auf einen Felsen, um einen Moment zu verschnaufen und ihren Kopf auf die Knie zu legen. Wie immer konzentrierte sich der Schmerz zunächst auf eine Stelle hinter der Stirn, bald würde er über die ganze Schädeldecke hinweg bis in den Nacken wandern und auf den vom Regen durchtränkten Kragen treffen. Für eine Weile schloss sie die Augen, als sie plötzlich in einiger Entfernung eine Kettensäge hörte. Das musste der Förster mit seinen Arbeitern sein, die dabei waren, die Sturmschäden der letzten Woche zu beseitigen. Laut Presse war der südliche Teil der Hohen Warte am stärksten betroffen. Kaum anzunehmen, dass sich die Männer in den nächsten Tagen hierhin verirrten. Trotzdem war es ratsam, weiterzugraben und die Sache so schnell wie möglich hinter sich zu bringen. Theoda stand auf, klopfte sich den Dreck von der dunkelblauen Hose und rieb die plumpen Gummistiefel gegeneinander, um die Erdklumpen abzustreifen. Dabei fielen ihr die schicken Riemchensandalen ein, und das bunte Sommerkleid, das Dr. Katzenbergers Affäre getragen hatte, als sie zum ersten Mal im Büro des stellvertretenden Direktors verschwand. An diesem Tag hatte Theoda den Entschluss gefasst, dem Leben des Dr. Katzenberger ein Ende zu setzen.

Eifersucht war es nicht. Was sie antrieb, war vielmehr die bittere Enttäuschung darüber, dass Dr. Katzenberger nicht der Mann war, für den ihn Theoda so lange gehalten hatte. Als er vor einigen Jahren an die Schule gekommen war und sich dem Kollegium vorgestellt hatte, war es Elvira gewesen, die sie sofort auf die seltsame Übereinstimmung der Namen ansprach: »Glauben Sie, dass eine literarische Figur lebendig werden kann?«, hatte sie gefragt und auf Theodas irritierten Blick lachend hinzugefügt: »Na, der Doktor in der *Badereise*!«

»Zufall«, hatte Theoda so unverkrampft wie möglich geantwortet, in Wahrheit aber vor Aufregung innerlich gezittert.

Nicht genug damit, dass ihr Vater sie nach dem frühen Tod der Mutter ins Internat abgeschoben und selbst bald wieder eine Familie gegründet hatte. Ihre Eltern hatten sie zusätzlich mit einem Namen gestraft, der so gar nicht von dieser Welt war. Sie hörte ihre Mutter noch erzählen, wie sie in ihrer Jugend den Namen Theoda in einer alten Jean-Paul-Novelle gelesen und für schön befunden habe. Als sie dann mit ihr schwanger geworden sei, habe sie sich daran erinnert. Auch ihr eigenes Kind sollte etwas von der Erhabenheit des Mädchens aus der Erzählung besitzen. Die Handlung der Geschichte habe sie vergessen, nur dass der Vater dieser Theoda ein gewisser Dr. Katzenberger gewesen sei, verwitwet, mit einem Faible für anatomische Anomalien.

Ob Zufall oder doch eher Schicksal, jedenfalls stand jetzt jener Dr. Katzenberger in Gestalt des neuen Kollegen leibhaftig vor ihr. Auch seine Biografie entsprach in wesentlichen Teilen der Romanfigur. Anders als dieser war der Kollege zwar kein Arzt, doch hatte er, wie er gern betonte, mit dem Medizinstudium begonnen und eine Zeit lang als wissenschaftliche Hilfskraft in der Chirurgie gearbeitet. Wegen seiner frühen Heirat und der Pflegebedürftigkeit seiner Frau bald darauf musste er allerdings beruflich umsatteln und ließ sich zum Gymnasiallehrer für Biologie und Chemie ausbilden. Mehr wusste sie nicht über ihn. Außer, dass er im Wald neben Pilzen auch tote Tiere sammelte. Solche Funde präparierte er dann, um sie später bis ins Detail zu beschreiben und im Unterricht zu verwenden. Bei den Schülern weckte das in dem ein oder anderen Fall das erhoffte Interesse an den Naturwissenschaften, aber der Abstellraum des Biologiesaals, wo er die eingegossenen und in Formaldehyd getränkten Objekte seiner merkwürdigen Sammlung aufbewahrte, galt bei den Jugendlichen allgemein als Schreckenskammer.

Theoda schüttelte den Kopf bei dem Gedanken daran, dass Elvira Dr. Katzenberger mit der Erzählung Jean Pauls in Verbindung gebracht hatte. Trotzdem hatte sie daraufhin die Leseliste für die Oberstufe umgestellt und die fragliche Novelle aus dem Programm genommen. Es sollte kein Gerede geben. Schließlich bestand zwischen ihr und Dr. Katzenberger ein besonderes Band. Ob es nun wegen der alten Erzählung war, in der ihre beiden Namen Vater und Tochter verkörperten, oder ob es vor dem Hintergrund der gleichen Fächerwahl geschah, jedenfalls hatte sie von Anfang an ein Gefühl innerer Verbundenheit verspürt und darauf vertraut, dass die Beziehung zwischen ihnen von dauerhafter Festigkeit sein würde. Er war der einzige unter den Kollegen, der ihr manchmal unter die Arme griff, wenn es Probleme mit den Klassen gab oder sie mit Lehrmaterial bepackt durch das Treppenhaus schlich. In solchen Fällen hatte er immer ein tröstendes Wort parat und ihr umstandslos geholfen, Hefte und Bücher zu tragen. Wenn er von wichtigen, für den Unterricht verwertbaren naturwissenschaftlichen Erkenntnissen erfuhr, legte er ihr einen Zeitungsausschnitt ins Fach oder schrieb die entsprechende Website auf einen Notizzettel. Als sie sich letzten Herbst während eines Versuchs im Labor verletzt hatte, leistete er sofort erste Hilfe und ließ sie so lange nicht aus den Augen, bis der Notarzt eintraf.

All das war geschehen, bevor er die Affäre mit einer Schülerin begann. Seitdem war er wie ausgewechselt. Es schien Theoda sogar, als ob er neuerdings einen Bogen um sie machte. Sicher nicht aus schlechtem Gewissen, denn wenn dem so gewesen wäre, hätte er sich nicht derart dreist in aller Öffentlichkeit vergnügt. Eher fürchtete er wohl, bei dem jungen Gemüse an Attraktivität zu verlieren, wenn man ihn an ihrer Seite sah, so grau und streng, wie sie nun mal war. Und so einem hatte sie im guten Glauben ihr Elternhaus überlassen! Die Wut fuhr Theoda bis in die Fingerspitzen, und es tat ihr gut, sich körperlich abzureagieren.

Mittlerweile hatte die Grube beträchtlich an Tiefe gewonnen. Sie musste die Erde nun schon mit großer Kraft beinahe schulterhoch hinauswerfen. Das ging auf die Gelenke. Lange konnte sie damit nicht mehr weitermachen, obwohl sie jetzt der Ehrgeiz gepackt hatte. Am liebsten würde sie erst aufhören, wenn die Pilze auf Augenhöhe standen. Heute war sie krankgeschrieben und hatte mehr Zeit als sonst. Je eher das Grab fertig werden würde desto besser. Sie schaute auf ihre Hände. Die Gartenhandschuhe waren durchgescheuert, und an beiden Zeigefingern hatten sich Blasen gebildet. Sie brauchte eine Pause und endlich etwas zu trinken. Über die Stufen, die sie in weiser Voraussicht in die Grubenwand geschaufelt hatte, gelangte sie ohne weitere Anstrengung an die Erdoberfläche. Sie lehnte den Spaten an den nächsten Baum und wusch sich, so gut es ging, die Hände mit dem stillen Wasser aus der Pfandflasche. Dann nahm sie ein Papiertaschentuch und trocknete sie ab. Sauber waren sie nicht, besonders die Fingernägel hatten dicke, braune Ränder, aber für eine Brotzeit musste es reichen. Mit ungewohntem Appetit biss sie in die mit Gelbwurst belegte Laugenstange, dann schraubte sie den Deckel der Thermoskanne ab und goss den heißen Earl Grey in die Tasse. Nach der Anstrengung tat das Trinken gut. Sie sog den Duft durch die Nase ein und genoss das würzig-bittere Aroma der feinen englischen Teesorte.

Während sie ihr zweites Frühstück einnahm, schaute sie sich stolz das Ergebnis ihrer Mühen an. Die Schnur, mit der sie die herunterhängenden Zweige des Strauchs hochgebunden hatte, hielt noch immer, und direkt daneben erhob sich jetzt ein mächtiger Erdhügel. Sie konnte kaum glauben, dass sie es gewesen war, die all das ausgehoben hatte. Als sie in das Loch hinuntersah, dachte sie wieder an ihren Plan. Genau so hatte es zu geschehen: Sie musste zuschlagen, wenn Dr. Katzenberger mit Verwunderung das Loch betrachtete. Idealerweise würde er dabei hinabstürzen und sofort mit Kaffee und Erde bedeckt werden können. Um den Moment seiner Verwunderung zu verlängern und sich selbst mehr Zeit für die entscheidende Handlung zu geben, könnte sie etwas auf dem Boden deponieren. Doch was war groß genug, um nicht übersehen zu werden und seine Aufmerksamkeit derart zu fesseln, dass er ihren Angriff nicht bemerkte? Sie dachte an den Schmuck, den sie von ihrer Mutter geerbt hatte. Einen einzelnen Fingerring würde er kaum bemerken. Wenn schon, dann musste sie eine Kette oder zumindest ein Armband opfern. Doch das waren wertvolle Einzelstücke, mit denen die Polizei ihre Identität eventuell zurückverfolgen konnte. Nein, es musste etwas anderes sein. Vielleicht etwas, das ihm selbst gehörte und das sie aus der Schule entwenden konnte. Da fiel ihr der Schal ein, den er früher praktisch ständig getragen hatte. Schon vor längerer Zeit hatte sie ihn an sich genommen und in ihrer Wohnung versteckt. Auf diese Weise konnte sie ihm, wann immer sie wollte, ganz nah sein und ihren schmerzenden Kopf auf die Wolle betten, die so wunderbar nach seinem Rasierwasser roch. Seit seiner Affäre hatte sie den Schal in eine Plastiktüte gepackt und im Keller verstaut. Längst hatte sie vorgehabt, ihn endgültig in den Müll zu werfen, es aber dann doch immer wieder hinausgezögert. Jetzt war die passende Gelegenheit gekommen. Sie würde ihn in die Grube legen, sobald sie ihn gründlich gereinigt und von den eigenen Haaren und Hautschuppen befreit hatte.

Erfreut über diesen Einfall streifte sie sich wieder die Gartenhandschuhe über und schritt mit frisch zurückgewonnener Energie zur Tat. Sie stieg die Stufen hinab und betrachtete den Boden, der an verschiedenen Stellen ungleich hoch war. Dann stellte sie ihren rechten Fuß auf die Spatenkante und drückte den Stiel nach unten, wie sie es schon die ganze Zeit gemacht hatte. Dieses Mal kam jedoch etwas zum Vorschein, das sie stutzen ließ. Schwer zu sagen, was es war. Eine graue Wurzel oder ein länglicher Stein? Vorsichtig strich sie mit den Handschuhen darüber und löste den Gegenstand aus der feuchten Erde heraus. Er glich einem Knochen, doch welches Tier konnte in solch einer Tiefe vergraben sein? Ungläubig und mit einem flauen Gefühl in der Magengrube starrte sie auf den Fund und stieg zurück an die Erdoberfläche, um ihre

Brille zu holen. Jetzt sah sie klarer. Es handelte sich definitiv um einen Knochen, da war kein Zweifel möglich. Schließlich war sie nicht nur Deutsch-, sondern auch Biologielehrerin. Einen Knochen erkannte sie selbst dann, wenn er so schmutzig und porös war wie dieser. Wer weiß, wie lange der hier schon gelegen hatte. Zehn Jahre mindestens. Sie hob ihn auf und bemerkte dabei an der einen Seite eine seltsam glatte Bruchstelle. Auf den ersten Blick schien der Bruch alt, aber vielleicht hatte sie den Schaden beim Graben selber angerichtet. Wegen der Erdanhaftungen ließ sich das nicht mit Sicherheit sagen.

Auf der Suche nach dem Gegenstück räumte sie vorsichtig Dreck und Geröll um die Fundstelle beiseite, fand aber nichts, was auf die Herkunft des Knochens schließen ließ. Erst auf der anderen Seite der Grube stieß sie auf weitere Knochen, die sie unschwer als Rippen identifizierte. Eine böse Ahnung überkam sie. Trotzdem hoffte sie noch immer auf eine einfache Erklärung. Es musste sich um Wild handeln, vielleicht um ein verstorbenes Reh. Etwas anderes wollte sie sich nicht vorstellen. Zögernd grub sie weiter und fand schließlich noch weitere Knochenteile. Schon bevor sie sich ganz im Klaren über diese Entdeckung war, spannte sich ihre Kopfhaut wie bei einer Migräne zu einem straffen, hauchdünnen Pergament, und ein schwarzer Vorhang zog vor ihre Augen. Menschliche Knochen, dachte sie, hier lag ein Mensch, und sie selbst stand mitten in seinem Grab! Panik erfasste sie. Bloß weg! Sie wandte sich zur Flucht, stieß den Spaten um und stolperte zu den Stufen. Sie kannte solche Schockzustände. In letzter Zeit, seitdem sie stärkere Medikamente nahm, hatte sie das häufiger erlebt. Die Muskulatur gefror, es sauste in den Ohren, und kalter Schweiß perlte aus den fahlen Poren. Jeden Augenblick konnte sie die Besinnung verlieren. Sie wusste, dass sie so schnell wie möglich die Beine hochlagern musste. Es stank nach Moder, und die Angst, diesem Grab nie mehr zu entkommen, überfiel sie. Trotz schwindender Sinne schleppte sie sich auf allen vieren hinauf und schaffte es, sich mit letzter Kraft rücklings auf den Boden zu legen, die Beine auf den Erdhügel gebettet.

Als sie wieder aufwachte, war ihr kalt. Wie lange die Ohnmacht gedauert hatte, konnte sie nicht sagen. Sie spürte, wie das Blut langsam in den Kopf zurückströmte und die Stirn erwärmte. Die Gedanken entwirrten sich, noch bevor sie ihre langen, dünnen Glieder wieder bewegen konnte. Fieberhaft überlegte sie, was jetzt zu tun war. Ihrem spontanen Impuls, die Polizei zu verständigen, durfte sie nicht folgen. Eine der ersten Fragen der Beamten wäre todsicher, warum sie dieses Loch gegraben hatte. Was sollte sie antworten? Schließlich konnte sie kaum sagen, dass sie vorgehabt hatte, Dr. Katzenberger an Ort und Stelle zu erschlagen. Wenn sich dann auch noch herausstellen sollte, dass der Mensch, dessen Knochen sie entdeckt hatte, ermordet worden war, würde man am Ende gar sie selbst für die Mörderin halten. Den Fund zu melden, war also keine Option.

Eine andere, und wie es im Moment schien, bessere Alternative war, das Grab noch heute wieder zuzuschaufeln, mit den Moospaketen zu versiegeln und ein für alle Mal Stillschweigen darüber zu bewahren. Doch wie lange konnte sie das Wissen und die Ahnung, dass sich offenbar ein Verbrechen ereignet hatte, verschweigen? Über Jahrzehnte ein grausiges Geheimnis für sich zu behalten, war nicht einfach. Das konnte geradezu eine Strafe werden, die sie bis in ihre Träume verfolgen und um ihren Schlaf bringen würde. Und wenn sie – in einigen Jahren vielleicht – nicht mehr imstande sein würde, ihren Mund zu halten, was dann? Sie würde erst recht unter Verdacht geraten, weil sie nicht beizeiten zur Polizei gegangen war. Man würde sie des Mordes beschuldigen, und sie könnte ihre Unschuld nicht beweisen.

Einmal angenommen, sie würde es tatsächlich schaffen zu schweigen. Das bedeutete auch, den wahren Täter zu schützen, der sich bei nächster Gelegenheit auf ein anderes Opfer stürzen konnte oder es vielleicht sogar schon getan hatte. Dass

Mörder oft nach demselben Muster töteten, war ja bekannt. Es schauderte sie bei dem Gedanken, dass noch eine Leiche oder gar mehrere an diesem Ort begraben sein könnten. Plötzlich hatte sie das Gefühl, auf dem Totenbett eines anderen zu liegen und in der Vergangenheit massenweise Pilze verzehrt zu haben, die sich ihrerseits von diesem Massengrab ernährt hatten. Das war ekelhaft. Sie schüttelte sich. Nie wieder würde sie einen dieser Pilze anrühren!

Während sie so dalag und darauf wartete, aufstehen zu können, galoppierten ihre Gedanken weiter. Sie hatte Angst, die Kontrolle zu verlieren. Eines aber wurde ihr immer klarer: Dr. Katzenberger wie geplant hier herauszulocken und ihn zusammen mit der unbekannten Leiche zu begraben, war nicht realisierbar. Auch wenn die Gelegenheit noch so günstig schien. Sicherlich würde er unter diesen Umständen lange nach unten schauen und böte dementsprechend eine ideale Angriffsfläche. Aber sie selbst war nicht mehr in der Lage, ihren Plan durchzuführen. Die Knochen und das unbekannte Verbrechen waren ihr unheimlicher als ihre eigene Tötungsabsicht. Ihrem Empfinden nach war sie weit davon entfernt, einen vorsätzlichen Mord zu begehen. Es war eher so, als wollte sie lediglich einen Charakter streichen, der sich nicht mehr an die Spielregeln hielt.

Apropos Dr. Katzenberger: Ihm konnte sie von der Entdeckung erzählen, schließlich war er es ja gewesen, der ihr diesen verborgenen Teil des Waldes gezeigt hatte. Vielleicht hatte er sogar eine Idee, wie mit dieser prekären Situation am besten umzugehen wäre. Gut vorstellbar, dass er sich ihrem Vorschlag, das Grab wieder zuzuschütten, anschließen würde, war ihm doch bestimmt nicht daran gelegen, den Pilzreichtum dieses Ortes der Öffentlichkeit preiszugeben. Dr. Katzenberger um Rat zu fragen, beinhaltete außerdem zwei klare Vorteile: Erstens würde sie mit ihm ein neues, frisches Geheimnis teilen, was ihrer Beziehung guttäte, und zweitens wäre sie nicht zu ewigem Schweigen verdammt, sondern würde sich mit ihm auch in Zukunft darüber austauschen können. Sie nahm sich vor, ihn möglichst noch heute, nach Dienstschluss, abzupassen und hierherzubringen. Sollte er wissen wollen, warum sie dieses Loch gegraben hatte, würde sie ihm sagen, dass sie vorgehabt hatte, eine Kompostgrube für die Pilzzucht anzulegen. Er würde diese Idee begrüßen.

Theoda hielt noch immer ihre Beine am Erdhügel hochgelagert und schaute mit gespannter Erwartung in die Baumkronen. Die Sonne arbeitete sich gerade durch die Wolken, und vereinzelte Strahlen fanden einen Weg durch das Blätterdach. Sie nahm es als Zeichen, dass sich alles zum Guten wenden würde. Ihr größter Wunsch, die alte Vertrautheit zu Dr. Katzenberger wiederherzustellen, schien plötzlich zum Greifen nah. Erleichtert genoss sie das Glücksgefühl, das ihren Körper plötzlich mit jener Wärme durchströmte, die sie so lange vermisst hatte. Sogar seine Affäre schmerzte jetzt weniger. Sollte er sich doch ausleben. Was war dagegen einzuwenden? Sie selbst hatte keinerlei Interesse in dieser Richtung. Ihr ging es vielmehr um etwas, was sie unter Familienbeziehung verstand: dauerhafte Zusammengehörigkeit, Geborgenheit und gegenseitige Wertschätzung. Das war es, was sie seit der Internatszeit herbeisehnte und glaubte, bei Dr. Katzenberger gefunden zu haben. Körperlich war er für sie tabu, ein väterlicher Freund, der, im Haus ihres Vaters wohnend, fehlende Erinnerungen überstrahlte. Sie würde nicht den ersten Stein werfen. Ja, sie war bereit, alles zu tolerieren, solange es die innige Verbindung zwischen ihnen nicht berührte.

Auf der Suche nach ihrem Handy tastete sie die Taschen ihres Ölmantels ab. Am liebsten hätte sie Dr. Katzenberger sofort angerufen. Aber da sie das Telefon fast nie benötigte und die Vorstellung, dauernd erreichbar zu sein, lästig fand, steckte sie es nur selten ein und hatte es auch jetzt nicht bei sich. Hoffentlich war es wenigstens im Auto. Vorsichtig erhob sie sich von ihrem Notlager und taumelte, gegen den wiederkehrenden Schwindel ankämpfend, zurück zum Wagen.

Bevor sie sich setzte, zog sie den verdreckten Mantel aus und streifte die Gummistiefel von den Füßen. Dann schlüpfte sie in die Halbschuhe und griff in die Ablage. Das Handy war da, frisch aufgeladen und einsatzbereit. Unter dem Namen Katzenberger waren mehrere Rufnummern gespeichert: das Festnetz zu Hause, sein Büro, seine Sekretärin und sein Handy. Sie überlegte kurz und drückte dann auf »Mobil«, weil sie etwas Privates zu besprechen hatte und er mit Sicherheit noch in der Schule sein würde. Doch anstatt durchzuwählen, kam nur eine Ansage – kein Netz. »So ein Mist«, schimpfte sie und stieg zurück in die Stiefel. Jetzt musste sie sich beeilen, um ihn in der Schule abzupassen, bevor er Feierabend machte und ins Wochenende fuhr.

Hastig lief sie auf die Lichtung, um alle Gegenstände einzusammeln, die dort noch herumlagen. Als ihr Blick das Grab streifte, trat sie zum Abschied einen Schritt näher heran. Auf der linken Seite, dort, wo sie die Knochen gefunden hatte, war die Erde in der Zwischenzeit nachgerutscht und hatte ein Stück Stoff freigelegt. Theoda spürte sofort die zurückkehrende Anspannung und schaute weg. Die Kleidung des Toten erhöhte die Wahrscheinlichkeit eines Verbrechens. Das Geräusch brechender Zweige rings um die Lichtung machte ihr plötzlich Angst, wobei sie völlig vergaß, wie lange die Tat schon zurückliegen musste. Sie hielt den Atem an und lauschte in den Wald hinein. Bei der Vorstellung, der Täter könnte womöglich zurückkommen und sie hier am geöffneten Grab überraschen, ergriff sie erneut die Panik. Sie rannte zum Auto, sprang hinein, verriegelte sämtliche Türschlösser, ließ den Wagen an und fuhr, so schnell sie konnte, zur Schule.

Das Autofahren tat ihr gut und beruhigte sie. Doch plötzlich schoss ihr ein Gedanke durch den Kopf. Was, wenn Dr. Katzenberger der Mörder des Unbekannten war? So unwahrscheinlich, wie das zunächst klang, war es gar nicht. Er war seit mindestens zehn Jahren verwitwet und hatte seine Frau unter ungeklärten Umständen verloren. Es hieß, sie sei auf einer Badereise, beim Schwimmen im Bodensee, ums Leben gekommen, doch ihr Leichnam wurde nie gefunden. Angesichts der Größe und der Tiefe des Gewässers sowie ihrer körperlich schwachen Konstitution hatte man die Suche bald eingestellt und den Vorfall als Unfall zu den Akten gelegt. Doch konnte es sich nicht auch ganz anders abgespielt haben und das Skelett ihres sein? Auf einmal kam es Theoda ganz logisch vor, dass der geheime Ort im Wald Dr. Katzenberger so heilig war. Er hatte dort seine Frau begraben! Erschrocken dachte sie an die glatte Bruchstelle, die ihr am Knochen aufgefallen war. Mit einem Mal erinnerte sie sich auch an die Schreckenskammer im Biologiesaal. Die in Formaldehyd getränkte Hand, die als anatomische Anomalie sechs statt fünf Finger aufwies, passte von der Größe her dazu. Theoretisch konnte der im Wald gefundene Knochen durchaus zum Unterarm derselben Person gehören. Theodas Herz raste. Um sich Klarheit zu verschaffen, musste sie zurück zum Grab und den Fund mit dem Präparat in der Schule vergleichen.

Ihr war elend zumute. Ob die Bruchenden wirklich zusammenpassten, würde sich mit letzter Sicherheit nicht feststellen lassen. Dazu war eine aufwendige Technik nötig, die im Labor der Schule nicht zur Verfügung stand. Versuchen musste sie es trotzdem. War der Befund positiv, würde sie trotz aller Vorbehalte die Polizei einschalten und einfach darauf hoffen, dass man ihr die Geschichte mit der Kompostgrube abnahm. Wenn nicht, wollte sie Dr. Katzenberger von dem Grab erzählen und seine Meinung über das weitere Vorgehen einholen. War er der Täter, würde er sich irgendwie verraten. Dazu kannte sie ihn gut genug. Entschlossen bremste sie, drehte um und fuhr mit hoher Geschwindigkeit zurück in den Wald. Auf den matschigen Wegen schlitterte das Auto hin und her, doch endlich erreichte sie genau die Stelle, an der sie den ganzen Morgen gegraben hatte. Ohne zu zögern zog sie noch einmal die Regensachen über und kletterte die Stufen zu dem Skelett hinunter. Die Erde war weiter abgerutscht und gab jetzt das Knie der Leiche frei. Theoda kümmerte sich jedoch nicht darum, sondern hob den Unterarmknochen mit der glatten Bruchstelle auf und wickelte ihn in das Handtuch, das sie aus dem Pilzkorb gezogen hatte. Anschließend kehrte sie auf den Weg zur Schule zurück.

Es war schon Abend, als Theoda eintraf. Auf dem Lehrerparkplatz stand nur noch ein einziges Auto. Sie wusste natürlich, wem es gehörte. Dr. Katzenberger nahm seine Aufgaben sehr genau und blieb jedes Jahr vor den Zeugnissen bis in die Nacht am Schreibtisch. Einen Augenblick zögerte sie und überlegte, ob sie es überhaupt riskieren konnte, in die Schule zu gehen. Doch dann machte sie die Scheinwerfer aus, stellte den Wagen auf ihren Stellplatz und eilte quer über den Schulhof zum Biologiesaal. Als dienstälteste Lehrerin dieses Fachs war sie für das Labor mit all seiner Ausstattung zuständig und trug den Schlüssel demzufolge immer bei sich. Die Liste mit den notwendigen Reparaturen und Nachkäufen wollte sie erst morgen zusammenstellen. Heute interessierte sie sich allein für die Schreckenskammer. Sie öffnete die Tür und nahm die sechsfingrige Hand aus dem Regal, die Dr. Katzenberger der Schule vermacht hatte. Vorsichtig setzte sie das Glas auf dem Arbeitstisch ab, knipste die Laborlampen an und schaute auf die Etikettierung: »Medizinische Fakultät, Universität Erlangen, 1938«, hieß es schlicht. Einen detaillierteren Vermerk fand sie nicht. Seltsam, dass das noch niemandem aufgefallen war, dachte sie. Das Etikett konnte ebenso gut gefälscht sein, genau wie die Altersangabe. Theoda rückte ihre Brille zurecht und verglich das Präparat mit dem Knochen, den sie jetzt aus dem Handtuch rollte.

Auf einmal hörte sie eine wohlbekannte Stimme: »Ich dachte, Sie seien krankgeschrieben«, sagte Dr. Katzenberger, der plötzlich hinter ihr stand. Erschrocken fuhr sie herum. Sie hatte ihn weder kommen hören noch so spät im Biologiesaal erwartet. Vermutlich hatte er Licht gesehen oder sogar ihr Auto entdeckt. Während sie noch überlegte, was sie erwidern sollte, ergriff er wieder selbst das Wort: »Sagen Sie bloß, Sie haben den passenden Körper dazu gefunden.« Lächelnd zeigte er auf den Unterarmkochen und bat darum, ihn sich näher anschauen zu dürfen. Nachdem er ihn eine Weile schweigend betrachtet und von allen Seiten begutachtet hatte, wandte er sich zu ihr. Dabei bemerkte sie, wie sein Blick auf ihren Händen ruhte und er die braunen Trauerränder unter ihren Fingernägeln musterte. Theoda, die sonst so viel Wert auf Ordnung und Sauberkeit legte, war trotz ihrer Angst peinlich berührt. Sie glaubte, eine brennende Neugier zu spüren, und wartete auf eine entsprechende Frage, doch es geschah nichts. Sie hatte angenommen, ihn besser zu kennen und einfacher zu durchschauen. Jetzt, als sie ihm gegenüberstand, wusste sie nicht, ob er mit gespielter Ruhe die Sorge überdeckte, nach so langer Zeit doch noch aufgeflogen zu sein, oder ob seine Gelassenheit tatsächlich echt war.

»Gut, dass ich Sie treffe«, begann er die Unterhaltung, holte zwei Stühle von den Schülerpulten und bot ihr einen Platz an. »Ich wollte ohnehin etwas Wichtiges mit Ihnen besprechen.« Theoda fühlte sich zunehmend unbehaglich, mit ihm allein in diesem großen Schulgebäude zu sein. Während er sprach, konnte sie nur daran denken, dass ganze sechs Wochen niemand mehr den Biologiesaal betreten würde. Wenn es zum Schlimmsten kam, musste sie Glück haben, von der Putzkolonne gefunden zu werden. Sie schaute nach draußen. Es war schon dunkel, die nachtschwarzen Fensterscheiben reflektierten das kalte Licht der Laborlampen. Sie ärgerte sich, dass sie sich setzte, als er ihr den Stuhl hinhielt. Warum ließ sie sich bloß darauf ein? Viel lieber wäre sie gegangen und hätte einfach behauptet, keine Zeit zu haben. Oder, noch besser, sie hätte vorgeben können, verabredet zu sein, um ihn indirekt wissen zu lassen, dass jemand auf sie wartete und er sich ihrer nicht nach Belieben bemächtigen konnte. Doch jetzt war es zu spät, einen Rückzieher zu machen. Als er dann auch noch damit begann, dass ihm ihr Vorhaben zu Ohren gekommen war, ihn wegen seines Verhältnisses mit der Schülerin anzuzeigen, wäre sie am liebsten aus dem Fenster gesprungen. Aber nicht einmal dazu war sie imstande. Wie gebannt saß sie auf ihrem Stuhl. Seine Stimme erreichte sie nicht.

Von ihren Ängsten schien Dr. Katzenberger nichts zu bemerken. Ruhig, in sanftem Ton redete er weiter. Erst als er zum Materialschrank ging, seine Tasche herausnahm und die Tür ins Schloss warf, hörte sie ihn wieder. In kurzen Zügen erklärte er, dass er die Affäre bereits beendet und beim Schulamt um seine Versetzung gebeten hätte. Zum Zeichen seiner Reue und mit der Bitte um Nachsicht wolle er das Haus ihrer Eltern zu dem Preis zurückgeben, zu dem er es erworben habe.

»Ich bin froh, dass Sie mir die rote Karte gezeigt haben, Theoda. Wer weiß, was sonst geschehen wäre. Es hätte mein Unglück sein können.« Dankbar drückte er ihre Hand, stand auf und nahm seinen Mantel. Sie lächelte krampfhaft, während er mit ernster Miene fortfuhr: »Ich habe hier bereits gekündigt und den Großteil meiner Sachen gepackt. Nach den großen Ferien fange ich in Nürnberg an. Bis dahin werde ich dem Unterricht und der Schule fernbleiben.« Damit verabschiedete er sich und versprach, am Wochenende die Papiere für die Rückgabe ihres Elternhauses vorbeizubringen. Theoda brachte keinen Ton heraus. Verstört schaute sie ihn an. Das hatte sie nicht erwartet und auch nicht gewollt. Als er in seinen Wagen stieg und losfuhr, blickte sie ihm nach, bis das Licht seiner Scheinwerfer nicht mehr zu sehen war.

Natascha Engel

Schlechte Karten

»Frau Berger, ich weiß, Sie fühlen sich nicht gut, verständlicherweise. Aber ich muss Ihnen trotzdem ein paar Fragen stellen.«

»Ja. Natürlich.« Die junge Frau sah blass aus und zerbrechlich.

Hoffentlich klappt sie mir hier nicht zusammen, dachte Kommissar Neumeyer. »Es ist wichtig, den Sonntagnachmittag so exakt wie möglich zu rekonstruieren. Nur so haben wir eine Chance, den Fall aufzuklären.«

»Ich weiß. Fragen Sie.«

»Sie haben mit Ihrem Freund zusammen einen Spaziergang gemacht, unweit von Cadolzburg, richtig?«

»Das stimmt. Wir wollten uns den Druidenstein anschauen. Besser gesagt den Ort, an dem er mal stand. Den Stein selbst gibt's ja nicht mehr. Nur noch eine Gedenktafel.«

»Ganz in der Nähe des Gedenksteins kam es dann zu dem tödlichen Unglück.«

Natalie Berger konnte das Schluchzen nicht mehr unterdrücken. Sie schlug die Hände vors Gesicht, ihr Körper bebte. Kommissar Neumeyer reichte ihr ein Taschentuch, als sie schließlich mit tränennassen Augen wieder aufsah.

»Es ... es ist so furchtbar. Tut mir leid ...«

»Das ist ganz natürlich, dass die Ereignisse Sie mitnehmen, alles andere wäre seltsam. Dafür müssen Sie sich nicht entschuldigen. Geht es wieder?«

Sie nickte stumm.

»Gestern bei der ersten Zeugenbefragung am Tatort haben Sie zwei Männer erwähnt, die auch dort waren und mit denen es Streit gab. Kannten Sie diese Männer?«

»Nein. Ich hab die noch nie vorher gesehen. Wir, also Patrick und ich, hatten uns gerade auf den Rückweg gemacht, und die kamen hinter uns den Weg entlang. Hatten es offenbar eilig und wollten vorbei. Wir waren denen wohl zu langsam, und der Wanderweg war schmal. Ich wollte gerade Platz machen und sie überholen lassen, aber mein Freund hat sich umgedreht und gesagt, sie sollen nicht so drängeln und warum sie hier am Sonntagnachmittag so durch den Wald hetzen müssen und anderen die Ruhe nehmen. Das war völlig unnötig, die schwach von der Seite anzureden. Wir hätten sie einfach vorbeilassen sollen ... Manchmal hat Patrick andere grundlos provoziert, das konnte ich nie ganz verstehen.«

»Was ist dann passiert?«

»Na ja, die waren halt genervt und haben zurückgestänkert. Was er sich überhaupt so aufregt. Was das soll. Der Kleinere ist dann gleich aggressiv geworden und meinte zu Patrick, dass er seinen Mund halten soll. Eigentlich hat er ›Maul‹ gesagt, nicht ›Mund‹.«

»Wie hat Ihr Freund darauf reagiert?«

»Das hat Patrick gar nicht gepackt. Er ist ausgetickt und hat rumgeschrien. Dabei ist er richtig ausfallend geworden. Das ist ab und zu passiert, wenn er einen Wutanfall bekam. Diese Sprache, die kannte ich sonst nicht von ihm ...«

»Was hat er denn genau gesagt?«

»Dass er sich hier nicht so dumm anreden lässt. Und ... muss ich das wirklich wörtlich wiederholen? Also, er hat gesagt, dass sie zwei abgefuckte Miniatur-Aggros sind und sich verpissen sollen. Dann ist das Ganze eskaliert. Der Größere hat Patrick angerempelt, er zurück, ich hatte echt Angst, dass sie ihn gleich verprügeln. Die hatten zwar keine Bodybuilder-Figuren, aber schließlich waren sie zu zweit. Ich hab noch versucht, alle zu beruhigen und Patrick wegzuziehen, aber der eine mit der Kapuze hat mich einfach zur Seite geschubst. ›Halt du dich da raus‹, hat er gebrüllt.«

»Und wie kam es dann genau dazu, dass Ihr Freund in den alten Steinbruch hinuntergestürzt ist?«

Natalie Berger schien die Situation innerlich noch einmal zu durchleben und verstummte. Leise sagte sie dann: »Im Handgemenge hat er einen heftigen Stoß abgekriegt und das Gleichgewicht verloren. Er ist einfach ungebremst runtergefallen ... rückwärts ... und mit dem Kopf auf den Felsen geknallt. Eigentlich ist da ja ein Holzgeländer an den steilen Stellen. Aber ausgerechnet dort war es kaputt und lag auf dem Boden.« Die Tränen schossen ihr wieder in die Augen. »Dann hat er sich nicht mehr bewegt.«

»Er stand mit dem Rücken zu der Schlucht und wurde wie genau gestoßen? Haben Sie das gesehen?«

»An beiden Schultern. So weggestoßen ...« Sie war aufgestanden und ahmte die Bewegung nach.

»Das muss eine ganz schöne Wucht gehabt haben.«

»Ja. Patrick ist nach hinten getorkelt. Er hat noch versucht, sich abzufangen, ist dann aber abgerutscht ...« Sie weinte leise vor sich hin.

»Und was war mit den zwei jungen Männern?«

Natalie Berger brauchte eine Weile, um sich wieder zu fassen. Ihre Stimme bebte, als sie antwortete: »Die sind abgehauen. Weggerannt.«

»Können Sie die beiden beschreiben? Wie alt waren sie zirka?«

»Noch ziemlich jung. Neunzehn oder zwanzig, schätze ich.«

»Wie waren sie gekleidet? Je präziser Sie uns das beschreiben können, desto besser.«

»Der eine hatte, glaube ich, eine dunkelblaue Sweatjacke an mit weißer Aufschrift und irgendeinem Logo drauf. Und mit Kapuze, über den Kopf gezogen, bis in die Stirn. Piercing an der Augenbraue. Hier.« Sie deutete auf den äußeren Rand ihrer rechten Augenbraue. »Der andere, also der Große ...« Sie überlegte. »Genau, schwarze Lederjacke. Der hatte ganz kurze, dunkelblonde Haare.«

»Die Hosen?«

»Die Hosen ... warten Sie mal. Ach ja, beide blaue Jeans. Solche, die bis in die Knie hängen, wissen Sie?«

»Ja, ich weiß, was Sie meinen. Sonst noch etwas Auffälliges?«

Sie dachte nach. »Ja, doch, der mit der Lederjacke hatte ein ziemlich auffälliges Tattoo am Hals, einen Skorpion, glaub ich. Bestimmt so groß.«

Der Kommissar machte sich eine Notiz. »Ein wichtiges Detail, das wird uns bei der Suche helfen. Entscheidend sind aber natürlich die Gesichter. Denken Sie, wir bekommen Phantombilder hin? Bitte versuchen Sie sich genau zu erinnern.«

Natalie Berger schluckte. Sie wirkte sehr erschöpft und mitgenommen.

»Nehmen Sie sich bitte noch die Zeit, sonst wird es schwer werden, die zwei zu finden. Mein Kollege fährt sie anschließend heim.«

Zögerlich nickte sie. »Ich versuche es.«

***

Jobs wie diesen konnte sie gar nicht leiden. Aufträge, bei denen sie anderen zu nahe treten musste. Menschen, die ohnehin schon litten und deren Schmerz sie durch ihre Fragen noch verstärkte, indem sie in der Wunde herumstocherte. Vielleicht bin ich doch nicht geeignet für diesen Beruf, dachte sie, während sie aus dem Auto stieg und die Straße entlangging, in der die Freundin des Opfers wohnte. Wahrscheinlich muss man härter sein. Rücksichtsloser. Blut lecken und eine Sache verfolgen, koste es, was es wolle.

Aber immerhin hatte sie vorher angerufen und eine Zusage bekommen für das Interview. Von einer nicht unsympathischen weiblichen Stimme am anderen Ende der Leitung. Etwas resolut vielleicht und pragmatisch angesichts des dramatischen Geschehens hatte die Person gewirkt. Und sie hatte älter geklungen, als sie war. Jedenfalls hatte Frau Berger nach kurzem Zögern zugestimmt und für den Nachmittag einen Termin mit ihr vereinbart. Sie brach also wenigstens nicht unangemeldet in ein fremdes Leben ein.

Hausnummer 20, hier war es. Sie drückte auf den Klingelknopf neben dem Namensschild mit der Aufschrift *P. Eiselt/ N. Berger*. Hier hatten sie zusammen gewohnt, Patrick Eiselt, der junge Mann, der vor wenigen Tagen im Wald am Dillenberg bei Keidenzell ums Leben gekommen war, und seine Partnerin. Lebensabschnittspartnerin, so nannte man das nun neudeutsch. In diesem Fall musste es aber wohl eher heißen »bis dass der Tod euch scheidet«. Das hatte er jedenfalls getan, der Tod, auch wenn die beiden nicht verheiratet gewesen waren. Sie schüttelte den Kopf über ihre eigenen Gedanken.

Der Türöffner summte, und sie betrat das Treppenhaus. Die Wohnung lag im Erdgeschoss, die Wohnungstüre öffnete sich einen Spalt.

»Larissa Hofmann, freie Journalistin. Haben wir am Telefon miteinander gesprochen?« Verblüfft blickte sie in das Gesicht einer gepflegten Dame, die sie auf Mitte fünfzig schätzte. Da konnte irgendetwas nicht stimmen.

»Ja, kommen Sie doch herein.«

Sie betrat die Wohnung und wurde durch den Flur ins Wohnzimmer geschleust. Dort saß eine junge Frau, etwa in ihrem Alter, auf der schwarzen Ledercouch und starrte auf den Tisch. Vor ihr lagen Karten, angeordnet in Form eines Kreuzes, rechts daneben noch einmal vier in einer senkrechten Reihe übereinander.

»Natalie, jetzt hör doch endlich mal auf, vor dich hin zu schauen, das hier ist Frau Hofmann, eine Journalistin, die mit dir reden möchte.«

Irritiert blickte die Angesprochene hoch, fragend.

Oh Gott, das hatte ihr gerade noch gefehlt: eine Mutter, die eigenmächtig Interviewtermine vereinbarte und eine Tochter, die von nichts wusste. Irgendwie kam Natalie Berger ihr bekannt vor. Larissa Hofmann schob den Gedanken beiseite.

»Ich hoffe, ich störe nicht«, versuchte sie die Situation zu retten. »Ich komme auch gerne später wieder, wenn es gerade nicht passt … Ich hatte extra angerufen.«

»Sag mal, spinnst du, Mama? Du kannst doch nicht einfach hinter meinem Rücken was ausmachen!«

»Ich dachte, das reißt dich vielleicht aus dieser Apathie, in der du seit Tagen feststeckst. Und vielleicht hilft es ja auch, die Täter zu finden.«

»Ist das ein Wunder, dass ich hier nicht glücklich und beschwingt durch die Gegend laufe? Ist dir eigentlich klar, was am Sonntag passiert ist? Lass mich doch endlich in Ruhe. Mir geht's nicht gut, merkst du das nicht. Das ist die beschissenste Situation, in der ich je war. Und es gab schon einige beschissene Situationen, das kannst du mir glauben. Warum springst du eigentlich die ganze Zeit hier rum? Ich will einfach nur meine Ruhe, verstehst du!«

»Aber ich kann dich doch jetzt nicht allein lassen. Darf dir nicht mal die eigene Mutter zur Seite stehen und Gesellschaft leisten?«

»Jetzt habe ich dank deiner Zusage an Frau Hofmann ja andere Gesellschaft. Um die hab ich zwar nicht gebeten, aber dann kannst du jetzt wenigstens gehen. Ich bin ja nun nicht mehr alleine.«

»Ich wollte eigentlich …«

»Nein. Tschüss dann, und bleib einfach mal daheim bei Papa heute Abend. Bitte.«

Mit beleidigter Miene trat Frau Berger senior den Rückzug an.

»Wollen Sie einen Tee?«, wandte sich Natalie an die Journalistin. Jetzt stutzte sie ebenfalls.

»Oh ja, gerne.«

»Sorte?«

»Egal.«

Die Tür fiel ins Schloss. Natalie Berger atmete tief durch. »Egal hab ich nicht. Schwarz, grün, Kräuter?«

»Dann schwarz, mit Milch, bitte. Tut mir wirklich leid, ich wusste ja nicht, dass ich Ihre Mutter am Apparat hatte.«

»Schon okay, Sie können ja nichts dafür.«

Als sie mit zwei großen Tassen dampfenden Tees aus der Küche kam und ihr eine davon reichte, lächelte Natalie sogar ein wenig.

Wir könnten Freundinnen sein, schoss es Larissa Hofmann durch den Kopf. Verdammt, woher kannte sie dieses Gesicht? »Haben Sie zufällig auch in Erlangen studiert?«

»Ja, Philosophie und Neuere deutsche Literatur. Wir sind uns während des Studiums öfter begegnet, oder?«

»Kommt mir auch so vor.« Larissa Hofmann kramte in ihrem Gedächtnis. »Warten Sie mal, haben Sie nicht damals das Referat gehalten über *Effi Briest*? Da gab's doch danach diese hitzige Diskussion.«

»Richtig, den Nachmittag werd ich sicher nie vergessen. Ging ganz schön hoch her. Dann saßen Sie also auch in dem Fontane-Seminar. So was ...«

»Anscheinend stimmt das, dass man sich immer zweimal im Leben trifft. Schon seltsam, jetzt bin ich aus beruflichen Gründen hier bei Ihnen, und wir siezen uns.«

»Ja, wirklich komisch. Sagen wir doch einfach wieder Du, oder?«

»Gute Idee.«

Sie schwiegen eine Weile, jede in ihre Gedanken versunken.

»Was ist das? Ein Kartenspiel? Hab ich dich vorhin dabei gestört?«, fragte Larissa Hofmann schließlich und deutete mit dem Kinn auf den Couchtisch.

»Nein, das liegt hier noch vom Freitag. Da hab ich mir die Karten gelegt. Tarot, sagt dir das was?«

»Ehrlich gesagt: nein. Nicht aus eigener Erfahrung. Davon gehört hab ich natürlich schon mal. Sagst du wohl die Zukunft voraus?«

»Das geht gar nicht. Die Zukunft ist ja nicht festgelegt. Sie ist offen und hängt von uns ab. Von unserem Handeln, von den Entscheidungen, die wir treffen.«

»Und wofür macht man das dann?«

»Die Karten sind gut, um eine Situation oder ein Problem zu verstehen. Ein Analysewerkzeug sozusagen.«

»Mit Zukunft hat das also gar nichts zu tun? Hm, ich dachte immer ...«

»Na ja, die Karten können natürlich schon eine Tendenz zeigen. Man sieht in gewisser Weise, was wahrscheinlich auf einen zukommt. Sofern man auf dem Weg weitergeht, den man eingeschlagen hat. Wenn also die Rahmenbedingungen so bleiben, wie sie gerade sind.«

»Ah, okay.«

»Falls man aber anders abbiegt, die Richtung ändert, dann ändert sich natürlich auch die Zukunft. Aber das ist eine Entscheidung, die man selbst trifft. Je bewusster, desto besser natürlich.«

Larissa nickte. »Und was bedeuten die Karten, die da liegen? Also, ich meine, falls du was dazu sagen möchtest.«

»Hm.«

»Da gibt's ja bestimmt Regeln, wie man die nacheinander hinlegt, oder?«

»Ja, natürlich. Das ist ein keltisches Kreuz. Eines der bekanntesten Legebilder. Ist gut, wenn man sich einen Überblick verschaffen will über ein Thema. Weil es unterschiedliche Aspekte beleuchtet. Und dadurch vieles klarer und deutlicher wird. Die Zusammenhänge.«

»Dazu braucht man die Karten?«

»Nicht unbedingt, natürlich. Ich finde es halt immer sehr aufschlussreich. Manches ahnt man ja schon irgendwie oder weiß es eigentlich im tiefsten Inneren. Aber durch die Karten wird es bewusst, ganz oft. Obwohl«, fügte sie nach einer kurzen Pause hinzu, »es nicht so optimal ist, sich selbst die Karten zu legen. Man tendiert dazu, Dinge zu übersehen oder zu schnell darüber hinwegzugehen. Blinde Flecken, verstehst du?«

»Ja, ich glaube schon. Und die Anordnung der Karten bedeutet etwas Bestimmtes, nehme ich an?«

»Genau. Jede Position hat eine Bedeutung. Zum Beispiel steht die Karte hier ganz links für die jüngste Vergangenheit, für das, was zur aktuellen Situation geführt hat.«

»Und die hier? Die sieht ja gruselig aus.«

»Das ist der Tod.«

Larissa wurde unbehaglich zumute. Schlagartig erinnerte sie sich wieder daran, warum sie eigentlich hier war. Der Tod. Eventuell konnte sie ja doch noch unauffällig die Kurve kriegen zu dem Interview, für das sie den Auftrag hatte, und den Artikel pünktlich liefern. »Und der liegt an welcher Position?«, griff sie den Faden wieder auf.

»Nähere Zukunft. Das, was als Nächstes ansteht.«

Larissa stutzte. »Du hast diese Karte wirklich am Freitag gezogen? Zwei Tage vor ...«

»Ja. Aber ich dachte, sie bedeutet bestimmt, dass alles auf eine baldige Trennung hinausläuft. Weil, na ja ... weil ich die Tarotkarten zu unserer Beziehung befragt habe. Und der Tod steht ja ganz selten tatsächlich für den physischen Tod. Hab ich bisher jedenfalls noch nie erlebt.«

»Sondern?«

»Er symbolisiert immer das Ende von etwas. Abschied. Das Alte muss sterben, damit etwas Neues entstehen kann. Ich konnte ja nicht ahnen, dass ...«

»Gab es denn Anzeichen für eine bevorstehende Trennung?«

»Hm. In letzter Zeit lief es nicht mehr so ganz rund. Aber ich hab ihn trotz allem geliebt.«

»Trotz allem?«

Natalie Berger zuckte zusammen, fast unmerklich. »Kannst du vielleicht ein andermal wiederkommen? Ich ... ich hab gerade keine Kraft mehr. Ich fühl mich fürchterlich bei dem Gedanken an diesen verfluchten Sonntagnachmittag. An Patrick, wie er dort unten lag. Tot.«

»Bitte erzähl mir von ihm. Ich behalte es für mich, versprochen.«

Sie lachte auf. »Das sagst du als Journalistin? Das soll wohl ein schlechter Witz sein.«

»Ich meine es ernst. Ich werde nur schreiben, was du freigibst für die Veröffentlichung. Alles andere bleibt bei mir.« Larissa biss sich auf die Lippen. Gut, dass ihr Auftraggeber das nicht gehört hatte. Sah so unabhängige Berichterstattung aus? Nicht wirklich. Sie verhielt sich gerade hochgradig unprofessionell. Egal. Sie wollte verstehen, wirklich verstehen, die Geschichte hinter der scheinbar so klaren Geschichte ergründen, falls es die denn gab. Und dafür musste sie auf die ganz große Enthüllungsstory eben zur Not verzichten. Sie würde schon irgendwie einen brauchbaren Text zusammenzimmern.

Prüfend musterte Natalie ihr Gegenüber. »Na gut, was soll's. Ist ja auch nicht ehrenrührig, wenn man Beziehungsprobleme hat. Wer hat die nicht, sind wir mal ehrlich.« Sie stand auf und begann, im Zimmer auf und ab zu gehen. »Ist das erste Mal, dass ich darüber spreche ... Am Anfang war alles gut. Er hat mir das Gefühl gegeben, dass er genau mich will und keine andere. Und er konnte sehr charmant sein. Hat mich überhäuft mit Komplimenten, Geschenken, Liebeserklärungen per SMS. Es gab nur ab und zu kleine Irritationen, die ich dann aber nicht weiter ernst genommen habe.«

»Was für Irritationen?«

»Wie sag ich das jetzt. Hm, zum Beispiel ist er mal richtig wütend geworden, nur weil ich ihm von einem anderen Mann erzählt habe, der interessiert von der anderen Straßenseite herübergeschaut hat zu mir.«

»Nur wegen eines interessierten Blicks? Und nicht mal von dir?«

»Ja, ich hab damals in einem Straßencafé auf Patrick gewartet, kurz nachdem wir uns kennengelernt hatten. Der andere Mann lief vorbei, kam dann wieder zurück, blieb stehen, sah wieder zu mir her, hat sich aber dann wohl doch nicht getraut, mich anzusprechen. Das hab ich Patrick erzählt und mir nichts Schlimmes dabei gedacht. Er ist ausgerastet und hat mich angeschrien, ob ich ihn wohl eifersüchtig machen will. Aber das war nur ein kurzer Ausbruch, dann haben wir uns gleich wieder versöhnt. Ich wollte ja gar nichts von dem anderen.«

»Und wie ging es weiter?«

»Wie ging es weiter ... Solche Situationen haben sich mit der Zeit gehäuft. Er ist immer eifersüchtiger geworden, je länger wir zusammen waren, obwohl ich ihm nie einen Anlass dazu gegeben habe. Ich wollte *ihn*, sonst niemanden. Aber irgendwie hat er mir das wohl nicht geglaubt.« Natalie hob die Schultern. »Er hat sogar angefangen, mich zu kontrollieren, meine Mails zu lesen und die Nachrichten auf meinem Handy. Und alles Argumentieren hat nichts genützt. Er konnte einfach nicht vertrauen.« Ihre Stimme kippte.

»Das ist aber schon krass, dass er einfach in dein Handy geschaut hat.«

»Ja, ist es. Ich war auch sauer deswegen, obwohl ich ja nichts zu verbergen hatte, und er hat sich entschuldigt. Aber dann ist es wieder passiert. Ich glaube, er konnte nicht anders. Ist ja jetzt auch egal.«

»Und diese Eifersucht ließ sich nicht in den Griff kriegen?«

»Nein, leider nicht. Dazu kamen andere Dinge. Zum Beispiel, dass er irgendwann nicht mehr wollte, dass ich zum Telefonieren in ein anderes Zimmer gehe. Dachte immer, ich will ihm etwas verheimlichen. Dabei wollte ich einfach nur in Ruhe reden und ihn auch nicht stören.« Natalie Berger setzte sich wieder. »Und dann hat es begonnen mit den fiesen Bemerkungen über mich.«

»Fiese Bemerkungen?«

»Ja, er hat meine Art kritisiert, mich infrage gestellt, immer wieder. Ich hab die Welt nicht mehr verstanden. Erst die große

Liebe – und dann … Am Anfang hab ich mich noch verteidigt, aber dadurch wurde es nur schlimmer. Irgendwann hab ich mich dann gefragt, ob er vielleicht recht hat, ob ich wirklich labil bin und egoistisch und ihm nicht genug Aufmerksamkeit schenke. Und ob es wirklich schlecht von mir ist, mit meiner besten Freundin über unsere Beziehung zu reden. Das hat er mir dann verboten. Weil das nur Teenies machen, das unreife Geplapper, hat er gesagt.«

»Oh Gott, wie hast du das nur ausgehalten?«

»Schwer. Ich hatte immer mehr das Gefühl, nicht mehr ich zu sein. Immer kleiner zu werden, wenn du weißt, was ich meine.«

»Aber körperliche Gewalt gab es nicht, oder?«

»Geschlagen hat er mich nicht, falls du das meinst. Aber es konnte schon mal vorkommen, dass er mich in seiner Wut gepackt und geschüttelt hat.«

»Ist der blaue Fleck an deinem Hals auch von ihm?«

»Sieht man das immer noch? Ja, das war auch so eine Situation.« Sie schien sich in der Erinnerung festzuhaken. »Meistens kam er ja nach seinen Wutanfällen dann immer ganz schnell wieder zur Besinnung, und es hat ihm leidgetan. Und dann war er auf einmal wieder ganz lieb«, fügte sie nach einiger Zeit hinzu.

»Hast du nie darüber nachgedacht, dich von ihm zu trennen?«

»Doch schon, in letzter Zeit häufiger. Ist noch nicht lange her, da hab ich es dann angesprochen, dass ich es so nicht mehr aushalte, wie das läuft zwischen uns … Warum musste er auch alles in den Dreck ziehen, was mir wichtig war?«, brach es aus Natalie heraus. Die Tränen liefen ihr über das Gesicht. »Wie die Sache mit dem Druidenstein. Da ist er zwar dann mitgegangen, hat sich aber vorher lustig gemacht über mich. Weil ich zu diesem Ort wollte. Dort lag bis zum Ende des 19. Jahrhunderts ein riesiger Steinquader, der in früheren Zeiten wahrscheinlich mal als Altar und Opferstätte gedient hat. *Vielleicht ist das ja auch heute noch ein besonderer Platz, ein Kraftort.* Das hätte ich nicht aussprechen dürfen. ›Du wirst doch nicht an diesen Unsinn glauben?‹, hat er mich gefragt, mit Geringschätzung im Blick. Oder sogar Verachtung. Und ich hab mich mal wieder gerechtfertigt. Aber scheinbar war er dann doch neugierig. Wären wir nur nie dorthin gegangen ...«

Larissa Hofmann sah auf die Uhr. Zu blöd, dass sie gleich los musste zum nächsten Termin, gerade jetzt. »Leider hab ich heute nur noch ein paar Minuten Zeit, sorry. Aber ich dank dir für deine Offenheit, ich werde alles vertraulich behandeln. Es ist nur ... darf ich morgen vielleicht noch einmal kurz vorbeikommen bei dir wegen meines Hintergrundberichtes? Über den Tathergang und die Täter sprechen? Ich kenne zwar die offizielle Version der Polizei, aber eventuell erinnerst du dich ja an ein paar zusätzliche Aspekte und interessante Details, wenn wir reden?«

»Ja, ist in Ordnung«, sagte Natalie. »Wann willst du morgen kommen?«

»Würde es dir am Vormittag passen? Elf Uhr?«

»Okay. Also dann ...«

Larissa war schon auf dem Weg aus dem Wohnzimmer, als ihr noch etwas einfiel. »Dürfte ich vielleicht auch bei Gelegenheit ein paar Karten ziehen für so ein keltisches ... äh ...«

»Kreuz. Keltisches Kreuz. Das kann ich dir gerade nicht versprechen, das dauert, da muss man sich Zeit nehmen, und mir geht's momentan echt nicht so toll.«

»Entschuldige, das war ziemlich taktlos. Dein Freund hat auf tragische Weise sein Leben verloren, und ich ...«

»Wenn du magst, zieh noch schnell eine Tageskarte. Das braucht keine zwei Minuten.«

Sie holte ein zweites Kartendeck aus dem Regal. »Nehmen wir mein kleines Set dafür, das große ist ja gerade noch in Gebrauch.« Sie wies auf ihr eigenes Legebild. »Einmal mischen, bitte. Und jetzt«, sie fächerte die Tarotkarten verdeckt auf der freien Tischhälfte aus, »mit der linken Hand eine ziehen.«

Das Bild auf der Karte, die Larissa Hofmann herausgefischt hatte und nun in der Hand hielt, gefiel ihr auf den ersten Blick nicht sonderlich. Es zeigte einen Mann, der vor ein paar Zelten vorbeischlich, dabei über die Schulter zurückblickte und mehrere Schwerter davontrug. Ein Dieb?

Natalie Berger warf einen Blick auf das Motiv und sah sie mit großen Augen an.

»Was heißt das jetzt?«

»Hm. Das könnte eine Aufforderung sein, dass es heute gut für dich wäre, geschickt zu taktieren und vielleicht besser nicht mit offenen Karten zu spielen. Ich hoffe, du hältst wirklich Wort und publizierst nichts ohne meine Zustimmung?«

»Natürlich, das hab ich dir doch versprochen. Gibt es keine andere Deutungsmöglichkeit? Für die Karte, meine ich.«

Natalie Berger wiegte nachdenklich den Kopf und schüttelte ihn schließlich. »Nein, nicht in diesem Fall.«

***

Der Anschlusstermin, eine wenig bedeutsame Pressekonferenz, war kurz und schmerzlos verlaufen. In Gedanken versunken lief Larissa Hofmann durch die Nürnberger Innenstadt. Sie musste alles erst einmal für sich sortieren, was sie heute erfahren hatte. Und verdauen. Und vor allem herausfinden, was diese komische Karte bedeutete. Sie hatte das seltsame Gefühl, dass Natalie Berger ihr bei der Interpretation nicht die ganze Wahrheit gesagt hatte.

Das haben wir gleich, kann ja nicht so schwer sein, das herauszufinden. Entschlossen betrat sie die Buchhandlung in der Karolinenstraße. Sie fragte sich zur Esoterikabteilung durch. Tarot, mal sehen – hier stand ja wirklich einiges an Literatur zu dem Thema. Suchend ließ sie die Fingerspitzen über die Buchrücken gleiten. Schließlich zog sie ein dickes blaues Buch heraus. *Gut beraten mit Tarot. Der Schlüssel zu allen 78 Tarot-Karten* ... Das klang doch gut. Es war eine Karte mit Schwertern gewesen, das wusste sie noch. Na bitte, das war sie! Sieben Schwerter also. Seite 174. Der »gute Rat« schien zu dem zu passen, was Natalie Berger gesagt hatte: *Zeigen Sie, dass Sie mit allen Wassern gewaschen sind und, wenn es sein muss, auch gut mogeln können.* Richtig interessant wurde es allerdings beim nächsten Satz: *Aber passen Sie auf, dass Sie nicht über den Tisch gezogen werden.* Es gab also eine Kehrseite der Medaille. Unwillkürlich hielt sie die Luft an, als sie ein Stück darüber unter »Die Bedeutung« weiterlas:

*Die Karte zeigt Unaufrichtigkeit, deren Spektrum vom Tanz um den heißen Brei bis hin zu Lug und Trug reichen kann. Sie kann auch bedeuten, sich davonzuschleichen und aus der Verantwortung zu stehlen. Bei alldem ist nicht sicher, ob es sich um den Fragenden selbst handelt oder ob die Karte ihn davor warnt, anderen auf den Leim zu gehen.**

Aha. Sie selbst hatte es ehrlich gemeint mit ihrem Versprechen zu schweigen. Sie wollte Natalie Berger nicht über den Tisch ziehen, wollte deren Vertrauen nicht ausnutzen. Es konnte demnach nur andersherum sein. Die andere verbarg etwas.

Ein unheimlicher Verdacht stieg in ihr auf. Was, wenn in Wahrheit Natalie selbst ihren Freund in den Abgrund gestoßen hatte? Wenn sie gestritten hatten, weil sie die Trennung wollte? Und die zwei Jungs waren frei erfunden ... Das würde auch erklären, warum die Polizei immer noch keine Spur hatte. Offenbar erkannte niemand die angeblichen Täter auf den Phantombildern. Weil sie wahrscheinlich selbst ein Phantom waren.

So ein Quatsch, schalt sie sich für diese Gedanken. Die werden schon noch auftauchen, die Suche läuft ja noch nicht so lange. Alles klang doch plausibel und glaubwürdig. Und bloß wegen einer albernen Karte so etwas anzunehmen ...

Ich muss das morgen trotzdem vorsichtig ansprechen, nahm sie sich vor. Um diese schwachsinnige Theorie ein für alle Mal aus meinem Kopf zu verbannen.

***

Das Telefon klingelte.

»Moment bitte.« Natalie Berger nahm das Mobilteil von der Station und meldete sich.

»Frau Berger, hier Kommissar Neumeyer. Ich habe eine gute Nachricht für Sie.«

»Ja?«

»Wir haben die zwei Burschen. Durch den Hinweis eines Nachbarn. Er hat den Sohn der Familie erkannt auf dem Phantombild. Danach war es auch nicht mehr schwer herauszufinden, wer sein Kumpel ist.«

»Und? Haben sie gestanden?«

»Im ersten Verhör haben sie zugegeben, am Sonntag in der Nähe des Druidensteins gewesen zu sein. Und letztendlich haben sie auch eingeräumt, dass sie dort auf Sie und Ihren Freund getroffen sind. Und dass es Streit gab. Sie leugnen allerdings noch die Tat. Sagen, es hätte nur ein kleines Gerangel gegeben, sonst nichts. Dann, als Ihr Freund Ihnen mit Polizei gedroht hat, sind sie abgehauen, behaupten sie. Aber wir kriegen schon noch die Wahrheit aus ihnen heraus, das verspreche ich Ihnen. Ich wollte Sie nur gleich informieren ...«

»Danke. Ich bin froh, dass Sie die Typen gefunden haben. Auch wenn es Patrick nicht mehr lebendig macht.«

»Vielleicht brauchen wir Sie noch für eine Gegenüberstellung. Ich würde mich dann bei Ihnen melden. Sie sind weiterhin zu Hause erreichbar?«

»Ja, ich bleibe hier. Bin erst mal krankgeschrieben, ich bin ziemlich durch den Wind.«

Natalie Berger steckte das Telefon zurück in die Basisstation und wandte sich ihrem Besuch zu. »Die Polizei. Sie haben die beiden gefunden.«

Larissa Hofmann, die seit fünf Minuten wieder auf demselben Sofa saß wie am Tag zuvor, atmete erleichtert auf. »Gott sei Dank. Da bin ich jetzt aber auch froh.« Zögernd fuhr sie fort: »Ich muss dir nämlich ehrlich gestehen, dass ich gestern Abend sogar kurz an deiner Aussage gezweifelt habe. Tut mir echt leid.«

»Wieso denn das?«

»Ich dachte tatsächlich für einen Moment, die zwei Typen gibt es vielleicht gar nicht, und du hast dich vielleicht mit deinem Freund gezofft und dann ... Ich kann dir gar nicht genau erklären, wie ich überhaupt auf so eine absurde Idee gekommen bin. Es war nur ... ach, keine Ahnung ... diese Karte.«

In Natalie Bergers Gesicht spiegelte sich Erstaunen. »Die Tarotkarte, die du gestern gezogen hast?«

»Ja, genau die. Aber dieses Hirngespinst hat sich ja jetzt in Luft aufgelöst, zum Glück. Dann werde ich später am besten gleich mal bei der Polizei nachfragen. Wahrscheinlich beraumen die aber eh bald eine Pressekonferenz an, jetzt, wo der Fall geklärt ist.«

»Ist er leider noch nicht ganz. Die beiden haben noch kein volles Geständnis abgelegt.«

»Oh, verstehe. Totschlag ist ja auch keine Kleinigkeit.«

»Nein, ist es nicht.« Natalie schwieg. Schob nachdenklich die Karten auf dem Tisch hin und her, nahm einen Schluck Jasmintee. »Ich habe die Polizei nicht angelogen. Wir sind den beiden Typen begegnet am Sonntag, das geben die ja auch zu, und es kam zu der tätlichen Auseinandersetzung. Und was Patricks Tod betrifft, hab ich dem Kommissar gesagt, es gab ein Handgemenge, und dabei ist er abgestürzt. Und so war's ja auch.«

Es dauerte einen Moment, bis sich Verstehen in Larissa Hofmanns Zügen abzeichnete. »Die Frage scheint mir zu sein«, erwiderte sie langsam, »ob das Verschweigen entscheidender

Details nicht auch als Lüge einzuordnen wäre. Und ob es richtig sein kann, die Folgen davon billigend in Kauf zu nehmen. Zuzulassen, dass jemand vielleicht für etwas bestraft wird, das er gar nicht getan hat.« Ihre Stimme klang eindringlich, als sie fortfuhr: »Es war doch wahrscheinlich Notwehr? Du wolltest ihn verlassen, er ist ausgerastet und hat dich angegriffen. Oder?«

Natalie Berger antwortete nicht. Sie heftete den Blick auf ihr Tarotbild, das nach fast einer Woche immer noch auf dem Tisch lag. Schließlich nahm sie die Karte ganz rechts oben auf und betrachtete sie. »Das ist die zukünftige Entwicklung, wenn ich auf dem eingeschlagenen Weg bleibe«, sagte sie und deutete auf das Motiv. Es zeigte einen Mann, der im Bett saß und sich die Hände vors Gesicht hielt. Über ihm schwebten neun Schwerter. Offenbar litt er, fand keine Ruhe. Schlaflose Nächte, quälende Gedanken, Gewissensbisse. Keine angenehmen Aussichten, alles in allem.

Larissa erhob sich. »Danke für den Tee«, sagte sie noch und fügte hinzu: »Diese Entscheidung kann dir keiner abnehmen. Ich werde es jedenfalls nicht tun.«

* Die Zitate zum Thema Tarot stammen aus: Hajo Banzhaf, *Gut beraten mit Tarot. Der Schlüssel zu allen 78 Tarot-Karten mit 24 bewährten Legemethoden*, München 2005, Wilhelm Goldmann Verlag.

Sabine Fink

Geschichte(n) von der Aisch

Leo, unser Golden Retriever, heißt eigentlich Oleander vom Hohen Stein. Als wir ihn bekamen, war meine kleine Schwester Sarah erst sieben und schwärmte für Ritter und Märchenprinzen. Inzwischen nennt sie ihn auch nur noch Leo und schwärmt für die coolen Jungs aus ihrer Clique. Und mein Freund Michi schwärmt für Sarah – aber das weiß nur ich.

Kürzlich schwang ich mich nachmittags auf mein Fahrrad und holte Michi zusammen mit Leo ab. Wir nahmen die kleine Straße, die von Dachsbach aus an der Aisch entlangführt. Leo flitzte über die Wiesen, jagte ein paar Enten in die Aisch, und Michi und ich unterhielten uns über Fußball, die Schule und lästerten über die Mädels in unserer Klasse. Beiläufig fragte Michi, was Sarah am nächsten Wochenende vorhatte.

»Soll ich ihr sagen, dass du sie ins Kino einladen willst?« Ich klimperte mit den Wimpern.

Michi bekam rote Ohren und wechselte das Thema: »Hast du gehört, dass Frau Reiß gestern ins Krankenhaus gekommen ist?« Frau Reiß wohnte ein wenig außerhalb des Dorfes, und am Vorabend hatte es in der alten Schreinerwerkstatt ihres verstorbenen Mannes gebrannt.

»Echt? Warum?«

Da Michis Vater der Kommandant der Freiwilligen Feuerwehr war, kannte er immer die interessantesten Details.

»Sie hat versucht selbst zu löschen, bevor die Feuerwehr kam, aber sie hat es nicht geschafft, und dann hat sie sich furchtbar aufgeregt und ist zusammengebrochen.«

Ich pustete die Luft aus. »Oh Mann, die Arme.«

Während wir redeten, hatte ich nicht so richtig auf Leo

geachtet, und so sah er den Hasen dummerweise eine Sekunde vor mir.

»Leo! Nein!« Ich legte eine Vollbremsung hin und sprang mit einem Satz vom Rad. »Leeeeeoooo!«

Auch wenn ich ein guter Sprinter bin – gegen die Übersetzung eines durchtrainierten Vier-Pfoten-Antriebs habe ich noch nie eine Chance gehabt. Aber ich wusste aus leidiger Erfahrung, dass Leo dem Hasen wahrscheinlich bis hoch in den Wald folgen würde, und wenn ich Pech hatte, würde es Stunden dauern, bis ich ihn wiedersah. Leo natürlich, um den Hasen machte ich mir keine Sorgen, die kamen immer davon.

An diesem Tag hatte ich Glück. Die Jagd ging zwar ein gutes Stück in Richtung Wald, doch urplötzlich verschwand der Hase in einem Loch. Leo wollte kopfüber hinterher, was angesichts der ungleichen Größenverhältnisse natürlich unmöglich war. Deshalb tat er das, was wohl jeder Retriever in so einem Fall tut: buddeln, als hinge sein Leben davon ab.

Rufen hatte keinen Sinn, denn er bekam jetzt sowieso nichts mehr mit – aber beeilen musste ich mich auch nicht mehr. Er würde die nächsten Minuten bestimmt nicht freiwillig aufhören. Ich verfiel in strammes Gehen, und Michi, der mir nachgekommen war, schloss keuchend zu mir auf.

»Der hat doch wohl echt ein' Breller.«

»Einen was?«

»Der hat sie nicht mehr alle! Mensch Max, du Fischkopp, wie lange wohnst du eigentlich schon in Franken?«

Ich grinste nur und ging nicht weiter auf seine freundschaftliche Stichelei ein, denn wir hatten Leo fast erreicht. Dreck und Grasbüschel flogen hoch. Mit Schwung warf ich die Leine neben ihm auf den Boden.

»Leo! Lass den Scheiß!«

Leo hüpfte zur Seite und bellte mich vorwurfsvoll an. Wahrscheinlich gab er mir die Schuld daran, dass der Hase entkommen war.

»Mann, der hat ja echt gewütet hier«, meinte Michi und deutete auf das Loch und die Erde ringsherum.

Ich stöhnte theatralisch. »Ja super, wie siehst du denn aus!« Die Kombination aus feuchtem Fell und Buddeln im Hasenloch hatte aus dem weißblonden Oleander-Märchenprinzen einen matschbraunen Leo gemacht, der aussah, als hätte man mit ihm den Hof gekehrt. »Mama dreht mir den Hals um, wenn ich dich so mit nach Hause bringe. Da musst du wohl noch mal baden, bevor wir heimgehen.«

Leo, der inzwischen hechelnd vor mir hockte, fegte bei dieser Aussicht begeistert mit seinem Schwanz durch den Dreck. Dann sprang er auf und machte einen Schritt auf das Loch zu.

»Nichts da! Jetzt kommst du an die Leine.« Ich nahm ihn am Halsband, und während ich mich nach der Leine bückte, stießen meine Fingerkuppen gegen etwas Hartes, das in einem Erdklumpen steckte. Es war eindeutig kein Stein.

»Michi, mach mal den Leo fest.« Ich ließ Leo los, der sich gleich wieder auf das Loch stürzte, und warf Michi die Leine zu.

»Was is'n?«

Während Michi sich um Leo kümmerte, befreite ich das Ding aus dem Erdklumpen. Es war ein Stück Metall, das in meine hohle Hand passte und an den Stellen, die nicht dreckig oder von grüner Patina überzogen waren, goldgelb glänzte. Ich knibbelte mit den Fingernägeln daran herum.

»Zeig mal her – he Leo, sitz!« Energisch ruckte Michi an der Leine. Leo grunzte und legte sich mitten in den Matsch. Inzwischen hatte ich das Ding an meiner Jeans etwas sauberer bekommen.

»Guck mal! Das sieht aus wie ... wie ... keine Ahnung.« Ich drehte und wendete das Metallstück. »Was könnte das sein?«

Michi verrenkte sich den Hals. »Da – ist das ein Wappen?«

Ich nickte. »Scheint so. Hier, nimm mal. Ganz schön schwer.«

Während wir uns auf den Rückweg machten, überlegten wir, was das Ding wohl darstellte. Zu einem Ergebnis kamen wir aber nicht. Michi hatte auch nicht mehr viel Zeit.

»Muss im Stall helfen. Hör mal, du sagst mir morgen in der Schule aber, wenn du was rausgefunden hast, ja?«

»Klaro.«

Nachdem ich Leo noch ein paarmal Stöcke aus der Aisch hatte holen lassen, war er wieder vorzeigbar, und auch ich beeilte mich, endlich nach Hause zu kommen. So gut es ging, schrubbte ich das Metallstück sauber. Es hatte annähernd die Form eines Dreiecks, auf der schmalen Oberseite befand sich ein rundes Loch und gegenüber ein größeres ovales. Rings um den breiteren Rand unten zog sich ein Band, das aus stilisierten Bäumen bestand, die je zwei herabhängende Blätter hatten und sich in einer Art gotischem Fenster befanden. Außerdem prangte auf beiden Seiten des Metallstücks ein Wappen. Auf der Diagonale von unten rechts nach oben links waren drei stehende Löwen zu sehen. In den Ecken befand sich je eine Wappenlilie. Neugierig geworden, klappte ich meinen Laptop auf und begann nachzuforschen, worum es sich wohl handeln könnte. Beim Abendessen präsentierte ich dann meiner Familie das Stück.

»Löwen und die Fleur de Lys«, sagte meine Mutter nachdenklich. »Hast du schon mal im Internet nachgesehen, woher das Wappen stammen könnte?«

»Ja, schon, aber die Wappen hier aus der Gegend sehen alle anders aus.«

»Französisch, würde ich tippen. Vielleicht aus der Zeit von Napoleon? Du könntest mal deinen Geschichtslehrer danach fragen«, schlug Papa vor.

»Um Himmels willen, Herr Baumann fragt mich dann bestimmt gleich Grundwissen ab«, stöhnte ich. »Davon hab ich doch keine Ahnung mehr. Machst du nicht gerade Napoleon, Sarah?«

Sarah, die lustlos im Reis herumstocherte, sah auf. »Äh. Was?«

»Napoleon. In Geschichte.«

»Ach so. Nee. Warum?«

»Was ist los?«, fragte Mama. »Ist dir nicht gut? Du bist so blass.«

»Ich schreib morgen Mathe.«

»Ja, da ist mir auch vorher immer schlecht«, überlegte ich. »Ganz besonders, wenn ich nicht gelernt habe.«

Sarah streckte mir die Zunge raus und legte ihr Besteck hin. »Ich hab keinen Hunger mehr. Kann ich gehen?«

»Wir sind noch nicht fertig«, meinte Papa, eine Sekunde bevor Mama, die den Mund schon geöffnet hatte, »natürlich, mein Schatz« sagen konnte.

Mama schloss den Mund wieder, während Sarah ihren Kopf aufstützte und eine Leidensmiene zog. In diesem Moment schellte das Telefon, und Mama ging ran.

»Willst du nicht mal in einem Museum nachfragen? Vielleicht in Erlangen oder Nürnberg«, nahm Papa den Gesprächsfaden wieder auf.

»Daran hab ich auch schon gedacht. In Neustadt gibt es doch das Karpfenmuseum, aber das hat erst am Wochenende wieder auf. Kann ich vielleicht morgen nach der Schule nach Erlangen ins Stadtmuseum fahren?«

Papa lachte. »Dass ich das noch erleben darf! Du gehst freiwillig in ein Museum.«

»Das war die Tochter von Frau Reiß«, unterbrach uns Mama, die das Gespräch schon wieder beendet hatte. »Sie sagt, ihre Mutter hat wahnsinniges Glück gehabt. Durch die Aufregung hatte sie nämlich einen schweren Herzinfarkt, und wenn nicht der Krankenwagen gleich da gewesen wäre, wäre sie vielleicht gestorben. Sie lässt fragen, ob ihr euch vielleicht um die Katzen kümmern könnt – ihr habt das doch schon mal gemacht.«

Mama sah Sarah und mich abwechselnd an.

Ich nickte, Sarah schlug sich plötzlich mit der Hand vor den Mund und stürzte aus der Küche.

»Ups«, meinte ich. »So schlimm ist Katzenklo saubermachen doch auch nicht.«

Anstatt also eine Abfrage bei meinem Geschichtslehrer zu riskieren, fuhr ich am nächsten Tag nach Erlangen. Die Dame an der Museumskasse war ganz hingerissen von meinem Fundstück und telefonierte gleich herum, um jemand Kompetentes aufzutreiben.

»Tut mir leid, junger Mann, ich erreiche gerade niemanden. Sieh dir doch erst mal die Ausstellung an und komm anschließend noch mal her.«

In der oberen Etage fand ich Armeewaffen aus der deutschen Kaiserzeit und versuchte herauszufinden, ob mein Fund zu so einer Waffe gehören könnte. Als ich schließlich durch den Gewölbekeller schlenderte, sprach mich jemand von hinten an.

»Bist du der junge Mann mit dem archäologiebegeisterten Hund?«

Ein ziemlich großer Mann mit langem Pferdeschwanz reichte mir die Hand. »Hallo, ich bin Dirk Forster.«

»Ich bin Max. Und Leo hilft Ihnen bestimmt gern, falls Sie einen Ausgrabungsexperten suchen – zumindest, wenn Sie vorher einen Hasen da lang schicken.«

Dirk Forster grinste. »Das dürfte wohl kein Problem sein. Dann zeig mal, was der Wunderhund da gefunden hat ... oh, das ist ein Schwertknauf, und ein richtig gut erhaltenes Stück dazu. Schau mal«, er deutete auf ein beeindruckendes Schwert hinter Glas, »das hier war mal das Arbeitsgerät des städtischen Henkers, und das Ding hier oben über dem Griff, das ist der Knauf. Der muss ziemlich schwer sein, so wie der, den du gefunden hast – damit das Schwert gut ausbalanciert in der Hand liegt und man nicht danebenhaut.« Er zwinkerte.

Ich betrachtete das Henkersschwert genauer. »Und wie wird das alles zusammengehalten?«

Der Archäologe wies auf einen Glaskasten nebenan. »Das Schwert da drüben ist nur zum Teil erhalten, und man sieht gut, wie seine Schneide oben in die schmalere Angel übergeht. Über die Angel steckte man so einen Querholm wie beim Henkersschwert. Das nennt man Parierstange, und die schützt die Hand vor dem Hieb des Angreifers.«

Ich kratzte mich am Kopf und grinste. »Auch den Henker?«

Der Archäologe grinste zurück. »Wer weiß. Anstatt Parierstangen wurde bei Armeewaffen auch ein Bügel oder ein Korb verwendet.«

»So wie bei denen im Obergeschoss?«

»Richtig. Auf die Angel wurde dann ein Griff aus Holz geschoben, der mit Metalldraht umwickelt wurde, dann steckt man die Spitze der Angel hier unten in das ovale Loch in deinem Knauf.« Zur Demonstration quetschte er seine kleine Fingerspitze durch. »Und da«, er deutete auf das Loch oben in dem Knauf, »kommt eine Befestigung rein. Die wurde fest vernietet oder verschmiedet.«

»Sie kennen sich aber gut aus«, sagte ich beindruckt von den ausführlichen Erklärungen.

Er lachte gutmütig. »Na, das ist schließlich mein Job.«

»Haben Sie eine Ahnung, aus welchem Metall der Knauf ist?«

»Aus Messing gegossen. Hier innen sieht man noch eine Wulst – da, wo die Form mal saß. Hast du den Knauf eigentlich gereinigt?«

Ich nickte. »Da war ganz viel grüne Patina drauf. Und jede Menge Dreck. Können Sie sagen, wie alt der ist?«

Er blähte die Backen auf und wiegte mit dem Kopf. »Na ja, anhand der Patina kann ich das nun leider nicht mehr abschätzen. Also, so gut, wie er jetzt ausschaut, könnte er zehn Jahre alt sein, aber da du ihn gereinigt hast, vielleicht auch zweihundert.«

Ich riss die Augen auf. »Nur zehn Jahre?«

»Es gibt doch diese Living-History-Gruppen. Und Schmiede auf Mittelaltermärkten, die täuschend echte Nachbildungen von historischen Waffen herstellen. Rein theoretisch könnte es eine sein.«

»Hm«, brummte ich. »Theoretisch. Aber da, wo ich den Knauf gefunden habe, gibt es so etwas weit und breit nicht. Da sind ringsherum nur Wiesen, Felder und der Wald.«

»Wenn du mich fragst, dann sieht der auch nicht wie eine Replik aus. Aber eine exakte Angabe kann ich dir leider nicht machen.«

Nachdenklich knetete ich meine Unterlippe. »Und wie könnte der da mitten auf die Wiese gekommen sein?«

»Oh, da gibt es unzählige Möglichkeiten. Und die meisten sind nicht weiter spannend. Vielleicht gab es einen Schmied in der Nähe – obwohl der es bestimmt eher eingeschmolzen hätte. Metall war früher schließlich sehr wertvoll. Aber die Dinge, die man nicht mehr brauchen konnte, wurden damals einfach auf den Misthaufen geworfen. Mit dem Mist wurden dann die Felder gedüngt. Was meinst du, was man dort so alles findet, und möglicherweise war an der Stelle einmal der Acker eines Hofes, den es nicht mehr gibt.«

»Und der Rest des Schwertes?«

Er tätschelte mir die Schulter. »Auch nach zweihundert Jahren würdest du bestimmt noch ein paar Teile finden. Der Griff ist wahrscheinlich verrottet, und was sonst noch übrig ist, hängt von der Bodenbeschaffenheit ab – je mehr Sauerstoff, desto mehr ist das Metall korrodiert. Aber was anderes: Hast du mal versucht herauszufinden, woher das Wappen stammt?«

»Jedenfalls nicht aus der Gegend«, antwortete ich. »Vielleicht aus Frankreich. Ich hab schon ein bisschen dazu im Internet recherchiert.«

Herr Forster kratzte sich am Kopf. »Versuch es mal über Google Books. Da gibt es sehr viele alte Bücher, die inzwischen digitalisiert worden sind. Möglicherweise kommst du da weiter.«

»Okay, werde ich tun.«

»Vielleicht kann dir auch jemand vom Bayerischen Armeemuseum in Ingolstadt weiterhelfen. Einen Versuch wäre es wert. Oder du fragst alte Leute aus der Gegend. Die wissen manchmal auch etwas.«

Er gab mir seine Karte und bat mich, ihm doch eine E-Mail zu schicken, falls ich noch etwas herausfinden sollte. Zu Hause schrieb ich gleich eine Nachricht an das Armeemuseum und verbrachte in den nächsten Tagen viel Zeit damit, Wissenswertes über meinen Fund aufzuspüren. Dabei kam ich mir vor wie Sherlock Holmes.

»Schau mal, das sieht deinem ganz schön ähnlich, findest du nicht?«, fragte Dr. Watson-Michi, während er sich nachdenklich die Haare raufte und das Wappen auf dem Schwertknauf mit denen verglich, die wir auf einer Seite des »Armorial du Bourbonnais« bei Google Books gefunden hatten.

»Stimmt – aber da sind die Lilien anders. Und die Schwänze der Löwen. Vielleicht eine Nebenlinie der Familie?«, spekulierte ich.

Ein Ton meines E-Mailprogramms erklang. »Eine Antwort vom Armeemuseum!« Rasch öffnete ich die Nachricht und überflog den Text. »... Das Stück ist sicherlich nichts Alltägliches und steht vermutlich in Zusammenhang mit der Anwesenheit französischer Truppen in der Nähe bzw. am Fundort ...«, las ich laut vor.

»Ha! Da sind wir ja auf der richtigen Spur!«, freute sich Michi, während ich schon weiterlas.

»... Üblicherweise trugen die Kürassiere eine Art Säbel, einen sogenannten Pallasch, mit einer geraden, ein- oder zweischneidigen Klinge ...«

Die Tür ging auf, und Sarah kam herein.

»Oh. Hi.« Hastig glättete Michi sich die Haare und setzte ein strahlendes Grinsen auf. »Alles klar?«

Sarah zuckte mit den Schultern und lächelte schwach. »Geht schon.«

Für meine Begriffe wirkte sie immer noch ziemlich blass. Irgendwie hatte ich nicht das Gefühl, dass es nur an der Mathe-Schulaufgabe lag, bei der sie vermutlich nicht geglänzt hatte. Ich tippte eher auf etwas, das zwar auch mit »M« begann, aber mit »irko« aufhörte – der Junge aus ihrer Clique, den sie schon länger anhimmelte. »Wenn du keine Zeit hast, zu den Katzen zu gehen, mach ich das später«, sagte ich zu ihr.

»Nee, lass mal. Ich nehm mir meine Hausaufgaben mit und bleib länger da. Die sind sonst so allein.« Sie meinte wohl kaum ihre Hausaufgaben damit. Mir war in den letzten Tagen schon mehrmals aufgefallen, dass ihr die Tiere wirklich leidtun mussten, so viel Zeit, wie sie dort verbrachte.

»Ja, das ist echt toll von dir«, warf Michi eifrig ein. »Wie du dich um die kümmerst. Wer weiß, wie lange Frau Reiß noch weg ist. Papa sagt übrigens, das war Brandstiftung. Echt krass, so was.«

»Hoffentlich kriegen sie die bald«, meinte ich. »Sarah, soll ich dann gleich mit Leo ...« Aber die Tür fiel schon hinter Sarah zu. Kopfschüttelnd wandte ich mich an Michi. »Kommst du gleich mit spazieren?«

»Heute nicht. Wenn ich den nächsten Vokabeltest in Französisch wieder verhaue, killt mich mein Vater. Komm, lass uns noch ein bisschen weitersuchen. Das macht echt Spaß.«

»In Ordnung, Watson.«

Doch wir fanden leider immer noch keine konkreten Hinweise darauf, wie der Knauf ausgerechnet hier ins Aischtal gekommen war.

Später ging ich dann allein mit Leo zu der Stelle, wo er den Schwertknauf ausgebuddelt hatte, um vielleicht durch einen Sherlock-Holmes-Geistesblitz irgendeinen neuen Zusammenhang zu entdecken. Ich setzte mich auf eine Bank am Rand einer Streuobstwiese. Leo zerrte schon die ganze Zeit ziemlich unglücklich an der Leine.

»Mach dir keine Hoffnungen. Heute lässt du die armen Hasen in Ruhe.«

Er schnaufte frustriert und legte sich auf meine Füße. Ich holte den Schwertknauf aus der Tasche und betrachtete die Fleur de Lys. Prompt fiel mir ein, dass ich vielleicht auch noch französische Vokabeln lernen sollte.

»Darf ich mich ein bisschen zu dir setzen?«

Ich hatte niemanden kommen hören und zuckte daher leicht zusammen, als ein Mann neben der Bank stand. Wie alt er war, konnte ich nicht sagen. Seine Haare waren strähnig und grau, und er trug einen langen, an mehreren Stellen ausgebesserten Mantel, der vielleicht mal braun gewesen war. Der Mann war klein und dünn und stützte sich auf einen Stock. Einen richtigen knorrigen Stock, nicht so einen lackierten Gehstock, wie ihn meine Oma benutzte. Leo, der nur einmal kurz die Augen geöffnet hatte, schnarchte weiter zu meinen Füßen.

Also nickte ich, und der Mann nahm umständlich Platz. Er stützte beide Hände auf den Stock. Von Neustadt her kam ein Polizeiwagen mit heulendem Martinshorn angebraust. Der Mann folgte dem Auto mit dem Blick. Ich überlegte, ob ich lieber gehen sollte, als mir einfiel, was der Archäologe Herr Forster vorgeschlagen hatte.

Ich räusperte mich. »Darf ich Sie mal was fragen, Herr ...?« Der Mann würdigte mich keines Blicks. »Ich heiße übrigens Max«, setzte ich schnell hinzu, um nicht unhöflich zu wirken.

»Rupprecht«, brummte er unwirsch.

Immerhin sagte er nicht Nein. »Das hier habe ich da drüben auf der Wiese neben dem Feld gefunden. Das heißt, mein Hund hat es ausgegraben.« Ich hielt ihm den Schwertknauf hin.

Herr Rupprecht beugte sich kaum merklich vor und kniff dabei die Augen zusammen. »Aha«, beschied er knapp.

»Ja, also ...«, begann ich, und auch wenn ich mir nicht sicher war, ob er sich tatsächlich dafür interessierte, erzählte ich ihm, was ich bisher herausgefunden hatte. »Und jetzt dachte ich, Sie wohnen doch bestimmt hier in der Nähe und wissen vielleicht, wem diese Felder mal gehört haben und so.«

Herr Rupprecht, der die ganze Zeit nur dagesessen und in die Ferne geschaut hatte, sah mich zum ersten Mal direkt an. Er lächelte. Die Falten um seine Augen waren tief, und er zog die Nase ein bisschen kraus. Mir fiel auf, wie hell und durchscheinend seine Augen waren. Er rieb sich das Kinn und spitzte die Lippen. »Du heißt also Max, und dein Freund heißt Michael?«

»Ja«, antwortete ich und wusste nicht, was das mit meiner Frage zu tun hatte.

»Und du magst alte Geschichten?«

Er erinnerte mich plötzlich an meinen Opa, wenn er von alten Zeiten erzählte. Ich hoffte, dass Herr Rupprecht das nicht genauso weitschweifig tun würde, aber immerhin hatte ich ihn auch vollgequatscht, und vielleicht wusste er wirklich etwas. Und wenn nicht, dann war es eben die gute Tat des Tages, einem alten Mann zuzuhören.

»Klar mag ich Geschichten.«

»Dann hör zu, Bub ...«, sagte er und begann zu erzählen.

Der September neigte sich dem Ende entgegen, und die reifenden Früchte der Pfaffenhütchen tauchten das Tal längs der Aisch in ein leuchtendes Rot. Das milde Wetter kam dabei den Bauern zupass. Abgeerntete Felder zeugten von deren Fleiß, die unzähligen Mühlräder im Tal klapperten von früh bis spät. Die leeren Hopfenstangen talauf, talab ließen erkennen, dass die Brauereien auch für den notwendigen Nachschub an Bier sorgten.

Die Abendglocken läuteten gerade, als die Webergesellen Michael und Max auf dem Heimweg nach Dachsbach waren. Im Auftrag ihres Meisters hatten sie in der Weberei im zwei Stunden entfernten Neustadt einige Bündel fertige Stoffe abgeliefert.

»Mir würde es bei den Husaren besser gefallen als bei der Infanterie«, erklärte Max, als sie gerade Rappoldshofen verließen und zügig in Richtung Eckenhof wanderten.

»Hast du denn schon jemals auf einem Pferd gesessen?«, fragte Michael grinsend.

»Na freilich habe ich das!«

»Auf dem Karrengaul vom Wirt! Und dann bist heruntergefallen.«

»Weil die Tür zugeschlagen ist und der dumme Gaul anfing zu bocken«, erwiderte Max empört. »Sonst hätte ich mich bestimmt länger gehalten. Wann musst du eigentlich einrücken?«

»Nächsten Monat. Und du? Allmächd ... was ist denn da los?« Michael blieb stehen und deutete nach vorn. Aus Richtung Eckenhof hörte man aufgeregte Rufe. Pferde wieherten.

»Das kommt doch vom Büttner-Hof!«

Max, der blass geworden war, sah auf das Gehöft, das ihnen am nächsten lag und seinem Paten Friedrich gehörte. »Bestimmt schon wieder die Franzosen.«

Er ging mit großen Schritten weiter, und Michael folgte ihm. Plötzlich schrie eine junge Frau.

»Margarethe!« Max begann zu rennen.

Alarmiert lief Michael hinterher. Margarethe war Max' Cousine, mit der er aufgewachsen und die für ihn wie eine Schwester war. Als die jungen Männer um die Ecke bogen, waren sie zunächst erleichtert. Margarethe stand unversehrt mitten im Hof – doch dann sahen sie unweit von ihr einen Mann auf dem Boden liegen, eine Frau kniete daneben und redete ihm anscheinend gut zu. Max stürzte zu seinem Paten Friedrich, der sich mit verzerrtem Gesicht die Brust hielt.

Ein Schwarm französischer Soldaten lief währenddessen nicht nur auf diesem Hof, sondern im ganzen Weiler herum. Sie schleppten Säcke voll Korn aus den Scheunen, bedienten sich am Gemüsevorrat, holten Hühner aus den Ställen und trieben zwei Schweine vor sich her. Alles verluden sie auf bereitstehende Wagen.

»Als die Franzosen gekommen sind, hat Papa gesagt, sie bekämen die Vorräte nur über seine Leiche«, schluchzte Margarethe. »Er hat den Kerl da angeschrien, aber der hat nur gelacht.« Anklagend deutete sie auf einen jungen Mann, der seinem Benehmen nach zu urteilen das Kommando führte. »Plötzlich ist Papa ganz rot geworden und auf den Mann losgegangen. Aber der hat seinen Säbel gezogen und ... und ich dachte, er erschlägt ihn, aber dann

ist Papa einfach umgefallen und ... sein Herz ...« Sie konnte nicht mehr weitersprechen.

Max nahm sie in den Arm und tätschelte ihr ungelenk den Rücken.

»Sergent LaMarche!«, rief einer der Soldaten in diesem Moment dem Offizier zu. »Nous avons besoin des chariots et des cheveaux!«

LaMarche drehte mit einer nonchalanten Geste die Handflächen gen Himmel. »Alors nous nous empruntons les ici.«

»Was hat er gesagt?«, fragte Michael.

»Ich weiß nicht«, erwiderte Max, während er die Soldaten misstrauisch beobachtete.

»Die Pferde!« Der Knecht kam gestikulierend aus dem Stall. »Sie nehmen die Pferde mit! Und den Wagen!«

Max fluchte derb, und ehe Michael ihn zurückhalten konnte, lief er zu LaMarche und packte ihn von hinten an der Schulter – wahrscheinlich nur, um mit ihm eine hitzige Diskussion anzufangen. Doch der Franzose war durch und durch Soldat. In der nächsten Sekunde schwang er seinen Säbel. Max brüllte. Eine Menge Blut tropfte von seiner rechten Hand. Soldaten kamen und hielten ihn fest, während LaMarche ihm ein paar gezielte Fausthiebe in die Magengrube versetzte.

Margarethe schrie wie am Spieß, als Max schließlich zusammenbrach. Michael schloss die Augen und unterdrückte Tränen der Wut. Niemand hinderte die Soldaten mehr daran, sich zu nehmen, was sie wollten.

Erst spät am Abend verließ Michael den Weiler. Der Schaden, den die Requirierungen verursacht hatten, war groß – vielleicht würden sie durch den preußischen Staat entschädigt werden, so wie es in den vergangenen Wochen und Monaten vielen Bauern versprochen worden war. Irgendwann. Aber das war nicht das Schlimmste. Friedrich ging es schlecht, und es war möglich, dass er sterben würde. Max hatte große Schmerzen. Ein paar Prellungen und Abschürfungen, die er durch die Prügel erlitten hatte, würden bald heilen, doch seine rechte Hand war durch den Säbelhieb, den er nur hatte abwehren wollen, sehr schwer verletzt. Seiner Arbeit als Weber würde er vielleicht nicht mehr nachgehen können, wenn die Hand verkrüppelt blieb. Was für eine Entschädigung konnte es dafür schon geben? Zum preußischen Militär würde Max dann allerdings nicht mehr müssen.

Als Michael auf den Weg nach Dachsbach einbiegen wollte, hörte er die französischen Soldaten, die offenbar irgendwo in der Nähe von Rappoldshofen ihr Lager aufgeschlagen hatten. Mit einem Ruck änderte er die Richtung. Leise, damit sie ihn nicht bemerkten, näherte er sich. Da waren sie – guter Laune in ihren prächtigen Uniformen und mit den Vorräten der fränkischen Bauern. Michael ballte die Fäuste. Den Menschen, die dafür schwer gearbeitet hatten, würde das alles im Winter arg fehlen. Geld allein, selbst wenn sie es bekämen, machte schließlich nicht satt.

Er selbst würde den Winter hier nicht erleben, denn er musste demnächst einrücken und als preußischer Soldat Seite an Seite ausgerechnet mit den Franzosen in den Krieg ziehen.

Plötzlich sah er, wie sich der befehlshabende Offizier erhob und vom Lager entfernte. Michael folgte ihm ein Stück in den Wald. Leise pfiff der Franzose vor sich hin. Im fahlen Mondlicht war zu sehen, wie er seinen Schwertgürtel löste, die Hose öffnete und in die Hocke ging. Michael spürte ohnmächtige Wut. Ohne sich die Gefahr bewusst zu machen, sprang er LaMarche von hinten an, stieß ihn auf das Gesicht und legte seine Hände fest um seinen Hals. Der vollkommen überraschte Franzose gab nur ein leises Röcheln von sich. Durch die heruntergezogene Hose behindert, zappelte er hilflos unter Michael, der auf seinem Rücken hockte und mit aller Macht zudrückte. Dann erschlaffte LaMarche. Keuchend rutschte Michael von ihm herunter.

»Gott steh mir bei!«, stöhnte er leise, als ihm plötzlich bewusst wurde, was er getan hatte.

Erst jetzt nahm er die Geräusche aus dem Lager wieder wahr. Wenn sie ihn hier fanden, würden sie kurzen Prozess mit ihm machen und ihn auf der Stelle erschießen. Mit zitternden Fingern tastete er nach dem Puls an LaMarches Hals. Zuerst fühlte er nichts, doch dann spürte er ein sachtes Pochen.

Michael sank ein Stück in sich zusammen und rieb mit beiden Händen über sein Gesicht. Beinahe hätte er sich auf die gleiche Stufe mit diesen gewissenlosen Menschen gestellt. Er musste verschwinden, und zwar schnell. Als er gerade aufstehen wollte, stieß er mit seinem Fuß an das Schwert des Franzosen, und ein unangenehmer Geruch erinnerte ihn daran, warum LaMarche eigentlich hierhergekommen war. Michael hielt inne – und grinste. Die Vorstellung eines kotbeschmierten Offiziers, der ohne Hosen aus dem Wald zurückkam, war immerhin eine kleine Genugtuung.

Flink schnitt er LaMarche die Hosen herunter und machte, dass er fortkam. Die Fetzen und das Schwert nahm er mit. Er würde beides irgendwo in sicherer Entfernung vergraben. Irgendwo, wo es niemand finden konnte. Zumindest mit dieser Waffe würde LaMarche niemandem mehr Leid antun.

Leo zu meinen Füßen tat einen tiefen Seufzer. Ich blinzelte und hatte das Gefühl, als sei ich gerade aus dem Kino gekommen. Neben mir saß Herr Rupprecht, sehr aufrecht, die Hände immer noch über Kreuz auf seinen Stock gestützt, und beobachtete die Autos auf der B 470.

»Ob Michael wirklich zur Armee gegangen ist?«, sinnierte ich.

Herr Rupprecht wandte mir den Kopf zu. »Was hättest du denn an seiner Stelle getan?«

Ich zuckte mit den Schultern. »Keine Ahnung. Wahrscheinlich hatte er aber keine andere Wahl – damals gab es doch sicher keine Alternativen.«

Herr Rupprecht hob die Augenbrauen. Dann deutete er auf den Schwertknauf, den ich immer noch in der Hand hatte. »Gib gut darauf acht.« Er erhob sich schwerfällig.

»Wohnen Sie in Eckenhof? Soll ich mit Ihnen den Weg runtergehen?«

Er lachte leise. »Nein, Bub, das ist nicht nötig. Ich komm schon zurecht.«

»Auf Wiedersehn, Herr Rupprecht!«

Ich sah ihm eine Weile nach. Zu meinen Füßen reckte sich Leo und gähnte. Ich streichelte ihm den Kopf, woraufhin er wohlig grunzte und mir seinen Bauch entgegenstreckte.

»Na du bist mir neuerdings eine Schlafmütze. Wirst du alt oder was?«, meinte ich und tätschelte seine weiche Unterseite. »Komm, lass uns gehen.«

Dieser Herr Rupprecht war wirklich ein komischer Kauz. Wo er wohl wohnte? Erzählen konnte er jedenfalls, und seine Geschichte war ganz sicher eins gewesen: spannender als unsere Geschichtsstunden bei Herrn Baumann und mit deutlich mehr Action als die von Opa.

Nach dem Abendessen fuhr ich wieder meinen Computer hoch. Ein General LaMarche war mit Napoleons Truppen unterwegs gewesen. Ich nahm an, er war nicht der Einzige aus seiner Familie, der ein Offizierspatent besaß. Interessanterweise ähnelte das Wappen seiner Familie denen, die Michi und ich in dem Buch über die Familienwappen der Bourbonen gefunden haben. In den Jahren 1800/01 war das französische Heer unter dem Kommando General Moreaus durchs Aischtal gezogen. Wenn man den Quellen glauben durfte, benahmen sie sich ziemlich daneben. Sie waren unterwegs, um gegen die Österreichischen Truppen zu kämpfen. Und dann fand ich noch etwas.

Während ich die altdeutsche Schrift auf dem Bildschirm entzifferte, ging die Tür auf und Sarah kam herein. Sie setzte sich auf mein Bett und zog die Füße hoch. Die Arme schlang sie um ihre Knie.

»Scheiße!«

»Wieso?«

Sie schüttelte den Kopf und legte ihre Stirn auf die Unterarme. »Scheiße, scheiße, scheiße. Ich weiß nicht, was ich machen soll ... ach Scheiße!«

»Du wiederholst dich!«

»Ha, ha.« Sarah seufzte aus tiefster Seele. »Ich weiß, wer das war. Bei der Frau Reiß. Und ... na ja, das war nicht das

Einzige, was die gemacht haben in den letzten Wochen. Stefan und Janine und ... Mirko ... und so.«

Da seufzte ich auch. »Scheiße.«

Sarah grinste schief. »Nachäffer.«

»Ich dachte, deine Clique wäre so obercool«, sagte ich. »Vor allem Mirko.«

»Nee, nicht mehr«, räumte Sarah ein. »Aber ich war nicht dabei, als sie in Frau Reiß' Werkstatt eingebrochen sind. Ehrlich. Diesmal bin ich schon vorher gegangen. Aber sie haben gesagt, dass sie da rein wollten. Was mach ich denn jetzt?«

Ich zupfte an meinem Kinn herum. »Also erst mal sagst du es Mama und Papa! Am besten sofort.«

Sarah riss die Augen auf. »Jetzt gleich?«

»Jetzt gleich. Ich komm auch mit, wenn du willst. Und du erzählst ihnen alles. Wirklich alles.«

Sie zog den Kopf ein. »Aber ...«

»Nix aber! Hör mal, du kannst die doch nicht unterstützen, wenn die Mist bauen. Und wenn du Schiss hast, dass die dir anschließend was tun, weil du gepetzt hast – ich pass schon auf dich auf. Klar?«

Sie nickte mit halb offenem Mund. Wir schwiegen einen Moment. Dann sagte ich: »Wenn du willst, dann nehm ich dich demnächst mit zu meinen Leuten.«

»Wie jetzt. Echt?«

Ich nickte feierlich und dachte an Michi. »Und wenn du brav bist, darfst du zukünftig bestimmt öfter dabei sein.«

Sie knuffte mich und tat dann etwas, das sie zuletzt vor ein paar Jahren getan hatte – sie gab mir einen feuchten Schmatz auf die Wange. »Wie cool ist das denn?«

»Ja, schon gut«, wehrte ich ab. »Komm, gehen wir zu Mama und Papa.«

Sarah sah nicht mehr so glücklich aus. Es würde sicher eine Menge Ärger geben. Auch für sie. Aber vor allem für die Leute von der Clique, die anscheinend nicht wussten, wo der Spaß aufhörte und eine Straftat begann.

Bevor ich meinen Computer ausmachte, warf ich einen letzten Blick auf das Ergebnis meiner Suche in Google Books und dachte an Herrn Rupprecht und seine Geschichte von Michael und Max. Manchmal muss man wohl einfach seinem Gewissen folgen, anstatt der Meute hinterherzulaufen.

Intelligenz-Blatt des Rezat-Kreises XXVIII. Stück. Ansbach, Mittwoch, den 13. Juli 1814

1043

... 8. Vom hiesigen Königl Landgerichte wird der Anno 1780 geborene Kantonist Michael Rupprecht von Mt Dachsbach welcher als Webergeselle vor mehreren Jahren aus diesseitigen Landen sich entfernt hat und eingezogener Erkundigung gemäß in Kaiserlich Oestereichische Kriegsdienste getreten ist von seinem Leben und Aufenthalt jedoch seit dem Jahre 1804 keine Nachricht eingekommen ist hiermit öffentlich vorgeladen sich binnen Jahresfrist vom Tage dieser Vorladung an gerechnet bei der unterzeichneten Behörde sich einzufinden und wegen seines Uebertritts in fremde Kriegsdienste sich zu verantworten widrigenfalls aber zu gewärtigen daß nach Ablauf dieser Frist sein bereits in Beschlag genommenes Vermögen eingezogen werden wird.

Neustadt an der Aisch den 24 Juny 1814 KV Landgericht

Anm. der Autorin:
Die Beweggründe des Dachsbacher Kantonisten (Wehrpflichtigen) Michael Rupprecht, sich den österreichischen Truppen anzuschließen, sind der Fantasie der Autorin entsprungen. Seine Existenz jedoch sowie die geschichtlichen Hintergründe im Hinblick auf die Franzosen im Aischgrund entsprechen den Tatsachen. Real ist auch der Schwertknauf, der zwischen Rappoldshofen und Eckenhof gefunden wurde. Ähnlichkeiten zu Ereignissen sowie Menschen und Tieren, die im Aischgrund zwischen Dachsbach und Rappoldshofen leben, sind allerdings zufällig – zumindest das meiste davon.

Die Autorin bedankt sich für die freundliche Unterstützung bei der Recherche beim Stadtmuseum Erlangen sowie Dr. Tobias Schönauer vom bayerischen Armeemuseum Ingolstadt, Frau Kabelitz vom Heimat- und Geschichtsverein Neustadt/Aisch und allen, die ihr mit ihrem Wissen weitergeholfen haben. Der Schwertknauf befindet sich nach wie vor im Besitz der Autorin und hat sein wahres Geheimnis bisher noch nicht preisgegeben.

Peter Freudenberger

Der Stellvertreter

»Er hat die ganze Zeit nur in die Flammen gestarrt.« Die Frau deutete mit der Zigarette auf eine Parkbank am Rande des Magnolienhains. »Da ist er gesessen, Herr Kommissar.« Die Zigarette qualmte mit dem Hausdach gegenüber um die Wette.

Kommissar Strobel gab dem uniformierten Beamten neben ihm einen Wink. »Die Spurensicherung soll jemand rüberschicken.«

Viel Hoffnung hatte er nicht. Die Schaulustigen hatten die wenigen Spuren sicher längst zertrampelt. Der Park Schöntal lag auf dieser Seite höher als die Straße, die unterhalb der alten Wappenmauer verlief. Eine geschmiedete Brüstung begrenzte ihn, ein Logenplatz für die Sensationsgierigen, die das Feuer im Haus auf der anderen Straßenseite angelockt hatte. Die Bank war eine von mehreren am Weg entlang der Brüstung – mit dem Rücken zum Magnolienhain, den Häusern gegenüber zugewandt, weil die Mittagssonne von drüben kam. Besonders Aufdringliche hatten sich auf die Sitzfläche gestellt, um einen freien Blick über die Köpfe der Gaffer zu haben, die sich am eisernen Geländer drängten.

Die Szene auf der Straße glich der eines Katastrophenfilms. Löschfahrzeuge, Streifenwagen und Rotkreuzautos blockierten die Fahrbahn. Feuerwehrmänner schossen aus aufgeblähten Schläuchen Wasserfontänen auf das rauchende Dachgeschoss. Wie Schildkröten wirkten die Atemschutzträger, die sich in voller Montur in den Hauseingang quetschten, um die unteren Stockwerke zu durchsuchen, möglicherweise auch schon, um in der Wohnung ganz oben von innen gegen Brandnester vorzugehen. Bewohner waren ins Freie geflüchtet, Rettungssanitäter versorgten sie. Immer wieder heulten

Martinshörner auf, Blaulicht zuckte über die schattigen Fassaden der Häuserzeile. Die Polizeibeamten hielten sich im Hintergrund, bewachten die Absperrung aus rotweißem Flatterband. Wenigstens waren die Schaulustigen hier oben in sicherer Entfernung, statt unten zwischen den Autos herumzustolpern und die Helfer zu behindern.

»Der Mann kam mir gleich so komisch vor.«

»Komisch? Was meinen Sie damit?« Strobel wandte den Blick von der Straße ab und sah die Frau an. Er lächelte, um sie zum Reden zu ermuntern.

Es war üblich, dass die Kripo zu Löscheinsätzen gerufen wurde. Unfall oder Brandstiftung? Diese Frage vertrug keinen langen Aufschub. Die Aussicht, in einer verkohlten Wohnung herumzuschnüffeln statt gemütlich in der Kantine zu sitzen, hatte ihn zunächst wenig begeistert. Aber mit der Entscheidung, sich unter den Schaulustigen nach Augenzeugen umzutun, solange drüben die letzten Löscharbeiten liefen, hatte er goldrichtig gelegen. Die Frau war sofort auf ihn zugerannt. Mit einem solchen Treffer hatte er nicht rechnen können.

»Ich meine merkwürdig.« Sie zog an der Zigarette. »Er sah aus wie einer von den Pennern, die hier immer auf den Parkbänken rumhängen. Aber wenn Sie mich fragen, er hat irgendwie unecht gewirkt. Als ob er das nur spielt.«

»Wie kommen Sie darauf?«

Ihr Gesicht verschwand hinter einer blauen Wolke. »Seine ollen Klamotten haben ihm gar nicht richtig gepasst.«

»Ist das bei den – wie sagen Sie – Pennern nicht meistens so?«

»Er hat sich nicht wohlgefühlt in den Klamotten. Nur so zum Beispiel. Dauernd hat er an seinem Mantel rumgefummelt, als wenn ihn was kratzt. So ...« Sie fuhr sich mit der Hand in den Kragen, um es Strobel zu zeigen.

»Warum haben Sie ihn überhaupt so genau betrachtet?«

»Weil ich ihn schon vorher gesehen habe.« Wieder stieß sie eine Rauchwolke aus. »Da bin ich gesessen, ich verbringe hier immer meine Mittagspause, wenn die Sonne scheint und die Magnolien blühen. Das ist einzigartig in Aschaffenburg.« Ihre Zigarette wies auf die Parkbank, bei der sie standen, und wanderte dann zum Haus gegenüber. »Und da ist er rausgekommen.«

»Aus dem brennenden Haus?«

Sie nickte. »Ein paar Minuten, bevor es losging. Ich hab noch gedacht: Was macht so ein Penner in so einem vornehmen Haus? Direkt am Schöntal, da wohnen doch nur gute Leute. Er ist die Straße runter Richtung Sandkirche zu dem Zebrastreifen, der zum Parkeingang führt. Dann sind auch schon die Fenster da oben geborsten, ich bin ganz schön erschrocken. Der Knall war ohrenbetäubend, das können Sie mir glauben. Auf einen Schlag stand das ganze Dachgeschoss in Flammen. Gruselig war das. Ich hab mein Handy rausgezogen und die eins–eins–null gewählt, aber ich kam gar nicht durch, andere waren wohl schneller. Keine Minute später ist der Penner hier aufgetaucht, hat sich auf die Parkbank dort gesetzt und hinübergestarrt.«

»Ist Ihnen sonst noch etwas an ihm aufgefallen?«

»Ich hab natürlich nicht die ganze Zeit zu ihm hingesehen. Gegenüber hat es schließlich gebrannt. Die Flammen standen meterhoch über dem Dach. Und der schwarze Qualm! Ich wusste ja nicht, ob das schädlich ist.« Sie ließ die Kippe auf den Kiesweg fallen, trat sie aus und deutete darauf. »Deswegen werden Sie mich doch nicht anzeigen?«

Strobel ignorierte die Bemerkung. »Sie sagen, er hat die ganze Zeit in die Flammen gestarrt. Also hatten Sie ihn doch irgendwie im Blick. Denken Sie bitte nach.«

Sie kramte die Zigarettenpackung aus der Handtasche. Plötzlich hielt sie inne. »Er hat ein paarmal auf die Uhr gesehen. Da haben Sie's: Welcher Penner besitzt eine Armbanduhr? Und er hat nicht geraucht. Die meisten von denen rauchen. Selbstgedrehte. So ein stinkiges Kraut. Auch eine?« Sie hielt Strobel die Packung unter die Nase.

Strobel lehnte ab.

»'tschuldigung, ich kann nur in der Pause rauchen, die muss ich ausnutzen.«

»Hatte er etwas bei sich?«

»Mm«, sie zündete die Zigarette an, »eine Plastiktüte, wie alle diese Typen. Da war ein flaches Päckchen drin oder so etwas Ähnliches.«

»Fällt Ihnen sonst noch etwas ein?«

»Das Wichtigste überhaupt!« Ihre Stimme kam aus einer Qualmwolke. »Der ist, wie gesagt, die ganze Zeit auf der Bank gesessen und hat in die Flammen gestarrt. Noch als die Feuerwehr längst da war. Der ist erst weg, als die Polizei kam. Da hinten ist er raus.« Die Zigarette zeichnete den Weg durch den Magnolienhain nach, es sah aus, als hätte der Unbekannte eine Spur aus feinen Rauchfäden hinterlassen. »Da hat ihn einer der anderen Penner angesprochen, aber er hat nicht darauf reagiert, als ob er ihn gar nicht kennen würde. Das ist doch komisch, oder?«

Komisch oder nicht – dass der Mann aus dem brennenden Haus gekommen war, machte ihn für Strobel interessant genug. »Wichtiger ist eine andere Frage.«

Sie runzelte die Stirn und hielt den Atem an.

»Können Sie ihn beschreiben?«

»Klar kann ich das«, sagte sie eifrig und kleidete ihre Worte in blaue Wölkchen. »Das war so gruselig. Das werd ich nie vergessen, wie der da gesessen ist und in die Flammen gestarrt hat.«

***

Ernst Wächter sah die Flammen, äußerlich reglos, aber im Innern heftig erregt von dem, was auf ihn zukommen würde. Nicht nur die Zukunft erregte ihn, sondern auch die Vergangenheit.

Die Erinnerungen stürzten auf ihn ein. Blitzschnell, wie einen Film im Zeitraffer, spulte sein Gedächtnis die Ereignisse ab, die er geplant, verworfen und neu geplant, die er akribisch vorbereitet hatte. Alles, was passiert war, seit ihm der Mittelsmann eines anonymen Sammlers das Angebot für den Grünewald hatte zukommen lassen. Eine astronomische Summe für ein kleines Bild, eine Miniatur. Eine Summe, die er nicht ablehnen konnte.

Einen Stellvertreter zu finden, das war das Wichtigste gewesen, einer der beiden Punkte, mit denen sein Plan stand und fiel. Einen Stellvertreter, der seinen Platz einnehmen sollte, der ihm daher in Größe, Gestalt und Gesicht gleichen musste. Und den niemand vermissen durfte.

Wochenlang hatte er darüber nachgegrübelt. Er hatte Todesanzeigen verstorbener Frauen nach einsamen Witwern durchforstet. Das brachte nichts, überall standen weitere Angehörige dabei. Am Ende hasste er die Annoncen, die den Charakter eines Massensterbens hatten: Wir trauern um unsere liebe Ehefrau, Mutter, Tochter, Tante, Schwester und Schwägerin ... Als wäre die gesamte weibliche Seite einer Familie gestorben. Dabei verriet ihm das nur, wie viele Hinterbliebene den trauernden Ehemann vermissen würden, falls er verschwinden sollte.

Im Internet hatte er sich nicht so gut ausgekannt, er gehörte mit seinen fünfzig zu der Generation, die in der Kindheit noch ohne weltweites Netz auskommen musste und auf Wegen miteinander kommunizierte, über die seine fünf Jahre jüngere Frau bereits die Nase rümpfte. Aber er hatte sich schlau gemacht. Nach und nach war er durch alle einschlägigen Chatrooms gesurft, hatte sich in die sozialen Netzwerke eingeflochten, die ihm Erfolg versprachen bei der Suche nach einem Mann, der sich als Stellvertreter eignete. Es war ihm anfangs peinlich gewesen. Er konnte ja nicht als Frau auftreten. Das wäre schon beim ersten persönlichen Kontakt aufgeflogen, und ohne ein Treffen ging es nicht. Schon um die

Ähnlichkeit zu überprüfen, was ihm die geschönten Profile und geposteten Fotos nicht erlaubten.

Er war kurz davor aufzugeben, noch einmal von vorne anzufangen mit seiner Planung, da kam ihm der Zufall zu Hilfe.

Es war im vergangenen Herbst gewesen, bald nach dem ersten Bodenfrost. Ein sonniger Samstag, daran erinnerte er sich genau. Er war am Vormittag aus dem Haus gekommen, wollte nur im Einkaufszentrum auf der anderen Seite des Parks etwas besorgen. Das bunte Laub leuchtete unter dem türkisfarbenen Himmel, aber es war kalt, deshalb hatte er es eilig. Als er den Schöntalsee mit der Klosterruine hinter sich gelassen hatte, stellte sich ihm plötzlich einer der Penner in den Weg.

»Haste mal 'nen Euro?«

Klassischer Spruch. Wächter wollte ebenso klassisch und knapp antworten: »Such dir lieber eine ehrliche Arbeit.« Da fiel ihm ein, dass er selbst plante, seine ehrliche Arbeit wegzuschmeißen und den Rest seines Lebens mit süßem Nichtstun zu verbringen. Allerdings nicht in diesen kalten germanischen Breiten, ganz bestimmt nicht. Und er würde dafür sorgen, dass er dort, wohin er wollte, nicht zu betteln brauchte. Mit dem Geld für den Grünewald. Das war der Plan.

Er ließ seine Hand in der Hosentasche mit dem Kleingeld verschwinden, während er den Mann musterte. Plötzlich vergaß er, sie wieder herauszuziehen. Er vergaß, dass er etwas besorgen wollte. Er fröstelte nicht mehr, mit einem Mal war ihm heiß.

Die Ähnlichkeit erschütterte ihn. Der Penner hatte ungefähr Wächters Größe. Er war dünner, aber das kaschierte der weite, abgewetzte Mantel. Beider Haar war vergleichbar grau und licht, das des Penners freilich strähnig und fett. Der Nase nach hätten sie Brüder sein können. Ihre Gesichtszüge unterschieden sich durchaus, zumal das Leben auf den Parkbänken tiefe Furchen in das Gesicht des anderen geschnitten hatte. Doch die verbarg ein zottiger Bart.

Ein Mann, der ihm ähnlich sah und den niemand vermissen würde. »Wächter«, sagte er zu sich selbst und setzte ein freundliches Lächeln auf, »du wirst dir eine Matte wachsen lassen müssen.«

Er hatte den Stellvertreter gefunden.

***

Die Nachricht von der Leiche überraschte Strobel nicht. Wenn es in einem Haus so brannte wie in diesem, gab es meistens Tote. Sein Ärger über die verlorene Mittagspause war verraucht. Hier wartete Arbeit auf ihn. Die Grundfrage Unfall oder Brandstiftung erweiterte sich beträchtlich.

Die Unfallvariante war die häufigste, neun von zehn Brandleichen ließen sich damit erklären. Ein technischer Defekt, überhitztes Fett, eine vergessene Zigarette lösen das Feuer aus. Das Opfer wird im Mittagsschlaf von den Flammen überrascht, holt sich bei Löschversuchen eine Rauchvergiftung oder kann sich aus anderen Gründen nicht mehr schnell genug retten.

Entsprechend selten war bei Toten Brandstiftung im Spiel. Dafür galt es hier immer drei Szenarien zu klären: Hatte das Opfer das Feuer gelegt, um sich selbst zu töten? Hatte ein Fremder den Brand verursacht, um einen Mord zu vertuschen, war das Opfer also schon vorher tot? Oder hat der Brandstifter das Feuer als Mordwaffe benutzt und sein Opfer bei lebendigem Leib verbrannt? Das war zwar die Ausnahme, aber nicht unwahrscheinlich, denn es ließ sich in der Gerichtsmedizin von der Selbstmordvariante nur schwer abgrenzen.

Strobel fragte sich, ob die Experten hier überhaupt etwas herausfinden würden, als er eine halbe Stunde später die Mansardenwohnung betrat. Alles war verbrannt, verkohlt, geborsten und geschmolzen. Die Fenster zersplittert, die Wände kahl und schwarz, die Möbel kaum mehr als Gerippe aus Metall.

Was die Flammen verschont hatten, dem hatte das Löschwasser den Rest gegeben.

Vorsichtig tastete sich Strobel in den Raum vor, der wohl einmal als Wohnzimmer gedient hatte. Ein Brandermittler der Feuerwehr und Bühler, der Chef der Spurensicherung, wiesen ihm den Weg. Die Leiche lag vor den Überbleibseln eines Sofas auf dem Boden, in einem Brei aus Schlacke, Schutt und Schaum. Sie war gekrümmt, wie bei Brandleichen üblich, weil die kräftigen Beugemuskeln bei Hitze stärker schrumpfen.

Bühler murmelte in ein Diktiergerät, was sie sahen: »Kleider und Haare verbrannt, Gesicht und Körper vollständig verkohlt, Haut geplatzt.« Er beugte sich über die Leiche. »Geschlecht äußerlich nicht erkennbar.«

Strobel hatte die Wartezeit vor dem Haus genutzt, um Erkundigungen einzuziehen. Eigentümer der Mansarde war ein gewisser Dr. Ernst Wächter, fünfzig, geschieden, von Berufs wegen zuständig für die staatliche Gemäldesammlung im Schloss Johannisburg, aber nicht als Wächter, der Name war Zufall, sondern als Chef und Museumsdirektor. Laut Einwohnermeldeamt hatte er die Wohnung in der Würzburger Straße am Park selbst genutzt, allein, jedenfalls waren keine weiteren Personen eingetragen. Hausbewohner hatten das in ersten Gesprächen bestätigt.

Der Brandermittler deutete auf einen verschmorten Kanister. »Sieht nach Brandbeschleuniger aus. Passt auch zum ersten Eindruck. Benzin, wenn ihr mich fragt.«

Bühler wiederholte es halblaut.

»Unfall scheidet schon mal aus«, stimmte Strobel zu. »Ich verständige die Staatsanwaltschaft. Sie soll die Obduktion veranlassen.« Er klopfte dem Brandermittler auf die Schulter. »Der Laden gehört Ihnen. Finden Sie raus, was hier passiert ist. Und du«, er nickte Bühler zu, »pack alles ein, was vielleicht für einen DNA-Vergleich taugt. Zahnbürste, Rasierer, Kämme, du weißt schon.«

Er sah sich in dem schwarzen, stinkenden Loch um, das von Wächters Wohnzimmer geblieben war. Bühler würde kaum etwas finden.

***

»Haste jetzt 'nen Euro oder was?« Der Penner verlor allmählich die Geduld.
Wächter schüttelte den Kopf. »Kein Kleingeld. Wie wär's mit einem Fünfer?«

Der Mann grinste gierig durch seinen Zottelbart.

Das war der Beginn einer höchst gedeihlichen Freundschaft, eine kleine Investition, die den größtmöglichen Gewinn versprach. Zweieinhalb Millionen Euro. Die lächerlichen Nebenkosten würde er überdies noch aus seinem Gesparten bestreiten. Das Flugticket auf die Südseeinsel etwa, die er sich als Treffpunkt mit dem Mittelsmann und als Wohnsitz für seinen Lebensabend ausgesucht hatte, weil es für sie kein Auslieferungsabkommen mit der Bundesrepublik Deutschland gab.

Später sollte er feststellen, dass ihm die kleine Investition an jenem Morgen im Herbst sogar Nebenkosten sparte. Dieser Penner besaß, wer hätte es gedacht, einen Personalausweis. Jetzt musste er alles nur noch so terminieren, dass ihm etwas Zeit blieb, sich seinem Stellvertreter äußerlich anzupassen. Der Mann hieß Detlef. Dieser Name musste einen ja aus der Bahn werfen. Egal, es würde einmal sein eigener sein.

Während er in die Flammen starrte, sah er sich wieder mit dem Penner durch Schöntal laufen, bis sie eine Bank fanden, die frei war. Detlef wäre ihn am liebsten rasch wieder losgeworden. Er hatte sein Geld, jetzt wollte er sich nur noch in Ruhe besaufen. Wächter merkte sich die Marke des Fusels, den er aus einer Literflasche in sich hineingluckern ließ: Le Clochard, wie passend, angeblich Tafelwein aus Frankreich, ganz sicher aber das billigste Gesöff, das in der Agip-Tanke auf der anderen Seite des Parks zu kriegen war.

Wächter hatte nicht vor, sich schnell abschütteln zu lassen. Er lockte mit mehr Geld und begann sofort, seinen Stellvertreter zu studieren. Es würde nicht genügen, sich Bart und Haare wachsen zu lassen. Es reichte nicht, eine Weile auf Körper- und Zahnpflege zu verzichten. Und es würde auch nicht mit etwas Theaterschminke getan sein.

Es ging um die Identität, der zweite Punkt, von dem sein Plan abhing.

Er hatte weder Geschwister noch Kinder, das war vielleicht das Beste, was er im Nachhinein über seine Ehe sagen konnte. Dass ein anderer seine Frau geschwängert hatte, war schon bei der Scheidung hilfreich gewesen. Seine Eltern waren tot, ebenso die wenigen entfernten Verwandten, die er gehabt hatte. Das Auto war verkauft, und was seinen Arbeitsplatz betraf: Er hatte schon damit begonnen, ihn jeden Abend gründlich reinigen zu lassen, damit keine Haare oder Schuppen liegen blieben. Absolut gründlich. Er kontrollierte das. Die Museumsputzen hassten ihn längst.

Er hatte zeitlebens ein gutes Gebiss gehabt und nie eine Zahnarztpraxis von innen gesehen. Wenn er diesen Detlef durch den Bart grinsen sah, war eines sonnenklar: Gutes Gebiss stimmte nicht, aber das mit der Praxis galt unverkennbar auch für seinen Stellvertreter.

Die Fingerabdrücke und alles Weitere – das musste das Feuer erledigen.

***

»Nichts.« Bühler lehnte kleinlaut an der Fensterbank, als trüge er selbst Schuld an dem, was er Strobel berichten musste. »Wir haben die DNA des Toten, aber in der Wohnung gibt es keinerlei Spurenträger, die einen Vergleich ermöglichen.«

»Andere DNA-Spuren?« Strobel blätterte im Obduktionsbericht.

Bühler schüttelte den Kopf. »Das Feuer hat alles vernichtet.

Restlos. Und nicht nur das, wir haben auch in seinem Büro in der Schlossgalerie nichts gefunden.«

»Blutsverwandte?«

»Fehlanzeige.«

»Wir müssen weitersuchen.« Strobel betrachtete die Bilder der verkohlten Leiche, vor allem die Detailaufnahmen der Hände. Es schien verrückt, aber bei den Fingerabdrücken standen die Ermittler vor dem umgekehrten Problem. Von denen gab es jede Menge – aber von dem Toten konnte man keine mehr nehmen.

Immerhin stand durch die Obduktion fest, dass es sich um einen Mann handelte. Er hatte zum Zeitpunkt des Brandes noch gelebt. Rußpartikel fanden sich in der Luftröhre, in den Bronchien und in der Speiseröhre. Er hatte den Rauch eingeatmet und verschluckt. Die starke Konzentration von Kohlenmonoxid im Blut bestätigte diese These. Und noch etwas hatte der Bluttest ergeben: Das Brandopfer war nicht nüchtern, die Alkoholkonzentration lag bei einem Promille.

Das Feuer war also nicht gelegt worden, um einen vorausgegangenen Mord zu vertuschen. Es blieb aber offen, ob sich der Mann selbst töten wollte, sich vor dem Freitod vielleicht sogar noch mit Alkohol Mut angetrunken hatte, oder ob ein anderer die Schwäche des Betrunkenen ausnutzen wollte, um ihn umzubringen.

Der Hauptherd des Brandes lag im Wohnzimmer nahe der Tür. Wenn es sich nicht um Selbstmord handelte, war dem Opfer der Fluchtweg abgeschnitten gewesen. Etwa an der Stelle hatten sie auch den Kanister gefunden. Wie vermutet, war Benzin als Beschleuniger benutzt worden.

Strobel legte die Fotos in die Mappe zurück und klappte den Bericht zu. »Gibt es Kampfspuren oder andere Hinweise auf ein Fremdverschulden?«

»Nicht wirklich«, gab Bühler zerknirscht zurück. »Ein Hämatom an der Stirn. Dem Umfang nach hat sich Wächter den Bluterguss kurz vor dem Tode zugezogen. Aber er ist vom

Sofa auf den Boden gestürzt, die Gerichtsmedizin nimmt an, dass es davon stammt.« Er seufzte. »Das alles ist eine Sackgasse.«

»Dann lass uns noch einmal zum Ausgangspunkt zurückkehren.« Strobel stand auf. »Dort sind wir nämlich verabredet.«

Bühler hob fragend die Brauen.

»Mit einem gewissen Breitinger, dem Sprecher der Hausgemeinschaft.«

***

Es war ein Risiko gewesen, den Stellvertreter zu sich einzuladen, Wächter wusste das von Anfang an. Aber er hatte das Risiko eingehen müssen.

Türschwellen waren Hemmschwellen für Detlef. Er mied Häuser, selbst vom Asyl der Diakonie im Bahnhofsviertel hielt er sich fern, wenn es das Wetter erlaubte. Wächter hatte daran gedacht, ihn erst im letzten, entscheidenden Moment in die Wohnung mitzunehmen. Doch die Gefahr, dass er sich genau dann weigern würde mitzukommen, war groß, größer als das Risiko, dass er bei seinen gelegentlichen Besuchen von jemandem im Haus gesehen würde.

Wächter hatte hart daran gearbeitet, das nötige Vertrauen aufzubauen. Ungezählte Abende war er mit Detlef durch das Schöntal gestreift, halbe Nächte hatte er mit ihm auf Parkbänken zugebracht, den billigen Fusel getrunken und geraucht, eine Gewohnheit, die er erst durch Detlefs Gesellschaft angenommen hatte.

Die Treffen waren weniger unangenehm, als er befürchtet hatte. Sie hatten ein Thema, von dem sie beide etwas verstanden. Detlef war Kunststudent gewesen, bevor das Schicksal ihn aus der Bahn warf, und er sprach gerne über Kunst, solange der Alkohol seine Gedanken noch nicht vernebelt hatte.

Das Risiko, das er unterschätzt hatte, war Detlefs Schnüffelei. Er war immer hinter Alkohol her, hinter Zigaretten, hinter Geld oder hinter allem, was sich zu Geld machen ließ. Er zog ungeniert Schubladen auf und grabschte hinein, öffnete Schranktüren und wühlte in Fächern. Wächter durfte ihn keinen Moment aus den Augen lassen, musste immer auf der Hut sein wie ein Luchs. Es kam ihm nicht aufs Kleingeld an oder auf den Kram, der bei Detlefs Besuchen verschwand. Er hatte Angst vor Spuren, die zu ihm zurückführen könnten. Es ging um seine Identität.

Wächter starrte in die Flammen. Wie weit waren sie entfernt? Er meinte, ihre Hitze an den Wangen und auf der Stirn zu spüren.

Die Schnüffelei und die unerwartete Kunstsinnigkeit seines Stellvertreters, sie hätten den Plan eine Woche zuvor um ein Haar frühzeitig scheitern lassen.

Detlef hatte überraschend bei ihm geklingelt, war unangemeldet vor seiner Wohnungstür gestanden. Er war scharf auf Wein, das wenige Geld, das er sich tagsüber erbettelt hatte, war offensichtlich schon versoffen. Detlef stand schwankend und krakeelend auf dem Treppenabsatz. Wächter hatte keine Wahl gehabt, er musste ihn hereinbitten.

Das war ausgerechnet der Abend gewesen, an dem er den Grünewald aus dem Museumsdepot geholt hatte. Er hatte das Bild in ein kräftiges Packpapier eingeschlagen, in eine Plastiktüte gesteckt und auf der Garderobe im Flur abgelegt. Der Zeitpunkt war günstig gewesen. Die Gemäldegalerie hatte an diesem Tag wie üblich geschlossen, es gab keinen Publikumsverkehr, außer ihm war nur noch ein Mitarbeiter in den Räumen beschäftigt.

Wächter wusste, dass niemand die Miniatur vermissen würde. Er selbst hatte von ihrer Existenz in den Regalen nichts gewusst, bevor der Mittelsmann Kontakt mit ihm aufgenommen hatte. Keine Ahnung, woher der anonyme Sammler davon Kenntnis hatte, vermutlich war er in die Vorgeschichte verstrickt, die den Grünewald gegen Kriegsende in die Gemäldesammlung gebracht haben musste.

Detlef war eine Weile auf Wächters Sofa gesessen, seinem Lieblingsplatz in der Wohnung, und irgendwann auf dem Klo verschwunden. Er blieb ungewöhnlich lange weg. Als Wächter nachsah, lehnte Detlef im Flur an der Wand und betrachtete den Grünewald. Das Packpapier lag aufgerissen auf dem Boden.

Er hob den Kopf und sah Wächter aus schmalen Augen an. »Is des 'n alte Meister?«, fragte er. »Des is doch 'n alte Meister.«

»Finger weg!« Wächter war außer sich. »Das Bild muss in die Werkstatt«, fügte er rasch hinzu. Er nahm es Detlef aus der Hand, wickelte es wieder in das Packpapier und legte es auf die Garderobe zurück. Innerlich verfluchte er sich. Was, wenn der Penner irgendwo herumerzählte, was er da gefunden hatte?

Detlef gab sich mit der Antwort auch keineswegs zufrieden. »Wenn des 'n Original is, kannstes hier nit so rumlieche lasse«, lallte er.

»Bisher ist nie etwas passiert«, gab Wächter zurück. »Und das wird auch so bleiben, wenn du deine Finger von meinen Sachen lässt.« Er nahm Detlef am Arm. »Komm, der Clochard wird kalt«, grinste er.

»Hat da ääfach so 'n alte Meister rumlieche«, moserte Detlef. »Un mich dud er mit e paar Euro abspeise.«

Unglaublich, dass er den Wert des Bildes überhaupt erkannt hatte. Wer war dieser Mann wirklich? Wächter hätte gerne gewusst, was ihn nach dem Studium aus der Bahn geworfen hatte. Doch Detlef präsentierte so viele unterschiedliche Versionen seiner Geschichte, dass er es schließlich aufgab, ihn danach zu fragen.

Er wusste selbst, wie leicht ein Leben aus den Fugen geraten konnte, wie schnell und wie unabänderlich. Wie ein Absturz aus großer Höhe, den der Fallende aus eigener Kraft, mit dem stärksten Willen, nicht bremsen und aufhalten kann. Und er wusste, wie wenig Hilfe und Mitleid von denen zu erwarten war, die den Strauchelnden vorher noch beneidet hatten.

Ihn hatten sie beneidet. Um seine schöne Frau und um die scheinbar glückliche Ehe, die er mit ihr führte – mehr als zwei Jahrzehnte lang. Beneidet um seine Karriere, die ihn an die Spitze des Schlossmuseums gebracht hatte. Beneidet um die schicke Mansardenwohnung mit Parkblick, auch da war er gewissermaßen ganz oben angekommen.

Doch dann kam der Absturz.

***

Strobel und Bühler trafen Breitinger vor dem Haus. Er schloss auf und ließ sie hinein. Das Treppenhaus roch nach Rauch.

»Das Haus ist bis auf Weiteres unbewohnbar«, erläuterte Breitinger. »Es ist ein Bau aus der Gründerzeit. Fehlböden, Backsteinmauerwerk. Die Wände sind vom Löschwasser völlig durchfeuchtet, außerdem droht der Dachstuhl einzustürzen.«

Er öffnete die Tür zu seiner Wohnung, die im Erdgeschoss lag. »Hören Sie das Brummen? Das sind die Entfeuchter.«

»Wir hätten uns auch woanders treffen können.«

Breitinger hob die Schultern. »Ich wollte hier sowieso nach dem Rechten sehen. Die Hausgemeinschaft hat Angst vor Plünderungen.«

Die Wohnung wirkte düster. Breitinger gab sich nicht die Mühe, die Läden zu öffnen, sondern schaltete das Licht ein. »Setzen Sie sich.« Er zeigte auf die Küchenstühle. »Kaffee?«

Strobel und Bühler lehnten ab.

Breitinger setzte sich zu ihnen. »Sie wollen also etwas wissen über Wächter?«

Strobel nickte und zog den Notizblock aus der Tasche.

»Wächter war mal ein guter Mann. Hatte hier optimal reingepasst. Untadelig. Verlässlich. Ruhig. Tolle Frau, super Job …«

Strobel unterbrach ihn. »Sie sagen, ›Wächter war mal‹. Das klingt nicht so, als würde es sich auf seinen Tod beziehen. Hatte er sich zuvor irgendwie verändert?«

»Das stimmt. Sogar radikal verändert. Das war, nachdem seine Frau ihn verlassen hatte. Er zog sich zurück, brach alle Kontakte ab, jedenfalls hier im Haus. Eine Zeit lang hat er seine Wohnung, glaub ich, nur noch zum Arbeiten und Einkaufen verlassen. Ja, und dann ...«

Breitinger schwieg. Strobel sah ihn abwartend an.

»Wissen Sie, ich denke mir heute: Eigentlich hat das ja so kommen müssen«, fuhr Breitinger fort.

»Was meinen Sie?«

»Er hat sich auch äußerlich immer mehr verändert. Die Haare und den Bart wachsen lassen. Sich nicht mehr gepflegt. Wenn Sie mich fragen: Da war auch Alkohol im Spiel. Und dann die Typen, mit denen er sich plötzlich umgeben hat ...«

Strobel beugte sich vor. »Typen?«

»So Pennbrüder halt. Unterste Schublade. So was hat er hierher mitgebracht, in unser Haus. Die haben dann da oben gesoffen und rumgegrölt. Und gequalmt, das ganze Haus stank danach. Nein, für mich ist das kein Wunder, dass das passiert ist.«

»Haben Sie die Pennbrüder gesehen?«

»Einen. Im Grunde habe ich nur einen gesehen.« Breitinger tippte auf Strobels Notizblock. »Wenn Sie wollen: Ich kann ihn beschreiben.«

Strobel biss sich auf die Unterlippe. Hatte Wächter den Penner gekannt, den die Zeugin vor dem Brand aus dem Haus kommen sah? »Schießen Sie los«, sagte er.

***

Er starrte in die Flammen. Sie würden das letzte Bild sein, das ihm von dem Leben blieb, das er geführt hatte.

Er hatte an diesem entscheidenden Tag nach Detlef suchen müssen, bis er ihn schlafend und blöderweise weitgehend nüchtern auf einer Parkbank hinter der Schöntalruine fand. Detlef folgte ihm gerne, der Hinweis auf den roten Clochard genügte.

Es war alles vorbereitet. Am Vortag hatte ihm der Mittelsmann die Flugreservierung geschickt, zusammen mit genauen Anweisungen, wann und wo sie sich nach seiner Ankunft auf der Insel treffen würden. Er brauchte nur noch Detlefs Ausweis, um das Ticket abzuholen und einzuchecken.

Die wenigen Habseligkeiten, die er mitzunehmen gedachte, hatte er in die Plastiktüte zur Miniatur gestopft und griffbereit auf die Garderobe gelegt. Darunter hing der Mantel, den er auf dem monatlichen Flohmarkt am Mainufer erstanden hatte, kleine graue Karos, ein scheußliches Modell, dem Mottenfutter seines Stellvertreters sehr ähnlich.

Mehr als die Plastiktüte durfte er nicht mitnehmen. Er konnte gesehen werden, wenn er das Haus verließ. »Mit einem Koffer, Herr Wachtmeister. Und kurz darauf brach die Hölle los.« Nein, sicherer war es, wenn er sich unterwegs kaufte, was er brauchte, um am Flughafen nicht aufzufallen.

Sein Herz schlug heftig, als er Detlef in die Wohnung führte, vorbei an der Tür zum Bad. Dahinter lauerte der Tod, ein Zwanzig-Liter-Kanister voll mit Benzin.

An der Garderobe sah sich Detlef verblüfft nach ihm um. »Was hast'n da fer'n coole Mantel?« Schon fingerte er daran herum.

»Den hab ich für dich gekauft«, strahlte Wächter. »Du brauchst mal einen neuen. Der ist auch viel wärmer.«

Detlef grunzte. »Ich brauch kän Mantel. Moiner dud's noch. Awwer wenn de määnst – ich kannen ja vielleicht verkloppe.«

Wächter ging nicht weiter darauf ein, half vielmehr Detlef aus dem Mantel und hängte das lausige Ding neben seinen. Er wusste: In der Innentasche steckte Detlefs Ausweis. Dann schob er seinen Stellvertreter ins Wohnzimmer und köpfte einen Clochard. Als die Flasche zur Neige ging, gab er vor, in der Küche einen neuen zu holen.

Er zog die Wohnzimmertür hinter sich zu, öffnete leise das Bad, schraubte den Kanister auf und begann, das Benzin zu verschütten. Das Bad war wichtig. Als Nächstes kam das Schlafzimmer an die Reihe, das dem Bad gegenüberlag. Schließlich schlich er in die Küche. Zurück im Flur, verspritzte er auch hier Benzin.

Plötzlich erstarrte er. Die Flugreservierung! Die Anweisung für das Treffen. Er hatte den Brief im Wohnzimmer auf dem Sideboard liegen gelassen.

Wächter fluchte leise. Er hatte nicht vorgehabt, das Wohnzimmer noch einmal zu betreten. Er wollte Detlef nicht warnen. Der Plan war, sich in aller Ruhe Detlefs Mantel und die Plastiktüte zu schnappen. Dann wollte er den Kanister ins Wohnzimmer schleudern, durch den Flur springen und erst an der Schwelle zum Treppenhaus die ganze Bude hochgehen lassen. Ein Streichholz musste genügen. Die Tür zur Wohnung zuzuwerfen und über die Treppe zu verschwinden, war eins.

Fieberhaft dachte er nach. Er brauchte den Brief.

Da riss ihn Detlef aus den Gedanken. »Was riecht'n da so?«, rief er aus dem Wohnzimmer. »Lääft wo Öl aus? Du hast doch gar kän Ölofe!«

Er musste handeln, wieder blieb ihm keine Wahl. Er stieß die Wohnzimmertür auf.

Detlef stand in der Mitte des Raumes, eine brennende Kippe zwischen den Lippen, den Brief des Mittelsmanns in der Hand. »Was is'n des? Willste verreise?«, nuschelte er, als die Tür aufflog. Dann sah er auf, seine Augen weiteten sich, die letzte Farbe wich aus seinem ohnehin grauen Gesicht. »Des is Benzin.« Er deutete mit dem Brief auf den Kanister in Wächters Hand. »Du hast Benzin verschütt'.«

Wächter ließ den Kanister fallen, der Rest des Sprits, den dieser noch enthielt, floss heraus. Mit einem Satz war er bei Detlef. Der schien begriffen zu haben, konnte aber nicht mehr schnell genug ausweichen. Wächter packte den Brief. »Lass los!«, brüllte er.

Doch Detlef lockerte den Griff nicht. Gleichzeitig tastete seine andere Hand nach der Clochardflasche auf dem

Couchtisch. Während sie beide an dem Papier zerrten und um die Flasche rangen, fiel ihm die Zigarette aus dem Mund.

***

»Hat eigentlich die Suche nach dem Penner etwas ergeben?« Strobel blinzelte, um seine Augen an das helle Frühlingslicht zu gewöhnen, als sie aus Breitingers Wohnung auf die Straße traten. »Irgendeine Spur?«

»Nicht die geringste.« Bühler breitete die Arme aus. »Als hätte es ihn nie gegeben.«

»Jemand muss ihn doch gekannt haben. Was ist mit den Leuten vom Asyl?« Strobel wies mit dem Kinn auf den Magnolienhain. »Lass uns noch mal da rübergehen.«

Bühler nickte. »Gekannt haben ihn viele. Aber nur vom Sehen, auch im Asyl. Er war wohl sehr menschenscheu. Und seit dem Brand ist er wie vom Erdboden verschluckt.« Sie überquerten die Straße und stiegen die Treppe am Parkeingang hinauf. »Du erinnerst dich, was die Augenzeugin erzählt hat?«, fuhr Bühler fort. »Dass ein anderer Penner den Mann angesprochen hat, den sie beobachtet hatte? Wir haben den anderen aufgetrieben. Aber der behauptet, dass er den Mann verwechselt hätte, es sei ein Unbekannter gewesen.«

Sie setzten sich auf die Bank, sahen zur Häuserzeile auf der anderen Straßenseite hinüber und schwiegen eine Weile.

»Wir müssen weitersuchen«, sagte Strobel endlich. »Wir brauchen den Namen. Kann sein, dass dieser Wächter heute damit herumläuft – und wenn du mich fragst, dann irgendwo auf der anderen Seite der Weltkugel.«

»Du meinst ...«

»Ich hab da eine Theorie. Was will der Museumsleiter mit dem Penner? Warum gleicht er sich ihm an? Und will er wirklich in seinem Wohnzimmer verbrennen?« Strobel erhob sich.

Auch Bühler stand auf. »Wohin?«

»Ins Schloss. Die sollen dort mal ordentlich für uns suchen. Würde mich nicht wundern, wenn in der Gemäldesammlung etwas fehlt.«

***

Das Päckchen stand griffbereit zu seinen Füßen. Er saß an einem Tisch der Strandbar und versuchte, das Bild der Flammen, die aus dem Hausdach schlugen, zu verscheuchen. Was er vor sich sah, war weit angenehmer. Der schmale, fast weiße Sandstreifen zwischen den Palmen und dem Meer, dessen sanfte Wellen am Ufer leckten und das im Licht der Morgensonne zu gleißen schien. Ein Bild wie aus einem Prospekt, es fehlten nur die Mädchen in den knappen Bikinis. Er wusste, sie würden am Nachmittag kommen.

Es hätte anders ausgehen können, wäre die Sache mit der Kippe nicht passiert. Sie war auf ein paar Spritzer Benzin gefallen, sofort züngelten kleine Flämmchen aus dem Teppichboden des Wohnzimmers. Es war eine Frage von wenigen Sekunden gewesen, bis sie sich ausbreiten und die Bude hochgehen würde.

Sie waren beide einen Augenblick abgelenkt gewesen. Er hatte den Moment genutzt, die Weinflasche an sich gerissen und dem anderen einen Schlag gegen die Stirn versetzt. Der Typ taumelte zurück, ließ den Brief los, stöhnte, sank aufs Sofa. Halb sitzend, halb liegend, in die ersten Flammen starrend, so hatte er ihn zum letzten Mal gesehen.

Er selbst war in den Flur gerannt, hatte nach dem Mantel gegriffen, geprüft, ob der Personalausweis darin steckte, und den Brief dazugestopft, eine Handbewegung war das. Er hatte die Plastiktüte auf der Garderobe gepackt und war aus der Wohnung gestürmt, während hinter ihm die Flammen hochschlugen.

Vom Park aus hatte er dann das Feuer betrachtet, ein Bild, das ihn seitdem nicht mehr verließ. Er hatte das Leben eines Menschen beendet, um selbst ein neues zu beginnen.

Von hinten näherten sich Schritte. Der Fremde stellte sich zwischen ihn und das Meer, sein Schatten fiel auf den Tisch.

»Sie haben etwas für mich?«

Er nahm das Päckchen und legte es wortlos vor sich hin.

Der Mittelsmann hob eine altmodische Reisetasche auf den Tisch. »Sie gestatten?« Er schlug das Packpapier auf, betrachtete das Bild eingehend und lächelte zufrieden. »Wollen Sie nicht nachsehen?«, fragte er dann.

Er zog die Tasche zu sich heran und stellte sie zu seinen Füßen ab. »Ich vertraue Ihnen.«

Der Mittelsmann kniff die Augen zusammen und musterte ihn. »Sie sind gar nicht Wächter.«

Er nickte. »Ich bin sein Stellvertreter.«

Tommie Goerz

Steinbruch

Dass nur *er* immer diese komischen Hemden hatte. Mit denen war es jedes Mal das Gleiche: Oben ein Knopf zu viel und unten ein Knopfloch mehr. Oder andersherum, das konnte er sich nie merken. Die Dinger passten einfach nicht, nie so wie bei den anderen. Und er wusste auch genau, woran das lag, da war er längst dahintergekommen: Weil er sich nie selber etwas kaufen durfte. Immer kaufte seine Mutter für ihn ein, ohne ihn zu fragen, und die kaufte nur billiges Zeug. Billigstes. Allerbilligstes. Weil sie ihn hasste, ja. Und er lief dann rum wie ein Trottel, mit diesen blöden Hemden. Zum Kotzen war das. Die glaubte immer, er sei dumm. Dabei war er schlau. Ziemlich sogar. Warum aber die Hemden dann trotzdem manchmal passten und das mit den Knöpfen und Knopflöchern ganz plötzlich aufging, das war ihm unerklärlich. Waren halt einfach Scheißhemden. Und eine Scheißmutter.

Bei dem Girch war das ganz genauso. Nicht das mit den Hemden, aber sonst. Der wohnte genauso bei seiner Mutter unterm Dach, musste ständig springen, wenn die rief, durfte nicht zur Arbeit wie all die anderen, sie durften ja nicht einmal mehr in die Werkstatt, wo sie früher immer waren. Wo sie der Bus abgeholt und hingefahren hatte, zu den anderen. Nichts mehr. Sie mussten den ganzen Tag zu Hause bleiben, den Diener spielen und sich anschreien lassen. Müll rausbringen, Holz hacken, sägen, stapeln, Straße kehren, Garten umgraben, stillsitzen, Rasen mähen, Äpfel auflesen oder Zwetschgen, die ganze Palette. Immer daheim und immer nur blödes Zeug. Und dazu immer dieses Geschrei. Dieses Herumkommandieren.

Aber jetzt hatten sie einen Plan, der Girch und er, der Siggers. Einen, wo sie bis an ihr Lebensende unabhängig sein würden, immer Geld haben würden, keine Sorgen. Und nicht immer nur das Gekeif der Alten. Fürchterlich waren die, dem Girch seine Mutter und die vom Siggers. War ja auch kein Wunder, die waren Schwestern. Grässliche Schwestern. Und einen Vater gab es auch nicht, nur einen Opa, den Papa der beiden Alten. Von einem Vater war nie die Rede und wehe, du hast das Thema einmal angesprochen, nur mit einem Wort. *Dann* war vielleicht ein Geschrei!

Komisch. Dabei hatten dem Girch seine Mutter und seine, also die vom Siggers, dem immer alles gemacht, wenn der rief. Das soll einmal einer verstehen.

Der Opa aber war tot, Gott sei Dank. *Der* war vielleicht ein Arschloch gewesen. Aber jetzt war er weg. Der Siggers hatte das erst gar nicht begriffen, was das hieß. Tot. Aber als der Opa dann dagelegen war und er ihn angefasst hat und gestoßen und schließlich gezwickt, und der überhaupt nicht gezuckt hat und nichts, da hatte der Siggers eine Ahnung davon. Wenn einer tot ist, dann kann er sich nicht mehr wehren, zumindest kennt er keinen Schmerz. Denn der Siggers hat schon richtig fest zugezwickt, und der Opa hätte sich das lebendig nicht gefallen gelassen. Nicht mal halb so fest. Und dann werden die verbuddelt, wenn einer tot ist, so tief, dass er nicht mehr rauskann und weg ist. Ist eine gute Sache für schlechte Menschen, der Tod, weil dann sind die weg. So dachte sich das der Siggers.

Jetzt aber hatten sie einen Plan. Das Problem mit dem Plan war nur: Sie brauchten dazu ein Auto. Nur – der Girch hatte keins und er auch nicht. Auch keinen Führerschein. Woher denn. Immerhin, der Siggers übte schon immer, heimlich. Mit dem Teller in der Hand als Lenkrad und dem Mund als Motor. Brrrm ... Brrrrmmmm ... Brrrmmmmm! Er konnte schon ganz schnell fahren, so in seinem Kopf drin. War ja auch ganz einfach mit dem Automatik von der Mutter vom Girch. Nur vorwärts und rückwärts musste man einstellen, da hatte er ganz genau aufgepasst. Und dann raus aus dem Hof, das kurze Stück Straße runter und ab in den Wald, weiter mussten sie ja nicht für ihren Plan. Nur weit genug in den Wald und er dann wieder zurück. Er hatte sich die Strecke auch schon sehr gut eingeprägt und war sie mit dem Fahrrad gefahren. Mehrmals. Bis in den alten Steinbruch hinten, dachten sie, der war weit genug weg vom Dorf, und von da aus war nichts zu hören. Konnte eigentlich nichts mehr schiefgehen. Bald würde er das Fahren draußen einmal probieren, wenn dem Girch seine Mutter und seine zusammen weg waren. Und dem Girch seine ohne Auto, vielleicht mit dem Bus, einkaufen in die Stadt. Er, also der Siggers, musste sowieso immer aufpassen, wenn er übte. Dass seine Mutter nichts merkte, weil sonst fragte sie bloß, und dann käme womöglich der ganze Plan raus. Nichts wäre es dann mit einer sorgenfreien und überhaupt einer freien Zukunft. Nichts mit der Unabhängigkeit und der Ruhe vor den keifenden alten Schwestern.

Nur das mit dem Schalten war doof. Mit einem Kochlöffel ging das nicht so gut, den musste er sich immer zwischen die Beine klemmen, damit der nicht herunterfiel, aber der Schaltknüppel war ja immer rechts. Andererseits – das Auto von Girchs Mutter hatte keine Schaltung, das hatte ja Automatik. Also brauchte er sich darüber keine Gedanken zu machen. Und trotzdem, zum richtigen Autofahren gehörte das Schalten dazu. Der Busfahrer schaltete ja auch immer, das hatte der Siggers ganz genau beobachtet. Und wenn er schon das Fahren übte, dann richtig, nicht so wie für Frauen. Also mit Schalten und nicht ohne, auch wenn er es nachher vielleicht gar nicht brauchte. Egal.

Siggers wischte sich über das Gesicht. Er schwitzte bei der Vorstellung, Auto zu fahren. Das regte ihn immer so auf. Er schwitzte sowieso viel zu viel, eigentlich dauernd, er war aber auch sehr dick. Die Leute sagten immer »Du isst zu viel« und »Friss doch nicht immer!« War völliger Quatsch. Wenn die immer so viel hinstellten – das musste doch alles weg, das wusste er schon. Beim Essen darf man nichts übrig lassen. Man darf damit auch nicht spielen, denn in Indien und woanders verhungern die Kinder. In Afrika und so. Wo das war? Keine Ahnung, es war halt so. Über Unterweilersreuth war er nie hinausgekommen, und Indien musste irgendwo dahinter liegen. Und in der anderen Richtung Afrika, ist doch logisch. Die Welt hörte ja nicht auf hinter Unterweilersreuth, die ging ja weiter. Da kam erst der Wald und der Steinbruch, dann Oberweilersreuth, ja und dann irgendwann Forchheim. Und Nürnberg, München, Paris, Bamberg, New York und wie die alle hießen. Gaiganz und Unterzaunsbach. Wusste er doch alles. Eine richtige Qual war das manchmal mit dem Essen. Da passte schon lange nichts mehr in dich rein, aber dann war da immer noch ein Stück Brot. Oder Fleisch oder Wurst. Käse mochte er nicht so, den stellten sie ihm auch nicht mehr hin. Aber sonst alles andere. Presssack und Bratwürste, Bierschinken und Göttinger, Stadtwurst und Schnitzel und was sie noch alles fanden. Mit Senf oder ohne, mit Kren oder Ketchup, Preiselbeeren, Mayonnaise oder dieser scharfen, braungrünen Marmelade mit Rosinen drin, so einem modernen Zeug ...

Und dann freuten die sich doch auch, wenn er aß. Lachten immer so. Und er wollte ihnen doch eine Freude machen. Wollte freundlich sein. Mitlachen. Dazugehören und im Mittelpunkt stehen. Die wären doch traurig, wenn er das Zeug nicht aufaß, und enttäuscht. Aber aufessen müssen, immer viel zu viel, und dann immer noch lachen und so tun, als wenn nichts wär, und sich dann sagen lassen zu müssen, er soll doch nicht immer so viel fressen – manchmal verstand er die nicht. Ihm ging es danach immer schlecht, aber den anderen gut. Die lachten auf jeden Fall, und das war doch ein gutes Zeichen, oder nicht?

Letzte Woche hatte der Girch seiner Mutter eine runtergehauen. So wie die das sonst immer macht, bei ihm und vor allen Leuten. Mit der Hand ins Gesicht. Klatsch. Da hatte er eine Scheißwut gehabt, der Girch, und es einfach nicht mehr ausgehalten. »Einen Dreißigjährigen schimpfst du nicht mehr so!«, hatte er gesagt. »Ich will endlich mein eigenes Leben leben. Ich bin groß genug!«

Ein riesiges Geschrei hatte das gegeben. »Du kommst ins Heim, wenn du das noch einmal machst«, hatte seine Mutter gezetert, und dass sie das nächste Mal die Polizei holt. Natürlich hatte sie sich bald wieder beruhigt, aber dann hatte sie noch gesagt: »Kindern, die ihre Eltern schlagen, wächst die Hand aus dem Grab.«

Waren doch gar nicht seine Eltern, war doch nur seine Mutter, und der Opa war schon längst tot.

Letzte Woche dann hatten sie auf dem Friedhof nachgesehen, der Girch und er. Hatten sich hineingeschlichen und alles genau untersucht. Jedes Grab. Aber keine Hand gefunden. Nicht eine einzige wuchs da irgendwo raus. Das kann doch nicht sein, dass nur die Eltern ihre Kinder schlagen dürfen und die Kinder nicht zurück! Das ist doch ungerecht! Aber die Welt war wohl so, sonst hätten sie ja die Hände sehen müssen, die aus den Gräbern wuchsen. Bisher hatten noch keine Kinder ihre Eltern geschlagen, der Friedhof war der Beweis! Da hat der Girch Angst bekommen und schlecht geschlafen, hat er erzählt.

Aber das mit dem Plan war genial. Gucken würden sie alle, wenn er und der Girch unabhängig sein und Geld haben würden und ein eigenes Leben führen. Jawohl. Bis an ihr Lebensende.

Heute früh war der Siggers falsch herum in seine Hose gestiegen. Das war vielleicht blöd, da war der Schlitz hinten, und die hat überhaupt nicht gepasst. Da musste er erst wieder aus der Hose raus und andersherum hinein. Da hat die Mutter schon wieder geschrien von unten, wo er denn bleibt. »Was dauert denn da schon wieder so lang?!« Immer dieses Gekeif. Aber wenn doch die Hose falsch herum ... oder er ... ? Warte mal – wenn ... nein, das war zu kompliziert. Außerdem hatte er keine Zeit zum Überlegen, seine Mutter tobte ja schon wieder unten und wartete. Und wenn er jetzt nicht gleich käme, dann könnte er wieder etwas erleben.

Ist das eigentlich bei allen so?, fragte er sich, als er, sich noch den Gürtel bindend, endlich die Treppe herunterkam. Heute musste er wieder eines dieser Scheißhemden anziehen, bei denen das mit den Knöpfen nicht passte ...

»Aber du darfst niemandem was verraten!«, hatte Siggers dem Girch eingebläut, immer und immer wieder. »Wenn irgendjemand davon erfährt, klappt das nicht.«

»Ist doch logisch«, hatte der Girch geantwortet, jedes Mal neu, und fühlte sich dabei richtig wichtig. »Ehrensache.« Das sagte man so. Hatten sie im Wirtshaus gehört, wenn sich die Männer unterhielten. Und wenn die das sagten, ging es garantiert um wichtige Sachen. Bei »Ehrensache« waren sie immer ganz ernst. Im Wirtshaus war der Siggers auch auf die Idee gekommen. Da saß der alte Henners, der mit den drei abgesägten Fingern, eigentlich immer, wenn man hinkam. Der machte auch jedes Mal seinen alten Witz, spreizte die restlichen zwei Finger und den Stumpf vom Daumen von seiner Hand weg und bestellte »Fümf Bier fürs Sächwerg.« Dann lachten alle, obwohl der Witz schon so alt war. Aber er machte ihn immer wieder, und immer lachten alle.

»Das war ein gutes Geschäft«, hatte der Henners einmal gesagt, so ganz im Vertrauen, als sie wieder so beisammengesessen waren an einem Nachmittag, und hatte sich seine Hand gestreichelt.

»Jetzt streichelt er wieder seine Finger, die er nicht hat«, hatte der Fischers Karl gesagt, und wieder hatten alle gelacht. Ein ganz schöner Blödsinn, hatte sich der Siggers gedacht, das geht doch gar nicht, sich etwas streicheln, was man nicht hat. Irgendetwas stimmte da nicht, aber er kam nicht dahinter. War aber auch nicht so wichtig, denn was der Henners *dann* gesagt hatte, das hatte den Girch auf seine Idee gebracht:

»Wenn ich die Finger, die ich net hab, net hätt, dann könnt ich net jeden Tag mei Bier trinken.« Weil er nämlich für die

Finger, die er nicht mehr hat, Geld kriegt. Jeden Monat, ein Leben lang. Und das musste viel sein, so viel wie der Henners trank. Und das hat der Siggers verstanden und der Girch dann auch, nachdem es ihm der Siggers erklärt hatte. Der Henners kriegt Geld für die Finger, die er nicht mehr hat. Weil er sie nicht mehr hat. Von der Versicherung, hatte der Henners gesagt. Und dieses Geld war sicher, Monat für Monat.

»Das kriegst du ein Leben lang.«

Eine Versicherung habe ich auch, hat der Girch dann gesagt, nachdem er das mit dem Henners verstanden hatte. Das wusste er von seiner Mutter. Denn als er einmal mit dem Rechen eine Fensterscheibe kaputt gemacht hatte, hat sie zwar, wie immer, ganz fürchterlich geschimpft, dann aber gesagt: »Das zahlt die Versicherung.« Dann haben sie das Fenster reparieren lassen, und irgendwann hat die Mutter gesagt, als sie von der Bank kam: »Das Geld von der Versicherung ist da.« Also habe ich auch eine Versicherung, so wie der Henners. Da fühlte er sich richtig groß, wie ein Mann. Wenn der Henners – und der war ein Mann, und was für einer! – eine Versicherung hatte und er, der Girch, auch, dann war er ein Mann wie der Henners. Nur ein Bier wollte ihm die Wirtin nicht geben. Trotzdem nicht.

Aber der Henners ließ ihn trinken, aus seinem Glas, heimlich, wenn die Wirtin gerade nicht schaute. Und das Bier war gut, das machte einen so richtig schön! Der Henners war wirklich ein toller Kumpel!

Das mit dem Auto hat dann nicht geklappt. Sie hatten sich gerade den Schlüssel genommen und wollten hinaus, da hat der Girch Gott sei Dank noch einmal in den Hof geschaut, vom Fenster aus – und hat gesehen, wie seine Mutter gerade wieder zurückkam. Hatte mit dem Bus in die Stadt gewollt, weil ihr der Verkehr mit dem Auto dort zu hektisch war, und hatte den Bus verpasst. Die war zu blöd, den Bus zu erwischen. Ihnen, dem Girch und dem Siggers, war das nie passiert. Da hatte der Bus immer unten gestanden und gehupt und gewartet, bis sie endlich kamen, und dann sind sie mit den andern in die Werkstatt. Und abends wieder zurück. Wie blöd musste eigentlich dem Girch seine Mutter sein? Die einfachsten Dinge der Welt nicht zu schaffen, nicht mal den Bus zu kriegen! Jetzt aber hatte er gesehen, dass seine Mutter schon wieder zurückkam.

Scheiße. Aber Glück gehabt. Wie unterschiedlich das Gleiche doch sein kann – Scheiße und Glück zugleich. Auf jeden Fall kam sie da gerade wieder um die Ecke in den Hof. Da mussten sie ihren Plan ändern und sich halt heute Nacht hinausschleichen, dass sie nichts merkt, und dann zu Fuß los, denn Plan war Plan, und heute sollte es sein. Das hatten sie so beschlossen. Warum, war da keine Frage. Es war beschlossen und gut. Nur – jetzt hatte er umsonst so viel Fahren geübt. Aber das konnte er ja vielleicht später einmal gebrauchen. Also versteckten sie ihre Rucksäcke unterm Bett, taten scheinheilig, als wäre nichts, freuten sich sogar so, dass es die Alte glaubte, und schlichen sich dann in der Nacht aus dem Haus. Das konnten sie gut und hatten es auch schon ein paar Mal gemacht. Nachts war es draußen spannend, viel spannender als am Tag. Wirklich.

Ins Wirtshaus aber gingen sie diesmal nicht. Sie gingen nicht zu den Männern und zum Henners mit den fehlenden Fingern. Die lachten zwar immer und freuten sich, wenn der Siggers und der Girch ausgebüchst waren und kamen. Und verraten würden die einen auch nicht, man war halt unter Männern. Aber heute Nacht gingen sie nicht ins Wirthaus, sie hatten einen ganz anderen Plan. Sie schlichen sich aus dem Dorf hinaus nach hinten in den Wald. Aufgeregt waren sie beide, denn jetzt begann ihre große Zukunft!

Eine schöne Lärche, dachte sich Bauer Dietzhofer und maß den Stammdurchmesser. Siebenundfünfzig Zentimeter, das wäre genau der richtige. Er trat einen Schritt zurück und sah am Stamm entlang nach oben. Auch schön gerade gewachsen, nickte er anerkennend. Da kriege ich etliche Bretter raus und aus dem unteren Stück ein paar Riegel, sieben auf zwölf. Perfekt. Dickere Balken konnte man aus dem Baum nicht schneiden, denn Lärchen musst du erst einmal am Kern entlang der Länge nach trennen, sonst verwindet sich das Holz beim Trocknen. Und Holz, das sich verdreht hat, kannst du nicht verbauen.

Dietzhofer war schon seit Stunden im Wald, am Hang hinter Oberweilersreuth, in aller Frühe, gleich nach dem Stall, war er hinaus. Er ging von Baum zu Baum, hatte die Holzliste in der Hand und maß und prüfte, welche Stämme er im Winter für seinen Neubau schlagen sollte. Ein schönes neues Wohnhaus wollte er bauen für den Nebenhof, das alte hatte er im letzten Jahr abgerissen. Das Tragholz und das Dach waren morsch gewesen und durchgefault, das machte keinen Sinn mehr, es zu reparieren. War auch schon über hundertfünfzig Jahre alt, katastrophal isoliert und stand seit zwanzig Jahren leer. Nur die Obstkisten waren drinnen gestapelt, sonst nichts. Da war nichts mehr zu retten. Die Balken hatte er zersägt und den ganzen Winter damit geheizt, die Steinbrocken auf die Wege verteilt. Das musste man alle paar Jahre tun, denn mit den schweren Maschinen heute drückte man immer alles in den Schlamm. Die Wege hatten halt keinen Unterbau.

Zwei Drittel seiner Holzliste waren bereits abgearbeitet. Die Liste stammte vom Zimmermann, der den Holzständer des Hauses geplant hatte, also das Fachwerk außen und innen. Die Balken hatte er inzwischen so weit alle beieinander, die konnte er auf der Liste schon abhaken. Jetzt brauchte er noch ein paar Lärchen, weil er den Schuppen hintenraus aus Lärche machen wollte, auch mit Lärche verkleiden. Das war ein dankbares Holz, weil es hart war und harzig, manchmal mit richtigen Harznestern drin, und weil es ewig hielt. Lärche faulte nicht. Hobeln ließ sie sich zwar nur schlecht, wegen dem Harz und weil sie spreißelte, aber gehobelt brauchte er es auch nicht. Sägerau würde völlig genügen. Lärche musste man auch nicht behandeln, die wurde im Lauf der Zeit einfach silbergrau und sah Jahrzehnte lang schön aus. Er freute sich schon auf den Schuppen, der würde ein Schmuckstück werden, wie der gesamte Nebenhof, wenn er einmal fertig war. Da würden dann seine Schwiegerleute einziehen, das wäre wie ein richtiger Austragshof. Dietzhofer mochte diese alten Traditionen und versuchte sie zu pflegen, deshalb baute er ja auch ein Fachwerkhaus. Und die alten Leute ins Heim schicken kam überhaupt nicht in Frage. Bei so etwas musst du immer denken, du bist das selber. Und dann?

Er hatte gerade einen weiteren Strich auf seiner Holzliste gemacht, um dann den Baum fürs Fällen im Winter zu markieren, da sah er vorsichtshalber noch einmal nach dem Grenzverlauf. Da drüben muss der Stein stehen, dachte er und entdeckte auch, wo er ihn vermutete, eine leicht eckige Erhebung im Waldboden, schön grün mit Moos überwachsen. Ja, das muss der Stein sein. Und hier, folgte er mit seinem Blick einer kaum erkennbaren Linie, verläuft die Schneise hinunter zum nächsten. Scheiße, dachte er sich, der steht ja gar nicht mehr bei mir. Der Baum gehört ja dem Deininger – und mit dem war nicht zu spaßen. Der Deininger war ein ganz Spezieller, mit dem kam keiner gut aus. Der zog den Streit richtig an. Gut, dass er sich noch einmal vergewissert hatte, das hätte nur Ärger gegeben, wenn er den Baum markiert, geschweige denn im Winter gefällt hätte. Mannomannomann!

Dietzhofer faltete die Holzliste zusammen, steckte sie in seine Jackentasche und machte sich erneut auf die Suche. Drüben, jenseits vom alten Steinbruch, überlegte er, da am Hang, da hab ich noch ein paar Lärchen. Mal sehen, ob ich da die richtige finde.

Soll ich hinuntergehen zum Weg, dachte er sich, und auf dem neu gemachten Forstweg ...? Ach was, ich gehe quer durch den Wald bis zum Steinbruch und dann hinauf. Da kann ich gleich mal in den Steinbruch sehen, ob da wieder jemand seinen Müll abgeladen hat. Seit der Forstweg hier hinauf gemacht worden war, lud immer wieder irgendjemand dort seinen Müll ab. Und der, der das tat, war nicht doof, denn es war nie etwas Persönliches dabei, ein Brief mit Anschrift oder so. Schon drei Mal hatte er Müll von dort aufgeladen und weggefahren und ihn immer nach einem Hinweis auf das Dreckschwein inspiziert, aber nie etwas gefunden. Dietzhofer hatte ja den Deininger im Verdacht, dem traute er so etwas zu – wenn es nicht irgendwelche Leute aus der Stadt waren. Glaubte er aber nicht dran, dazu lag der Steinbruch viel zu weit abseits, außerdem fielen Fremde auf, wenn sie hier in den Wald fuhren. Der Deiniger aber hatte hier Wälder, und der fiel nicht auf, wenn er durch den Wald fuhr. Aber beweisen konnte er ihm natürlich nichts. Also behielt er seinen Verdacht schön für sich und hielt brav seine Klappe. Es wäre unklug, solche Verdächtigungen zu äußern, denn so etwas ging im Dorf schnell herum – und dann holt es dich von hinten wieder ein und du hast nur Ärger, dachte sich Bauer Dietzhofer. Nein, nein, mit einem Nachbarn streitet man nicht, das hatte ihm schon sein Großvater eingebläut. Auch wenn der noch so ein Arschloch ist. Wenn du mit deinem Nachbarn streitest, wirst du deines Lebens nicht mehr froh, das kriegst du nie wieder weg. Selbst wenn der Nachbar komisch ist und Sachen macht, die dich ärgern: Sieh drüber weg und denk nicht dran, das ist allemal besser als Streit.

Dietzhofer trat aus dem Wald auf eine kleine Lichtung. Das Gras hier war vollkommen aufgewühlt, ja fast umgepflügt. Wildschweine, dachte er sich, jetzt fängt das wieder an. Im letzten Jahr waren die eine richtige Plage gewesen, waren unten auch ins Korn eingebrochen und im Herbst in den Mais. Fünfzehn Stück hatten sie im Herbst erlegt, das waren etliche gute Braten, und verkauft hatten sie die auch ganz gut, die Städter waren richtig wild auf das Fleisch. War illegal, klar, aber den Städtern war das egal. Hauptsache Wildschwein. Das war das Gleiche wie mit den Bibern, die rissen sie dir nur so aus der Hand. Hatten aber auch ein leckeres schwarzes Fleisch – und wenn es zu viele wurden, musste man die Population halt eindämmen. Durfte man zwar nicht laut erzählen, weil sonst hatte man gleich wieder die Tier- und die Naturschützer am Hals, aber von Landwirtschaft hatten die ja keine Ahnung. Mit den Bibern klappte das viel besser, wenn man die abschoss, da hatte man erst einmal wieder ein paar Jahre Ruhe. Aber die Wildschweine? Je mehr du davon schießt, desto mehr wachsen nach, eigentlich wusste das jeder. Und desto schneller. Trotzdem – wenn sie die Äcker verwüsten und die Ernte, dann musst du etwas tun. Sah ganz schön wild aus auf der Lichtung, aber hier war es ja egal.

Dietzhofer schlug sich am Lichtungsrand gegenüber durch Brombeer- und Schlehenranken und trat wieder in den Wald. Die Vormittagssonne leuchtete in Streifen durchs Geäst, malte Sonnenflecken auf Heidelbeersträucher und Moos, der letzte Morgendunst waberte durchs Licht, und ab und zu sprang ein Hase auf und flüchtete. Spinnfäden glänzten. Oben klopfte ein Kleinspecht und äugte zu ihm herunter, seltener Vogel hier, ansonsten hörte er nur Meisen, von weit den Schrei eines Kleibers. Es roch nach Rinde, Pilz und Moos, und unter seinen Stiefeln knackten trockene Äste. So stieg er längs des Hanges leicht bergan hinüber zu der Stelle, wo er noch Lärchen vermutete.

Zehn Minuten später erreichte er den Rand des Steinbruchs.

»Siggers!«

Siggers zuckte zusammen. Er saß in seinem Zimmer unterm Dach und verstand die Welt nicht mehr. Der Girch musste doch anrufen! Warum rief denn der nicht an?

»Siggers!!«

Die Stimme seiner Mutter klang schon wieder so gereizt. So gehässig und widerlich. Oh, wie er diese Stimme hasste! Aber nicht mehr lange, warte nur ab! Bald bin ich frei und kann mein eigenes Leben leben! Wenn nur der Girch endlich ...

»Siggers!!!«

Siggers stapfte die Treppe hinunter.

»Ja, Mama?«

Die Mutter stand in der Speis vor dem Vorratsregal und deutete auf die Flaschen.

»Siggers – wo ist der Schnaps?«

Siggers stellte sich dumm, das konnte er gut. Gucken wie eine Kuh und sich wegdenken.

»Welcher Schnaps?«, fragte er scheinheilig.

»Der Zwetschger. Gestern stand er noch da!«

»Ich hab keinen ...«

Natürlich hatte er. Aber das musste die doch nicht merken, da standen doch so viele von den Flaschen. Jeden Herbst musste er die Zwetschgen hinten im Garten aufsammeln, säubern und in die Fässer schmeißen, sie einmaischen und wochenlang jeden Tag einmal rühren und stampfen, bis sie sich endlich absetzten. Und dann die scheißschweren Fässer zum Kreuzer rüberfahren mit der Sackkarre, damit der daraus Schnaps brannte. Die ganze Speis stand voll mit den Flaschen – und jetzt merkte die, dass eine fehlt?! *Eine*? Das gibt's doch gar nicht.

Siggers schüttelte nur störrisch den Kopf. »Nee. Keine Ahnung.«

Patsch. Schon hatte er eine sitzen. Mit der flachen Hand, mitten ins Gesicht.

»Lüg mich nicht an, eklige Missgeburt! Wo ist der Schnaps!?«

Siggers war erstarrt. Sagte gar nichts mehr, schaute nur auf den Boden. Abwesend.

Patsch, schon hatte er wieder eine gefangen.

Siggers schnaufte tief durch. Er bebte. Dann machte er einen Schritt nach vorn und packte die Mutter am Hals. Erst fest, dann immer fester und fester. Aber das musste er ja, weil die so schrie. Die musste doch aufhören zu schreien! Und loslassen konnte er auch nicht, denn dann wäre ja erst recht die Hölle los.

Endlich wurde die Mutter leiser, sie röchelte nur noch, dann war sie still und sackte in sich zusammen.

Endlich!, dachte sich Siggers, endlich ist sie still! Warum nur ruft der Girch nicht an? Ich muss einmal rüber zu ihm, fragen, was da los ist.

Siggers ließ seine Mutter liegen, das würde ein Theater geben, wenn die wieder zu sich kam nachher, und verließ das Haus. Er wollte einmal nach dem Girch sehen.

Beim Girch vor dem Haus stand Polizei.

Jetzt haben die doch tatsächlich schon wieder Müll ... diese Drecksferkel! Oh, wenn ich euch einmal erwische!, fuhr es Bauer Dietzhofer durch den Kopf, als er den Rand des Steinbruchs erreicht hatte. Er sah hinunter in das Geviert. Klamotten waren es dieses Mal, ein ganzer Berg, ein richtig dickes Knäuel – und was für welche! Die sahen ja vielleicht aus ...

Da bemerkte er die Haare.

Dann den Kopf.

Scheiße.

Es war wirklich ein Kopf! Und Arme ... und ein Bein ... und noch eines!

»Das ist doch ... das ist ja ...!«

Dietzhofer rannte an der Kante entlang und hastete drüben den Abhang hinunter zur Einfahrt in den Steinbruch. Steine spritzten, Äste schlugen ihm ins Gesicht, er strauchelte mehr, als dass er rannte. Aber er spürte nichts, stolperte über Wurzeln, rannte wie in wilder Trance. Dann stand er an dem Bündel.

»Aber das ist doch ...! Herr im Himmel ... das ist doch ...«

Dem Bauern wurden die Knie weich. Er bekreuzigte sich. Und bekreuzigte sich. Und bekreuzigte sich.

Dann brachen seine Knie weg, der schwere Körper sackte ein und kippte seitlich auf die Steine. So lag er da, halb auf dem Rücken, die Beine angewinkelt. Er sah noch, wie es schwarz wurde um ihn, dann war er weg. Ein Eichelhäher schrie.

»Siggers!«

Girchs Mutter hatte ihn entdeckt. Obwohl er sich doch hinter einem Baum versteckt hatte! Der Siggers erstarrte. Krampfhaft dachte er nach. Hatte der Girch seiner Mutter wohl wieder eine geschmiert? Das hatte sie ja angedroht: Das nächste Mal hol ich die Polizei. Hatte der Girch erzählt. Und jetzt war sie da, die Polizei. Aber das konnte nicht sein, der Girch konnte ja nicht mehr stehen, so mit einem Bein. Das würde dauern, bis das verheilt war und der seine Prothese hatte. Außerdem hätte der ja gar nicht herlaufen können nur mit einem Bein. Oder nur auf dem anderen hüpfen. Aber das schaffte der nicht, diesen weiten Weg.

»Siggers, komm mal her!«

Girchs Alte rief schon wieder. Die kommandierte und keifte schon wie seine.

»Siggers! Wo ist der Girch?«

War er also doch nicht hergehüpft! Und auch nicht geholt worden. Hat der denn nicht angerufen?

»Siggers!! Her jetzt!!«

Da war Siggers losgerannt. Den Weg hinauf am Bach entlang zum Wald hin.

»SIGGERS!!!«

Er nahm den Ruf schon nicht mehr wahr.

Im Steinbruch lag der Girch, die Säge neben ihm, fachgerecht ausgeschaltet, der Benzinhahn zu, die Sägezähne voller Fleisch und Blut. Neben dem Girch lag sein eines Bein, im Oberschenkel fast vollständig abgetrennt, die Schnapsflasche daneben, leer, ein Handy und der Dietzhofer. Und alles voller Blut. Er hätte nur noch anzurufen brauchen für die Rettung. Und für die Rente. Siebzig Prozent bekommt man für ein abbes Bein, so hatte's der Henners gesagt.

Aber siebzig Prozent von was?

Und auch von wem?

Das konnte der Siggers nicht sagen. Von der Versicherung, und lebenslang, das wusste er. Auch dass es viel war, wohl genug für zwei. Und dass die Versicherung bezahlt, das hatte die Mutter vom Girch ja damals bei der Fensterscheibe gesagt.

»Ich will zu meiner Mama«, heulte der Siggers dann. Die Mama aber lag daheim in der Speis und rührte sich nicht mehr.

Anne Hassel

Kaspers Mord

Seine Eltern hatten ihm den Namen Kasper gegeben. Den er hasste. Der ihn zum Gespött manch anderer machte.

»Seht nur, das Kasperle kommt« – dieser Satz verfolgte ihn nicht nur während der Schulzeit bis in seine Träume. Selbst heute noch, nach fünfunddreißig Jahren, zuckte er zusammen, wenn ihn jemand so nannte. Dann sagte er: »Franzon, ich heiße Franzon.«

Doch die meisten Menschen sprachen ihn zum Glück nur mit seinem Nachnamen an.

Vor einigen Jahren ging es ihm besser als jetzt. Da besaß er eine einflussreiche Stellung in einem großen Industrieunternehmen, Geld und Macht. Es war, als könne nichts und niemand ihn stoppen. Als wäre alles möglich. Alles gelang, was er auch tat.

Doch plötzlich änderte sich sein Leben. Durch Fehleinschätzungen der Wirtschaftslage folgte der Absturz, etwas, das Kasper niemals für möglich gehalten hätte. Da half ihm keiner, auch nicht diejenigen, die sich damals seine Freunde nannten, sich um ihn geschart hatten, als er noch der große Gewinner gewesen war.

Nun begleiteten Langeweile und Tristesse seine Tage, die sich oft endlos hinzogen. Und der Wunsch, diesen zu entfliehen, zu beweisen, dass es Kasper Franzon noch gab. Vom Niemand wieder zum Jemand werden, das wollte er. Etwas bewerkstelligen, das ihm keiner zutraute.

Am rechten Oberarm trug Kasper eine Tätowierung, ein Herz, durchbohrt von einem Pfeil.

Für Annika.

Annika war längst gegangen, die Tätowierung war geblieben.

Ein Relikt aus eben jenen Tagen der Vergangenheit, die Kasper vergessen wollte.

Denn nun liebte er nur noch sich selbst.

Und Filme.

Nicht irgendwelche, die genialen Werke von Alfred Hitchcock fesselten ihn. Und darunter vor allem der erste in Farbe: *Cocktail für eine Leiche*.

Unzählige Male hatte er das Werk des britischen Filmregisseurs früher in Kinos oder nun auf DVD gesehen, und je öfter er die Handlung in sich aufsog, desto mehr faszinierte ihn der Gedanke, ebenfalls einen perfekten Mord aus Überheblichkeit, aus purer Arroganz auszuführen. Um es den anderen zu zeigen, das nachzuempfinden, von dem er annahm, dass es die Harvard-Studenten Brandon Shaw und Phillip Morgan gefühlt hätten.

Doch er plante keine Kopie der Filmhandlung. Er würde keinen Strick als Tatwerkzeug benutzen, eine Frau anstelle eines Mannes wählen, die Leiche nicht in einer Truhe in seiner Wohnung aufbewahren und dann Familie und Freunde des Opfers zu einer Party einladen, nein, er würde anders vorgehen. Er wollte nicht so enden wie die beiden, die dann schließlich doch für ihre Tat zur Verantwortung gezogen wurden. Ihn sollte niemand überführen.

Die Auswahl eines geeigneten Opfers erwies sich als schwierig, viel schwieriger, als er angenommen hatte.

Es sollte eine Frau sein, die ihn nicht kannte, eine Person, deren Verschwinden nicht sofort auffiel. Niemand also aus seinem Bekanntenkreis, das wäre viel zu gefährlich.

Wochenlang streifte Kasper deshalb durch Würzburg.

Beobachtete Frauen, lief manchmal hinter einer her, die ihm geeignet erschien, bis er sah, dass er sich täuschte, diese Person sich mit einem Mann traf, oder bis Kasper nach Recherchen feststellte, dass sie im Haushalt bei ihren Eltern lebte.

Dieser Zustand des erfolglosen Suchens ließ ihn teils wütend, teils unglücklich werden, denn die Zeit verrann.

Fast hätte er den Fehler begangen und sich für eine kleine, pummelige Verkäuferin in einem Bäckerladen entschieden. Sobald sie nach der Arbeit den Laden verließ, folgte er ihr. Es faszinierte Kasper, wie sie lief, leicht von einer Seite zur anderen schaukelte, die Füße nach innen schob.

Doch als er schon genaue Pläne schmiedete, einen detaillierten Ablauf der Tat vor Augen hatte, da drehte sie sich kurz vor Erreichen ihrer Wohnung in der Theaterstraße plötzlich um, schaute ihn direkt an und fragte, ob er etwas von ihr wolle. Sie habe schon ihren Freundinnen von ihm erzählt, denn es sei ihr nicht verborgen geblieben, dass er ihr ständig folge. »Lassen Sie das, sonst werde ich die Polizei verständigen«, fügte sie noch hinzu.

Kasper antwortete nicht, rannte so schnell er konnte auf die andere Straßenseite und ließ sich nie mehr auch nur in der Nähe der Bäckerei blicken.

Schließlich, nach weiteren durchwachten Nächten, fiel ihm Anna-Marie ein, eine blasse, magere Bedienung aus der Bar, die er früher manchmal besucht hatte, nicht weit von seiner Wohnung in der Würzburger Augustinerstraße entfernt.

Er fand, die Frau passte trotz der grell geschminkten Lippen und schwarz umrandeten Augen da nicht hinein. Ihre weiten Pullover unterstrichen noch die Armseligkeit ihres Körpers, ließen erkennen, wie dürr sie war.

Sie wählte er nun als Protagonistin seines privaten Films.

Einmal hatte sie ihm seinen Lieblingsdrink serviert – *Cosmopolitan*. Ein Mix aus Wodka, Cointreau, Limetten- sowie Cranberrysaft. Wurde 1934 das erste Mal in einem Barbuch erwähnt, von dem er durch Zufall erfahren hatte, allerdings dort mit ein paar anderen Zutaten.

Anna-Marie sah Kasper damals beim Servieren kaum an und verschwand wortlos wieder hinter dem Tresen. Sie würde sich also sicher nicht mehr an ihn erinnern. Genauso wenig wie der Besitzer der Bar, zu dem Kasper außer »Guten Abend« und »Auf Wiedersehen« nichts gesagt hatte. Bei der Vielzahl der Gäste brauchte er sich über ein mögliches Wiedererkennen keine Gedanken zu machen.

Nach seiner Wahl verfolgte er nun auch Anna-Marie wie zuvor die anderen potenziellen Opfer. Wusste bald, wo sie wohnte, wie sie lebte, dass sie offensichtlich keinen Freund, keine Verwandten hier in Würzburg hatte.

Eine einsame Frau.

Wie geschaffen für sein Vorhaben.

Das Lokal besuchte er selbstverständlich nicht mehr. Damit er niemals mit dieser Frau – und sei es auch nur als Gast – in Verbindung gebracht werden konnte.

Doch er beobachtete sie stets, wenn sie am späten Nachmittag ihren Dienst antrat und die Bar eine Stunde nach Mitternacht wieder verließ. Ihren alten Fiat parkte sie immer am Anfang der Ursulinergasse, die er von seiner Wohnung im dritten Stock aus einsehen konnte.

Kurz hatte er mit dem Gedanken gespielt, die Tat in seinen eigenen Räumen auszuführen. Doch das erschien ihm dann zu gefährlich.

Er entschied sich für Anna-Maries Zuhause.

Die Tage wurden kürzer, dunkler, die Nächte kälter. Jetzt war Kaspers Zeit gekommen. Am dritten November ging er, kurz nachdem die Uhr zwölf Mal geschlagen hatte, hinunter auf die menschenleere Straße.

Anna-Maries Auto stand da, wo sie es immer parkte. Er vergewisserte sich, dass sich wirklich keiner in seiner Nähe aufhielt, niemand aus einem der Fenster der umliegenden Häuser blickte und stach mit einem scharfen Messer tief in den rechten Vorderreifen.

Dann schlenderte er zurück in die Augustinerstraße, tat so, als interessierten ihn die Schaufenster der nächsten Geschäfte, bevor er in einiger Entfernung auf seine Hauptdarstellerin wartete.

Anna-Marie kam pünktlich wie immer. Das Geräusch, das die Absätze ihrer Pumps auf dem Asphalt verursachten, unterbrach für kurze Momente die Stille der Nacht. Den Autoschlüssel hielt sie in der Hand, sperrte auf, stieg ein, startete.

Beim Herausfahren aus der Parklücke bemerkte sie anscheinend den luftleeren Reifen. Sie stieg wieder aus ... und er lief los.

»Verdammt, so ein Mist!«, hörte er sie beim Näherkommen fluchen. »He! Sie da! Können Sie mir helfen?« Sie hob die Arme und winkte.

»Wieso? Ist was?«, rief er und ging schneller.

»Ja! Diese alte Karre hat 'nen Platten. Ich möchte bloß wissen, wie das passieren konnte!«

Im Licht der Straßenlampe schimmerte ihr Haar wie reife Kastanien. Während sie weiterfluchte, trat sie mit der Spitze ihres Schuhes an die Autotür, schrie auf, zog das Bein in die Höhe und strich über den Fuß.

»Was ist jetzt? Helfen Sie mir?«, fragte sie dann, aggressiv, mit Wut in der Stimme, und sah ihn an. »Haben Sie schon mal Reifen gewechselt? Im Kofferraum ist einer. Mann! Stehen Sie nicht so da, sagen Sie schon was!«

Er war über ihr Verhalten erstaunt. Er hatte Anna-Marie anders eingeschätzt, zurückhaltender. Es würde vielleicht sein Vorhaben erschweren.

Schnell bückte er sich, tat, als betrachte er das ganze Ausmaß ihres Unglücks, während sie ungeduldig hin- und herlief.

Jetzt blieb sie stehen.

»Und?«

»Pech«, antwortete er und richtete sich auf. »Da ist nichts zu machen.«

»Das weiß ich auch! Ob Sie den Reifen wechseln können, hab ich gefragt!«

»Nein, kann ich leider nicht. Aber ich könnte Sie wenigstens nach Hause fahren. Mein Wagen steht da, nur ein paar Meter weiter vorne.« Er deutete in die Richtung.

Ein abschätzender Blick taxierte ihn. »Also ... eigentlich steige ich ja nicht zu fremden Männern ins Auto. Und schon gar nicht zu so später Stunde.« Sie lachte kehlig. »Heute mache ich mal eine Ausnahme. Ich bin müde. Außerdem ist es nicht zu weit weg.«

Er versuchte, sich seine Freude über ihre Zustimmung nicht anmerken zu lassen, fragte nach der Straße, in der sich ihre Wohnung befand, obwohl er die Friedrich-Spee-Straße im Würzburger Stadtteil Sanderau längst kannte. Anna-Marie erklärte ihm, wie er zu fahren habe – rechts abbiegen in die Neubaustraße, dann links die Sanderstraße entlang, immer geradeaus, später rechts in ihre Wohngegend.

Sie nervt, dachte er.

Dann erzählte sie von ihrer Arbeit in der Bar. Wie dumm Männer doch seien, so einfach gestrickt. Wollten alle nur das eine.

»Ich nicht«, sagte er, und wieder traf ihn dieser taxierende Blick von der Seite.

Er fuhr langsam, lenkte dann den Wagen in eine Parklücke, als Anna-Marie sagte: »Halt, hier muss ich aussteigen.«

Kasper wusste genau, wie er in das Haus, in ihre Wohnung gelangen konnte, schließlich hatte er in Gedanken alles tausendmal durchgespielt.

Trotzdem hoffte er auf eine Möglichkeit, nicht gewaltsam eindringen zu müssen. Alles war bis jetzt so gut gelaufen!

In diesem Moment sagte sie: »Vielen Dank fürs Heimbringen. Ich weiß nicht, was ich ohne Sie getan hätte. Na ja, vielleicht ein Taxi genommen, wenn ich mein Handy dabei gehabt hätte?« Es schien, als wolle sie aussteigen, doch dann hielt sie mitten in der Bewegung inne, drehte sich Kasper zu. »Wollen Sie noch was trinken? Einen Kaffee? So als Dank?«

Schrei nicht gleich »ja«, dachte er und tat, als überlege er, während sie wartete.

»Wenn es Ihnen nicht zu viel Mühe macht. Einen Drink vielleicht?«

Anna-Marie nickte. Sie ging zum Eingang voraus, die Tür öffnete und schloss sich fast geräuschlos. Im Treppenhaus war es so ruhig, dass er sein eigenes Atmen hörte. Trotzdem machte sie: »Psst!«, als sie vor ihm die Stufen zum zweiten Stock hinaufschlich.

Ihre Wohnung war so, wie er sie sich vorgestellt hatte, ausgemalt in den Wachstunden seiner Nächte. Klein, einfach und billig eingerichtet, unordentlich.

Mit einem Ruck schloss sie die Tür zum Schlafzimmer, wahrscheinlich sollte er das ungemachte Bett nicht sehen.

»Keine Zeit zum Aufräumen heute gehabt«, entschuldigte sie sich und verschwand in der Miniküche, die ein Vorhang in der Farbe der Tapete vom anderen Zimmer trennte.

»Was Bestimmtes? Bier, Wein?«

Für einen kurzen Augenblick streckte sie den Kopf heraus, verschwand wieder, ohne Kaspers Antwort abzuwarten.

»Einen Cosmopolitan«, rief er ihr hinterher.

Ein spöttisches Lachen war die Antwort.

»Eigentlich ist das nichts, was Männer trinken, und ich habe auch keinen Cranberry-, sondern nur Himbeersaft da«, sagte sie und reichte ihm wenig später das Glas. »Frauen bestellen das bei uns in der Bar, aber Männer …«

Sie setzte sich auf das Sofa und klopfte ungeduldig mit der Hand auf den Platz neben sich. »Kommen Sie. Eine viertel Stunde, dann muss ich schlafen.«

Zum ersten Mal fand er, dass der Drink eigentlich zu süß schmeckte. Als er das Glas auf den Tisch stellte, nahm er erschrocken wahr, dass seine Hand zitterte. Die beiden Studenten im Film schienen beim Mord an ihrem Kameraden anders gewesen zu sein, kühler, beherrschter.

Zumindest Brandon, der Zyniker.

Kasper versuchte, sich seine geplante Mordszene genau vorzustellen.

Wurde ruhiger.

Stand langsam auf, stellte sich hinter Anna-Marie.

Legte die Hände auf ihre schmalen Schultern. Schob den Kragen des Pullovers zurück und fühlte weiche, warme Haut.

Anna-Marie lehnte sich zurück, seinen Händen entgegen, die er nun weiter nach oben schob, im Zeitlupentempo um ihren Hals legte.

Erst scheinbar spielerisch, zärtlich, fast liebevoll. Doch dann verstärkte er den Druck.

»He! Lassen Sie das«, rief sie erschrocken, versuchte vergeblich, seinen Händen zu entkommen, sich umzudrehen, sich zu befreien.

Jetzt drückte er zu. Drückte so stark, fest und lange, bis Anna-Marie sich nicht mehr rührte.

Danach verstand er, wie Macht sich anfühlte.

Macht über Leben und Tod.

Die wenigen Schritte vom Zimmer durch den Flur lief er fast wie berauscht. Er öffnete die Wohnungstür, um durch das Treppenhaus in seine reale Welt zurückzukehren.

Und stieß hier fast mit dem Besitzer des Lokals zusammen, der plötzlich vor ihm stand.

All das, was ihn gerade noch so glücklich, so unbeschreiblich euphorisch gemacht hatte, fiel mit einem Schlag von ihm ab.

»Ist Anna-Marie da?«, fragte der Mann.

»Ja. Sie schläft. Warum?«

Kasper wollte fort, fliehen aus dieser Situation, die nicht in seine Vorstellung, in seinen privaten Film passte, nicht als dessen Ende vorgesehen war.

»Dann muss ich sie leider wecken! Sie hat meine Schlüssel aus Versehen mitgenommen, und nun komme ich nicht in meine Wohnung. Aber sagen Sie mal ...«, der Mann stutzte, schaute Kasper direkt ins Gesicht. »Kenn ich Sie nicht ... Sie waren doch früher gelegentlich bei uns in der Bar? Wohnen Sie nicht in der Augustinerstraße, in einem Haus nicht weit von meinem Lokal entfernt? Ich habe Sie da irgendwann mal hineingehen sehen. Na klar! Stimmt doch – oder? Mein Gedächtnis! Darauf kann ich immer zählen. Aber jetzt lassen Sie mich bitte rein!«

Der Barbesitzer drängte sich an ihm vorbei, schob ihn einfach zur Seite. Kasper hastete die Treppe hinunter. Und während er überlegte, wie Brandon Shaw und Phillip Morgan in dieser Situation reagiert hätten, hörte er oben aus der Wohnung einen gellenden Schrei.

Doch kurz vor Erreichen der Haustüre blieb Kasper auf einmal stehen, verharrte einige Sekunden regungslos, überlegte, drehte sich dann um und ging langsam wieder nach oben.

In Anna-Maries Wohnung.

Zurück zum Besitzer der Bar.

Um etwas auszuführen, das nicht zum Film gehörte.

Thomas Kastura

Mafia Bamberga

Ein langer, nicht enden wollender Rülpser schallte durch die Bamberger Polizeiinspektion. Die Fensterscheiben erzitterten.

»Mahlzeit!«, sagte Kommissar Küps im Tonfall einer milden Ermahnung und dachte an die letzte Betriebsfeier zurück. In seinem Büro war es schon bedeutend geräuschvoller zugegangen.

Doch dann erreichte ihn die Geruchswolke, welche dem Rülpser folgte: abgestandenes Bier, Schnaps unterirdischster Herkunft sowie Magensäfte, die auf den Genuss von Zwiebelfleisch und Schlimmerem hindeuteten.

»Du alter Dreckbär!«, entfuhr es ihm. »Fühlst dich wohl wie dahamm?«

Der Rauchbier-Rudi zuckte mit den Achseln. Er war ein gern gesehener Gast bei der Bullerei, wusste er doch stets Ergötzliches aus dem Bamberger Nachtleben zu berichten. Als Obdachloser kriegte er viel mit. Zum Beispiel konnte er präzise sagen, welcher feuchtfröhliche Stadtrat X zur Stunde Y Laternenpfahl Z umarmte. Seinen Spitznamen hatte der Rudi bekommen, weil er kein normales Bier trank, sondern ausschließlich Rauchbier. Für ihn war das eine Frage des Geschmacks und der Würde. Kein Lager, kein Helles, kein verdammtes Pils – nur Rauchbier. Alles andere soff er durcheinander, wie es gerade kam. Wodka, Franzbranntwein, Hauptsache Prozente.

»Noch mal von vorn«, versuchte es der Kommissar. »Wo genau hast du die Geldtasche gefunden?«

»Beim Pinkeln.«

»In dem Toilettenhäuschen am ZOB, gestern Abend um halb neun. Das hatten wir schon!«

»Echt?« Der Rauchbier-Rudi war immer noch rabenfett. Er öffnete den Mund zu einem weiteren Rülpser.

»Pass bloß auf!«, warnte ihn Küps. Über die Grundmuffigkeit seines Gegenübers sah er zwar großzügig hinweg, das Leben auf der Straße war kein Zuckerschlecken. Doch ein bisschen Beherrschung war nicht zu viel verlangt.

Es wurde ein Aufstoßer, den jeder züchtig nennen musste, der den Rauchbier-Rudi kannte. Er dachte scharf nach. Dieses Mal war er in einer ernsten Sache beim Küps, den er als erstes immer fragte, ob er aus Oberküps oder Unterküps bei Ebensfeld stammte. Worauf Küps immer erklärte, dass Küps im Landkreis Kronach liege, also ganz woanders, er selber aber ein alteingesessener Bamberger aus dem Mühlenviertel sei.

»Wie war die Frage noch mal?«, lallte Rudi schließlich.

»Das Geld«, beharrte der Kommissar. »Wo hast du es gefunden?«

»Neben dem Klo.«

»Ganz sicher? Nicht neben dem Pissoir oder beim Waschbecken?«

»Klo.«

»Ist dir irgendjemand aufgefallen, dem die Tasche gehören könnte?«

»Nein.«

Küps machte eine Notiz. »Und warum hast du uns nicht gleich verständigt? Warum hast du erst heute Morgen eine Streife angehalten und den Kollegen zur Begrüßung auf die Kühlerhaube gekotzt?«

Der Rauchbier-Rudi machte eine fahrige Geste. »Also die Daschn, die war so weich und bequem. Da hab ich sie einfach als Kissen benutzt. Zum Schlafen.«

»Eine Tasche mit fast dreißigtausend Euro? In losen, nicht durchnummerierten Scheinen.« Küps schnaufte durch. »Also wer da nicht in Versuchung gerät ...«

»Geld verdirbt den Charakter. Hat schon mein Vater gesagt.«

»Aber für Notfälle zweigt man vielleicht etwas ab ...«

Jetzt merkte der Rauchbier-Rudi auf. »So einer bin ich net! Frag doch deine Kameraden, ob die was geklaut haben von dem Scheißgeld! Ich fass des Deufelszeuch net an!«

Mehr bekam der Kommissar aus der bekanntermaßen ehrlichen Haut nicht heraus. Eine Tasche mit einer ansehnlichen Geldsumme war im Toilettenhäuschen am ZOB »vergessen« worden. Was hatte es damit auf sich?

Die Tür öffnete sich, und Brandeisen stürmte herein. In Windeseile hatte sich die ominöse Fundsache bei den Gesetzeshütern herumgesprochen. »Wo ist die Tasche?«

Sie lag auf Küpsens Schreibtisch, ein billiges Fabrikat ohne Markenbezeichnung, dunkelgrau, aus Polyester. Fingerabdrücke waren bereits genommen worden. Daneben in ordentlichen Stapeln mit ein paar Münzen: 29.975,60 Euro.

Der Staatsanwalt betrachtete das Geld, als habe er eine Erscheinung. »Wissen Sie, was das ist? Ein ganz großer Fall! Der Beginn einer wunderbaren Ermittlung, die uns in ganz Franken, ach was, bundesweit berühmt machen wird.« Er war so aufgeregt wie ein Teenager beim ersten Rendezvous.

»Ich kann's kaum erwarten«, brummte Küps.

Der Rauchbier-Rudi wurde auf eigenen Wunsch in die Ausnüchterungszelle verfrachtet. Dort hatte er es schön warm und sauber. Am Mittwoch gab es immer Linsen mit Spatzen. Die mochte er für sein Leben gern.

Im Büro des Kommissars rauchten derweil die Köpfe. Operative Fallanalyse nannte der Staatsanwalt das, was für Küps nur das übliche Rätselraten war. Sie hatten so gut wie keine Hinweise.

»Das ist garantiert schmutziges Geld«, sagte Brandeisen. »Dreißigtausend. Damit lässt sich eine Menge anfangen.«

»Was denn?« Küps spielte wieder mal den Stichwortgeber.

»Vielleicht haben wir es mit einer fehlgeschlagenen Übergabe zu tun. Ich sage nur: Parteispendenskandal!«

»In Bamberg?«

»Die CSU ist bettelarm, seit sie sich mit den letzten Wahlkämpfen übernommen hat. Und die restlichen Parteien pfeifen sowieso aus dem letzten Loch. Die können alle eine kleine Finanzspritze vertragen.«

»Bestechung?«, zweifelte Küps. »Die ist bei uns viel billiger zu haben: Geben Sie den Burschen einen Schweinsbraten und ein Bier aus, dann stimmen die schon richtig ab.« Er schüttelte den Kopf. »Nicht, dass es irgendwas ändern würde.«

»Ein Punkt für Sie.« Brandeisen respektierte das Insiderwissen des Kommissars. In Fragen der Bamberger Politik war der Staatsanwalt schon manchem Irrtum aufgesessen.* »Wie wäre es mit einer Entführung?«, schlug er vor. »Jemand wird erpresst und hat Angst, sich an die Polizei zu wenden. Also hat er das Lösegeld in der öffentlichen Bedürfnisanstalt am Zentralen Omnibusbahnhof deponiert.«

Diese Bandwurmwörter! Küps fragte sich, ob Brandeisen schon als Tüpferlesscheißer auf die Welt gekommen war. »Dreißigtausend Euro. Wen wollen Sie denn mit so einem Kleckerbetrag auslösen? Den Leiter der Verkehrsplanung?«

»Gilt er denn als vermisst?«

»Schmarrn! In Bamberg gibt es doch gar keine Prominenten, die man halbwegs rentabel entführen könnte.«

Brandeisen warf sich in die Brust und wollte im Hinblick auf seine eigene Wenigkeit widersprechen. Dann begriff er, was Küps meinte. Heimatpresse und Lokalstolz behaupteten zwar hartnäckig das Gegenteil, doch wahre Prominenz war in Bamberg dünn gesät. Es gab zwar zahlreiche Kandidaten, die sich auf ihrem Gebiet für bedeutend hielten. Wenn man die Stadtgrenzen jedoch um wenige Kilometer überschritt, kannte sie niemand mehr. »Vielleicht handelt es sich gar nicht um ein Lösegeld«, mutmaßte er.

»Sondern?«

---

* Siehe Thomas Kastura, Brückenmord. In: *Tatort Franken No. 2*, S. 113–127.

»Das Geld ist eine Belohnung dafür, dass man nie wieder etwas von der betreffenden Person hört oder sieht. Mir kommen da so einige Gestalten in den Sinn.«

»Mir auch.« Küps nickte gewichtig. Dann musste er lachen. »Aber einen Auftragsmord gab es in Bamberg noch nie.«

»So?«

»Denken Sie nach! Ein Oberfranke, von Natur aus sparsam, würde nie so viel Geld ausgeben, um jemandem das Licht auszublasen. Solche Angelegenheiten erledigt er eigenhändig.«

»Auch wieder wahr.« Der Staatsanwalt verstand, worauf der Kommissar hinauswollte. Er legte zwar Wert auf einen hochdeutschen Umgangston, doch tief in seinem Herzen war er Bamberger. »Schließen wir die Eingeborenen also aus.«

»Einverstanden.«

»Bleiben die Ausländer.«

»Bayern? Preußen?«

»Nein, alle. Von überall her.«

Küps erhob sich und blickte aus dem Fenster, wie es Kommissare seit Urzeiten taten. Es wirkte irgendwie ... gedankenvoll. Er fand, das passte zu ihm. Schließlich hatte Brandeisen den Part der Intelligenzbestie nicht für sich allein gepachtet. »Ausländer«, wiederholte er und drehte sich um. »Machen Sie jetzt auf Sarrazin?«

»Keineswegs!«, entrüstete sich der Staatsanwalt. »Ich spreche nicht von unbescholtenen Bürgern, die sich bei uns niedergelassen haben, um ihrem Leben eine neue Richtung zu geben.«

»Wovon sonst?«

»Internationale Kriminalität.«

»Aha.«

»Wir steigen hinab in die Höhlen des organisierten Verbrechens. Davon gibt es in Bamberg mehr, als Sie denken.«

»Halten Sie mich für naiv?«

»Nehmen Sie nicht alles so persönlich, Küps. Seien Sie mein Begleiter in die Unterwelt!«

»Und wo fangen wir an?«

»Bei der Mafia!« Brandeisen setzte eine verschlagene Miene auf. »Die haben jemandem ein Angebot gemacht, das er abgeschlagen hat. Oder so ähnlich.«

Der Kommissar runzelte die Stirn. »Welche Mafia meinen Sie denn? Die sizilianische, die kalabresische, die französische, die russische, die ukrainische, die rumänische, die serbische, die albanische? Nicht zu vergessen die amerikanische, unterteilt in Buffalo, Chicago, Cleveland, Detroit, Florida, Kalifornien, Milwaukee, New England, New Jersey, New Orleans, New York City mit den fünf großen Clans, Philadelphia, Pittsburgh, St. Louis und Seattle. Aber die sind meines Wissens bei uns nicht aktiv.«

Brandeisen hatte nicht mit einer derartigen Auswahl gerechnet. »Natürlich das Original«, sagte er rasch. »La Famiglia. Cosa Nostra. Die ehrenwerte Gesellschaft.«

»Na dann: Pack mer's!«

Küps brachte die Geldtasche in die Asservatenkammer. Dann machten sie sich auf den Weg.

Immer, wenn in Bamberg eine neue Pizzeria aufmachte und der Besitzer einen Mercedes fuhr, kursierte das Gerücht: Da hat die Mafia ihre Hände im Spiel. Zum Bedauern der unterbezahlten Polizei war jedoch noch kein Consigliere mit Schmiergeldangeboten oder wenigstens einer Gratissalami an sie herangetreten.

Dennoch war klar, dass irgendwo im fränkischen Rom ein Pate seine Fäden spann. So hatte sich das Stadtbild in den letzten Jahren merklich verändert. Wo früher in den Abendstunden nur Steppenbüsche über menschenleere Straßen wehten, herrschte inzwischen Jubel, Trubel, Heiterkeit. Jede verfügbare Freischankfläche war mit Tischen und Stühlen bestückt, die Leute tranken Vino Rosso und Espresso, man sprach von »italienischem Flair«. Das musste Methode haben!

Doch wo lag das Hauptquartier der Cosa Nostra-Dependance? Küps hatte ein bestimmtes Ristorante schon seit

Längerem im Visier. Es war binnen Kurzem zum Szenelokal aufgestiegen und befand sich auf dem Michaelsberg, mit bester Aussicht auf Bamberg, zu Füßen der berühmten Klosterkirche.

Der Kommissar stellte seinen schlammfarbenen Opel auf dem Parkplatz ab. Das Auto nahm sich neben pechschwarzen Bonzenschüsseln und schnittigen Sportwagen wie ein Hundehaufen aus. Brandeisen war schon froh, dass sie es damit überhaupt den Berg hoch geschafft hatten. Die Kirchturmuhr schlug halb elf. Es war ein sonniger Septembervormittag.

Die beiden Ermittler wurden empfangen, als seien sie bereits erwartet worden. Ein Schrank von einem Mann mit Knautschgesicht und buschigen dunklen Augenbrauen führte sie in einen abgedunkelten Raum. Die Rollläden waren heruntergelassen, durch die Schlitze drangen Lichtstreifen herein.

Hinter einem Schreibtisch saß Don Federico. Er trug einen schwarzen Anzug und lächelte gewinnend wie ein Junge, der sich freut, seine Fußballkumpels zu sehen. »Buongiorno! Il commissario e il procuratore! Wenn das keine Überraschung ist! Was kann ich für Sie tun?«

Brandeisen und Küps nahmen Platz.

»Haben Sie sich extra für uns so herausgeputzt?«, fragte der Staatsanwalt.

Don Federico blickte an sich herab und schnippte eine Fluse vom Revers. »Aber nein! Zufällig haben wir heute ein Familientreffen. Da muss man bella figura machen, non è vero?«

»Zufällig, so, so. Worum geht es bei diesem ... Treffen? Um die eine oder andere Gefälligkeit, die man sich gegenseitig erweist?«

»Wie das unter Verwandten so üblich ist.«

Brandeisen beschloss, nicht lange zu fackeln. »Sind Ihnen vielleicht dreißigtausend Euro abhandengekommen?«

»Sie fragen mich nach meinen Geschäften?«

»Nach Ihren Transaktionen, Machenschaften, Schiebereien. Nennen Sie es, wie Sie wollen!«

»Procuratore, procuratore!«, wunderte sich der Pate und strich mit dem Ringfinger über seinen dünnen Schnurrbart. Er stand auf und durchquerte gemessenen Schrittes den Raum. »Was habe ich Ihnen bloß getan, dass Sie mich so respektlos behandeln?«

Der Staatsanwalt blickte sich um. War er in einem Film gelandet? In Bamberg wurden neuerdings sogar Hollywood-Streifen gedreht. Wo waren die Kameras versteckt?

»Ich kenne Sie schon lange«, sagte der Pate. »Sie nehmen immer den gleichen Tisch und bestellen Spaghetti aglio e olio, das billigste Gericht auf der Karte. Keine große Herausforderung für meine Küche. Ich kann mich nicht erinnern, wann Sie ein ganzes Menü in meinem Lokal gegessen haben. Aber heute kommen Sie zum ersten Mal zu mir um Rat oder um Hilfe.«

Das stimmte. Brandeisen war etwas knausrig, wenn er auswärts speiste. Aber was hatte das mit ihrem Fall zu tun?

Küps schritt ein. Der Staatsanwalt stellte sich an wie ein Anfänger. Mit dem Paten musste man anders reden. »Ich bitte um Entschuldigung, Don Federico, wir möchten Ihnen keine Unannehmlichkeiten bereiten. In der Innenstadt wurde eine größere Geldsumme gefunden, herrenlos, könnte man sagen. Und da haben wir uns gefragt, ob ein gut informierter Mann wie Sie etwas darüber weiß.«

»Ich bin kein Auskunftsbüro, auch wenn Sie es sich offenbar so vorstellen.« Don Federico sah betrübt auf die Ermittler herab. »Doch meine Antwort soll ein Geschenk an Sie sein zum Hochzeitstag meiner Tochter.«

»Verzeihung, das ist mir entgangen«, beeilte sich Brandeisen zu versichern. »Wie unsensibel.«

Mit einer Handbewegung gebot ihm der Pate zu schweigen. »Leider habe ich nicht die geringste Ahnung, wem diese Geldtasche gehört. Oder für wen sie bestimmt war.«

»Aber eine Tasche haben wir gar nicht erwähnt ...«

»Ich habe viele Augen und Ohren. Dreißigtausend, das ist ... una bagatella. Uninteressant.« Don Federico machte eine Pause und schob den Unterkiefer vor, als hätte er Nackenschmerzen. »Ich liebe Bamberg. Ich möchte, dass Sie das wissen. Bamberg ist für meine Familie und mich das Paradies.« Er schaute Brandeisen und Küps lange an. »Wir sind nicht ins Paradies gekommen, um einen Apfel zu stehlen. Wenn Sie verstehen, was ich meine.«

Nach diesen Worten begleitete er die beiden hinaus und lud sie zur Feier des Tages auf einen Teller Antipasti ein. »Stärken Sie sich, damit Sie mit Ihrer Arbeit vorankommen. Die Hochzeit fängt erst in einer Stunde an. Seien Sie meine Gäste.«

Brandeisen hatte Skrupel, Küps nicht. Ein Happen zu essen war seiner Ansicht nach kein Bestechungsversuch. »Mille grazie.« Das wusste er noch von einem Urlaub am Gardasee.

Die Tische auf der Terrasse waren festlich eingedeckt, doch außer ein paar Kellnern ließ sich niemand blicken. Brandeisen und Küps waren ungestört. Sie nahmen Rindercarpaccio, leider kalt, wie Küps bemerkte. Der Pate war nach drinnen verschwunden.

»Aufgeblasener Kerl«, schnaubte der Staatsanwalt. »Möchte mal wissen, woher der schon wieder Bescheid weiß.«

»Die gesamte Kripo geht hier ein und aus. Die lieben Kollegen würden alles tun, um eine Reservierung zu bekommen.«

»Korruption, wohin das Auge reicht!«

»Vorauseilender Gehorsam«, präzisierte der Kommissar. »Die rufen Don Federico ganz von allein an.« Er schlang das letzte Stück rohes Fleisch runter. »Kein Wunder, schmeckt ja auch prima.«

»Kulinarisch war das schon mal ein guter Start.« Brandeisen faltete seine Stoffserviette zusammen. »Wohin jetzt?«

Küps funkte die Zentrale an, ob sich schon jemand gemeldet hatte, der dreißigtausend Euro vermisste. Fehlanzeige. »Zu den Russen.«

Sie fuhren ans andere Ende von Bamberg. Nach der Unterführung in der Memmelsdorfer Straße ging es irgendwann rechts. Mietskasernen und einförmige Häuserzeilen bestimmten das Bild. Der Himmel zog sich zu, und es war, als sänke die Temperatur um mindestens zehn Grad. Das Flair war nicht mehr südländisch, sondern sozialistisch.

Brandeisen hütete sich, darüber die Nase zu rümpfen. Er hatte seine Kindheit jenseits des Bahndamms im Osten der Stadt verbracht – da sah es eben so aus, wie es aussah. Die Gegend galt in besseren Kreisen allerdings als zweifelhaft. Nachdem der Staatsanwalt beruflich Fuß gefasst hatte, war er ins Berggebiet gezogen, wegen der Ruhe. Trotzdem dachte er mit Wehmut an die ungezwungene Zeit in Bambergs wildem Osten zurück, als es noch hieß, gleich hinter dem Hauptsmoorwald begänne der Todesstreifen.

Sie bogen auf das Gelände eines Supermarktes ein. Auf dem Parkplatz standen zahlreiche Rostlauben. Dieses Mal fiel das Küpsmobil nicht weiter auf.

»Wollen Sie einkaufen?«, fragte Brandeisen.

Der Kommissar stieg aus. »Am besten lassen Sie mich reden.«

Vor dem Supermarkt standen Paletten mit Sonderangeboten. Die Waren trugen ausschließlich Beschriftungen in kyrillischen Buchstaben. Er ging daran vorbei und steuerte auf eine Imbissbude zu.

Es gab nur einen einzigen Kunden. Nun war ja schon Küps von vierschrötigem Wuchs. Doch was da zusammen mit einer Flasche Wodka an einer Garnitur Gartenmöbel saß, war Küps mal drei, ein Mann wie ein Lenin-Monument: lange schwarze Lederjacke, ein Glatzkopf aus russischem Stahl, unbehaarte Wülste anstelle von Augenbrauen. Er glich einem Preisboxer, der ein paar Niederlagen zu viel kassiert hatte, und war bis zur Halskrause und darüber hinaus tätowiert. Offenbar hatte er die harte Schule diverser Strafvollzugsanstalten durchlaufen.

»Vadim, der Schlächter von Magnitogorsk«, raunte Küps dem Staatsanwalt zu und blieb ein paar Meter vor dem

Monument stehen. Niemand sprach Vadim von sich aus an. Man wartete, bis man begrüßt wurde.

Aus dem Schatten der Imbissbude lösten sich finstere Gestalten, die einem Trainingslager für Meuchelmörder entsprungen schienen. Im Nu hatten sie die beiden Ermittler umringt.

Vadim entließ seine Leibgarde mit einem Wink, worauf sich die Gewitterwolke aus Muskeln, Fäusten und Händen in den Taschen verzog. »Zdravstvuj, Kommissar. Was machen die Kinder?«

Küps hatte keinen Nachwuchs, doch die Floskel gehörte zum üblichen Einschüchterungsritual. »Alles wohlauf, und selber?«

»Kann nicht klagen.« Vadim blickte in die Ferne, als erstreckten sich dort die Weiten der Taiga. »Was führt dich zu mir?«

Der Kommissar hielt sich nicht lange auf. »Es geht um dreißigtausend Euro. Lagen einfach so rum, mitten in der Stadt. Können Sie uns da irgendwie behilflich sein?«

»Es ist gefährlich, solche Fragen zu stellen.« Vadim ließ die Worte ein paar Sekunden in der Luft hängen und richtete seinen Blick auf Brandeisen. »Wen hast du da mitgebracht?«

»Den Staatsanwalt.« Küps wollte Brandeisen vorstellen, doch der Russe unterbrach ihn.

»Das weiß ich! Aber ich weiß nicht, ob der Herr Prokuror mein Freund ist oder mein Feind.«

»Wenn ich an dieser Stelle auch etwas sagen darf«, fing Brandeisen an.

»Stoj!« Vadim machte eine Handbewegung, und wie aus dem Nichts standen zwei zusätzliche Bechergläser auf dem Tisch. »Verträgt dein Prokuror Wodka? Dann ist er mein Freund.«

»Muss das sein?«, sagte Brandeisen zu Küps, doch der legte den Finger an die Lippen und forderte ihn stumm dazu auf, gute Miene zum bösen Spiel zu machen.

Vadim wandte sich direkt an den Staatsanwalt. »Möchten Sie etwas über die russische Seele erfahren?«

»Warum nicht?« Brandeisen nahm Platz und fragte sich, ob die Klischees irgendwann ein Ende nahmen. »Schenken Sie ein!«

Und so geschah es. Vadim füllte die Gläser bis zum Rand. Die Flüssigkeit war nicht klar, sondern bernsteinfarben. »Eine Spezialität. Mit Honig und Pfefferschoten.«

»Sie leben ja nicht schlecht«, erwiderte Brandeisen.

»Johann Sebastian Bach«, sagte Vadim. Bei »Bach« stürzte er sein Glas hinunter.

Küps schätzte. Das waren locker 0,1. Nach dem ersten Schluck setzte er ab und rang um Atem. Das Zeug brannte einem Löcher in die Speiseröhre. Mit Todesverachtung kippte er den Rest runter.

Brandeisens Glas war längst leer. »Ich muss schon sagen, ganz ausgezeichnet! Diese Ausgewogenheit von Süße und Schärfe, zugleich kompromisslos im Abgang ...«

»Spasiba!« Vadim schenkte mit diabolischem Lächeln nach und brachte wieder seinen Johann-Sebastian-Bach-Spruch.

Küps sträubte sich, trank aber mit.

Brandeisen war wieder am schnellsten. »Bach. Sie sind ein Mann von Kultur!«

»Das ist eine traurige Geschichte.« Vadim seufzte und begann zu erzählen. Von seiner Jugend, als er aufs Petersburger Konservatorium gegangen war. Eine glänzende Zukunft als Bach-Interpret hatte vor ihm gelegen. Bis der Zusammenbruch der Sowjetunion ihm einen Strich durch die Rechnung gemacht hatte und er gezwungen gewesen war, sich nach handfesteren Berufsfeldern umzusehen. Noch heute könne er *Toccata und Fuge* im Schlaf spielen – was er sogleich unter Beweis stellte. Seine Mitarbeiter schafften ein Akkordeon herbei. Vadim brachte den Gästen ein Ständchen.

Drei Wodkas später sagte Brandeisen: »Die russische Seele ist nuancenreich.« Das trug ihm eine heftige Umarmung inklusive Bruderkuss ein. Küps hatte bereits Schlagseite.

Vadim spendierte seinen neuen Freunden einen sauren Hering, damit sie wieder auf die Beine kamen. Dann erklärte er, dass er leider nichts über die dreißigtausend Euro wisse. Vielleicht sollte man den Bamberger Einzelhandel unter die Lupe nehmen. Der schleuse gerne mal ein Sümmchen an der Steuer vorbei.

Küps war völlig fertig, also fuhr Brandeisen. »Einzelhandel! Wo sollen wir da ansetzen?«, fragte er.

»Vadim hat doch keine Ahnung«, blubberte der Kommissar und kämpfte mit seiner Muttersprache.

Brandeisen schaffte es mit Mühe und Not zum Troppauplatz. Dort versorgten sie sich in einer Bäckerei mit Kaffee und Hörnla, einer Kombination, die jeden Franken stocknüchtern machte und neue Energien freisetzte.

»Sonst noch irgendeine Mafia, bei der wir es probieren könnten?«, fragte der Staatsanwalt.

»Keine, die bei uns viel zu melden hätte.«

»Heute Morgen klang das aber noch anders.«

»Na ja«, räumte Küps ein. »In Bamberg passiert nicht besonders viel. Prostitution, illegales Glücksspiel, Drogenhandel, Waffengeschäfte – das findet alles nur im Kleinformat statt, für den Hausgebrauch.« Plötzlich fiel ihm etwas ein. »An die Hells Angels hab ich noch nicht gedacht.«

»An wen?«

Küps erklärte, dass es sich dabei um eine Motorradrockergruppe handelte, die allerlei kriminellen Betätigungen nachging.

»Und was haben Motorradfahrer am ZOB verloren?«, zweifelte Brandeisen. »Nein, da liegen Sie falsch. Wo treiben sich diese Hells Angels überhaupt herum? Ich habe noch keinen von denen in der Stadt gesehen.«

»Aber auf dem Land«, konterte der Kommissar. »Bei der Kathi in Heckenhof.«

Die Kathi-Bräu war ein beliebter Gasthof und ein Biker-Treff in der Fränkischen Schweiz. Das dunkle Lagerbier war legendär.

»Das sagen Sie nur, weil Sie Appetit auf ein Schäuferla haben«, mutmaßte Brandeisen.

»Ich brauch jetzt was Warmes im Bauch. Ein richtiges Mittagessen!«

Wenn Küps Hunger hatte, wurde er bockig. Angesichts seiner geschwächten Konstitution hatte der Staatsanwalt ein Einsehen. »Gehen wir mal zu Wu Li.«

»Häh?«

»Zum China-Imbiss im Univiertel.«

»Was wollen Sie denn da?«

»Haben Sie je von den Triaden gehört? Chinesische Mafia? Inzwischen operieren die weltweit.«

Der Kommissar stimmte widerstrebend zu. »Aber gibt's da was Anständiges zu essen?«

»Knusperente«, schwärmte Brandeisen. »Mit Bergen von Reis. Das hält tagelang vor.«

»Überredet.«

Brandeisen stellte den Opel mitten in der Fußgängerzone ab, schließlich repräsentierten sie das Gesetz. Die vielen Wodkas waren irgendwo in seinem Metabolismus versickert. Alkohol brauchte manchmal eine gewisse Zeit, um bei ihm Wirkung zu entfalten. Dagegen hatte Küps immer noch einen unsicheren Gang und schnürte dem forsch ausschreitenden Staatsanwalt hinterher.

»Hallo!« Wu Li kam sofort hinter der Theke hervor. Er schüttelte Brandeisen die Hand und klopfte ihm auf die Schulter. »Wie geht's? Geht's gut? Wie viele Verbrecher hast du heute ins Gefängnis geschickt?«

Küps staunte nicht schlecht. Seines Wissens hatte Brandeisen keine Freunde. Und jetzt stand einer leibhaftig vor ihm.

Wu Li und der Staatsanwalt kannten sich seit ihrer gemeinsamen Studienzeit. Brandeisen hatte nämlich zuerst einige Semester Germanistik in Bamberg belegt, bevor er auf Jura in Erlangen umgeschwenkt war. In beiden Fächern kam es darauf an, möglichst viel Unsinn zu verzapfen. Doch Juristen wurden dafür wenigstens einigermaßen bezahlt. In sentimentalen Stunden trauerte Brandeisen der Literaturwissenschaft hinterher. Wo sonst verbanden sich Schönheit und Wahrheit zu geistreichem Tun?

»Wo geht immer ein Gespenst um?«, fragte Brandeisen.

»Wo Geld ist«, antwortete Wu Li. »Fontane!« Er hatte den Zitatentest wieder mal spielend bestanden.

»Tja, wir suchen ein Gespenst.« Der Staatsanwalt nahm seinen alten Weggefährten beiseite und setzte ihm den Fall auseinander. Die Triaden waren in Bamberg natürlich nicht aktiv, ebenso wenig wie die japanische Yakuza. Wu Li bekam in seinem Imbiss jedoch so einiges mit, was nicht für fremde Ohren bestimmt war. Als Dissident, der sich für Pressefreiheit und Menschenrechte einsetzte und eine Zeitung für Auslandschinesen herausgab, verstand er es, genau hinzuhören.

»Am ZOB, sagst du? Abends um halb neun?« Wu Li kratzte sich am Schädel. »Vielleicht suchst du einen Geschäftsmann. Jemanden, der jeden Tag viel Geld mit nach Hause nimmt.«

»Welcher Geschäftsmann läuft denn mit dreißigtausend Euro in der Tasche herum? Eine solche Summe trägt man doch zur Bank.«

»Wer traut schon einer Bank?«

»Auch wieder wahr.« Brandeisen nickte.

»Konfuzius sagt: ›Der sittliche Mensch liebt seine Seele, der gewöhnliche sein Eigentum.‹«

»Aber wie sollen wir diesen Menschen finden, der nur sein Eigentum liebt? Hast du irgendeinen Tipp?«

Wu Li verfügte nicht nur über einen unerschöpflichen Zitatenschatz, sondern auch über gesunden Menschenverstand. »Leg dich auf die Lauer, mein Freund. Abends am ZOB.«

Küps hatte die Unterhaltung skeptisch verfolgt. Jetzt fiel es ihm wie Schuppen von seinem ausgebeulten Jackett. »Heilig's Blechla! Da hätten wir auch selbst draufkommen können!«

»Was darf's zu essen sein?«, fragte Wu Li.

Brandeisen bestellte.

Sie fingen mit Suppe scharf-sauer an. Das Zeug war heiß und so gut gewürzt, dass es selbst den schlaffsten Rathausbeamten reanimiert hätte. Für den Hauptgang trieb Wu Li seine Küchenschergen, allesamt Landsleute, lautstark zu Höchstleistungen an. Die Knusperente machte ihrem Namen alle Ehre. Zartes Fleisch, traumhafte Kruste – trotz kurzer Garzeit quasi das Schäuferla unter den asiatischen Gerichten. Als Nachtisch gab es Herbstrollen und Jasmintee. Küps fühlte sich wie im siebten Himmel und nahm noch ein Stützbier, um wieder auf Pegel zu kommen. Im Zuge der Nahrungsaufnahme war ihm bewusst geworden, dass die alten Chinesen in puncto Lebensweisheit mit den Franken verwandt sein mussten: Der Weg war das Ziel.

Der Abschied von Wu Li war wieder sehr herzlich. Sie kehrten zum Wagen zurück. Unter dem Wischerblatt klemmte ein Knöllchen.

Brandeisen zerriss es in winzig kleine Fetzen. »Unverschämtheit!« Dann fuhr er zum nahegelegenen Omnibusbahnhof und parkte auf dem Gehsteig in Sichtweite des Klohäuschens. Es war noch reichlich Zeit bis zum Abend, das opulente Mahl forderte seinen Tribut. Hundschlagmüd stellten sie die Sitze in Liegeposition und hielten ein Verdauungsschläfchen.

Es klopfte. Küps schlug die Augen auf. Gerade waren noch gebratene Enten auf seinen Mund zumarschiert und hatten ihm ihre röschen Brüste dargeboten. Stattdessen glotzte ihn ein PÜDler durch die Scheibe an. Ein Blick aufs Armaturenbrett: 19.03 Uhr.

Der Kommissar gähnte ausgiebig. Dann möhrte er sich aus dem Wagen.

»Was is'n des!« Er wies auf das Polizeiwappen in einer völlig verdreckten Ecke der Windschutzscheibe und machte den Mann vom Parküberwachungsdienst rund. »Wir sind hier mitten im Einsatz. Sie behindern eine polizeiliche Ermittlung!«

Der PÜDler winselte um Gnade.

Küps zeigte sich barmherzig und befahl dem Störenfried, zur Wiedergutmachung zwei Kaffee zu organisieren, aber ruck-zuck! Er weckte Brandeisen.

»Wo sind wir?« Der Staatsanwalt brauchte eine Ewigkeit, bis er ansprechbar war. In seinem Kopf drehte sich alles. Er tastete wirr umher und hielt sich an Lenkrad und Türgriff fest. »Sofort anhalten!«

»Wir fahren doch gar nicht.«

»Karussell. Ich hasse Karussell!«

»Reißen Sie sich am Riemen, Mann! Sie haben nur einen Kater.« Küps drehte die Fensterscheibe herunter. »Frische Luft wird Ihnen guttun.«

»Um Himmels willen, schreien Sie nicht so!«

Es stellte sich heraus, dass Brandeisen mit Verzögerung auf den Alkohol reagierte. Alles, was er bei Vadim getrunken hatte, schlug erst jetzt und dafür umso heftiger durch. Er war ein wenig neben der Kapp.

Der Kaffee kam in einem Warmhaltebecher. Küps entließ den PÜDler. Dann flößte er Brandeisen ein paar Schlucke von dem heißen Gebräu ein.

Nach und nach bremste das Karussell, schließlich kam es zum Stehen. »Dieser Wodka ist die reinste Zeitbombe.«

»Wird Ihnen hoffentlich eine Lehre sein.« Der Kommissar ließ sich in seinen Sitz sinken und ging in Wartestellung.

Die Observation des Klohäuschens begann.

Am Abend war der ZOB so belebt, wie es sich die Stadtplaner einst vorgestellt hatten. Aus allen Richtungen strömten Leute herbei und stiegen in Busse, die sie nach Hause brachten. Manche hatten einen Rucksack dabei oder Einkaufstüten. Die Toilette war relativ gut besucht. Man gab sich die Türklinke in die Hand und folgte dem Ruf der Natur.

Dann war es so weit. »Individuum mit verdächtiger Tasche«, meldete Küps. »Wusste ich's doch! Die Macht der Gewohnheit.«

Eine Frau schickte sich an, das Häuschen zu betreten. Ihre Tasche wies eine verblüffende Ähnlichkeit mit dem Corpus Delicti auf, obwohl streng genommen noch gar kein Delikt vorlag.

Vor dem Dameneingang hatte sich eine Schlange gebildet, aber bei den Herren war frei. Die Frau zierte sich nicht lange und nahm das Männerklo. Als sie wieder herauskam, presste sie die Tasche an sich, als habe sie Angst, das Ding zu verlieren.

»Zugriff!« Küps sprang aus dem Wagen und rannte los, Brandeisen hinterdrein.

»Hilfe, Überfall!«, kreischte die Frau, als sie den Kommissar auf sich zustürmen sah.

Er nahm die Verdächtige in den Polizeigriff. »Kripo Bamberg, halt die Pappn!«

Der Widerstand der Frau erlahmte. Doch was war das? Küps schnüffelte. Ein wohlbekannter Geruch drang ihm in die Nase: Röststoffe. Überrascht stellte er fest, wen er da am Wickel hatte. »Die Kunni von der Wörschtla-Hüttn!«

Das Geständnis ließ nicht lange auf sich warten. Noch im Wagen des Kommissars gab die Kunni alles zu. Ja, am Tag zuvor habe sie das Herrenklo genommen, weil sonst alles besetzt gewesen sei. »Ich bin net zimperlich. Den ganzen Tag Wörscht braten. Irgendwann hat man halt seine Bedürfnisse.«

»Sie brauchen nicht ins Detail zu gehen«, meinte Brandeisen. Auch er kannte die Frau, die da auf dem Rücksitz neben ihm saß. Sie betrieb einen Imbiss auf dem Grünen Markt und verkaufte die besten Bratwürste der Stadt.

»Der letzte Bus nach Hallstadt fährt immer pünktlich ab«, fuhr sie fort. »Da hab ich mich gschickt und in der Hektik mei Daschn vergessen.«

»Wie sah die aus?«, fragte Küps.

Die Kunni beschrieb die Tasche haargenau.

»Und was war da drin?«

»Mei Tagesumsatz. 29.975 Euro und 60 Cent.«

Auch die Höhe der Summe stimmte. »So hoch ist Ihr Tages-umsatz?«, wunderte sich der Kommissar. »Da müssen Sie aber viele Wörscht auf den Grill schmeißen.«

»Jeder, wie er kann«, sagte sie stolz.

Küps hatte es schon lange vermutet. Die Wörschtla-Hüttn sah zwar unscheinbar aus, stellte jedoch eine wahre Goldgrube dar. Ganz Bamberg war verrückt auf Kunnis Bratwürste, die sie von einer Landmetzgerei bezog und mit jahrzehntelanger Erfahrung zu rösten verstand. Die Kunni selber galt als Original. Im Laufe der Zeit hatte sich ihre Anatomie immer mehr der Beschaffenheit ihrer Brötla angeglichen: ovale Kipfform, saftig in der Mitte, die Wurstenden bzw. Beine standen irgendwie heraus.

»Warum haben Sie den Verlust der Tasche nicht einfach gemeldet?«, hakte Brandeisen nach.

»Dann weiß des Finanzamt ja gleich, was ich verdien«, erwiderte die Frau.

»Sollte es das nicht?«

»Ich zahl mei Steuern, so is des net!« Die Kunni druckste herum. Offenbar lag ihr etwas auf der Seele. »Aber wenn sich rumspricht, wie viel ich jeden Tag einnehm, dann kommt die bucklige Verwandtschaft und hält die Hand auf. Die denken dann, ich wär die Caritas.«

»Verstehe«, sagte der Staatsanwalt. »Niemand darf erfahren, wie reich Sie sind.«

»Geht ja auch niemand was an.«

Für eine Weile herrschte Schweigen im Auto. Keine Mafia, keine kriminellen Umtriebe. Schlicht und ergreifend Geiz, der in Anbetracht fränkischer Familienverhältnisse nicht einmal unbegründet war. Und um die Steuern der Wurstbraterin sollten sich mal schön die Finanzer kümmern. Solange nichts gegen die Kunni vorlag, gab es auch keinen Grund zu ermitteln.

Am Ende übernahm es Küps, sich bei der Frau zu entschuldigen. Er konnte ja nicht ahnen –

»Mei Bus is fort!«, beschwerte sich die Kunni. »Wie komm ich jetzt heim?«

»Wo wohnen Sie denn?«

»Und mei Geld? Wiedersehen macht Freude!«

Also fuhr der Kommissar zur Polizeiinspektion, übergab die Kunni dem Wachhabenden und bat sie, ein paar Minuten Geduld zu haben. Der drohende Papierkrieg wegen der Herausgabe der dreißigtausend Euro versetzte ihn in Angst und Schrecken. Mittlerweile war er total groggy.

»Können Sie das nicht erledigen?«, fragte er Brandeisen. »Mit einem Federstrich und fertig?«

»Auch das noch!« Dem Staatsanwalt steckte der aufreibende Tag erst recht in den Knochen und nicht nur dort, sondern auch im Magen und im Blut. Doch es war wohl am besten, dieses traurige Kapitel schnell hinter sich zu bringen. Einstellung des Ermittlungsverfahrens, et cetera, et cetera.

Wie zwei begossene Pudel standen sie an der Pforte und warteten darauf, dass sich einer von beiden in Bewegung setzte und den Anfang machte.

Da tauchte plötzlich der Rauchbier-Rudi auf. Er hatte in aller Ruhe ausgeschlafen und war wieder nüchtern. Zum Abschied winkte er einem Wachtmeister zu, der ihm schnell noch ein Käsebrot zusteckte.

»Mahlzeit!«, sagte er munter kauend, als er an dem deprimierten Duo vorbeiging.

Brandeisen und Küps schauten sich an. Dann kam das Sodbrennen.

Christian Klier

Kill, Kamerun, kill

Always look on the bright side of life.
Eric Idle

Ronny Düsel lebte eigentlich ganz gern in Kamerun. Zugegeben, das Forsthaus mit dem Schuppen und der Scheune lag ziemlich ab vom Schuss. Hier gab es weder Supermarkt noch Bäcker oder Metzger. Wenn man irgendetwas brauchte, musste man in das sieben Kilometer entfernte Creußen fahren oder gleich nach Bayreuth, das nicht viel weiter weg war. Nicht, dass Ronny oft unterwegs gewesen wäre.

Falls in puncto Nahrung mal gar nichts mehr ging, dann war man wohl oder übel darauf angewiesen, sich für ein Menü von der Speisekarte des Forsthauses zu entscheiden, wo sie italienisch kochten. Auf Dauer ging so etwas natürlich massiv ins Geld. Und Geld war etwas, von dem Ronny weder besonders viel hielt noch hatte. Denn Ronny lebte von Hartz IV, seit dieses von Rot-Grün zu Beginn des Jahrtausends eingeführt worden war. Ja, er war ein Hartzer der ersten Stunde, und irgendwie erfüllte ihn das sogar ein wenig mit Stolz.

Ronny Düsel nahm einen tiefen Zug von seiner selbstgedrehten Zigarette und war glücklich darüber, dass das Restaurant heute und auch morgen noch geschlossen bleiben würde. Erfreute es sich doch solch guten Zuspruchs, dass es sich trotz Saison locker zwei Ruhetage leisten konnte. Für Ruhetage hatte Ronny immer Verständnis.

Er wippte mit dem Schaukelstuhl und sah ein paar Schafen dabei zu, wie sie ruhig und gemächlich auf einer Wiese ihr Gras kauten. Gras, dachte Ronny. Wenn die wüssten. Er grinste und dachte an seine kleine Plantage, die im Wald wenige Hundert Meter von hier in Richtung Schlehenmühle lag. Nicht nur Tabak gedieh dort. Wunderbarerweise war die geheime Stelle mit einem solch hohen Grad an Sonneneinstrahlung gesegnet, dass da auch andere rauchbare Pflanzen grünten.

Ronny nahm noch einen Zug und lächelte. Ja, gestand er sich selbstzufrieden ein, er liebte dieses Leben, so beschaulich, so gemächlich, ohne Hetze und Stress. Wer brauchte schon Computer und Handys, wer brauchte diese Datenautobahnen und Autoautobahnen? Wer schätzte schon den Lärm von Personenkraftwagen und unsinnigen Haushaltsgeräten? Er jedenfalls nicht. Ihm genügte die Hütte, in der ihn sein Schwager Heinz, der Wirt des Forsthauses, quasi zum Nulltarif leben ließ. Ein knisterndes Feuer an einem lauen Sommerabend, eine Flasche Bier, etwas zu rauchen und natürlich sein schwarzer Labrador Kafka, das war alles, was Ronny zum Glück brauchte. Ja, er war wirklich gesegnet.

Das Geräusch eines schrill aufheulenden Motors durchfuhr die laue Spätsommerluft und setzte Ronnys Träumereien ein jähes Ende. Kafka, der bis jetzt brav neben seinem Herrchen gesessen hatte, machte einen Satz nach vorne und ließ einen kräftigen Beller los. Ronny fluchte und stand auf. Ging das schon wieder los! Von Kafka begleitet folgte er dem Lärm bis zu seiner Quelle, der Scheune, die dem Forsthaus gegenüberlag. Vor deren geöffnetem Tor hatte sich eine Wolke aus Benzinabgasen gebildet, die den großen Platz zwischen den drei Gebäuden mehr und mehr erfüllte. Durch den Qualm hindurch konnte man Ullas breiten Rücken erkennen. Sie steckte in einem roten Blaumann und hatte sich über den Motorraum ihres Oldtimers gebeugt, wo sie konzentriert am Gashebel herumspielte. Von hinten sah sie aus wie eine ostdeutsche Hammerwerferin, die es mit dem Anabolikaschlucken übertrieben hatte, dachte Ronny. Dann schrie er, so laut er konnte: »Geht das nicht leiser? Verdammt noch mal!«

Ulla Krott drehte sich träge um. »Was hast du gesagt?«, brüllte sie zurück und zeigte gleichzeitig auf ihre Ohren, um anzudeuten, dass sie ihn nicht verstanden habe.

»Hör endlich auf mit diesem Scheißlärm hier! Sonst ...«

Der Qualm brachte Ronny zum Husten. Kafka hatte zu knurren begonnen. Jetzt fletschte er die Zähne.

Endlich schob Ulla den Gashebel herunter.

»Sonst was?«

Mit ihrem Pferdekopf sah sie aus wie ein giftiger Gaul, der kurz davor war zuzubeißen. Ronny gestand sich ein, dass er Angst bekam.

»Ach nichts!« Er machte eine wegwerfende Geste. »Komm, Kafka!«

Ulla hatte sich wieder ihrem Wagen zugewandt.

»Das nächste Mal beißt du ihr aber in die Hacken!«, sprach Ronny zu seinem Vierbeiner, während sie Richtung Forsthaus marschierten. »Hörst du?« Kafka schnoberte an die Hand seines Herrchens und bellte verhalten, so, als wollte er zustimmen. »Dann machen wir die Drecksau ein für alle Mal fertig!« Ronny schlug gegen ein paar Haselnusssträucher, die in seinen Trampelpfad hineinragten. »Was die sich immer einbildet mit ihren Scheißautos. Oldtimer nennt die das. Oldtimer! Gerümpel, sag ich!« Schließlich kamen sie auf der Rückseite des Forsthauses an. Hier war es friedlicher.

Ronny deutete auf einen alten Taubenschlag, der neben einem Häcksler inmitten des Obstgartens stand. Dann blickte er seinem Hund ins Gesicht.

»Den müssen wir leerräumen, hörst du? Heinz hat gesagt, dass der ganze Mist raus muss. Und wenn wir damit fertig sind, nehmen wir alles Geraffel und machen ein großes Feuer!« Je länger er die alte Ruine betrachtete, vor deren Sanierung er sich schon seit Wochen drückte, desto froher wurde er. Mit einem Male wusste Ronny Düsel genau, dass heute der richtige Tag für diese Arbeit war. Und er wusste ebenfalls, wo er den ganzen Müll stapeln und das Feuerchen entzünden würde. »Freundenfeuerchen« nannte man das doch, ein Freudenfeuer unter Freunden.

Kafka wedelte mit dem Schwanz, und Ronny griff sich die Leiter, die an einem Apfelbaum lehnte.

Als er das Türchen des Taubenschlags geöffnet hatte, musste er husten. Das hätte er lieber nicht tun sollen, denn jetzt wurde der zentimeterdicke Dreck erst recht aufgewirbelt und stäubte – der Oldtimer-Qualmwolke von eben nicht unähnlich – Ronny mitten ins irritiert blickende Gesicht. *Haaaatschi!* Dann setzte der Rückstoß ein.

Ronny lag im Gras und rieb sich das Steißbein. Die Leiter war zur Seite gekippt und hatte einen halbfaulen Apfel erschlagen. Kafka bellte, sprang in die Luft und schnappte nach einem imaginären Opfer.

Wenigstens einer, der seine Freude hat, dachte Ronny mit griesgrämiger Miene. Dann stand er auf und unternahm einen zweiten Versuch.

Wie lange der Mist hier wohl schon drinlag, fragte er sich und sah auf das Erscheinungsdatum eines alten Sexheftes. Neunzehnhundertsiebenundsiebzig! Mein lieber Mann! Hätte man vielleicht auch an dem Gewölle der Dame erkennen können, die da auf der Titelseite prangte. Raus damit! Er warf das Zeitzeugnis zu den anderen Sachen. Nach und nach bildete sich auf der Wiese ein stattlicher Berg aus Obstkisten, Flaschen, zerbeulten Getränkedosen, Farbkübeln, Einweckgläsern, Zeitungen, Zeitschriften und Hunderten von Taubenfedern. Schwanzwedelnd umkreiste Kafka den Haufen, als wolle er einen Besitzanspruch geltend machen. Ronny kroch in den Taubenschlag. In die hinterste Ecke und zum letzten Mal, wie er hoffte. Ein kleiner karierter Koffer stand noch da. Ronny packte ihn beherzt am Griff, zog ihn durch den Verhau und warf ihn zum Rest, bevor er seine Füße auf eine Sprosse der Leiter setzte und dem Nisthaus Lebewohl sagte.

Ulla Krott war gerade dabei, mit ihren kräftigen Fingern über das original Targadach ihres himmelblaufarbenen Opel Aero zu streichen – eine Geste, in der ein unvoreingenommenerer Beobachter eine erstaunliche Zärtlichkeit hätte entdecken können –, als Ronny mit dem Gerümpel auf einer Schubkarre um die Ecke kam. Mit einem »Hepp« lud er es direkt vor Ullas geöffnetem Scheunentor ab.

Ulla schaute auf. Ehe sie etwas sagen konnte, waren Ronny, der Hund und die Schubkarre schon wieder um die Ecke des Forsthauses verschwunden. Na warte, der konnte was erleben! Ulla begab sich in den hinteren Teil des Fachwerkgebäudes, wo sie vernehmlich herumrumorte.

Als Ronny wiederkam, stand sie da wie eine Walküre, mit Blaumann statt Brünne, das Gesicht kriegerisch ölverschmiert, in den Händen einen Schneeschieber, dessen Griff sie wie den Schaft eines Speeres ungeduldig auf den Boden donnerte.

Wenn sie nicht so bedrohlich gewirkt hätte, Ronny wäre bei Ullas Anblick sicher in schallendes Gelächter ausgebrochen. Diesmal würde er sich nicht beirren lassen, schwor er sich, diesmal nicht. Mit einem Ruck hielt er die Schubkarre an und kippte in einem Schwung, dem es an Entschlossenheit nicht mangelte, die dritte und letzte Fuhre auf den Haufen.

»Bist du noch ganz frisch, du Idiot? Mir deinen Müll hierherzukippen?«

Ulla fuchtelte mit dem Schneeschieber vor Ronnys Gesicht herum. Instinktiv wich er zurück.

»Das machst du mit mir nicht! Mit *mir* nicht!«, wiederholte Ulla, stieß die metallene Schippe mit voller Wucht in den Haufen hinein und schaufelte die erste Ladung zurück über die unsichtbare Reviergrenze, deren Verlauf sie seit Jahren heiß umkämpften. Ronny flog der Dreck ins Gesicht. Kafka sprang an Ulla hoch, gegen die massigen Ringerarme der Automechanikerin hatte der Vierbeiner jedoch nicht den Hauch einer Chance. Schließlich handelte sich der Hund eine ordentliche Kelle ein, die mittels des Schneeschiebers ausgeführt wurde, und Kafka flog ein paar Meter, bis er in der Mitte des Hofes hart landete.

»Lass gefälligst den Hund in Ruhe! Du Unmensch!« Kreischend rannte Ronny zu seinem Schuppen, verschwand in der Tür. Als er wenige Sekunden später wiederkam, hatte er einen Benzinkanister in der Hand. »Das wird nämlich alles verbrannt, Befehl vom Chef, jawoll!« Drohend öffnete er den Verschluss.

Ein bisschen wunderte er sich dann doch, dass Ullas Raserei so abrupt endete. Ihr Gesichtsausdruck hatte sich vollkommen verändert. Sanft, fast träumerisch, starrte sie auf den Müll, eine Hand zögernd, ganz zart, ja schüchtern erhoben, als wolle sie diesen vom Leben gestreiften Objekten keinen weiteren Schmerz zufügen. Ihr Mund hätte beinahe gelächelt. Ihre Augen wurden feucht.

»Ist das echt die Wahrheit oder träume ich?«, hörte er Ulla zu sich selbst sagen. Ihr sonst so rüder Ton war gewichen, und die Klangfarbe ihrer Worte hatte etwas ganz Weiches, beinahe Verzücktes angenommen. »Ich hatte eigentlich gedacht, das Targadach, das wär das Ding, das kann man ja praktisch mit Gold aufwiegen, klar. Aber das hier ...«

Misstrauisch war Ronny neben sie getreten und starrte auf das, was offenbar ihre Aufmerksamkeit erregt hatte. Aber er vermochte nicht zu erkennen, was so einzigartig sein sollte. Da lag der kleine karierte Koffer, und aus seiner Öffnung lappten ein paar völlig belanglose schwarze Gummimatten. »Mein Gott!«, sagte Ulla. Sie ging in die Knie und streichelte die Dinger.

»Zeig mal«, verlangte Ronny, mutiger geworden durch ihre ungewohnte Art, und riss eine der Matten heraus. Es waren im Ganzen vier. »Das is doch nix!«

»Stimmt«, sagte sie spröde und stand auf, tat so, als wolle sie sich abwenden. Konnte sich aber nicht lösen.

Das hatte der Ronny auch bemerkt, denn er war ja nicht blöd. Er nicht. Die Leute dachten immer nur, die Hartzer, die können nix. Aber er: Er hatte sofort gesehen, dass auf den Matten etwas stand, schwarz, in den Gummi geprägt: Aero. Und da hatte er natürlich zwei und zwei zusammengezählt. Aero hieß: ein Originalteil. Irgend so ein Ding, das zu ihrem Scheißoldtimer gehörte und das keinen interessierte. Keinen außer Spinner wie Ulla.

Diesmal hätte Ronny wirklich fast gelacht. Was er in der Hand hatte, das war kein kleines Stück Kautschuk, das war die ganze dicke Ulla. Die hätte jetzt mal ihr Gesicht sehen sollen, als er die Matte hochhielt.

»Na, wenn's nix is, kann ich es ja auch verbrennen, was?«, fragte er und grinste. Der Moment hätte ewig dauern dürfen.

Da stand die weich gewordene Walküre, stotterte erst »Ja«, dann »Nein« und schwieg. Und dann, dann wollte sie mit einem Mal reden. Bot ihm Geld. Einen Zwanziger! Er war so perplex, dass er kein Wort herausbekam. Eigentlich hatte er schon Ja sagen wollen, aber die Ulla war schneller. »Na gut, fünfzig. Kann so ein *Loser* wie du doch froh sein.«

Da fiel dem Ronny plötzlich etwas Besseres ein. Langsam, ganz langsam schraubte er den Kanister auf und ließ das Benzin über den Haufen pladdern, alles wurde schön gleichmäßig benetzt, auch die vier original Opel-Kadett-Aero-Fußmatten. Ronny zückte das Feuerzeug, genoss, wie Ulla die Fäuste ballte, dann ließ er das Feuerzeug zuschnappen. Er zog die Matten sorgsam aus dem Haufen heraus und legte sie zusammen. Die Sonne warf ihre letzten Strahlen auf die Fassade des Forsthauses Kamerun, irgendwo blökte ein Schaf, Mauersegler stießen ihre spitzen Abendschreie aus. Ulla atmete tief ein, drehte sanft ihren Kopf und blickte in Ronnys Augen. In diesem Moment hätte er sie beinahe gefragt, ob sie vielleicht mal mit ihm einen trinken gehen würde. »Passen perfekt in Kafkas Hundezwinger, die Dinger«, sagte er stattdessen und sprintete los.

Als Ronny an diesem Abend einschlief, hatte er ein breites Lächeln auf den Lippen. Manchmal, wenn er kurz aus seinen

Träumen erwachte, erblickte er sich noch einmal selbst, wie er die Oldtimer-Matten, nachdem er sie ordentlich abgewaschen hatte, auf dem Betonboden des Zwingers ausbreitete. Sah Kafka, dessen Schwanz euphorisch hin und her wedelte und der schließlich auf den Kautschuk urinierte. Was für eine Genugtuung!, dachte Ronny und schlief wieder ein.

Verheißungsvolles Sommermorgenlicht fiel durch das schlierige Fenster, über den Tisch, den Aschenbecher, brach sich im Braunglas der Bierflaschen, bis es schließlich auf Ronnys Gesicht traf. Er schlug die Augen auf und verzog seinen Mund zu einem sardonischen Grinsen. Das würde ein Tag werden, dachte er, ein Tag ganz nach seinem Geschmack.

Er zog sich eine fleckige Jogginghose an und schlüpfte in ein Paar abgelatschte Badeschlappen. Als er vor dem Herd stand und die Kaffeebüchse öffnete, übermannte ihn seine Neugier und er begab sich nach draußen.

Kafka begrüßte ihn, sprang an ihm auf der anderen Seite des Gitters hoch.

»Brav, mein Kleiner! Brav!«

Ronny sah auf den Boden und erschrak. Das durfte nicht wahr sein! Vier Matten hatte er gestern hier ausgebreitet. Vier! Nun lagen nur noch drei herum. Ronny öffnete das Vorhängeschloss des Zwingers, ging hinein. Er untersuchte die Hundehütte, in die sich Kafka zurückzog, wenn er es kuschelig haben wollte. Doch auch hier, zwischen Decken und zerbissenem Karton, fand er die fehlende Fußmatte nicht. Es gab nur eine Erklärung: Ulla musste heute Nacht hier gewesen sein. Irgendwie hatte sie es geschafft, durch die Maschen im Zaun an eine der Matten zu kommen. Das Bier vom Vorabend stieß ihm sauer auf, und er rülpste verärgert. »Bist du ein Scheißwachhund, oder was?«

Kafka sah sein Herrchen mit einem unvergleichlichen Hundeblick an, voller Angst und so, dass man nicht anders konnte, als ihm zu verzeihen.

»Na ja. Bist halt nicht der typische Aufpasser, Kafka. Was soll's.«

Ronny streichelte dem Labrador über den Kopf. Dann scheuchte er ihn aus dem Zwinger, packte den Gartenschlauch und drehte das Wasser auf. Als er Kot und Urin von den drei verbleibenden Kautschukmatten entfernt hatte, überlegte er kurz, griff sie sich dann und nahm sie mit in seine Hütte.

So etwas konnte er nicht auf sich sitzen lassen, dachte sich Ronny und goss heißes Wasser in den Kaffeefilter. Aber was sollte er tun? Was er jetzt brauchte, war ein Plan. Etwas Schlaues, etwas ganz und gar Ausgeklügeltes. Etwas, das zeigte, dass er eben kein *Loser* war. Genau das brauchte er jetzt, überlegte er und hob den Deckel einer Zuckerdose hoch. Leer. Das war wieder mal typisch. Aber hatte er nicht letzte Woche zwei Päckchen neuen Zucker gekauft? Wo zum Teufel hatte er die bloß verstaut? In diesem Chaos aus Kisten und Kästen, Flaschen, Schachteln und Beuteln kannte sich doch kein Schwein mehr aus! Ronny riss die Tür eines Unterschranks auf. »Wo zum Teufel bist du, Zucker? Hände hoch und rauskommen! Sofort!«, brüllte er in die Fächer hinein. Eine Antwort bekam er nicht. Schließlich kam es nicht so oft vor, dass Zucker der deutschen Sprache mächtig war, und doch hatte er den Eindruck, als erschalle so etwas Ähnliches wie ein lautloses Echo aus dem Unterschrank zu ihm, an das geneigte Ohr des Ronny Düsel. Denn ganz plötzlich hatte er einen Einfall, eine Geistesblüte, die man – für Ronnys Verhältnisse – durchaus als genial bezeichnen konnte.

Es war fast Viertel vor zehn, als Ronny eines der Sexmagazine, die er in dem Taubenschlag gefunden und selbstlos vor den Flammen gerettet hatte, aus der Hand legte. Sein Blick fixierte das Scheunentor, das begonnen hatte, sich zu bewegen. Er vernahm ein metallisches Klackern, ein Riegel wurde gelöst, und das Tor wanderte langsam von rechts nach links, gelenkt von zwei eisernen Schienen, die ober- und unterhalb der Öffnung angebracht waren. Nachdem der Vorgang geendet hatte, hoffte Ronny vergeblich, dass Ulla ihren Kopf hervorstrecken würde. So hätte er sie fragen können, ob sie ihm vielleicht etwas Zucker für seinen Kaffee hätte borgen können. Aber das geschah nicht. Stattdessen wurde ein Motor gestartet, und bald rauschte Ullas himmelblauer Wagen auf den Hof. Der verstreute Müll aus dem Taubenschlag krachte unter den Reifen des Oldtimers. Ulla gab Gas, und das Automobil brauste mit ansteigender Geschwindigkeit zwischen den Bäumen der Allee davon.

Ronny hatte sich seine Kräuterzigarette inzwischen fertiggedreht und nahm sich vor, heute seine Plantage zu konsultieren. Tabak und Hanf bedurften regelmäßiger Pflege. »Das muss man lieben wie den eigenen Hund«, sagte er mehr zu sich selbst als zu Kafka, der zu Füßen seines Herrchens lag und ein gelangweiltes Grunzen von sich gab.

Zwei Joints und anderthalb Bierchen später wurde Ronny von dem Nageln eines Dieselmotors aus seinen diffusen Träumen geweckt. Die Bremsen des Abschleppfahrzeugs quietschten, und Ronny verzog das Gesicht. Nachdem der Wagen endlich zum Stehen gekommen war, sprang ein gelber Engel aus dem Führerhäuschen. Ronny hielt seinen Hund am Halsband fest.

Der Mann vom ADAC war zur Steuerungseinheit seiner Rampe getreten und hatte begonnen, die Ladebühne zu senken. Ronny tippte dem Mann mit der gelben Uniform und der roten Schirmmütze auf die Schulter.

»Ja bitte?«

»Was ist denn mit dem Auto los?«

Der Mann lachte ironisch auf.

»Benzinfilter und Einspritzdüsen.«

»Was?«

»Da kommt kein Kraftstoff mehr durch. Filter und Düsen sind komplett dicht. Da klebt so 'ne süßliche Substanz drin.

Ich vermute, irgend so ein Spaßvogel hat Ihrer Nachbarin Zucker in den Tank geschüttet.«

»Zucker in den Tank? Na so was aber auch! Ich hoffe, es war wenigstens Qualitätszucker aus Süddeutschland!«

»Kann ich nicht sagen.«

Der ADACler, der Ronnys Humor offensichtlich nichts abgewinnen konnte, machte sich unversehens an den Haltegurten des Wagens zu schaffen. Ronny, immer noch jovialster Laune, blieb dicht hinter ihm.

»Und? Wo ist sie?«

»Wo ist wer?«

»Ulla, meine liebe Nachbarin.«

»Die hab ich an der Schlehenmühle rausgelassen. Wollte da noch was erledigen.«

»An der Schlehenmühle?!«

Als die Vorderreifen des Aero den Boden berührten, rannte Ronny bereits über den schmalen Waldweg, der hinter seiner Hütte zwischen Ginster und Farn seinen Anfang nahm. Nach knapp dreihundert Metern verließ er den Pfad und orientierte sich an einer vertrockneten Fichte, die auf einer Böschung lag und ihm als Wegweiser diente. Atemlos erreichte er den Kamm des Abhangs und sah hinunter in die kleine, vom Weg aus nicht einsehbare Senke. Ronny begriff sofort, dass er zu spät gekommen war. Ein paar Schritte noch, bis er den Rand der ehemaligen Plantage erreicht hatte, dann ging er in die Knie, strich mit seinen Fingern über die abgeschnittenen Hanftriebe, nahm ein zerfetztes Tabakblatt in die Hand und ließ es auf die Erde fallen.

Es war kurz vor halb sechs. Ulla hatte sich die letzten Ölrückstände von den Fingern gebürstet und drehte endlich das Wasser ab, um sich die Hände zu trocknen. Als sie mit diesem Ritual geendet hatte, ging sie zum Tor und öffnete es. Das gegenüberliegende Forsthaus lag friedlich in der Spätnachmittagssonne, die Blätter der Bäume und Sträucher raschelten sanft im lauen Wind, ein Vogel hatte sich auf einem Tisch, der im Biergarten des Forsthauses stand, niedergelassen und pickte nach irgendwelchen Krümeln. Ab morgen würde die zweitägige Ruhetagszeit vorbei sein, ab morgen würden sich hier wieder Ausflügler einfinden, um die entspannende Atmosphäre, die pittoreske Abgelegenheit des Ortes zu genießen. Von Ronny war nichts zu sehen, und sie hoffte, dass er verstanden hatte. Im Grunde waren sie ja quitt.

Ulla sah auf den Boden. Vor den Stahlkappen ihrer Sicherheitsschuhe lagen die drei Kautschukmatten, die ihr noch fehlten. Ein warmes Lächeln, in dem eine tief empfundene Freude und der endgültige Wille zur Aussöhnung lag, spielte um ihre Lippen.

Langsam sank sie auf die Knie. Streckte ihre starken Arme aus, legte dem Kautschuk die Hände auf. Seltener als Gold, bei eBay heiß erfleht. Bis in die Schweiz war sie schon gefahren, um doch nur Nachgemachtes zu finden. Es war einfach Schicksal. Sie streichelte fester. Griff zu – und die Matte zerfiel. Wie ein Puzzle. In zwei Dutzend Gummilappen. Ulla begriff, dass der Kautschuk zerschnitten worden war. Fein säuberlich hatte hier jemand an Ecken und Kanten entlang mit der scharfen Klinge eines Teppichmessers gearbeitet. Unter rein handwerklichen Aspekten sehr ordentlich und akkurat. Unter einem anderen Aspekt pure Blasphemie. Dies war mehr als Vandalismus, dies war eine Schmähung der Schöpfung. Ulla legte den Kopf in den Nacken, streckte die Arme gen Himmel und schrie.

Ronny war noch einmal bei der geschändeten Plantage gewesen. Vielleicht konnte man ja das ein oder andere Tabakblatt noch zu etwas halbwegs Rauchbarem verarbeiten. Das in etwa waren seine Gedanken, als er den Jutebeutel, der eine ziemlich magere Ausbeute enthielt, hinter seiner Hütte ablegte. Behutsam entnahm er der Tasche einige Tabakfetzen, die gerade noch groß genug waren, dass sich eine Trocknung lohnte.

Nach und nach klemmte er die Überbleibsel an eine Wäscheleine, die nicht zufällig nach Süd-West ausgerichtet war.

Nach einer halben Stunde wagte es Ronny, sich auf die Vorderseite seiner Bleibe zu begeben. Vorsichtig lugte er um die Ecke Richtung Scheune. Niemand war zu sehen. Da riskierte er es und lief rasch zum Eingang des Schuppens.

Während er in der Gesäßtasche seiner abgewetzten Jeans nach dem Schlüssel suchte, fiel sein Blick auf den schlafenden Kafka, der neben der Tür angeleint war.

»Brav, Kafka! Gut hast du aufgepasst auf Papas Hütte, brav!«

Er fühlte gleich, dass etwas nicht stimmte, als er dem Vierbeiner den Kopf tätschelte. Ronny sah sich seinen Freund genauer an. An Kafkas Maul klebte weißer Schaum. Sein Blick war verhangen, Motorik gleich null. Ronny bemerkte ein angefressenes Stück Fleisch unter Kafkas rechter Pfote. Zog es hervor, um es genauer in Augenschein zu nehmen. Es sah aus wie eine Roulade. Interessant war die Füllung. In der Mitte steckten hellblaue Kügelchen. Ronny nahm eine der Pillen heraus und schnupperte. Völlig geruchlos, stellte er fest.

Mit zitternden Händen entsorgte er das Fleisch, stellte Kafka frisches Wasser hin und einen Napf mit seinem absoluten Lieblingsfutter. Er kraulte ihn. Aber nichts. Der Hund fraß nichts. Der Hund trank nichts. So sehr Ronny auch auf ihn einredete, er hob nicht einmal seinen Kopf. Ronny nahm Kafka in die Arme, streichelte ihn, sprach ihm gut zu. Vergrub sein Gesicht in dem schwarzen Fell. Er begriff, dass das Tier im Sterben lag.

»Nein, verdammt, nein!!!« Er tobte, rotzte und schrie. Schließlich wurde er ruhiger. Er überlegte. Wenn Kafka überhaupt noch eine Chance haben sollte, dann musste er ihn sofort zum Tierarzt bringen. Aber dafür brauchte er ein Auto. Sein Schwager Heinz war weg bis morgen, Telefon oder Handy hatte er keines. Hier draußen in Kamerun gab es momentan nur eine Person, die über ein Auto verfügte: Ulla.

Das Scheunentor war von innen verriegelt, so, wie er es vorausgesehen hatte. Deshalb hatte er ja auch die Axt mitgenommen. Er bettete Kafka neben dem Tor auf den Boden, strich über seine zitternde Flanke und holte tief Luft. Dann hob er die Axt, holte aus und schlug zu. Schon nach dem ersten Hieb ließ sich das Tor zur Seite schieben. Da stand es, das himmelblaue Scheißgefährt, und dahinter, an der Werkbank, da stand Ulla. Sie trug eine Schutzbrille um den Kopf und in der Hand ein Schweißgerät, das ein fauchendes Geräusch machte. Ronny kümmerte das nicht. Er schmiss die Axt auf die Motorhaube, riss die Tür des Wagens auf, warf sich auf den Fahrersitz, griff an das Zündschloss. Nichts. Stieg wieder aus.

»Die Schlüssel!«

Ulla klappte die Schutzbrille auf.

»Welche Schlüssel? Was willst du überhaupt, du Arsch ...«

Das war zu viel. Ronny hatte sich die Axt geschnappt, und noch ehe er irgendetwas hatte denken oder sagen können, war das Beil seiner Hand mit einem Schwung und einer Präzision entglitten, wie man sie nur von den Westernfilmen der Siebziger her kannte. Das Eisen hatte Ullas Schutzbrille in zwei Teile zerhackt und steckte nun tief und fest in ihrer Stirn. Noch ehe die arme Ulla begriff, was geschehen war, ließ sie das brennende Schweißgerät fallen und schickte sich an dahinzuscheiden.

Als Ronny erkannte, wohin das Schweißgerät gefallen war, sah er ein, dass eine intensive Suche nach dem Zündschlüssel des Opels keinen Sinn mehr machte. Der blaue Flammenstrahl, der aus dem Apparat herausschoss, war im Begriff, die metallene Umhüllung eines Fasses zu durchbohren, auf dem in großen Lettern das Wort »Benzin« prangte. Ronny sah zu, dass er Land gewann.

Die Explosion war gewaltig. So gewaltig, dass nicht nur das Dach der Scheune über eine erhebliche Anzahl von Metern in die Luft gehoben wurde, ehe es in tausend Stücke zerbarst. Auch Ulla Krotts Leichnam, der im Tod nicht weniger gewichtig war als zu Lebzeiten, wurde weit in den Hof hinein geschleudert. An ihrer Seite flog der sterbende Kafka.

Ronny öffnete die Augen. Es regnete brennende Asche. Bevor er weiterlief, warf er einen Blick zurück, sah die Ruine, aus der hier und da ein Fachwerkbalken ragte und das Feuer heftig züngelte. Ronny lief weiter. Und beinahe wäre er gestolpert.

Ulla Krott lag vor ihm. Seltsam verdreht zwar, aber mit allen Gliedmaßen. Das Einzige, was ihr fehlte, war das Beil in ihrem Kopf. Stattdessen klaffte dort eine riesige Wunde, aus der eine nicht geringfügige Menge Blut strömte.

Und obwohl Ronny vollkommen fassungslos war, dass dieses Corpus Delicti ihm jetzt zu Füßen lag, handelte er überlegt und pragmatisch.

Er hatte sich an den einzigen Fleck in Kamerun begeben, der noch so etwas wie Ruhe und Geborgenheit ausstrahlte. Zwischen den Bäumen des Obstgartens stand ein Schaf und graste trotz des Brandgeruchs, der auch hier die Luft erfüllte, ungerührt weiter.

Ronny sah auf den Boden, wo Kafkas lebloser Körper im Gras lag. Trauer und Wut vermischten sich in ihm, und er nahm Ullas abgetrennten Unterschenkel in die Hand und presste ihn mit Nachdruck in den Häcksler. So. Fertig. Er schaltete das Gerät ab. Aus der Ferne hörte er Sirenen. Er blickte auf und begriff, dass die Flammen inzwischen auf das Forsthaus übergegriffen hatten.

Rasch packte er die Schubkarre, in der sich Ullas sterbliche Überreste nach der Verarbeitung durch den Häcksler gesammelt hatten. An manchen Stellen ragten weiße Knochensplitter aus dem fleischigen Brei. Er schob die Karre an den Hintereingang des Forsthauses, trat die schwach gesicherte Tür auf und wuchtete das Gefährt hinein.

Das würde wohl eine Feuerbestattung werden, dachte Ronny, als er nach oben in das Gebälk sah, an dem die

Flammen langsam, aber sicher hochzüngelten. Dann verließ er den Ort.

Er stand im Schatten des Waldrands und wandte sich noch einmal um. Nicht nur das Forsthaus war den Flammen zum Opfer gefallen, auch sein Schuppen hatte inzwischen ordentlich Feuer gefangen. Vielleicht brannte Kafka ja auch schon unter einem knisternden Balken. Ronny wischte sich eine Träne aus dem Augenwinkel.

Dann starrte er gebannt auf das Blaulicht der Feuerwehrautos, die zwischen den züngelnden Gebäuden anhielten. Er überlegte. Ob er in Kotzmannsreuth oder Preußling sein Glück versuchen sollte? Möglicherweise wäre ein Ort gut, der mehr Ferne verhieß. Angola oder Panama vielleicht. Kamerun nämlich, ganz Kamerun, brannte verloren und lichterloh.

Tessa Korber

Ein trauriger Fall

Wir sind vom Stoff,
Aus dem die Träume sind; und unser kleines Leben
Beginnt und schließt ein Schlaf.
William Shakespeare, *Der Sturm*

Liebes Tagebuch,
heute Nacht hat mein Mann im Schlaf laut ausgerufen: »Du Scheißjude!« Vor Schreck sind wir alle beide aufgewacht. Er auch, was ja immerhin zeigt, dass sein Gewissen noch ganz gut funktioniert. Er meinte, er habe auch gar nicht von Juden geträumt, sondern von einem Pizzaservice. Bei dem habe er bestellt, aber der Pizzamann habe es einfach nicht auf die Reihe gekriegt, ihm endlich seine Calzone zu bringen. Dabei sei er so hungrig gewesen.

Vielleicht sollten wir mit der Rohkostdiät am Abend aufhören.

»Mein Gott, mein Gott«, stöhnte Günther. Ich tröstete ihn, so gut ich konnte. Bis mir dann die Stelle bei Marc Aurel wieder einfiel, dass ein Mann für die Reinheit seiner Gedanken auch im Traum verantwortlich sei. Steht da, ehrlich wahr. Eigentlich fand ich das schon immer ein bisschen streng, fast schon faschistoid, hätt ich mal gesagt. Also hab ich das Günther lieber nicht erzählt, der sich allmählich wieder berappelte und schon anfing, das Ganze komisch zu finden. Er nahm mich in den Arm und meinte: »Was für ein verkorkstes Land, in dem zwei erwachsene Menschen sich über so etwas erregen, was, Evchen?«

Ich hab nur vorsichtig gefragt: »Aber wenn es doch ein Pizzamann war, warum hast du ihn dann nicht einfach nur ›Itaker‹ genannt?«

Da drehte er sich um und rollte sich in seine Decke.
Die Sache hat mich so beschäftigt, dass ich sie vorhin beim Kaffee Ingrid erzählt habe. Sie meint, es müsse mit irgendetwas in seiner Kindheit zu tun haben, vielleicht mit seinem Großvater, und dass da was nicht aufgearbeitet worden ist. Schließlich stamme er aus Neustadt, und das hat ja eine ganz braune Vergangenheit, da ist neulich sogar noch die Initiative mit den Gedenksteinen gescheitert, das habe ich auch in der Zeitung gelesen. Ich wollte Günther dann am Abend aber doch nicht darauf ansprechen.

Liebes Tagebuch,
ich bin echt sauer auf Ingrid. Gut, ich hatte nicht bedacht, dass sie die Frau vom Rektor und damit von Günthers Chef ist. Aber als sie mir damals von ihrer heimlichen Abtreibung erzählt hat, bin ich ja auch nicht zu ihrem Göttergatten gelaufen und hab es ihm brühwarm erzählt. Hätte ich ja auch eine moralische Verpflichtung drin sehen können, da braucht sie sich jetzt nicht auf das bayerische Beamtengesetz zu berufen, die blöde Kuh.

Was hat Günther mir für eine Szene gemacht. Er sei »zitiert« worden, um sich zu seinem »Ausrutscher«, wie man es nannte, befragen zu lassen. Ob er noch auf dem Boden der freiheitlich-demokratischen Grundordnung stünde. »Die haben getan, als würde ich demnächst in die Mensa marschieren und ein School Shooting veranstalten! Haben mich angesehen, als wäre ich ein ›gefährliches Subjekt‹, der Direx und die blöde Maschel mit ihrem Fachbereichsleiter-Job. Wie die sich aufgeplustert hat. ›Bedenklich, höchst bedenklich‹. Scheißfotze. Mensch, ich hab doch bloß geschlafen!«

Ich will gar nicht wiederholen, als was er seinen Chef alles bezeichnet hat. Und das Ministerium, und die ganze verlogene, paranoide Scheißbagage. Er kann ja schon recht ausfallend werden, mein Günther, wenn er sich erst einmal aufregt.

»Scheißjude« hat er nicht gesagt, und da war ich immerhin froh.

Vor lauter Aufregung ist mir aber das Abendessen angebrannt, ich hab uns dann eine Fertigpizza in den Ofen geschoben. Das war vielleicht ein bisschen unglücklich.

Liebes Tagebuch,
Günther hat doch tatsächlich ein Disziplinarverfahren am Hals. Dabei habe ich ihm noch gesagt, er soll diesen Brief nicht schreiben. Er versteht es einfach nicht, Dinge auch mal ungesagt zu lassen, weder wach noch im Traum.

Jetzt droht uns die Strafversetzung. Also, ich habe nicht vor, das Haus aufzugeben und meinen schönen Garten, nur weil Günther sich nicht beherrschen kann. Langsam werde ich ärgerlich.

Dabei hatte er mir noch erzählt, man verfolge ihn wegen einer Lappalie. Und dass seine Kollegin Jungkunz der viel größere Nazi sei, weil die nämlich ganz offen rassistische Sprüche ablasse und ihren türkischen Schülern absichtlich schlechte Noten gebe. Aber bei der sagt keiner was, weil sie mit dem Vizerektor schläft, sagt Günther. Ich hab mich mal diskret erkundigt, ob das wirklich stimmt, weil, die meisten Kollegenfrauen kenne ich ja. Okay, vielleicht nicht ganz so diskret. Aber wenn das wahr ist, ist es ja wirklich eine Schweinerei! Einer muss sich doch mal trauen, was zu sagen! Wer kann denn ahnen, dass sich dieser lüsterne Vizerektor von seinem Liebchen so aufhetzen lässt, dass er gleich den Dienstweg geht?

»Beim nächsten Elternabend mach ich mir einen Stern auf die Jacke«, hat mein Mann gedroht. Typisch Günther, wenn er sich mal verfolgt fühlt, dann aber von der ganzen Welt.

Liebes Tagebuch,
ich bin so froh. Papa sagt, das mit dem Haus ist kein Problem, er übernimmt die letzten Raten. Aber Günther hat

rumgebrüllt, wir benähmen uns, als sei er schon tot. Was nun wirklich übertrieben ist. Es gibt weit Schlimmeres als Dinkelsbühl. Wenn er wenigstens versuchen würde, konstruktiv mit der Sache umzugehen.

Ich war immerhin inzwischen bei diesem Vizerektor, der übrigens Dietmar heißt, Dietmar Zeller, um ein gutes Wort für Günther einzulegen. Also, wenn die Gerüchte um ihn stimmen, dann hat diese Nazitante gar keinen so üblen Geschmack. Wir haben uns gut verstanden, und ich glaube, es hat ihm leidgetan, dass er das Verfahren angestoßen hat. Er hat halt die Verantwortung für das moralische Wohl seiner Schüler, das muss man verstehen. Jetzt nimmt das Unheil eben seinen Lauf.

Vielleicht hat es ja auch sein Gutes. Günther ist in letzter Zeit nicht mehr er selbst, seine Laune geradezu unerträglich. Das hilft ja nun auch keinem weiter, dass er immer wieder darauf herumreitet, das nur im Traum gesagt zu haben. Für sein Unterbewusstsein ist man genauso verantwortlich wie für sein Bewusstsein, sagt meine Yogalehrerin. Das ist eine Frage der Psychohygiene. Und Marc Aurel meint das schließlich auch.

Habe eben an Günthers Tür gelauscht; er hört laute Musik, *Flamme empor* und *Ich hatt' einen Kameraden*. Jedem das Seine.

Liebes Tagebuch,
es ist eine Katastrophe geschehen. Ich kann es immer noch nicht ganz begreifen, aber es ist wohl wahr. Auf dem Abiball ist es passiert. Ich habe Günther überredet, mit mir hinzugehen, kommt gar nicht infrage, dass wir die Flagge streichen vor diesem Mob. Und mein Kleid war ja auch schon ausgesucht und dieses Jahr einfach toll, meine gute Dorota hat sich wieder einmal selbst übertroffen. Allein wegen ihrer Boutique würde ich jederzeit hier bleiben. Sie hat die Änderungen in letzter Minute noch persönlich hingekriegt, sodass der Ausschnitt einfach ... ach, was sage ich, und das für zwölf neunzig. Wo kriegt man das heute noch, außerhalb der Ostgebiete?

Die Nazitante in ihrem blauen Küchenvorhang ist total gegen mich abgefallen, das ist mal sicher. Und Ingrid hat eh keinen Geschmack, so leid es mir tut. Ach ja, Günther.

Also, irgendwie hat er es geschafft, nach Mitternacht, als alles schon so ein wenig in Auflösung begriffen war und die Abischerze derber wurden, auf der Empore der Aula aufzutauchen, wirres Zeug zu brüllen und sich dann mit einem Hitlergruß zu verabschieden, ehe er vornüberfiel und, mit dem Gesicht voran, auf das Buffet knallte. Die Panna cotta spritzte bis an die Wand. Die italienische Küche ist mir wohl für immer verleidet.

Liebes Tagebuch,
jetzt habe ich mir Günthers Entgleisung wohl zum hundertsten Mal auf YouTube angesehen, und es tut mir leid, aber ich kann keine Entschuldigung dafür finden. Dieser Mann hat einfach kein Gespür für Peinlichkeit. Das war mir ja schon damals aufgefallen, als er auf Papas Sechzigstem diesen geschmacklosen Witz gemacht hat darüber, dass in Polen ja höchstens ein oder zwei Leute klauen würden – pro Familie. Dass Dorota sich darüber ausschütten wollte vor Lachen, verstehe ich bis heute nicht, aber sie ist ja auch ein schlichtes Gemüt.

Mich jedoch beschleicht ein trüber Verdacht: Ist Günther am Ende doch ein Rassist? Dietmar, der mich heimgebracht hat, war ganz süß zu mir. Er hat gar nichts mit der Nazischnepfe, die übrigens Deutschbrasilianerin ist, aus einem Ort namens Blumenau. Klingt hübsch, liegt aber angeblich mitten im Urwald. Vielleicht hat Günther ja deshalb was gegen sie? Ich werde ihn jedenfalls vorerst nicht im Krankenhaus besuchen.

Liebes Tagebuch,
Papa sagt, ich solle mich von Günther nicht mit in den Abgrund reißen lassen. Unsere Familie sei sauber und Opa damals nur in der Waffen-SS gewesen, nicht bei den Totenkopf-Einheiten;

mit den Lagern habe er nie was zu tun gehabt. Und außerdem sei er bloß für den Nachschub zuständig gewesen.

Bei Nachschub ist nichts dabei, das findet der Dietmar auch, und auf den ganzen Fotos, die bei uns hängen, macht Opa in seiner adretten Uniform, sagt Dietmar, doch einen netten Eindruck.

Günther hingegen sieht schrecklich aus. Sie haben ihn jetzt von der Intensiv- auf die normale Station verlegt, und die Schläuche sind weg. Aber mit den ganzen blauen Flecken im Gesicht und den Beinen in Gips wirkt er wie ein Verbrecher. Was hilft es da, dass er behauptet, keiner zu sein? Wenn der Hitlergruß nur nicht so eindeutig auf dem Video zu sehen wäre! Das sei ein Straftatbestand, da beiße die Maus keinen Faden ab, sagt der Anwalt. Günther jammert, aber daran ist er nun wirklich selber schuld. Das hat er nicht mehr nur geträumt. Obwohl ich mir manchmal wünsche, der ganze Albtraum wäre vorbei.

Liebes Tagebuch,
Dietmar, der Schatz, hatte einen genialen Einfall. Günther solle auf Unzurechnungsfähigkeit plädieren wegen Burnout. Burnout sei ganz häufig bei Lehrern, wegen der vielen Hartzer- und Ausländerkinder, mit denen die sich rumschlagen müssen heutzutage; das sei total glaubwürdig.

Und so haben wir es auch gemacht. Bayerischer Beamter kann er so oder so ja nicht mehr sein, weder als Nazi noch als Irrer, was hatte er also zu verlieren? Wir haben ihn einweisen lassen, in eine hübsche Anstalt mit großem Park und Grünflächen. Wenn die Medikamente erst mal runterdosiert sind, dann wird er da sehr schön spazieren gehen können. Im Moment ist er nicht ganz bei sich, aber das ist sicher besser so, die Berichterstattung über seinen Fall ist wirklich teilweise unschön. Papa sammelt ja alles, sogar die Ausschnitte aus der *Bildzeitung*. Dabei ist Günther auf dem Titelbild wirklich sehr ungünstig getroffen.

Ich hab mir das eine Lehre sein lassen und mir für die Gesprächsrunde bei Anne Will über politische Korrektheit, zu der ich eingeladen war, einen Mediencoach besorgt. Der hat fast das ganze Geld gekostet, das das *Bunte*-Interview eingebracht hat, aber ich muss sagen, es hat sich gelohnt. Mein Outfit von Jil Sander war eins a, da kann so eine kleine polnische Klitsche wie die von Dorota halt nicht mithalten, und was ich gesagt habe, hat dann auch ganz schön Wellen geschlagen.

Die haben vielleicht gedacht, ich gebe hier das in Treue feste Eheweib, wie die Frau vom Strauss-Kahn, und waren dann doch überrascht von meinen klaren politischen Überzeugungen. Dass Deutschland eine Verantwortung trägt, der es sich auch im Schlaf nicht entledigen kann. Ist ja auch ein toller Satz. Dietmar hat sich das mit dem Coach zusammen sehr schön ausgedacht. Dafür bin ich ihm immer noch dankbar. Da braucht er sich gar nicht aufzuregen, dass ich ihn nicht mit in die Stiftung geholt habe, die der Philipp Rösler und ich an dem Abend zu gründen beschlossen haben. Es geht um eine Gesellschaft der Toleranz, eine sehr schöne Sache.

Liebes Tagebuch,
Politik ist eine tolle Sache. Philipp ist ja zwar Asiate und seine Partei auch sehr klein, aber irgendwo muss man anfangen mit der Toleranz, nicht wahr? Allerdings macht Politik auch viel Arbeit. All die Talkshows und die ganzen Einladungen! Bei der Bambi-Verleihung war Dietmar noch dabei. Aber er kann ja auch nicht ständig in der Schule fehlen; wir haben eben alle unsere Aufgaben. Im Grunde hat er da auch nicht mehr so ganz hingepasst.

Papa hat mir neulich geschrieben, dass sie Günther entlassen haben. Ich habe ihm ein Rehabilitationsstipendium der Stiftung angeboten, aber die Sekretärin sagte, der Brief sei ungeöffnet zurückgekommen.

Liebes Tagebuch,
das Elend reißt nicht ab. Der Sozialarbeiter sagt, Günther habe auf dem Parkplatz vor der Klinik ein paar Autos demoliert und sei danach abgetaucht. Kein Mensch weiß, wo er steckt. Am Ende hat er sich noch umgebracht. Das wäre mehr als peinlich, jetzt muss ich die Scheidung in Abwesenheit irgendwie durchdrücken. Dabei stand der Fototermin schon, wo ich mit der Urkunde abgelichtet werden sollte: Deutschland sagt Nein – Die Scheidung vom braunen Sumpf. Das wäre ein tolles Event geworden. Jetzt muss ich schon froh sein, wenn ich nicht Witwe werde.

Hoffentlich torpediert das die Verhandlungen mit der CSU über das Bundestagsmandat nicht. Notfalls gehe ich eben zu den Grünen.

Liebes Tagebuch,
Ingrid will, dass ich ihrem Mann einen Job im Ministerium verschaffe. Mal sehen. Sie sagt, sie hätte Günther gesehen. Eine ganze Nacht konnte ich nicht schlafen deswegen. Dann habe ich es nicht mehr ausgehalten und bin hingefahren.

Leider hatte sie recht. Er lebt. Und er ist wieder da. Sitzt da, vermutlich schon eine ganze Weile, auf einer Parkbank, umklammert seine Aktentasche – die hat er früher immer in der Schule dabeigehabt, und ich habe ihm die Sandwiches dafür geschmiert, komischer Gedanke – und führt laute Selbstgespräche. Er ist grau geworden. Und auch dicker. Besonders gut hat er nicht auf sich geachtet. Obwohl wir ihm ja wirklich alle Wege geebnet haben.

Ich habe mir eine Weile sein Gebrabbel angehört und denke mir, dass sich die großen Tageszeitungen wohl kaum dafür interessieren werden. Es kommen zu viele Außerirdische vor. Armer Günther. Die *Bildzeitung* allerdings könnte immer noch etwas Peinliches daraus stricken. Ich sehe schon die Schlagzeile: Prominente Menschenrechtlerin lässt eigenen Gatten verkommen. Oder gleich sein trauriges Clownsgesicht und darüber die Frage: Gutmensch, warum? Was mache ich jetzt?

Liebes Tagebuch,
es ist alles gut. Günther hat sich aufgehängt. In einer Sammelunterkunft für Männer, an einem Fensterkreuz, das sich nur eineinhalb Meter über dem Boden befand. Es muss recht mühsam gewesen sein, und wenn die andern nicht alle so alkoholisiert gewesen wären, hätte ihn am Ende noch jemand gerettet. Aber Günther hatte ja immer schon mehr Glück als Verstand. Bis ihm dann beides ausging. Jedenfalls: Er hat nichts hinterlassen, und niemand fragt mehr nach ihm. Sein Tod war ein Einzeiler in den Lokalnachrichten und auf seiner Beerdigung nur der Sozialarbeiter, dem ich fünfzig Euro gezahlt habe dafür, dass er einen Kranz besorgt.

Günthers persönliche Sachen habe ich sicherheitshalber selber in dem Heim abgeholt.

Der Leiter war sehr nett zu mir, vermutlich dachte er, hinter der großen Sonnenbrille verbergen sich meine verweinten Augen. Er glaubte, er macht mir eine Freude, indem er mir noch ein bisschen was von Günther erzählt. Ich hab ihn dann machen lassen. Er muss ja auch damit fertig werden, dass er an dem Abend trotz der Überwachungskameras nichts bemerkt hat.

»Vermutlich«, meinte er, »war ich der Letzte, der den Günther lebend gesehen hat. Hier hat er gesessen.« Er wies auf einen Stuhl. »Hier bei mir im Zimmer. Trank ein Bier. Dann plötzlich stand er auf und ging.«

»Also dann«, sagte ich, weil ich schon gesehen hatte, dass bei den Sachen nichts dabei war, worüber ich mir Sorgen machen musste.

»Dann hat er sich in der Tür noch mal rumgedreht und was gesagt. Waren wohl seine letzten Worte. Machen aber nicht viel Sinn.«

Typisch Günther, wollte ich sagen. Aber ich beherrschte mich und schwieg. Und zog die Handschuhe über.

»Es war doch nur der Pizzamann.« Der Leiter zog ein ratloses Gesicht. »Was soll man damit anfangen?«

»Ach, wissen Sie.« Ich winkte ab, gab ihm die Hand und ging.

Dirk Kruse

Beichte eines Mörders

Von seinem Fenstersitz aus konnte Justizsprecher Ekkehard Ertl den großen Platz vor dem Neuen Museum gut überblicken. Während gegenüber die historische Stadtmauer im Halbdunkel lag, erstrahlte rechts das Museum hinter seiner konkaven Glasfassade im weißen Halogenlicht und gab den Blick auf einige Exponate frei. Ein stahlgrauer VW-Käfer und ein kupferfarbener Satellit, beides herausragende Beispiele deutschen Designs, fielen ihm besonders ins Auge. Es war ein kalter Abend Anfang Dezember, ein unsteter Wind wirbelte Laub über das Pflaster und ließ die Scheiben des Restaurants leise klirren. Als Ertl sein zweites Bier bestellt hatte, sah er Frank Beaufort kommen. Die große Gestalt im eleganten Mantel eilte über den Platz, einen prall gefüllten Leinenbeutel in der Hand. Ertl war es gewohnt, dass sich sein Freund zu ihren Mittwochsverabredungen verspätete. Die Tür ging auf, und zusammen mit einem Schwall kalter Luft betrat Beaufort das *Klara*.

»Tut mir leid, dass ich mich ein bisschen verspätet habe, Ekki, aber ich bin im Antiquariat versackt«, sagte er.

Die Männer begrüßten sich mit Handschlag. Beaufort hängte seinen Mantel an die Garderobe, orderte einen Noilly Prat mit Eis und legte den Beutel sorgsam auf den freien Stuhl neben sich.

»Und was hast du heute für Schätze gehoben?«, fragte Ertl, der die Buchleidenschaft seines Freundes mit einer gewissen Skepsis betrachtete. Auch er wusste ein gutes und sorgfältig gestaltetes Buch zu schätzen, aber dem Kult um edle Drucke und seltene Erstausgaben, den Beaufort betrieb, hatte er sich nie angeschlossen. Sein Freund besaß eine der wertvollsten Privatbibliotheken in Franken. Er war ein richtiger Bibliophiler.

Und er konnte es sich leisten. Beaufort hatte geerbt und war so reich, dass er nicht zu arbeiten brauchte.

»Heute nur zwei Bildbände über Wiener Kaffeehäuser für meine kleine kulturgeschichtliche Abteilung. Dann einen Pressedruck mit einer launigen Arno-Schmidt-Erzählung und charmanten Originallithographien von Helge Leiberg. Und schließlich eine echte Rarität: die *Duineser Elegien* von Rilke mit einer eigenhändigen Widmung des Meisters an eine unbekannte Verehrerin. Ziemlich kostspielig. Aber Autographen von Rilke sind selten und nur schwer zu bekommen. Willst du's sehen?«

Vorsichtig nahm Ertl den schmalen Gedichtband und klappte ihn auf. In säuberlicher, etwas manierierter Handschrift, die Buchstaben s und r hatten schwungvolle Schnörkel, stand dort zu lesen: *Für Annemarie mit herzlichem Dank für die warmen Worte. Ragaz, im August 1926.* Signiert war die Widmung mit einem zierlichen *R.* für Rilke.

»Und wie viele Bände hast du mittlerweile in deiner Bibliothek?«, fragte Ertl und reichte das Buch über den Tisch zurück.

»Knapp unter zwanzigtausend. Aber die Marke knacke ich noch bis Jahresende.« Stolz wickelte Beaufort das Buch wieder ins Seidenpapier und steckte es in die Tasche zurück.

»Da wären wir ja gleich beim Thema«, sagte Ertl und trank einen Schluck Bier. »Weißt du was über Rudolf Grabowski? Der gehört ja wohl auch zu den großen Buchsammlern hier in der Gegend.«

»Warum fragst du? Ist er beim Bücherklauen erwischt worden und steht jetzt bei euch vor Gericht? Das soll bei Sammlern ja häufiger vorkommen, als man denkt.« Beaufort lachte.

»Nein, es ist schlimmer«, sagte Ertl ernst.

»Brauchst du Hilfe bei einem Fall?«, fragte der Millionär gespannt. Neben dem Büchersammeln hatte er auch eine große Leidenschaft für die Detektivarbeit.

»Vielleicht. Aber das erkläre ich dir noch. Erzähl mir zuerst nur, was du über ihn weißt. Du kennst ihn doch bestimmt persönlich?«

Bei seinem Lieblingsthema Bücher ließ Beaufort sich nicht lange bitten.

»Rudolf Grabowski hat wahrscheinlich die umfangreichste Privatsammlung deutscher Exilliteratur. Du weißt schon, die ganzen Autoren, deren Bücher die Nazis verbrannt haben und die ins Ausland fliehen mussten, wenn sie überleben wollten. Das war die Crème de la Crème der damaligen deutschsprachigen Literatur, die da vertrieben wurde: Heinrich Mann, Alfred Döblin, Else Lasker-Schüler, Bertolt Brecht, es waren Tausende.«

»Und warum ist das eine besondere Sammlung? Bücher von Brecht oder Mann werden doch in jeder Buchhandlung verkauft«, wandte Ertl ein.

»Aber damals waren deren Werke nur unterm Ladentisch zu haben – wenn überhaupt. Ganze Schriftstellerkarrieren wurden durch die Nazis vernichtet, denn im Ausland gab es ja kaum Publikationsmöglichkeiten. Eine fremde Sprache ist für viele Literaten so gut wie der Tod. Etliche haben sich dann ja auch tatsächlich umgebracht, wie Walter Benjamin oder Ernst Toller. Andere, die überlebten, haben aufgehört zu schreiben oder waren nach dem Krieg ganz einfach vergessen. Und wenn die Autoren doch etwas veröffentlichen konnten, dann meist nur in winzigen Auflagen in Exilverlagen, die kaum Geld fürs Honorar hatten.«

»Du meinst, diese Bücher sind wirklich selten?« Der Justizsprecher leerte den Rest seines Glases in einem Zug.

»Natürlich. Deutschsprachige Bücher wurden in Schweden, Holland, der Tschechoslowakei, den USA, ja selbst in Mexiko und China verlegt. Und Grabowski soll fast alle dieser über die Welt verstreuten Bücher besitzen, in Original- und Erstausgaben. Und nicht nur das: Es heißt, er habe auch Hunderte von Briefen dieser Autoren und etliche Originalmanuskripte. Wenn das stimmt, ist die Bibliothek einmalig und sehr wertvoll.«

Beaufort nippte an seinem Aperitif.

»Wie hat er diese Sammlung zusammengetragen? Er ist doch nicht besonders vermögend.«

»Soweit ich weiß, hat Grabowski gleich nach dem Krieg mit dem Sammeln angefangen, als sich noch niemand für diese Autoren interessierte. Da hat er die Bücher und Manuskripte oft spottbillig bekommen, getauscht gegen Lebensmittel oder was auch immer. Als Heimatvertriebener – ich glaube, er stammt aus Schlesien – hat er eine besondere Affinität zu den Exilautoren. Und später, als der Wert der Bücher dann rasant stieg, hat er sich mit dem Verkauf von Dubletten das nötige Kapital für den Ausbau seiner Sammlung besorgt. Jetzt muss er wohl so um die achtzig sein.«

»Kennst du ihn näher?«

»Nicht wirklich. Früher bin ich ihm manchmal auf Buchauktionen begegnet, zweimal auf Kongressen zur Exilliteratur und zuletzt vor etwa zwei Jahren auf dem Jahrestreffen der *Fränkischen Bibliophilen*. Grabowski ist ein richtig verschlossener Typ. Fanatischer Sammler. Der interessiert sich ausschließlich für seine Bücher und investiert sein komplettes Geld und seine ganze Zeit in diese Bibliothek. Typischer Junggeselle. Eine Frau würde so etwas gar nicht mitmachen.«

Es war jetzt nicht der Moment, Beaufort an seine gescheiterte Ehe und die wechselnden Freundinnen zu erinnern, beschloss Ertl.

»Dann kennst du bestimmt auch seinen Großneffen Carl Grabowski?«

»Natürlich. Er ist Assistent an der Uni Erlangen bei den Germanisten. Forschungsschwerpunkt Exilliteratur. Seit ein paar Jahren kümmert er sich um seinen Großonkel, vor allem um die Vervollständigung der Sammlung. Der alte Grabowski ist nicht mehr ganz so gut auf den Beinen und schickt jetzt immer ihn zu den Buchauktionen und in die Antiquariate. Dort habe ich ihn schon ein paarmal getroffen.«

»Und wie ist der so als Mensch?«

»Dazu kann ich wenig sagen, so gut kenne ich ihn nun auch wieder nicht. Er ist längst nicht so abweisend wie sein Großonkel. Wenn man ihm begegnet, ist er immer zu einem kleinen Gespräch aufgelegt. Und da er intelligent ist und viel über Literatur weiß, habe ich mich gern mit ihm unterhalten. Aber er kann auch knallhart sein.«

»Wie meinst du das?« In Ertls Stimme schwang ein wenig Erregung mit.

»Na ja, auf so einer Auktion ist man als Buchsammler eher Konkurrent als Kollege. Jeder will die Raritäten herausfischen und zu einem günstigen Preis ersteigern. Das Jagen ist ja Teil des Sammelns. Und da ist er gnadenlos. Ich bin ihm vor Kurzem hier in Nürnberg in einem Antiquariat begegnet und blätterte gerade in den neu eingetroffenen Büchern, als er mich in ein Gespräch verwickelte. Während wir uns unterhielten, taxierte er wie ein Luchs den Stapel hinter mir, zog während des Sprechens zielsicher das wertvollste Buch daraus hervor und kaufte es mir vor der Nase weg. Das war schon ziemlich dreist, und ich gehe seitdem etwas auf Distanz, wenn er mir begegnet. Aber jetzt mal raus mit der Sprache, Ekki, warum fragst du mich das alles? Da steckt doch ein Fall dahinter.«

Der Justizpressesprecher drehte sein leeres Glas auf dem Bierfilz hin und her. Dann traf er eine Entscheidung. »Also gut, ich werde es dir erzählen. Du weißt, ich breche damit meine Schweigepflicht. Versprich mir, alles für dich zu behalten.« Als Richter tat sich Ertl besonders schwer damit, auch nur das kleinste Gesetz zu übertreten. Er stellte sein Auto selbst dann nicht auf einem Anwohnerplatz ab, wenn es der einzige freie Parkplatz weit und breit war.

»Keine Sorge«, beruhigte ihn Beaufort, »es ist ja nicht das erste Mal, dass du mich in solche Geheimnisse einweihst.«

»Rudolf Grabowski ist tot. Er ist vor drei Tagen, am Sonntagabend, in seinem Haus erschlagen worden. Seine Putzfrau hat ihn am nächsten Morgen gefunden.«

»Das ist allerdings eine Überraschung. Warum habe ich davon noch nichts im Radio gehört oder in der Zeitung gelesen?«

»Wir haben noch nichts an die Öffentlichkeit gegeben, um die laufenden Ermittlungen nicht zu gefährden. Außerhalb von Polizei und Justiz weißt jetzt nur noch du davon.«

Der Kellner brachte Brot mit zwei Sorten hausgemachter Butter und nahm ihre Menübestellungen auf.

»Wenn du als Justizsprecher eingeschaltet wurdest, heißt das also, dass ihr schon einen Verdächtigen habt?«, fing Beaufort wieder an.

»So ist es. Nur leider haben wir noch keine richtigen Beweise gegen ihn. Es gibt da aber ein paar merkwürdige Spuren. Und da du dich mit Buchsammlern und Bibliotheken besonders gut auskennst, dachte ich, du hättest vielleicht eine Idee.«

»Dazu müsstest du mir schon Genaueres über den Mord erzählen«, sagte Beaufort. In einem kurzen Anflug von Sammelgier fragte er sich, ob die Bibliothek des Toten verkauft werden würde, ermahnte sich aber sogleich selbst. Der alte Grabowski war zwar unsympathisch gewesen, doch jetzt war er tot, gestorben durch ein Gewaltverbrechen. Ziemlich pietätlos also, an seinen Nachlass zu denken.

»Die Putzfrau hat, wie immer am Montagmorgen, um neun Uhr bei Grabowski geklingelt. Da er nicht öffnete, machte sie sich Sorgen. Er ging nur noch selten allein aus dem Haus, sagt sie. Deshalb schloss sie die Tür mit ihrem Schlüssel auf. Sie schaute zuerst im Schlafzimmer nach, weil sie dachte, dass er vielleicht krank wäre, aber dort herrschte ein riesiges Durcheinander. Jemand hatte den Inhalt der Kleiderschränke und des Nachttisches auf dem Boden verstreut. Sie fand Grabowski schließlich in seinem Arbeitszimmer neben dem Schreibtisch. Er lag in einer kleinen Blutlache, sein Schädel war eingeschlagen. Die Tatwaffe stand auf dem Schreibtisch. Ein Stövchen aus massivem Glas, das nach Aussage der Putzfrau immer dort stand. Grabowski war Teetrinker. An dem Stövchen klebten noch Haare und Blut. Die Spurensicherung sagt, das ist zweifelsfrei die Tatwaffe.«

»Und habt ihr schon jemanden in Verdacht?« Beaufort bestrich ein Baguettescheibchen mit Peperonibutter und biss hinein.

»Es sieht alles nach einem Einbruch aus. Ein Fenster in einem der Bibliothekszimmer wurde von außen eingeschlagen und geöffnet. Da hindurch gelangte der Täter vermutlich in den Bungalow. Das muss so gegen acht Uhr am Sonntagabend gewesen sein. Der alte Grabowski bemerkte den Eindringling vermutlich erst, als der in sein Arbeitszimmer kam. Er hatte keine Chance. Der Einbrecher schlug ihm den Schädel mit dem erstbesten Gegenstand ein, den er greifen konnte, und durchsuchte dann die Wohnung nach Geld. Die Schreibtischschubladen waren herausgerissen und ausgeleert. Wie im Schlafzimmer wurden in der ganzen Wohnung die Schränke und Kommoden durchwühlt. Es fehlen die Geldbörse des Opfers mit EC- und Kreditkarte, etwa zweihundert Euro Bargeld, die im Küchenschrank lagen, sowie zwei wertvolle Taschenuhren. Das sagt jedenfalls sein Großneffe, und es scheint auch zu stimmen.«

»Ekki, wenn du nicht sagst, ›es war ein Einbruch‹, sondern ›es sieht nach einem Einbruch aus‹, heißt das doch bestimmt, dass du nicht daran glaubst«, warf Beaufort ein.

»Genau. Und ich sage dir auch, warum. Du musst dir das Haus mal ansehen, es liegt draußen in Mögeldorf. Grabowskis Bungalow hat etwa hundertsechzig Quadratmeter, verteilt auf fünf Räume. Außer dem kleinen Schlafzimmer und der Küche ist das Haus voller Bücher. Vier Zimmer voll mit Regalen bis unter die Decke, und auch im Flur, ja selbst im Klo gibt es Bücher. Aber der Einbrecher hat auf der Suche nach Wertvollem nicht ein einziges Buch angefasst. Die stehen alle noch brav in Reih und Glied, obwohl er sonst nicht zimperlich war. Ein echter Dieb hätte auch hinter den Büchern nach Geld oder einem Safe gesucht und viele dabei einfach auf den Boden gefegt. Aber dieser hat nicht mal ein einziges Eselsohr hineingemacht.«

»Vielleicht war es ja ein bibliophiler Einbrecher.«

»Dann hätte er aber auch um den Wert der Bücher gewusst und die besten Stücke mitgenommen. Doch es scheint nichts zu fehlen. Außerdem ist das Verhalten dieses Diebes noch in einem weiteren Punkt unlogisch. Ein Einbrecher will auf Nummer sicher gehen. Deshalb bricht er dann ein, wenn niemand zu Hause ist. Er will nicht riskieren, entdeckt zu werden und Gewalt anwenden zu müssen. Dieser hier ist aber eingebrochen, obwohl sichtlich jemand da war. Auch hat die Polizei im Garten keine Spuren von dem Einbrecher entdecken können. Und schließlich hat der Dieb nicht versucht, mit den Karten aus dem Portemonnaie Geld abzuheben. Nein, es deutet alles darauf hin, dass der Einbruch vorgetäuscht wurde, um uns auf eine falsche Spur zu locken. Der wahre Täter kam nur aus einem Grund in das Haus: Er wollte Grabowski töten.«

»Lass mich raten. Es kommt nur jemand in Frage, der auch einen Schlüssel zur Wohnung hat, denn wie wäre er sonst hineingekommen? Und einen Schlüssel haben die Putzfrau und der Großneffe, vielleicht auch noch ein Nachbar.«

»Stimmt genau, bis auf den Nachbarn.«

»Dann geht es also ums Motiv. Und wenn der alte Grabowski neben dem Saubermachen nicht auch noch sexuelle Dienstleistungen von der Putzfrau gefordert hat, woraufhin diese ihn angewidert mit dem Stövchen niederstreckte, bleibt nur der Großneffe übrig. Ich vermute, er ist der Erbe, konnte nicht warten, bis der alte Grabowski endlich den Löffel abgeben würde, und hat ein bisschen nachgeholfen. Das ist ja auch ein beliebtes Motiv in Kriminalgeschichten.«

Der Kellner servierte die Salate. Beaufort bestellte einen fränkischen Silvaner, Ertl hielt sich weiter ans Bier.

»Du hast so ziemlich ins Schwarze getroffen. Laut Testament, das Rudolf Grabowski vor drei Jahren bei seinem Rechtsanwalt hinterlegt hat, ist Carl Grabowski der Alleinerbe. Und ein konkretes Motiv, den Erblasser zu beseitigen, ist auch da. Die Kriminalpolizei hat ermittelt, dass den Großneffen nicht unbeträchtliche Spielschulden drücken und er dringend Geld braucht. Außerdem hatten die beiden Grabowskis etwa zwei Stunden vor der Tat einen Streit in einem Café. Es ist das Stammcafé des alten Grabowski in der Nähe vom Mögeldorfer Plärrer. Die Bedienung hat ausgesagt, dass Rudolf Grabowski kurz vor sechs dorthin kam und einen Weinbrand bestellte, was er sonst nie tat. Er war noch mürrischer als gewöhnlich und hat dauernd auf die Uhr geschaut. Dann ist der Großneffe hereingekommen, blieb etwa zehn Minuten am Tisch des Alten sitzen, der ihm anscheinend heftige Vorwürfe machte, und ist wieder abgerauscht, ohne etwas bestellt zu haben. Rudolf Grabowski hat daraufhin noch einen Weinbrand getrunken und ist gegen 18.15 Uhr nach Hause gegangen. Worum es bei dem Streit ging, konnte die Kellnerin nicht sagen.«

Der Justizsprecher, der seine Vorspeise noch nicht angerührt hatte, nahm das Besteck auf und schnitt die Salatblätter in mundgerechte Stücke. Beauforts Teller war schon halb leergegessen.

»Und ihr denkt jetzt, dass Grabowski seinen Großneffen enterben wollte, weshalb der Alte noch am selben Abend sterben musste, bevor er am nächsten Tag zum Notar gehen konnte. Wenn das Motiv so klar ist, ihr Carl Grabowski aber immer noch nicht festgenommen habt, muss er wohl ein gutes Alibi haben.«

»Kein felsenfestes, aber auch kein ganz schlechtes. Er ist erst gegen 19.30 Uhr nach Hause gekommen. Nach dem Streit mit seinem Großonkel ist er nicht direkt in seine Wohnung gefahren, das dauert mit dem Auto nur knapp fünf Minuten, sondern in eine Kneipe nach Zabo, um sich abzureagieren, wie er sagt. Wir haben das überprüft, das stimmt so weit, er war eine gute Stunde dort.«

»Kurze Zwischenfrage«, warf Beaufort ein. »Was sagt er denn, worüber die beiden gestritten haben?«

»Das ist etwas nebulös. Laut Carl Grabowski hatte der Großonkel ihn beschuldigt, er hätte es auf der letzten Auktion versäumt, irgendein wichtiges Manuskript für die Sammlung zu ersteigern. Da diese Versteigerung aber schon ein paar Wochen her war, klang das doch ziemlich an den Haaren herbeigezogen. Und als die Kripo ihn dann damit konfrontierte, dass sie über seine Spielschulden Bescheid weiß – es handelt sich um rund achtzigtausend Euro –, gab er zu, dass es bei dem Streit genau darum ging. Der Großonkel hatte ihm seine Spielsucht vorgeworfen und ihn zu mehr Sparsamkeit ermahnt. Da man so etwas ungern zugibt, hat er uns gegenüber zuerst etwas anderes behauptet, sagt er. Das klingt einigermaßen glaubhaft.«

Ertl schob sich eine Gabel Salat in den Mund und kaute.

»Geld allein macht nicht glücklich, es muss einem auch noch gehören«, scherzte Beaufort.

»Das musst du ja am besten wissen. Aber zurück zum Alibi. Unser Verdächtiger hat seinen Wagen um 19.30 Uhr in die Tiefgarage gefahren. Das wissen wir so genau, weil ein Nachbar es bestätigt. Grabowski behauptet, den Garagenschlüssel verlegt zu haben, weshalb er bei diesem Nachbarn klingeln musste, der ihm dann die Tiefgarage aufsperrte. Der Wagen ist an dem Abend nicht mehr rausgefahren worden, was andere Zeugen aus dem Haus bestätigen können. Um 20.15 Uhr hat Grabowski sich von seinem Festnetztelefon aus eine Pizza bestellt, wir haben das bei der Telekom überprüft. Gegen 20.45 Uhr wurde die Pizza geliefert. Und danach hat er den ganzen Abend telefoniert, mit seiner Mutter, mit einem Kollegen und mit seiner Freundin. Das ging etwa bis Mitternacht. Wenn er der Täter ist, hat er den alten Grabowski nur in der Zeit zwischen 19.35 Uhr und 20.15 Uhr umbringen können. Ohne Auto hätte er dazu den Weg zum Haus des Großonkels zu Fuß gehen müssen. Das macht achtzehn Minuten einfach. Dann hätte er in die Wohnung eindringen, den Großonkel sofort töten, die Wohnung durchsuchen, die falsche Spur mit dem Einbruch legen müssen – wohlgemerkt: das alles in nur vier Minuten – und dann in achtzehn Minuten zu seiner Wohnung zurückgehen. Dazu ist Vorsicht geboten, um auf der ganzen Strecke von keinem Zeugen bemerkt zu werden. Das ist nur schwer zu schaffen in der kurzen Zeit. Selbst wenn er gerannt wäre oder sich irgendwo ein Fahrrad besorgt hätte, ist das Ganze knapp kalkuliert. Doch möglich wäre es immerhin.«

»Nur reicht eure Überzeugung von seiner Schuld für einen Haftbefehl nun mal nicht aus.«

»Ja«, bestätigte Ertl und schwieg, bis der Kellner die Vorspeisenteller abgeräumt hatte. »Deshalb kommt jetzt die Stelle, wo ich deinen Rat brauche. Der Tote hat nämlich ein letztes Wort von sich gegeben.«

Das erstaunte Beaufort. »Wer hat das denn gehört? Ich denke, er ist erst am nächsten Morgen entdeckt worden.«

»Es ist kein gesprochenes Wort, sondern ein geschriebenes. Laut Gerichtsmediziner hat Rudolf Grabowski den tödlichen Schlag auf den Kopf etwa zwischen 19 und 21 Uhr erhalten. Also genau in der Zeit, die auch für Carl Grabowski möglich gewesen wäre. Der alte Grabowski ist aber an dem Schlag nicht sofort gestorben. Er war bewusstlos und muss kurz vor seinem Tod noch einmal zu sich gekommen sein. Und in dieser Zeit hat er mit dem Finger und seinem eigenen Blut ein Wort auf das Parkett geschrieben. Und zwar das Wort *ROT*. Verstehst du, wenn es der Großneffe war, hätte er doch *CARL* schreiben können, aber er schreibt *ROT*. Vielleicht war er aber auch schon so benebelt, dass er nicht mehr wusste, was er tat.«

»Oder der Neffe hat einen Killer beauftragt.«

»Wir sind hier in Nürnberg und nicht in New York. Trotzdem haben wir auch daran gedacht. Es ist ziemlich unwahrscheinlich, dass Carl Grabowski in der kurzen Zeit vom Streit bis zur Tat einen Killer hat anheuern können, der auch noch sofort losgeht und den Auftrag umgehend ausführt. Außerdem brauchte der ja den Wohnungsschlüssel. Die Übergabe wäre vielleicht in der Kneipe möglich gewesen. Aber der Wirt hat ausgesagt, dass Carl allein am Tisch saß, Bier trank und mit niemandem gesprochen hat. Nein, wenn er es war, war er es selbst, und zwar zwischen 19.35 Uhr und 20.15 Uhr. Wahrscheinlich hat er sich den Plan in der Kneipe überlegt und den Mord gleich danach skrupellos begangen. Aber der alte Grabowski schreibt *ROT*. Jetzt frage ich dich: Was hat das zu bedeuten? Wir haben uns darüber die Köpfe zerbrochen. Alles, was in diesem mit Büchern vollgestopften Haus rot war, haben wir genauestens unter die Lupe genommen, inklusive sämtlicher roten Bücher. Aber gefunden haben wir nichts. Vielleicht ist *ROT* auch eine Abkürzung, doch es ist uns nichts Passendes eingefallen.«

Beaufort lehnte sich zurück, rückte seine Krawatte zurecht und sah Ekkehard Ertl in die Augen. »Möglicherweise hat es Grabowski aber auch nicht geschafft, das Wort zu Ende zu schreiben. Ich habe da eine Idee. Aber ich würde sie gern selbst überprüfen. Kann ich mir den Bungalow mal anschauen? Es ist gut möglich, dass der Schlüssel zur Lösung des Rätsels in der Bibliothek versteckt liegt.«

***

Am nächsten Morgen rief der Justizsprecher als Erstes den ermittelnden Kommissar Peter Miederer an und erzählte ihm von Beauforts Idee. Sie vereinbarten, sich um 11.30 Uhr am Eingang von Rudolf Grabowskis Haus zu treffen. Ertl holte seinen Freund, der aus Prinzip keinen Führerschein besaß, an seinem Penthaus in der Altstadt ab und fuhr mit ihm in Richtung Osten nach Mögeldorf. Beaufort war jahrelang nicht mehr in diesem Stadtteil gewesen. An der Ostendstraße hatte es einen richtigen Bauboom gegeben. Neben dem Großsupermarkt und dem Schnellrestaurant, an die er sich noch erinnern konnte, waren ein Baumarkt, ein Schuhdiscounter, ein Autoteilelager, ein riesiges Einrichtungshaus und ein Fitnesscenter aus dem Boden geschossen. Mögeldorf war durch diese Gebäude nicht gerade schöner geworden. Schließlich bog

Ertl von der Hauptstraße ab, überquerte eine Brücke, unter der gerade ein Zug durchfuhr, und hielt kurz darauf in der Thäterstraße vor Grabowskis Bungalow. Beaufort machte seinen Freund auf die merkwürdige Koinzidenz aufmerksam, ausgerechnet in dieser Straße nach einem Täter zu suchen. Dann stiegen sie aus. Der Kommissar und einer seiner Mitarbeiter erwarteten sie schon. Nach einer kurzen Begrüßung holte Miederer den Schlüssel aus der Tasche, schloss die Tür auf und erbrach das amtliche Siegel. Innen war es kalt. Das eingeschlagene Fenster war zwar ebenfalls versiegelt, aber nur notdürftig repariert worden.

Beauforts Blick zog es magisch zu den Büchern. Ekkehard Ertl hatte nicht übertrieben. Das ganze Haus war voll davon. Es gab kaum eine Wand ohne Bücherregale bis unter die Decke. Eichenbretter, sorgfältig von einem Schreiner eingepasst, um keinen Zentimeter Platz zu verschwenden. Die Bände standen akkurat, Buchrücken an Buchrücken – perfekt geordnet. Auf dem Boden im Arbeitszimmer befand sich noch die Kreidemarkierung, die den Körperumriss des Toten darstellte. Es war das erste Mal, dass Beaufort in der Wirklichkeit sah, was er sonst nur aus Kriminalfilmen kannte. Die weiße Linie zusammen mit dem getrockneten, fast schwarzen Blutfleck wirkte surreal. Eine Empfindung, die durch die Schrift auf dem Parkett noch gesteigert wurde. Die drei Buchstaben waren ziemlich krakelig, sahen irgendwie unfertig aus.

»Genau, wie ich es mir gedacht habe«, sagte Beaufort. »Es scheint, als wollte uns der Tote mit dieser Blutschrift einen literarischen Hinweis geben. Grabowski hat es nur nicht mehr geschafft, das Wort zu vollenden. Wir sollen in seiner Bibliothek nachschlagen. Und ich bin mir ziemlich sicher, dass wir es bei einem der faszinierendsten Autoren des zwanzigsten Jahrhunderts tun sollten, einem, der 1939 im Pariser Exil gestorben ist: bei Joseph Roth.« Frank Beaufort hatte einen unverkennbaren Hang zum Dozieren, besonders wenn er über sein liebstes Thema, die Literatur, sprach. »Die schnellste Möglichkeit, die

Bücher zu finden, ist über diesen Katalog hier.« Er setzte sich an den Schreibtisch und öffnete einen großen Karteikasten. »Von Computern hat der alte Grabowski offenbar nichts gehalten. Alle Bände seiner Bibliothek sind hier drin verzeichnet.«

Etwa drei Minuten lang blätterte Beaufort durch die Karteikarten, ging dann in ein anderes Zimmer, streifte mit geübtem Blick die Regale und fand den gesuchten Autor. Sämtliche Schriften Roths waren sowohl in den Erstausgaben als auch in allen jemals gedruckten Einzel- und Werkausgaben vorhanden. Ergänzt durch mehrere Archivschachteln, in denen sich originale Handschriften Roths befanden. Der Autor füllte etwa vier Meter Regal. Keine leichte Aufgabe, dort eine Nachricht des Getöteten zu finden, von der man noch nicht einmal wusste, worin sie bestand. Beaufort zog eine graue Archivschachtel hervor, legte sie auf einen Tisch und öffnete den Deckel. Vorsichtig prüfte er den Inhalt, holte einen vergilbten Packen Papier heraus, strich mit einer beinahe zärtlichen Geste darüber und betrachtete ihn eingehend, ohne auf die anderen drei zu achten, die langsam ungeduldig wurden.

»Haben Sie etwas gefunden?«, fragte der Kommissar.

»Ich habe hier das Typoskript eines der großartigsten Bücher von Joseph Roth in Händen: *Die Legende vom heiligen Trinker*. Es muss sich um eine frühe Fassung handeln. In beinahe jeder Zeile sind Wörter gestrichen und vom Autor zahlreiche handschriftliche Veränderungen vorgenommen worden. Ein herrlicher Einblick in die Werkstatt eines Dichters«, sagte Beaufort begeistert.

Ertl wurde es langsam peinlich. »Wenn du mit Schwärmen fertig bist, könntest du dich vielleicht mal auf die Suche nach einer Nachricht von Grabowski machen, bitte.«

»Falls es sich um das handelt, was ich denke, nämlich ein neues Testament, dann würde ich es an Grabowskis Stelle nur in einem ganz bestimmten Roth-Buch verstecken. Hatte er auch nur ein bisschen Sinn für makabren Humor, dann befindet es sich in der *Kapuzinergruft*. Der Roman ist 1938 in

Amsterdam erschienen und trägt einen schwarzen Schutzumschlag. Ich besitze auch ein Exemplar der Erstausgabe.«

Beaufort zog das Buch aus dem Regal, klappte es auf, holte triumphierend ein Kuvert heraus und reichte es dem Kommissar. Der öffnete den Umschlag, entnahm ihm zwei handgeschriebene Blätter und las vor:

Testament

Vor vier Tagen bot mir ein Antiquar aus Hamburg eine sehr seltene Erstausgabe von Else Lasker-Schülers letztem Gedichtband »Mein blaues Klavier« an, der 1943 in einer Kleinstauflage von nur 350 Stück in Jerusalem erschien. Nur wenige Exemplare dieses unscheinbaren, aber bedeutenden Buches existieren heute noch. Dieses hier trug überdies eine eigenhändige Widmung der Autorin an ihren Freund Ernst Ginsberg. Das Buch, für das der Antiquar 8.000 Euro verlangte, war mein eigenes. Ich hatte es Anfang der Fünfzigerjahre in einem Kölner Trödelladen für ein paar Pfennige erworben.

Das lässt den für mich einzig möglichen Schluss zu, dass mein Großneffe Carl Grabowski mein ihm entgegengebrachtes Vertrauen übelst missbraucht hat. In den vergangenen drei Tagen habe ich meine gesamte Bibliothek systematisch durchsucht und weitere Lücken entdeckt. Insgesamt fehlen zwölf wertvolle Bücher, neunzehn Briefe und zwei Manuskripte, die ich beiliegend aufgelistet habe. Nachdem ich meinen Großneffen heute Abend mit der Wahrheit konfrontiert habe, gestand er mir den Diebstahl meiner Bücher und Handschriften. Er hatte zu seiner Entschuldigung nichts vorzubringen, was einen solchen Vertrauensbruch rechtfertigen könnte. Seine beiden Strafen, das Hausverbot und den Ausschluss von meinem Erbe, hat er unter Protest zur Kenntnis genommen.

Aus diesem Grund erkläre ich hiermit Carl Grabowski, geboren am 12. März 1958 in Herzogenaurach, für enterbt. Mein Nachlass soll in eine Stiftung überführt werden. Unter dem Namen »Exilbibliothek – Sammlung Rudolf Grabowski« sollen die Bücher nach meinem Tod allen Wissenschaftlern zu Forschungszwecken zur Verfügung gestellt werden. Finanziert wird die Stiftung aus Verkäufen von Teilen der Bibliothek, die nicht unmittelbar in den Bereich Exilliteratur gehören. Näheres dazu regle ich sobald als möglich mit meinem Rechtsanwalt.

Mit dieser letztwilligen Verfügung erkläre ich mein vorhergehendes Testament für ungültig.

Rudolf Erich Grabowski

Nürnberg, den 28. November ..., 19.30 Uhr

***

An einem Mittwochabend zwei Wochen später, es waren noch neun Tage bis Heiligabend, saß der Justizsprecher wieder in dem Restaurant am Neuen Museum und schaute auf den Platz hinaus. Seit Tagen war es mild und regnete, ein ganz und gar unadventliches Wetter. In der Zeitung hatte er gelesen, dass die Verkäufer auf dem Christkindlesmarkt deswegen schlechtere Umsätze machten. Wie üblich wartete Ekkehard Ertl auf Frank Beaufort, aber noch war er bei seinem ersten Bier. Kurz darauf sah er seinen Freund mit einem Schirm in der Hand und einer Tüte unter dem Arm über den Platz auf das Restaurant zukommen. Beaufort brachte einen Schwung feuchter Luft mit herein, orderte im Vorbeigehen beim Kellner seinen Aperitif und begrüßte Ekki. Nachdem er den nassen Schirm verstaut und seinen Mantel abgelegt hatte, deutete der Justizsprecher auf die Plastiktüte und fragte: »Schon wieder neue Bücher?«

»Nein, heute nicht. In der Tüte ist etwas für dich, aber das gebe ich dir gleich. Erst einmal musst du mir erzählen, wie es inzwischen mit dem Bibliotheksmord steht. Hat Grabowski endlich gestanden?«

»Noch nicht, und ich glaube, er wird es auch nicht tun. Es läuft wohl alles auf einen Indizienprozess hinaus. Doch wie der ausgehen wird, steht in den Sternen. Er hatte ein Tatmotiv, nämlich seine drohende Enterbung zu verhindern, weshalb er schnell – im wahrsten Sinne des Wortes – zuschlagen musste, und er hatte die wenn auch knappe Zeit, es zu tun.«

»Aber wenigstens hat der alte Grabowski mit seinem blutigen Fingerzeig verhindert, dass der Großneffe die ganze Sammlung erbt. Carl hat sicher nicht damit gerechnet, dass sein Großonkel in der kurzen Zeitspanne zwischen dem Streit und dem Mord noch ein provisorisches Testament geschrieben hat.« Der Kellner servierte den Noilly Prat mit Eis, und die beiden Freunde prosteten sich zu.

»Das ist kein provisorisches Testament. Da es handschriftlich verfasst wurde und sowohl Datum als auch die volle Unterschrift trägt, ist es ein vollgültiger Letzter Wille. Unterschriften von Zeugen oder notarielle Beglaubigung sind dazu nicht unbedingt nötig. Im Nachhinein muss man aber sagen, dass Rudolf Grabowski mit seinem Blut besser *CARL* auf den Boden geschrieben hätte. Denn ein Mörder kann sowieso nicht das Erbe desjenigen antreten, den er umgebracht hat. Das ist gesetzlich verboten.«

»Wir hätten dadurch aber niemals den Grund für den Streit erfahren. Und wir hätten nicht gewusst, welche Bücher und Schriften Grabowski gestohlen hat.«

»Und was soll uns das nützen?«, entgegnete Ertl.

»Die Antwort auf deine Frage befindet sich in dieser Tüte. Hier habe ich den unzweifelhaften Beweis dafür, dass Carl Grabowski der Mörder ist.« Und mit großer Geste zog Beaufort eine dicke Broschüre im DIN-A5-Format hervor und überreichte sie seinem Freund.

Der schaute ihn verständnislos an: »Ein Auktionskatalog aus London. Was soll ich damit?«

»Also gut, pass auf. Alle von Carl Grabowski aus der Bibliothek gestohlenen Bücher und Manuskripte hat Rudolf

Grabowski am Sonntag auf dem Zettel notiert, den wir bei seinem neuen Testament gefunden haben. Montag früh entdeckt die Putzfrau dann den Erschlagenen, ruft sofort die Polizei, und ab da kann niemand Unbefugtes mehr in das Haus. Tür und Fenster waren immer ordnungsgemäß versiegelt und sind es heute noch. Ich bin am Nachmittag mit dem Taxi hingefahren und habe mich persönlich davon überzeugt.«

»Und das bedeutet?« Der Justizsprecher fragte sich immer noch, worauf Beaufort hinauswollte.

»Das bedeutet: Wenn weitere Bücher oder Manuskripte aus der Sammlung Grabowski auftauchen, kann sie nur der Mörder in der Mordnacht aus der Bibliothek gestohlen haben. Und genau das hat Carl Grabowski in seiner Habgier oder unter dem Druck seiner Schulden getan. Er hat sich ausgerechnet, dass es bei einem Gewaltverbrechen eine Weile dauern dürfte, bis sein Erbe freigegeben wird. Und da hat er sich, als Vorschuss gewissermaßen, am Sonntagabend schon mal bedient. In diesem Auktionskatalog hier wird ein Manuskript zur Versteigerung angeboten, das eindeutig dem alten Grabowski gehört und nicht auf seiner Diebstahlliste steht. Ich habe den Katalog heute als Kunde des Hauses mit der Post bekommen und ziemlich gestaunt, als ich es entdeckte. Es sollte ein Leichtes für die Polizei sein, dieses Manuskript zu Carl Grabowski als Besitzer zurückzuverfolgen.«

»Bist du dir ganz sicher, dass das Manuskript aus der Sammlung des Alten stammt?«, fragte Ekki aufgeregt.

»Hundertprozentig. Du erinnerst dich, dass ich, um das Buch mit dem Testament zu finden, den Katalog im Arbeitszimmer mit sämtlichen Werken von Joseph Roth genau durchgeblättert habe. Darunter war auch die erste Handschrift zu einem seiner Exilromane aufgeführt. Die zweite Fassung liegt im Literaturarchiv in Marbach. Es gibt nur diese beiden Originalmanuskripte auf der Welt.«

»Das ist wirklich interessant, aber es ist immer noch kein eindeutiger Beweis«, wandte Ertl ein. »Vielleicht hat Carl Grabowski das Manuskript schon vorher gestohlen, aber der Alte hat es beim Überprüfen nicht gemerkt. Das ist ja durchaus möglich bei der Masse an Büchern.«

»Ekki, du bist ein Spielverderber. Das ist spitzfindig und gemein! Du kannst doch nicht einfach meine schöne Entdeckung so kaputtreden.« Beaufort war wirklich enttäuscht.

»Dies ist kein Spiel, sondern mörderischer Ernst. Im richtigen Leben läuft es nun mal nicht so glatt wie bei Sherlock Holmes. Aber krieg dich mal wieder ein. Es war ja höchstwahrscheinlich so, wie du sagst. Deine Beobachtung ist zumindest ein weiteres Indiz, und zwar ein überaus starkes. Das müsste für eine Verurteilung reichen.«

»Na, das meine ich doch auch«, maulte Beaufort. Und dann kam ihm noch ein Argument in den Sinn. »Stand nicht im Testament, dass sich der alte Grabowski für die Recherche nach den gestohlenen Büchern drei Tage Zeit genommen und erst dann seinen Großneffen zur Rede gestellt hat? Dann kannst du davon ausgehen, dass ihm trotz des Umfangs seiner Bibliothek kein Diebstahl entgangen ist. Das sage ich dir als jemand, der noch mehr Bücher besitzt.«

Das überzeugte seinen Freund endgültig, und er gab zur Feier des Tages eine Flasche Champagner aus. Nachdem sie miteinander angestoßen hatten, fiel Ertl noch etwas ein.

»Sag mal, wenn du recht hast, bedeutet das doch, dass der junge Grabowski in der Mordnacht in den Manuskripten von Joseph Roth gewühlt hat. Man stelle sich vor, er hätte auch *Die Kapuzinergruft* mitgenommen. Ich bin auf seine Reaktion gespannt, wenn er erfährt, wie nah er dem neuen Testament war.«

Sie malten sich die Situation des Verhörs aus und hatten ihren Spaß daran, auch wenn sie unterschiedlicher Ansicht waren. Seine Erfahrung lehrte den Justizsprecher, dass der Verdächtige jede Aussage verweigern würde, aber Beaufort glaubte fest an ein Geständnis.

»Warum bist du so sicher, Frank, dass Grabowski alles zugeben wird?«

Behaglich lehnte sich Beaufort in seinem Stuhl zurück und süffelte von dem Champagner.

»Weil ich den Titel des gestohlenen Manuskripts kenne. Ehrlich gesagt hat Grabowski so unmittelbar nach dem Mord eine erstaunliche Wahl getroffen.«

»Und wie heißt der Titel?«

Beaufort zog die rechte Augenbraue hoch, was ihn einen Moment lang wie Mr. Spock aussehen ließ.

»*Beichte eines Mörders.*«

Bei dieser Kriminalgeschichte handelt es sich um die überarbeitete Fassung des folgenden Beitrags: Dirk Kruse, *Beichte eines Mörders*. Mit 27 farbigen Originalgraphiken von Anja Tchepets, Wirzwort 2010, Quetsche Verlag für Buchkunst.

Stefanie Mohr

Nachts

Wie Sie vielleicht wissen, leben wir – mein Mann, meine zwei Kinder und ich – seit gut acht Jahren in einem netten kleinen Dorf im Erlanger Hinterland. Nun ja, meine Tochter behauptet stets, wir würden am Arsch der Welt wohnen, wo sich nicht einmal mehr Hase und Igel »Gute Nacht« wünschen, geschweige denn Fuchs und Henne! Janina ist vierzehn – in dem Alter ist man einfach so. Ich habe mich hier bislang jedenfalls immer sehr wohl gefühlt.

Vor drei Jahren hat ein Mann – die Nachbarn munkeln, er sei Siemensianer – das Grundstück schräg gegenüber gekauft und prompt ein großes, frei stehendes Dreifamilienhaus mit Keller, Erdgeschoss, erstem Stock und ausgebautem Dach hingestellt. Seitdem wartet es fix und fertig auf seine Bewohner, aber nichts ist passiert.

Hanne, die Frau, die gleich vis-à-vis von uns wohnt, hat Herrn Meier einmal gefragt, ob er vermieten wolle. Freunde von ihr hätten Interesse. Die Antwort war ein äußerst knappes »Nein«. Übrigens, den Namen haben wir nicht etwa vom Klingelschild abgelesen; dergleichen gibt es nämlich nicht. Vielmehr wissen wir ihn bloß, weil Hanne als direkte Nachbarin die Baupläne unterzeichnen musste.

In all der Zeit habe ich Herrn Meier lediglich dreimal gesehen. Und zwar dreimal innerhalb weniger Wochen während der Bauphase. Danach ist er mir nicht mehr begegnet. Nie parkt ein Auto in der Einfahrt, die stets gut verschlossen ist. Nie geht jemand hinein. Nie bewegt sich darin etwas. Und die Rollläden, die sind Tag und Nacht heruntergelassen.

Einzig bei dem großen Unwetter vor zwei Jahren, als uns allen die Keller vollgelaufen sind und die Feuerwehr von Haus zu Haus zog, um uns der Reihe nach auszupumpen, stand plötzlich Herrn Meiers Wagen in der Einfahrt. Aber in dieser Nacht hatten wir alle viel zu viel um die Ohren, um auf ihn zu achten.

Anja, die Nachbarin rechts neben uns, hat später erzählt, einer der Feuerwehrmänner habe ihr gesteckt, dass sie auch bei Herrn Meier den Keller auspumpen wollten, er sie jedoch nicht ins Haus gelassen habe. Er werde sich selbst darum kümmern, soll er gesagt haben.

Eine Stunde später hatte er sich dann tatsächlich von Anjas Mann Jürgen eine Pumpe ausgeliehen. Jürgen behauptet seither, Herr Meier sei ein absolut duckmäuserischer Zeitgenosse, der kein lautes Wort herausbringe, sein Gegenüber im Gespräch nie ansehe und äußerst unterwürfig reagiere.

Für die tratschenden Nachbarn ist er natürlich ein gefundenes Fressen. Sie zerreißen sich das Maul über ihn, wie es besser nicht mehr geht – die wildesten Gerüchte kursieren. Angeblich soll er jede zweite bis dritte Nacht vorbeikommen, kurz ins Haus hineingehen und nach wenigen Minuten wieder wegfahren.

Bisher habe ich das Gerede nicht für voll genommen. Doch heute Nacht habe ich ihn mit eigenen Augen gesehen!

Ich bin seit Jahren endlich einmal wieder mit einer Freundin ein bisschen länger weggegangen. Gegen ein Uhr nachts brachte sie mich heim – um halb zwei saßen wir immer noch quatschend im Auto. Plötzlich schnurrte ein dunkler Daimler die Straße herauf und parkte nur wenige Meter von uns entfernt. Herr Meier stieg aus, lief zielstrebig zu seinem Haus, sperrte auf, schlüpfte hinein, machte die Tür zu und ... das war's. Nichts geschah, kein Licht ging an, kein Geräusch war zu hören. Mir blieb vor Verblüffung der Mund offen stehen. Vollkommen reglos saß ich da und starrte nur noch das Gebäude an. Was meine Freundin erzählte, bekam ich nicht mehr mit. Nach wenigen Minuten ging die Tür erneut auf,

Herr Meier eilte schnellen Schrittes zurück zu seinem Wagen und fuhr davon.

Seither plagt mich ein Gedanke: Was tut dieser Mensch nachts in einem leeren Haus?

Nachdem meine Kinder heute Morgen mit Klaus, meinem Mann, zum sonntagvormittäglichen Tennisspielen gegangen waren, setzte ich mich in den Wintergarten und fixierte das Anwesen schräg gegenüber. Wie viel vom nachbarlichen Tratsch entsprach der Wahrheit, und was war frei erfunden? War Herr Meier tatsächlich Siemensianer? Kam er wirklich alle zwei, drei Nächte? Blieb er stets so kurz, wie ich es mit eigenen Augen beobachtet hatte? Da ich bislang alles als übles Dorfgeschwätz abgetan hatte, konnte ich mich nur grob an manche der Behauptungen erinnern. Fest stand jedoch: Irgendetwas stimmte da nicht!

Je länger ich grübelte, desto bedrückter wurde ich. Mein Hirn fokussierte sich auf einen Gedanken: Was, wenn wir hier alle jahrelang Tür an Tür mit dem »Fritzl von Franken« gewohnt hatten, ohne etwas zu unternehmen? Hatten wir, hatte die Dorfgemeinschaft sich strafbar gemacht? Wegen unterlassener Hilfeleistung? Oder war es einfach nur moralisch verwerflich, dass wir bislang tatenlos zugesehen hatten? Würde es in unserem Dorf nun bald vor Fremden wimmeln? Polizisten, die alles auf den Kopf stellten; Fernsehteams, die jedem ein Mikro vor die Nase hielten, der bloß den Müll zur Tonne brachte? Würde ein Aufschrei durch die Nation gehen und alle Welt mit ausgestrecktem Finger auf uns deuten? Würden mich die Nachbarn anfeinden, weil ich es gewesen war, die den Stein der Ermittlungen ins Rollen gebracht hatte?

Augenblicklich reckte ich das Kinn in die Luft. Und wenn schon! Auf sich beruhen lassen konnte ich den Vorfall nicht. Ich würde etwas tun. Die Frage war nur: was?

Ich griff zum Telefonhörer und rief meine Freundin Sonja an, mit der ich heute Nacht im Auto gesessen hatte. Wenn ich zur Polizei ging, sollte sie mich begleiten, damit die Beamten angesichts der Uhrzeit nicht behaupten konnten, ich hätte möglicherweise ein Gespenst gesehen.

»Ich bekomme immer noch eine Gänsehaut, wenn ich an das denke, was du mir über deinen Nachbarn erzählt hast«, murmelte sie anstelle einer Begrüßung. »Mein Gott, war das unheimlich! Ständig flattern mir Bilder durch den Kopf, was er in seinem Haus angestellt haben könnte. Denn der hat garantiert irgendwelche Leichen im Keller!«

Ich sog scharf die Luft ein, Panik wallte in mir auf. »Meinst du wirklich, dass er jemanden umgebracht hat?«

»Na ja, vielleicht sind es keine echten Leichen, sondern eher welche im übertragenen Sinn ...«

»Woran hast du dabei gedacht?«

»Du musst doch nur die Zeitung aufschlagen, und schon bekommst du zig Ideen, was er so alles treiben könnte«, entgegnete sie ungeduldig.

»Nämlich?«

»Als Erstes ist mir natürlich in den Sinn gekommen, dass er eine Frau gefangen hält. Möglicherweise hat er sich im Keller so eine Art Verlies einbauen lassen. Schallisoliert, ohne Fenster.«

»Genau, das fürchte ich auch.«

»Alternativ könnte er natürlich eine riesige Hanfplantage betreiben.«

Unwillkürlich riss ich die Augen auf. Auf solch eine Idee wäre ich nie im Leben gekommen.

»Das scheint bei euch in der Ecke gerade in Mode zu sein. Erst vor ein paar Wochen habe ich gelesen, dass der Zoll zwei Lagerhallen mit weiß Gott wie vielen Pflanzen ausgehoben hat.«

Ach du lieber Himmel! Ich musste sofort etwas unternehmen! Meine Kinder sollten keinesfalls mit Drogen in Berührung kommen.

»Es könnte allerdings genauso gut sein, dass euer Herr Meier die männliche Version einer Anna Chapman ist. Dann nutzt er das Haus lediglich als konspirativen Ort, um seine Meldungen abzusetzen.«

Mir stockte der Atem. Ein russischer Spion in unserem schönen Frankenland?! Plötzlich ging hinter mir die Wohnzimmertür auf. Mit einem Schrei schoss ich vom Sofa hoch, wobei mir das Telefon aus der Hand fiel. Klaus, mein Göttergatte, blieb wie angewurzelt stehen.

»Was ist denn mit dir los?«

»Ich ... ähm ... ich habe euch wohl nicht zurückkommen hören.«

»Hast du wieder in einem deiner Krimis geschmökert und hältst mich nun für den meuchelnden Einbrecher, der dich im Auftrag des Ehemanns verschleppen und zu Tode quälen wird?«

»Oh mein Gott, das arme Mädchen!« Meine Unterlippe begann zu zittern. Selbstverständlich waren meine Gedanken sofort zu der bemitleidenswerten, im Haus unseres Nachbarn gefangen gehaltenen jungen Frau zurückgekehrt.

Mit einem Mal hörte ich neben mir eine dumpfe Stimme. Schnell bückte ich mich und hob das Telefon auf.

»Alles in Ordnung, Sonja. Es ist nur Klaus. Aber ich muss jetzt Schluss machen, er und die Kinder sind gerade nach Hause gekommen.« Erst, nachdem ich aufgelegt hatte, fiel mir ein, dass ich sie hatte bitten wollen, mich zur Polizei zu begleiten.

»Sag mal, was ist eigentlich los?«, riss mich mein Schatz aus meinen Gedanken. »Was habt ihr Mädels heute Nacht angestellt? Seit du heimgekommen bist, bist du völlig durch den Wind. Muss ich mir Sorgen machen? Hast du einen Mann kennengelernt?«

War das noch zu fassen? Ich versuchte, ein unschuldiges Menschenleben zu retten, und mein Göttergatte hatte nur seine Eifersucht im Sinn. Beleidigt berichtete ich ihm von unserem nächtlichen Erlebnis und den drei Szenarien, die Sonja so plastisch geschildert hatte.

»Sei mir nicht böse, aber ich war schon immer der Meinung, dass deine Freundin eine etwas zu blühende Fantasie hat.« Mein Mann rollte mit den Augen.

Verstand er am Ende den Ernst der Lage nicht?

»Schau«, endlich setzte er sich zu mir aufs Sofa, »um sich um eine Hanfplantage zu kümmern, ist Herrn Meiers Aufenthalt viel zu kurz. In den paar Minuten kann man doch nichts machen, außer nachsehen, ob keine Sicherung rausgeflogen ist. So eine Plantage muss gepflegt werden. Selbst wenn Beleuchtung, Belüftung und Bewässerung automatisch betrieben werden, muss man die Wassertonne nachfüllen, Dünger zugeben, die Pflanzen auf Schädlinge kontrollieren und, und, und. Das geht nicht in fünf Minuten. Außerdem müsste er immer wieder mal etwas hineintragen oder mit herausnehmen. Für einen Depotplatz für Drogen oder Hehlerware gilt genau das Gleiche: Natürlich könnte er ein paar Tütchen Heroin oder weiß der Teufel was bei sich tragen, ohne dass man es sieht. Aber um das Zeug zu strecken, abzuwiegen und in kleine Portionen zu verpacken, müsste er viel länger dableiben. Für einen versteckten Menschen – egal, ob der nun freiwillig hier ist, weil er untertauchen musste, oder gewaltsam festgehalten wird –, bedarf es einer viel größeren Logistik. Eine Person braucht Nahrung, Wäsche, Klopapier und so weiter. Und sollte er einen Toten im Keller eingemauert haben, ist es nicht nötig, alle zwei, drei Nächte nachzuschauen.«

»Aber was macht Herr Meier dann?«

»Er wird nach dem Rechten sehen. Mir fällt definitiv keine einzige plausible Möglichkeit ein, was er Verbotenes tun könnte.«

»Herr Meier ist ein Untoter«, erscholl eine Stimme hinter mir.

Ich fuhr herum. In der Wohnzimmertür stand meine Tochter. Offenbar hatte sie das Gespräch zwischen Klaus und mir belauscht. Bevor ich sie darauf hinweisen konnte, dass es Dinge gab, die sie nichts angingen, fuhr sie bereits fort.

»Herr Meier ist nicht von dieser Welt. Da er immer nur nachts kommt, muss er ein Untoter sein oder so was in der Art. Dafür spricht auch, dass er unterwürfig ist und einen beim Reden nie anschaut – weil er weder seine Zähne noch seine blutunterlaufenen Augen zeigen will.« Janina kicherte. In meinen Ohren klang es hysterisch.

»Was ist ein Untoter, Mama?«, fragte nun mein Sohn Lukas mit seiner kindlichen Wissbegierde, wie sie nur Erstklässler an den Tag legten. Er war ebenfalls ins Wohnzimmer gekommen.

»Eine Erfindung deiner Schwester!« Ich warf Janina einen wütenden Blick zu.

»Herr Meier könnte natürlich auch ein Vampir sein – wegen der Nachtaktivität.«

»Ich glaube, damit beenden wir die allgemeine Märchenstunde. Wann gibt es Mittagessen?« Mein Mann sah mich fragend an.

»Wir könnten rüber zum Schnitzel-Wirt gehen«, nuschelte ich geistesabwesend. »Ich habe gestern nämlich nicht daran gedacht, das Fleisch für den Braten aus dem Gefrierschrank zu holen.«

Mein Blick fiel auf die Wochenendzeitung, auf deren Titelseite ganz groß über einen Fall berichtet wurde, in dem der Ehemann vier Babyleichen in der Kühltruhe gefunden hatte. Oh mein Gott! Ein Gedanke durchzuckte mich. Was, wenn in Herrn Meiers Keller ebenfalls solch ein Gerät stand? Kein Wunder, dass er immer nur für wenige Minuten ins Haus ging. Wer wollte schon mit seinen toten, gefrosteten Kindern unter einem Dach leben? Und damit die Leichname nicht entdeckt wurden, hatte er auch die Feuerwehr nicht hereingelassen. Nun kam er alle zwei, drei Tage, um nachzusehen, ob die Gefriertruhe einwandfrei funktionierte und es keinen Stromausfall gegeben hatte.

»Dann lass uns gleich gehen, Schatz.«

Ich schaute Klaus entsetzt an. Was meinte er? Dass wir zur Polizei gehen sollten? Oder wollte er am Ende in Herrn Meiers Haus eindringen, um sich Gewissheit zu verschaffen?

»Ich habe Hunger. Und die Kinder auch.«

Ein Zittern durchlief mich. Wie konnte er jetzt bloß ans Essen denken?

»Ich glaube, es ist besser, wenn ihr allein geht. Ich habe gerade keinen sonderlichen Appetit«, flüsterte ich tonlos.

»Du siehst in der Tat ein bisschen blass um die Nase aus. Vielleicht solltest du einen Spaziergang machen, um auf andere Gedanken zu kommen?«

Ich nickte.

Während meine Familie sich den Bauch vollschlug, raffte ich mich wirklich zu einem Rundgang durch die Felder auf. Als ich an der Wiese beim kleinen Bächlein ankam, traf ich Hildegunde, die gute Seele unseres Dorfes. Sie ist Hebamme und besitzt eine Ausstrahlung, die jedermann umgehend das Leid der Welt vergessen lässt. Es dauerte keine zwei Minuten, bis sie merkte, dass mir etwas auf der Seele lag, und mich einlud, es mir neben ihr auf der Picknickdecke bequem zu machen. Zögerlich erzählte ich ihr von meinem nächtlichen Erlebnis.

»Ich habe auch schon gehört, dass Herr Meier alle zwei, drei Tage nachts vorbeischaut. Allerdings verstehe ich beim besten Willen nicht, warum das so merkwürdig sein soll.«

Ich sah sie fragend an.

»Ist dir nie der Gedanke gekommen, dass er möglicherweise einen schweren Schicksalsschlag erlitten hat und nun schlicht und ergreifend einfach nicht in dem Haus leben kann?«

Mir klappte vor Erstaunen der Mund auf.

»Nun schau nicht so überrascht. Das Leben kann manchmal furchtbar tragisch sein. Vielleicht war er verheiratet, und seine Frau ist mit dem Auto tödlich verunglückt, während er den Hausbau beaufsichtigt hat. Deshalb kann er jetzt nicht darin wohnen; es wäre zu schmerzhaft für ihn. Aus demselben Grund kann er es aber auch nicht hergeben, denn irgendwie liegt ihm eben doch noch zu viel daran. Stattdessen kehrt er regelmäßig zum Trauern zurück. Es könnte für ihn wie eine Erinnerungsstätte an die gemeinsamen Träume sein, die sie hatten.«

»Aber warum kommt er dann nachts?«

»Weil er Angst hat, dass wir, die anderen Dorfbewohner, ihn mit unseren neugierigen Fragen belästigen. Oder weil seine Frau genau zu der Uhrzeit starb, zu der er immer hier ist.« Geistesabwesend pflückte Hildegunde ein Gänseblümchen und riss ihm ein Blütenblatt nach dem anderen aus. Als sie beim letzten angekommen war, fuhr sie fort. »Oder Herr Meier wollte heiraten und das Haus seiner Zukünftigen am Hochzeitstag als Überraschung schenken. Doch auf dem Standesamt hat sie kalte Füße bekommen und Nein gesagt.« Hildegunde musterte mich mit einem düsteren Blick. »Es gibt so grausame Menschen, die andere immer nur ausnutzen und sie dann zu guter Letzt sitzen lassen. Ich könnte dir Geschichten erzählen ...« Traurig schüttelte sie den Kopf.

Ich bewunderte sie im Stillen. Warum war ich nicht selbst auf einen solchen Gedanken gekommen? Die ganze Zeit waren mir nichts als Straftaten eingefallen, die Herr Meier begangen haben könnte. Ich hatte ihn als Mörder, Entführer, Vergewaltiger und weiß der Himmel was sonst noch vor mir gesehen. Nicht eine Sekunde lang war mir in den Sinn gekommen, dass er ein bemitleidenswertes Opfer sein könnte. Ich musste dringend an meiner allgemeinen Lebenseinstellung arbeiten.

Mit einem Mal lächelte Hildegunde. »Gerade ist mir eine weitere Variante eingefallen: Herr Meier hat das große Haus gebaut, um endlich eine Frau zu finden. Als Lockmittel hat er gleich eine Wohnung für die Mama der Zukünftigen eingeplant. Und das ausgebaute Dachgeschoss ist für die erwachsene Tochter oder den großen Sohn. Seit alles fertig ist, gibt er regelmäßig Kontaktanzeigen auf. Nachdem seine derzeitige

Adresse nicht viel hermacht, nennt er immer die neue. Alleine wohnen mag er in dem großen Bau allerdings nicht. Deshalb fährt er mehrmals wöchentlich nach der Nachtschicht schnell hier vorbei, um alles zu kontrollieren und seine Post abzuholen. Leider haben bisher zwar viele Frauen geschrieben, es war jedoch offensichtlich nicht die passende dabei.«

Auf dem Rückweg ins Dorf machte ich einen Abstecher in die Gastwirtschaft. Meine Familie musste die Schnitzel in Rekordzeit hinuntergeschlungen haben, denn die drei waren schon wieder gegangen. Sekundenlang überlegte ich, ob ich die Gerüchteküche hinsichtlich einer bevorstehenden Trennung von meinem Mann anheizen würde, wenn ich mich alleine an einen Tisch setzte. In dem Augenblick verriet mir der Wirt, dass mein Göttergatte ihm ein halbes Blech Zwetschgenkuchen abgeschwatzt hatte, weil wir heute Nachmittag Besuch erwarteten. Siedend heiß erinnerte ich mich: Robert hatte sich angekündigt. Klaus wollte mit ihm die Pumpe des Gartenteichs reparieren. Nun, bis zum Kaffeetrinken würde ich meinen Hunger aushalten. Allzu lange konnten wir damit nicht warten, da Klaus gegen Abend beruflich verreisen musste.

Robert war noch nicht einmal richtig zur Tür hereingekommen, als mein Sohn auf ihn zustürmte und fragte, ob er ein Untoter sei. Der Freund meines Mannes brach in schallendes Gelächter aus.

»Wie kommst du denn darauf?«

»Mama hatte heute Nacht eine Begegnung der dritten Art mit unserem Nachbarn«, deutete Janina geheimnisvoll an.

Ich warf meiner Tochter einen bitterbösen Blick zu, den sie geflissentlich ignorierte.

»Erzähl!«, forderte mich Robert auf.

»Ach, hör einfach nicht auf den Blödsinn, den sich pubertierende Teenies ausdenken«, wiegelte ich zunächst ab, ließ mich dann aber doch überreden, die Geschichte zum Besten zu geben – nachdem sich die Kinder in ihre Zimmer verzogen hatten.

»Also, entweder hat der Typ einen Schuss im Sender, und er macht es, weil solche Kerle eben so etwas tun. Vielleicht hat er einen Spleen und baut deshalb alle paar Jahre ein Haus, für das er gar keine Verwendung hat und das er dann leer stehen lässt. Ich meine, einfach nur, weil er es kann: Er hat genug beziehungsweise zu viel Geld. Oder er hat einen richtigen Sprung in der Schüssel und hat sich von Hitchcocks *Psycho* inspirieren lassen. Dann bewahrt er die Leiche seiner Frau Mama im Keller auf und erscheint alle paar Tage zum Rapport bei ihr.«

»Geniale Idee!«, lachte mein Mann.

»Alternativ hätte ich noch zu bieten, dass euer Herr Nachbar gar nicht Meier heißt. Vielmehr bereitet er über einen langen Zeitraum unauffällig alles vor, um seinen eigenen Tod vorzutäuschen, weil er plant, die Versicherung abzuzocken. Und sobald er ›gestorben‹ ist, wird er ein neues Leben in eurem Dorf beginnen. Damit wären wir wieder bei der Theorie mit dem Untoten.« Robert sah mich Beifall heischend an.

Da waren mir Hildegundes Vorschläge eindeutig sympathischer gewesen.

Am Abend, nachdem mein Göttergatte seinen Koffer gepackt und zu einem Seminar nach Ludwigsburg aufgebrochen war, kam Janina zu mir in den Wintergarten.

»Mamaaaaa?«, fragte sie in ihrem einschmeichelndsten Tonfall. »Wenn Papa jetzt drei Tage lang weg ist, könnte ich doch auch bei einer Freundin übernachten, oder? Rebecca will schon soooo lange, dass ich mal zu ihr –«

»Nicht unter der Woche, während der Schulzeit! Am Wochenende oder in den Ferien könnt ihr meinetwegen etwas ausmachen, aber ganz sicher nicht, wenn, wie übermorgen, eine Klassenarbeit ansteht. Außerdem will ich persönlich von Rebeccas Eltern hören, dass sie einverstanden sind.«

Ohne ein weiteres Wort zog sich meine Tochter schmollend in ihr Zimmer zurück. Ganz offensichtlich hatte sie keine andere Antwort erwartet. Allerdings hatte sie mich auf eine Idee gebracht: Sofern ich mich nicht völlig täuschte, arbeitete Rebeccas Vater bei der Polizei. Kurz entschlossen ging ich zur Anrichte, in der ich die Adressliste mit den Telefonnummern von Janinas Klassenkameradinnen aufbewahrte, und griff zum Telefon.

Ich hatte Glück, der Vater war selbst am Apparat. Nachdem ich vorgefühlt hatte, ob es in Ordnung ginge, wenn unsere Töchter einen gemeinsamen Übernachtungstermin fürs Wochenende vereinbarten, wechselte ich das Thema und bat ihn in seiner Funktion als Polizeibeamter um Rat. Wohlweislich verschwieg ich, dass es um mich und meinen Nachbarn ging. Stattdessen schob ich eine Freundin vor, die mich angeblich gefragt hatte, wie sie sich verhalten solle.

»Der hat seine Alte beim Bau des Hauses ins Fundament eingegossen, und jetzt sieht er manchmal nach, ob alles noch okay ist«, schallte es mir mit todernster Stimme aus dem Hörer entgegen. »Wenn genug Zeit verstrichen ist, keine Fahndungsnotierungen nach einer abgängigen Person mehr existieren, saniert er seinen Keller, beseitigt die letzten Reste und zieht mit 'ner jungen Blonden ins Haus.« Rebeccas Vater lachte schallend. »Natürlich könnte er auch einen Schwarz-Weiß-Raum dort unten haben, dagegen spricht aber, dass er nicht lange bleibt. Wenn er so was hätte, wäre er alle paar Tage für einige Stunden da.«

»Einen Schwarz-Weiß-Raum?«

»Na, Sie wissen schon: ein SM-Studio. Also Ketten, Peitschen, Streckbank und so Zeug.«

Ich schluckte. Das meinte er hoffentlich nicht ernst!

»Tja, Fragen über Fragen. Wo steht denn das Haus? Ich brech ein und ...«

Soso. Die Polizei, dein Freund und Helfer. Nachdem ich aufgelegt hatte, blieb ich gedankenverloren im dunklen

Wintergarten sitzen. Mir wurde klar, dass ich die Sache anders angehen musste.

Eine ganze Weile beobachtete ich die Nachbarhäuser. Ja, nicht Herrn Meiers Anwesen, sondern die anderen. Ich wollte herausfinden, ob jemand ein Auge auf sein Haus und die dortigen Geschehnisse hatte.

Sobald ich mich davon überzeugt hatte, dass dies nicht der Fall war, wartete ich, bis er wieder einmal vorbeischaute. Dann rannte ich in den ersten Stock und zog mir schnell schwarze Sachen an, damit mich niemand erkannte. Zu diesem Zweck hatte ich mir in kluger Voraussicht sogar eine schwarze Skimaske zugelegt. Nachdem Herr Meier wieder weggefahren war, ließ ich noch ein paar Minuten verstreichen, bevor ich über die Straße zu seinem Haus huschte. Die Tür war natürlich verschlossen, doch einem Geistesblitz folgend sah ich hinter der kleinen Laterne neben der Treppe nach. Und tatsächlich: Da lag ein Schlüssel!

So dumm kann doch keiner sein, dachte ich bei mir. Und wenn das eine Falle ist? Wenn gleich eine Alarmanlage losheult und mich die Polizei verhaftet? Mein Herz schlug mir bis zum Hals, und meine Finger zitterten vor Nervosität, während ich langsam die Tür aufsperrte. Aber ich konnte nicht anders. Irgendetwas zog mich magisch an.

Mit angehaltenem Atem stieß ich die schwere Eingangstür auf. Nichts geschah. Noch einmal blickte ich mich um, dann verschwand ich im Inneren. Als Erstes erkundete ich das Erdgeschoss, was schnell erledigt war, denn es gab keinerlei Möbel. Im ersten Stock bot sich mir das gleiche Bild. Also schlich ich in den Keller.

Entgegen meinen Erwartungen war es hier nicht dunkel, sondern relativ hell. In vier metallenen Schalen brannten Feuer, welche die Wände flackernd beleuchteten. In den Boden waren Rinnen eingelassen, die ein Muster bildeten. Ein schmaler Weg führte in die Mitte des Gebildes, wo ein niedriges Pult stand. Es war aus Holz gearbeitet und reich verziert. Darauf lag ein in schwarzes Leder gebundenes Buch. Ich ging den Weg entlang und wunderte mich über die kupferfarbenen Ablagerungen in den Rinnen. Was das wohl war?

Das Buch schien alt zu sein: Die Seiten waren vergilbt. Als ich es aufschlug, traute ich meinen Augen nicht, denn zeitgleich begann sich eine Flüssigkeit in den Rinnen zu heben. Sie war dunkel und roch leicht nach Eisen. War das etwa ... Blut?

Erschrocken wich ich zurück und wäre dabei fast in die Rinne hinter mir getreten. Je höher der Pegel stieg, desto deutlicher erkannte man darunter ein Bild. Ich konnte den Blick nicht abwenden, denn was ich sah, war furchterregend: Eine verfallene Siedlung inmitten einer verdorrten Landschaft, die unserer Gegend glich, war mit Asche bedeckt und von Lavaströmen durchzogen. Von einem Vulkan ging ein stetiger Feuerregen aus.

Lass das nicht unser hübsches Franken in einhundert Jahren sein!, betete ich bei mir. Dann kann in unseren Breitengraden niemand mehr existieren.

Und doch nahm ich plötzlich eine Bewegung wahr. Irgendetwas lebte tatsächlich noch, aber das waren keine Menschen. Die Wesen hatten eine dunkle, ledrige Haut und Klauen anstelle von Händen. Auf dem Boden konnte ich in deren Welt ähnliche Rinnen erkennen wie hier im Keller. Entsetzt stellte ich fest, dass sich die Kreaturen darauf zubewegten. Sie kamen näher und näher. Mit einem gellenden Schrei schlug ich das Buch zu.

Ruckartig schreckte ich vom Sofa auf. Den Schrei hatte ich nicht geträumt, den hatte ich tatsächlich ausgestoßen. Meine Tochter kam in den Wintergarten gerannt und sah mich ängstlich an. Es dauerte eine ganze Weile, bis ich sie und vor allem mich beruhigt hatte.

Nachdem sie schließlich zurück ins Bett geschlurft war, ging ich in die Küche, um mir eine Tasse Kamillentee zu machen. Während der Wasserkocher langsam zu rauschen begann, ertappte ich mich dabei, dass ich schon wieder am Fenster stand und zum Nachbarhaus hinüberstarrte. Das leise Klicken des sich abschaltenden Kessels ließ mich zusammenfahren. Energisch wandte ich mich ab, holte einen Teebeutel aus der Dose, hängte ihn in die Tasse und goss das heiße Wasser darüber.

Wenn ich herausfinden wollte, was in dem Haus vor sich ging, musste ich es überwachen. Ich musste Herrn Meiers Gewohnheiten herausfinden und jede Bewegung rund um das Anwesen akribisch dokumentieren – gleich am nächsten Tag würde ich damit anfangen.

Am Montagmorgen brachte ich die Kinder zum Schulbus und fuhr anschließend weiter ins Atelier einer Freundin, wo ich einen Ring abholen wollte, den sie mir geschmiedet hatte. Als ich eintrat, warf sie mir einen prüfenden Blick zu, bevor sie in die Küche ging und mit einer großen Tasse Kaffee zurückkam, die sie mir in die Hand drückte.

»Los, erzähl!«

Ich sah sie verwirrt an. Wusste inzwischen jeder Bescheid?

»Du schaust furchtbar aus. Was ist passiert?«

»Nichts, ich hab lediglich schlecht geschlafen«, murmelte ich in meinen Kaffee. »Ein entsetzlicher Albtraum.« Ich erinnerte mich nach wie vor an jede einzelne Sequenz, die ich auf dem Sofa geträumt hatte.

»Ich höre.«

Mit einem Seufzen erzählte ich ihr die Horrorgeschichte.

»Hast du in letzter Zeit vielleicht zu viele Fantasybücher gelesen?«, fragte sie mich, nachdem ich geendet hatte.

Natürlich berichtete ich ihr daraufhin auch noch von der Begebenheit, die Sonja und ich in der Nacht auf Sonntag mitangesehen hatten.

»Die Frage, was der Typ da nachts treibt, lässt mich einfach nicht mehr los, verstehst du?«

»Absolut!« Meine Freundin nickte. »Lass mich mal nachdenken. Könnte es eventuell ein geheimer Treffpunkt für einen Seitensprung sein?« Sie hielt einen Augenblick inne, schüttelte dann allerdings den Kopf. »Selbst für einen Mann wären fünf Minuten für einen Quickie nachts um halb zwei etwas knapp bemessen. Außerdem war er ja allein. Hm. Kann es etwas mit seinem Beruf zu tun haben?«

»Zum Beispiel?«

»Ich kenne einen Künstler, der malt immer nachts, wenn ihn die Muse küsst. Und ein anderer arbeitet am liebsten im Wald. Vielleicht ist dein Herr Meier ebenfalls Künstler, und er lagert in dem Haus nur seine Werke. Dort wohnen kann er nicht, weil er sich der Natur so verbunden fühlt und es deswegen nicht lange in geschlossenen Räumen aushält. Da er seine Exponate nicht unter freiem Himmel aufbewahren kann, hat er dieses Haus. Exzentriker gibt es bekanntlich überall.«

»Soweit ich weiß, ist Herr Meier Siemensianer.«

»Na, da hast du es doch schon: Wenn er bei Siemens ist, arbeitet er in Erlangen vermutlich für den Bereich ›Energy‹. Da kann es gut sein, dass er das Haus im Auftrag seiner Abteilung oder privat als Subunternehmer für seine eigene Firma gekauft hat und dort elektronische Prozessoren oder Generatoren betreibt. Haben die nicht mal an so etwas wie Minikernkraftwerken für den eigenen Keller geforscht? Jedenfalls fährt Herr Meier nachts in sein Haus, um Messwerte abzulesen. Das würde immerhin erklären, warum er den Keller selber auspumpen wollte: Er arbeitet in geheimer Mission an einer Neuentwicklung. Deshalb kann er auch die Wohnungen nicht vermieten.«

»Minikernkraftwerke!« Ich blähte die Wangen auf. »Das wäre die reinste Horrorvorstellung!«

»Na ja, nachdem der Atomausstieg zwischenzeitlich beschlossene Sache ist, hätte er mittlerweile sicher mit seinen Forschungen aufgehört.« Sie zuckte mit den Schultern. »Eventuell geht es dann bloß um ein Wirtschaftsverbrechen:

Er bewahrt in dem Haus extrem brisante Unterlagen auf, die niemandem in die Hände fallen dürfen. Wer weiß, am Ende ist sein Keller so ähnlich ausgebaut wie der Tresorraum einer Bank!«

Das war das Stichwort: Nach dem Besuch im Goldschmiedeatelier meiner Freundin musste ich zur Sparkasse, um Geld abzuheben. Als ich am Schaufenster eines Erlanger Immobilienmaklers vorbeikam, vergaß ich mein Vorhaben jedoch schlagartig: Vor meiner Nase hing eine Annonce für Herrn Meiers Haus. Ohne zu zögern, stieß ich die Ladentür auf und trat ein. Ein älterer Herr in Anzug und Krawatte erhob sich hinter einem der Schreibtische.

»Das Haus, das Sie da im Schaufenster hängen haben«, ich deutete auf das Blatt. »Ich interessiere mich dafür. Hätten Sie bitte ein paar nähere Informationen?«

Der Immobilienmakler musterte mich von Kopf bis Fuß. »Tut mir leid. Das Objekt ist bereits verkauft. Ging weg wie warme Semmeln. Ich muss völlig vergessen haben, es aus dem Schaufenster zu nehmen.« Er lächelte mich mit einem Haifischgrinsen an. »Wenn Sie einen Augenblick Platz nehmen wollen? Vielleicht habe ich ein anderes hübsches Anwesen für Sie?«

Entschieden schüttelte ich den Kopf. »Ich interessiere mich ausschließlich für dieses Haus.«

»Und warum, wenn ich fragen darf?« Er sah mich mit hochgezogenen Augenbrauen an.

»Herr Meier ist mein Nachbar. Ich will sicherstellen, dass er weder ein russischer Geheimagent ist noch eine Leiche im Keller eingemauert hat, ein Entführungsopfer versteckt oder Drogen beziehungsweise Hehlerware vorhält und auch sonst keinen Sprung in der Schüssel hat«, platzte es aus mir heraus.

»Da kann ich Sie absolut beruhigen: Ihr Nachbar ist ein durch und durch seriöser Mensch, genau wie –«, er hatte wohl »wie Sie und ich« sagen wollen, stattdessen wechselte er zu

»wie alle anderen meiner Kunden auch. Der Eigentümer hat das Grundstück und einen größeren Geldbetrag geerbt. Allerdings unter der Bedingung, dass er auf dem Grundstück ein Haus baut, es selber nutzt und drei Jahre lang weder verkauft noch vermietet.«

»Er hat es aber nicht selbst genutzt!«

»Doch. Laut Testament genügt es, wenn er sich dreimal die Woche für fünf Minuten dort aufhält.«

»Und woher wissen Sie das?«

»Herr Meier hat mir die notariellen Urkunden vorgelegt.«

»Warum sollte er das tun?«

»Weil er mir von Anfang an reinen Wein eingeschenkt und gesagt hat, dass sicher das halbe Dorf hier bei mir vorstellig werden würde, um einen Besichtigungstermin zu vereinbaren, nachdem sie sich alle seit Jahren das Maul über ihn zerreißen.«

Josef Rauch

Herrenrasse

I

Manchmal hasse ich meinen Job.

Weil es manchmal egal ist, was man macht – es ist garantiert falsch.

Dabei ist es eigentlich moralisch gesehen ein »guter« Job, und ich übe ihn prinzipiell gerne aus. Ich bin Detektiv, ein Detektiv ist ein professioneller Wahrheitsfinder, und die Wahrheit aufzudecken ist eigentlich immer richtig, auch wenn die Wahrheit selbst unangenehm sein mag.

Aber in diesem Fall war alles gleich beschissen – die Wahrheit, das Aufdecken der Wahrheit, das Verschweigen der Wahrheit.

Alles hatte damit begonnen, dass eine ältere Frau mein Büro in der Fürther Blumenstraße betreten hatte. Sie ließ sich auf meinem Klientenstuhl nieder, vergewisserte sich, dass sie Privatdetektiv Philipp Marlein vor sich hatte, und schilderte mir ihr Anliegen.

»Ich möchte gerne herausfinden, wer mein Vater ist. Ich habe ihn nämlich nie kennengelernt.«

Ich musterte sie. Ihre Haare waren grau, aber beim Friseurbesuch hatte sie nicht geknausert und sich ordentlich aufbrezeln lassen. Das reichlich aufgelegte Make-up konnte nicht alle Falten in ihrem Gesicht kaschieren. Ihr schicker, dunkelblauer Hosenanzug verwandelte sie zwar nicht mehr in eine Dreißigjährige zurück, hätte aber von jeder Dreißigjährigen getragen werden können, ohne sie zu verunstalten. Sie machte auch nicht den Eindruck, als müsste man ihr über die Straße helfen, aber die Zeiten, in denen ihr die Jungs beim Überqueren der

Straße hinterherpfiffen, waren eben auch schon eine ganze Weile vorbei.

»Ich möchte nicht unhöflich erscheinen, aber würden Sie mir verraten, wie alt Sie sind?«

»Ich bin 1944 geboren.«

»Dann ist es wahrscheinlich auch keine große Hilfe, wenn ich Ihnen rate, Ihre Mutter zu fragen.«

»Nein. Sie ist vor wenigen Wochen gestorben. Sie war Jahrgang 1927.«

»Sie hätten sie fragen können, als sie noch gelebt hat.«

»Was meinen Sie, wie oft ich das gemacht habe. Aber meine Mutter wollte seine Identität nie preisgeben.«

»Warum nicht?«

»Ich weiß es nicht. Sie hat es mir nie gesagt. Sie hat es kategorisch abgelehnt, auch nur ein Wort über ihn zu verlieren. Sie hat zeitlebens ein Geheimnis daraus gemacht. Irgendwann habe ich akzeptiert und respektiert, dass es der Wunsch meiner Mutter ist, nicht mit mir über meinen Vater zu sprechen. Aber jetzt ist sie tot, und jetzt möchte ich mein Recht wahrnehmen, in Erfahrung zu bringen, woher ich komme.«

Sie fasste sich unwillkürlich an den Hals, als wollte sie prüfen, ob durch die Hauptschlagader auch wirklich noch Blut nach oben transportiert wurde.

»Vor allem angesichts des Umstandes, dass ich ja auch nur noch eine begrenzte und überschaubare Lebenszeit vor mir habe.«

Ich gab einen Ich-hätte-das-Geld-gut-gebrauchen-können-Seufzer von mir.

»Muss ich Ihnen wirklich sagen, dass es aussichtslos ist, etwas aufzuklären, das so viele Jahre zurückliegt? Noch dazu etwas, das sich zu einer Zeit ereignet hat, als in Deutschland ein heilloses Durcheinander herrschte und das Chaos regierte? In den Kriegswirren sind damals Hunderttausende von Menschen verschwunden, und viele davon konnten nicht einmal durch die jahrzehntelange Sucharbeit professioneller Organisationen gefunden werden.«

»Sie sollen meinen Vater ja auch gar nicht finden – man muss ja davon ausgehen, dass er ebenfalls nicht mehr lebt. Ich möchte nur etwas über seine Identität erfahren.«

»Auch dafür tendieren die Erfolgsaussichten gegen null.«

»Trotzdem. Ich möchte es wenigstens versucht haben.«

Ich fand, ich hatte ihr eine faire Chance gegeben, noch auszusteigen und ihr Geld nicht sinnlos zu verplempern. Der Wille des Klienten ist sein Himmelreich, und wenn ich anfangen würde, jedem meiner Kunden seinen Auftrag gewaltsam ausreden zu wollen, konnte ich gleich zum Landschaftsgärtner umschulen. Also vereinbarten wir die üblichen Modalitäten inklusive Honorar und einigten uns darauf, dass ich maximal eine Woche lang intensiv versuchen würde, etwas über den unbekannten Vater herauszufinden.

Ich fragte die Frau, ob es wenigstens irgendeinen Anhaltspunkt für die Identität ihres Erzeugers gebe. Es gab einen, und sie hatte ihn auch mitgebracht. Sie kramte etwas aus ihrer Handtasche und legte es auf meinen Schreibtisch.

»Diese Postkarte habe ich in den Hinterlassenschaften meiner Mutter gefunden.«

Ich betrachtete die Karte. Es war eine Schwarz-Weiß-Fotografie eines Gebäudes, und entlang des unteren Bildrands gab es einen weißen Balken, in dem mit schwarzer Schrift »*Hotel Luitpold* – Nürnberg« stand. Ich drehte die Karte um. Auf die Rückseite war etwas Handschriftliches gekritzelt worden: das Wort »Eva« mit einem Ausrufezeichen dahinter, und darunter die Zahlen »27.02.44«.

Ich sah zu meiner Klientin auf.

»Eva – ist das Ihr Vorname?«

Sie nickte.

»Ja. Und das Datum, das da steht, liegt ziemlich genau neun Monate vor meiner Geburt.«

»Dann hat Ihre Mutter hier also offenbar den Tag Ihrer

Zeugung notiert – auf einer Ansichtskarte des Ortes, an dem sie stattfand.«

»So würde ich es auch deuten.«

»Ein Hotel. Das klingt nach einem klassischen One-Night-Stand. Wodurch die Chance, Ihren Vater ausfindig zu machen, noch unter null sinken würde.«

Meine Klientin wollte das nicht weiter kommentieren, also ließ ich sie den Vertrag unterschreiben, kassierte meinen Vorschuss in bar und schrieb mir die genauen Personalien von ihr und ihrer Mutter sowie die Telefonnummer auf, unter der ich sie erreichen konnte. Sie verabschiedete sich von mir, verließ mein Büro – und ließ mich zurück mit einer alten Postkarte und ohne eine berechtigte Hoffnung, ihr helfen zu können.

Aber erstens kommt es anders, und zweitens als man denkt.

2

Eine gute Stunde später betrat ich das *Hotel Luitpold* in Nürnberg.

Ein einfacher Blick ins Telefonbuch hatte mich darüber aufgeklärt, dass es offenbar immer noch existierte. Es befand sich – wenig überraschend – ganz in der Nähe des Luitpoldparks. Zu seiner unmittelbaren Nachbarschaft gehörte auch der riesige Gebäudekomplex des *Bundesamtes für Migration und Flüchtlinge*, vor dem ich meinen Wagen geparkt hatte. Der Monsterbau wurde von manchen Älteren immer noch als »SS-Kaserne« bezeichnet, denn als solche hatten ihn die Nazis errichtet. Es war die bedeutendste Kasernenanlage des Dritten Reiches, und sie sollte als eine Art Eingangstor zum Reichsparteitagsgelände fungieren.

Das *Hotel Luitpold* erwies sich äußerlich als ein altes, verfallendes Gemäuer, und wenn ich erwartet hätte, dass dafür innen die Renovierungswut ausgebrochen war, wäre ich gründlich enttäuscht worden. Es war ein heruntergekommener

Schuppen, in dem man alles langsam vor sich hin verrotten ließ. Die Inneneinrichtung präsentierte sich als ein grauenhafter Stilmix, wild zusammengestückelt aus allen Epochen der letzten zweihundert Jahre, wobei aber nichts jünger als dreißig Jahre war. Wenn man schnell depressiv werden wollte, musste man sich nur ein halbes Stündchen in diese Hotellobby setzen. Vielleicht hatte der Kasten ja sogar irgendwann einmal eine gewisse Eleganz besessen, aber das war lange vorbei. Jetzt zehrte er, wie viele alte Menschen auch, allenfalls noch von der Erinnerung an bessere Tage. Ich kannte diese billigen Absteigen zur Genüge, ich hatte die Hälfte meines Berufslebens in ihnen verbracht bei der Überwachung von seitenspringenden Ehegattinnen und Ehegatten, und wahrscheinlich würde ich eines Tages aus einer von ihnen herausgetragen werden – in einer großen schwarzen Kiste.

Ich trat an die Rezeption. Im Hintergrund dudelte aus einem blechern klingenden Kofferradio die schwülstige Stimme eines Schnulzenheinis, der ein fröhliches Schlagerliedchen mit dem Refrain »Ich lass dich nicht geh'n heute Nacht, Magdalena« trällerte – eine kaum verhüllte Ansage, dass er Magdalena vögeln wollte, notfalls mit Gewalt. Dagegen waren die Texte der meisten Heavy-Metal-Bands die reinste Chorknabenliteratur.

Die dicke Frau mit den fettigen Haaren, die am Empfang saß, schenkte dem schmierigen Gesäusel allerdings wenig Beachtung, denn sie war ganz vertieft in die Lektüre einer Klatsch-Illustrierten, deren Titelblatt reißerisch intime Details über die aktuellsten Eskapaden irgendeines verzogenen Königskindes aus irgendeiner skandalträchtigen degenerierten europäischen Hochadelsfamilie versprach. Bedauerlicherweise schenkte sie auch mir keine Beachtung, also klopfte ich mit der Faust auf das morsche Holz der Theke.

»Jemand zu Hause?«

Die Dicke hob den Kopf und sah mich an wie etwas, das man besser in der Toilette wegspülen sollte.

»Wir haben nix frei. Ist gerade Messe. Alle Zimmer belegt.«

Wahnsinn – der Laden boomte also sogar. Die Nähe zum Messegelände war die einzige Erklärung dafür, dass sich Leute in so einem Drecksloch einquartierten.

»Ich brauche kein Zimmer.«

»Was wollen Sie dann?«

»Eine Auskunft – über die Geschichte dieses Hauses.«

Sie kniff die Augen zusammen.

»Wer sind Sie? Ein Historiker oder so was?«

»Nein. Ich heiße Philipp Marlein und bin Privatdetektiv. Ich arbeite für eine Klientin, die ihren Vater sucht. Der einzige Hinweis, den sie hat, ist diese Postkarte.«

Ich zog das Ding aus meiner Manteltasche und legte es auf die Theke. Sie streckte ihre Wurstfinger aus, angelte sich die Karte und betrachtete sie.

»Können Sie mir etwas über die Geschichte dieses Hauses erzählen? Vor allem über die Zeit um 1944?«

Sie gab mir die Postkarte zurück.

»Da gibt's nicht viel zu erzählen. War schon immer ein Hotel, das hier. Wurde von den Nazis in den Dreißigern beschlagnahmt. Weil's so nah am Reichsparteitagsgelände lag. Haben ihre Funktionäre hier einquartiert, während der Parteitagswoche. Nach 38 war dann Schluss. Wegen dem Krieg. Gab ja dann keine Parteitage mehr. Stand leer, das Gebäude. 44 und 45 wurden noch mal irgendwelche Leute hier einquartiert. Keine Ahnung, wer. Dann war wieder tote Hose, bis Anfang der Fünfziger. Da hat es mein Vater gekauft. Ganz legal. Und hat es wieder als Hotel geführt. Ich hab's später übernommen.«

»Woher wissen Sie das alles?«

»Hat mir mein Vater erzählt.«

»Könnte ich mit ihm sprechen?«

»Kein Problem. Sie finden ihn auf dem Südfriedhof.«

»Mich interessiert diese Sache 1944. Können Sie mir darüber nicht doch etwas mehr sagen?«

»Nein.«

»Gibt es noch irgendwelche Unterlagen oder Dokumente aus dieser Zeit? Gästebücher oder Akten oder so was?«

»Auf dem Dachboden liegt jede Menge alter Krempel. Hab ihn mir nie angeschaut.«

»Aber ich würde es gerne tun.«

»Ich mag's nicht, wenn fremde Leute auf meinem Dachboden herumschnüffeln.«

Ich zog mein Portemonnaie aus der Hosentasche, fischte ein großes Scheinchen heraus und legte es auf die Theke.

»Vielleicht könnte das hier Ihre Bedenken über das Herumschnüffeln zerstreuen.«

Sie grapschte sich den Schein, wie sich ein Frosch mit seiner Zunge eine Fliege schnappt. Ich hatte sie schon richtig eingeschätzt – sie war nicht der Typ, der wegen irgendwelcher Gefühlsduseleien auf ein großes Scheinchen verzichtete.

»Ich bring Sie hoch – aber machen Sie keine Unordnung und machen Sie nichts kaputt.«

Das mit der Unordnung stellte sich als grandioser Witz heraus – jede Veränderung auf diesem Dachboden konnte nur eine Zunahme an Ordnung bewirken, denn noch mehr Unordnung war schlicht und ergreifend nicht möglich, sie war bereits maximal. Auf dem Dachboden sah es aus, als hätte man alles, was auf dem letzten Fürther Grafflmarkt und dem letzten Nürnberger Trempelmarkt ums Verrecken keinen Käufer gefunden hatte, hier abgestellt.

Ich wühlte mich stundenlang völlig erfolglos durch Tonnen von Gerümpel und Sperrmüll. Meine Suche schien für den Arsch zu sein. Doch ich blieb hartnäckig. Und wurde belohnt. In der hintersten, staubigsten Ecke stieß ich auf eine große Truhe, in der sich tatsächlich diverse alte Dokumente befanden. Enttäuscht stellte ich bei der Durchsicht fest, dass die meisten aus der Nachkriegszeit stammten und mir nichts nutzten. Ich wollte die Hoffnung schon endgültig aufgeben.

Und dann fand ich doch noch etwas Interessantes. Ganz unten am Truhenboden. Etwas Hochinteressantes, um genau zu sein.

Es war ein altes, ramponiertes Notizbuch – mit äußerst aufschlussreichem Inhalt, wie ich feststellen konnte, während ich es durchblätterte.

Ich muss zufrieden gegrinst haben, als ich das Notizbuch in der Innentasche meines Mantels verschwinden ließ und meinen Rückzug vom Dachboden antrat.

3

Es gibt Aufträge, für die man die ganze Welt bereisen könnte und absolut nichts von dem finden würde, wonach man sucht. Und es gibt Fälle, bei denen stolpert man über das Gesuchte, kaum dass man vor die Bürotür getreten ist.

Dieser schien – wider Erwarten – ein solcher Fall zu sein.

Das Einzige, was ich zu seiner Aufklärung brauchte, war offenbar das Nürnberger Telefonbuch. Das Notizbuch hatte mir den Namen eines Mannes geliefert, und ein Mann dieses Namens stand in eben jenem Telefonbuch. Es erschien mir fast schon unglaubwürdig, dass es sich dabei um dieselbe Person handeln könnte, aber manchmal sind die Dinge tatsächlich so einfach und banal, dass man sie nur deswegen für unglaubwürdig hält. Außerdem war in dieser Angelegenheit bisher alles so glatt gelaufen, dass ich fand, es war einen Versuch wert.

Als ich die im Telefonbuch hinter dem Namen angegebene Adresse aufsuchte, stand ich vor einem Alten- und Pflegeheim.

In der Eingangshalle gab es ein Büro mit einer Art Schalterfenster. Ich nannte der Dame hinter dem Sprechglas den Namen aus dem Notizbuch und fragte, wo ich den Herrn finden könne.

Sie starrte mich an, als wäre ich King Kong und hätte nach der weißen Frau gefragt.

»Na so was! Dass der mal Besuch bekommt, hab ich ja überhaupt noch nicht erlebt. Aber schön, dass noch mal jemand bei ihm vorbeischaut, bevor es mit ihm zu Ende geht. Sind Sie wohl ein Verwandter von ihm?«

Ich sah so unschuldig drein wie ein Rehkitz.

»Nein, nur ein flüchtiger Bekannter. Geht es ihm wohl so schlecht?«

Sie zog die Mundwinkel nach unten.

»Na ja, sein Hausarzt hat gesagt, dass er Weihnachten definitiv nicht mehr erleben wird. Aber er hat ja auch ein gesegnetes Alter erreicht.«

Sie nannte mir ein Stockwerk und eine Zimmernummer.

Als ich einige Minuten später dieses Zimmer betrat, fühlte ich mich genauso in die Vergangenheit zurückversetzt wie im *Hotel Luitpold*. Auch hier wirkte das Mobiliar antiquiert und wie vom Sperrmüll zusammengesammelt. Der Raum war schlauchartig angelegt, und seine wenigen Quadratmeter waren vollgestellt mit einem großen wuchtigen Schrank, einem Sofa, einem Nierentischchen, einem Fernseher, einem Nachtkästchen – und einem Bett.

Es war kein normales Bett, sondern eines von der Art, wie sie sonst in Krankenhäusern zu finden sind – mit Seitengittern, einem »Galgen« zum Hochziehen und Hebeln zum Verstellen von Kopf- und Fußteil. An dem Galgen war ein Druckknopf befestigt, von dem ein Kabel zu einem Anschluss in der Wand führte – offenbar eine Glocke, mit der man nach dem Pflegepersonal läuten konnte. Aus dem Bett führte ein Plastikschlauch zu einem Beutel, der an der untersten Strebe des Seitengitters hing und mit einer gelben Flüssigkeit gefüllt war.

Und in dem Bett lag ein ausgemergelter alter Mann. Er hatte einen kahlen Schädel und ein eingefallenes Gesicht. Seine Arme und Hände, die über der Bettdecke lagen, waren nur noch Haut und Knochen. Seine Hautfarbe war schwer zu identifizieren und zu beschreiben – er hatte einfach keine mehr. Er kam einem Skelett so nahe, wie es einem lebenden Wesen überhaupt nur möglich war.

Ich setzte mich in den Rollstuhl, der neben dem Fußende des Bettes stand.

Der Alte musterte mich mit grau schimmernden Augen, die tief in den Höhlen lagen wie Särge in Gräbern. »Was wollen Sie hier?«

Seine Stimme war heiser und brüchig, aber doch noch fester und klarer, als man sie aus dem Mund eines solchen Totenkopfes erwartet hätte.

»Ich will mich nur ein paar Minuten mit Ihnen unterhalten. Sind Sie dazu in der Lage?«

»Ja, natürlich. Der Krebs frisst meinen gebrechlichen Körper zwar unaufhaltsam von unten nach oben auf, aber beim Mund und beim Gehirn ist er zum Glück noch nicht angelangt – wobei das auch nicht mehr lange dauern wird. Doch noch kann ich denken und reden.«

Er starrte mich an, schien nach einer Erinnerung an mich zu suchen.

»Wer sind Sie?«

»Mein Name ist Philipp Marlein. Ich bin Privatdetektiv und habe im Zuge von Ermittlungen ein altes Notizbuch entdeckt, in dem unter anderem auch Ihr Name auftaucht. Ich wüsste gerne, ob Sie tatsächlich die in dem Notizbuch genannte Person sind, weil Sie mir dann vielleicht helfen könnten, den Fall aufzuklären, an dem ich arbeite.«

Er fügte den zahllosen Falten in seinem Gesicht noch ein paar weitere hinzu, indem er die Stirn runzelte.

»Und in welchem Zusammenhang taucht mein Name in diesem Notizbuch auf?«

»*Hotel Luitpold* 1944.«

Er zuckte merklich zusammen.

»Was steht in dem Notizbuch?«

Ich dachte zurück an den Moment, als ich das Notizbuch auf dem Dachboden des *Hotel Luitpold* zum ersten Mal durchgeblättert hatte. Alle Seiten waren mit Tabellen beschriftet, bestehend aus vier Spalten und vielen Zeilen. In der ersten Spalte stand oben »Gast«, und in den Zeilen darunter waren Personalien eingetragen: Name, Vorname, Geburtsdatum und eine Adresse. Die Vornamen waren ausschließlich weiblich. In der zweiten Spalte stand oben »Aufenthalt«, und in den Zeilen darunter waren Zeiträume »von ... bis ...« vermerkt, meistens einige Tage, allesamt in den Jahren 1944 und 1945. In der dritten Spalte stand oben »Betreuer«, und in den Zeilen darunter waren Namen und Vornamen aufgelistet, diesmal ausschließlich männliche. Diese Namen wiederholten sich – im Gegensatz zu denen in der ersten Spalte – zumindest eine bestimmte Zeit lang immer wieder. In der vierten Spalte stand oben »Ergebnis«, und in den Zeilen darunter waren ebenfalls Personalien notiert – jedoch nur ein Vorname (hier gab es bunt gemischt sowohl männliche als auch weibliche) und ein Geburtsdatum. In dieser Spalte fanden sich im Gegensatz zu den anderen allerdings nicht in jeder Zeile Eintragungen, etwa die Hälfte war leer – dafür waren in einigen wenigen Zeilen Daten von zwei oder drei Personen aufgeführt. In der zweiten Hälfte des Notizbuches gab es hier gar keine Einträge mehr.

Ich hatte die Zahlen überflogen. Der Abstand zwischen den Aufenthaltsdaten in der zweiten Spalte und den Geburtsdaten in der letzten Spalte betrug fast immer ziemlich genau neun Monate. Die Chronologie der Einträge richtete sich nach dem Beginn des Aufenthaltes. Ich hatte zu den Aufenthalten Ende Februar 1944 zurückgeblättert und tatsächlich das gefunden, worauf ich scharf war: Die Zeile, in deren letzter Spalte Vorname und Geburtsdatum meiner Klientin und in deren erster Spalte Name, Vorname und Geburtsdatum ihrer Mutter eingetragen waren.

Und den Mann, dessen Name in dieser Zeile als »Betreuer« genannt worden war, hatte ich jetzt vielleicht leibhaftig vor mir. Wenn er tatsächlich dieser Mann war, würde ich ihm die

Einzelheiten gar nicht alle unter die Nase reiben müssen. Also beschränkte ich mich auf die Kurzversion.

»Vier Spalten mit den Überschriften ›Gast‹, ›Aufenthalt‹, ›Betreuer‹ und ›Ergebnis‹. Darunter eine Menge Namen, Zahlen und Geburtsdaten. Ihr Name steht unter der Spalte ›Betreuer‹, und zwar ziemlich oft.«

Nachdem ich das gesagt hatte, herrschte erst einmal Schweigen – langes Schweigen. Der alte Mann stierte minutenlang regungslos vor sich hin. Er schien mit seinen Gedanken in die ferne Vergangenheit geschweift zu sein und meine Anwesenheit glattweg vergessen zu haben. Nachdem ich ihm diese Auszeit eine Weile gewährt hatte, beschloss ich, ihn zurückzuholen und daran zu erinnern, dass ein an Kommunikation interessierter Gesprächspartner an seinem Bett saß.

»Sie sind diese Person, nicht wahr?«

Er zuckte erneut zusammen, als sei er aus einem Traum erwacht, und guckte mich an, als habe er mich noch nie zuvor gesehen. Es dauerte etwas, bis er sich wieder einigermaßen situativ orientiert hatte.

»Mein Gott – das ist so lange her.«

Ich versuchte, es mir möglichst bequem zu machen, indem ich mich zurücklehnte und meine Beine auf die Fußstützen des Rollstuhls stellte.

»Erzählen Sie mir die Geschichte.«

Er bewegte seinen Oberkörper hoch, bis er aufrecht im Bett saß. Es schien ihm große Mühe zu bereiten.

»Was gibt es denn da noch zu erzählen? Ich schätze mal, dass die Eintragungen in dem Notizbuch für sich sprechen sollten.«

Ich nickte.

»Ja, natürlich ist manches offenkundig. In den Jahren 1944 und 1945 haben ausschließlich junge Frauen für einige Tage im *Hotel Luitpold* eingecheckt, und neun Monate später haben viele von ihnen Kinder bekommen.«

»Und? Was ist daran noch unklar?«

»Was genau ist in dem Hotel passiert? Und was war Ihre Rolle als ›Betreuer‹?«

»Können Sie sich das wirklich nicht denken?«

»Nun, ich habe so eine dunkle Vorahnung. Es geht um diese Lebensborn-Geschichte, oder?«

»Nein, der Lebensborn hat damit nichts zu tun. Der Lebensborn war tatsächlich nur eine Hilfseinrichtung für Mütter mit unehelichen Kindern. Aber es geht um ein geheimes Projekt, das man später immer in den Lebensborn hineininterpretiert hat – fälschlicherweise.«

Der Alte ließ sich zurück in sein Kopfkissen sinken. Er fummelte mit einer Hand an irgendeinem Knopf oder Hebel herum, was bewirkte, dass sich sein Kopfteil etwas hochstellte.

Und dann begann er zu erzählen, mit krächzender Stimme, aber flüssig.

»Ich war damals Anfang zwanzig und seit Kurzem Mitglied der SS. Ich war jung und naiv und stolz darauf, es als einfacher Bauernbursche aus einem kleinen fränkischen Dorf geschafft zu haben, in diese absolute Eliteeinheit aufgenommen zu werden. War stolz auf die schicke Uniform, die ich tragen durfte, und auf die feierlichen Zeremonien, an denen ich teilnehmen durfte. Ich gehörte zum Ritterorden unserer Nation, verstehen Sie?«

Ich nickte.

»Anfang 1944 erhielt ich den Befehl, mich in der Nürnberger SS-Kaserne einzufinden – für ein Geheimprojekt, wie es hieß. Ich kam zu einer kleinen Gruppe von Männern, die man aus ganz Deutschland zusammengezogen hatte. Wir waren alle zwischen zwanzig und dreißig Jahre alt, groß, schlank, muskulös, blond, blauäugig. Nordische Arier eben nach damaliger Vorstellung. Wir wussten nicht, was die mit uns vorhatten, und saßen einige Tage untätig herum und warteten. Dann wurden wir eines Abends in einem Besprechungsraum zusammengetrommelt, und ein hoher Parteifunktionär kam herein, um uns über unsere ›Mission‹ aufzuklären.«

»Was war denn jetzt Ihre ›Mission‹?«

»Es ging darum, dass der Krieg viele Opfer fordern würde. Auch wenn er am Ende mit hundertprozentiger Sicherheit siegreich enden wird. Das hat er gesagt. Und dass man die Lücken in der Bevölkerung, die durch diese Opfer entstehen, unbedingt wieder auffüllen muss. Dem Führer möglichst viele Kinder schenken, damit das deutsche Volk nicht ausstirbt.«

»Und dafür hatte man Sie ausgesucht?«

»Ja. Wir waren die männlichen Auserwählten. Und der Sinn des Ganzen war nicht nur, für möglichst viel Nachwuchs zu sorgen. Das deutsche Volk sollte auch biologisch vervollkommnet werden. Eine neue, rein arische Herrenrasse herangezüchtet werden. Nur eine solche Herrenrasse kann die Welt beherrschen und für die Höherentwicklung der Menschheit sorgen – das waren seine Worte. Unsere Aufgabe war, mit der Schaffung dieser Herrenrasse zu beginnen. Das Projekt unterlag absoluter Geheimhaltung. Der Parteifunktionär drohte mit standrechtlicher Erschießung, falls einer von uns mit anderen als den beteiligten Personen darüber sprechen sollte.«

Er musste unterbrechen, wurde von einem Hustenanfall geschüttelt. Ich wartete, bis er nach einer Papiernierenschale gegriffen hatte, die auf dem Nachtkästchen neben dem Bett stand, und ein zähflüssiges, gelblich-grünliches, mit Blutspuren versetztes Sekret hineingespuckt hatte.

»Und dann?«

Er wischte sich mit Zellstoff den Sabber ab, der aus seinen Mundwinkeln tropfte, legte den Zellstoff in die Nierenschale und stellte diese zurück auf das Nachtkästchen.

»Und dann? Das wissen Sie doch jetzt schon. Dann sind wir jeden Tag ausgerückt an die Front – ins *Hotel Luitpold*. Dort warteten dann die weiblichen Auserwählten auf uns – große, schlanke, blonde, blauäugige Frauen, meistens BDM-Mädels zwischen sechzehn und achtzehn, die man ebenfalls in ganz Deutschland gezielt für diese Mission ausgesucht hatte. Und dann taten wir, was unser Auftrag war – Nachwuchs fürs Vaterland und eine neue Herrenrasse zeugen.«

»Haben diese Frauen und Mädchen freiwillig mitgemacht oder wurden sie dazu gezwungen?«

»Das weiß ich nicht so genau. Die meisten schienen zumindest ihren Spaß dabei zu haben, schließlich waren wir alle gut aussehende und gut gebaute Jungs. Aber es gab auch einige, die offenkundig nur sehr widerwillig bei der Sache waren.«

»Hatten Sie Ihren Spaß dabei?«

»Ich müsste lügen, wenn ich mit einem glatten Nein antworten würde. Wir waren jung und vor Hormonen strotzend, die Mädchen hatten alle tolle Figuren und entsprachen voll dem damaligen Schönheitsideal – die erste Zeit war es der absolute Traumjob, wir bekamen das, was man sich sonst in der Freizeit mühevoll erobern musste, in der Arbeitszeit auf dem Silbertablett serviert – und wurden auch noch dafür bezahlt. Aber Sie können sich ja denken, wie das dann ist – wenn man jeden Tag von früh bis abends ›muss‹, vergeht einem die Lust irgendwann. Am Ende war es dann nur noch ein Job wie in der Fabrik am Fließband – man geht mit Widerwillen hin, erledigt monoton seine Arbeit und hofft, dass es bald vorbei ist.«

»Wann war das Ende?«

»Für uns nach zwei oder drei Monaten – als man merkte, dass wir ausgelaugt waren, wurden wir ausgetauscht und durch neue Jungs ersetzt.«

»Als was sind Sie nach Ihrer Entlassung als Herrenrassenzeuger eingesetzt worden?«

Er hob seine Hand und winkte ab.

»Nein, nein, jetzt ist mal Schluss. Eigentlich habe ich Ihnen sowieso schon viel zu viel erzählt. Ich weiß immer noch gar nicht, um was es eigentlich geht. Jetzt sind Sie dran mit dem Auspacken.«

Statt auszupacken, erhob ich mich vom Stuhl und ging langsam durch das Zimmer. Vor dem großen Schrank blieb ich stehen. Er hatte eine Menge Türen und Schubladen. Ich begann, sie zu öffnen und mir anzusehen, was sich hinter den Türen und in den Schubladen befand.

Vom Bett her drang die erregte Stimme des alten Mannes an mein Ohr.

»Lassen Sie das! Sie haben kein Recht, in meinen Sachen herumzuschnüffeln, die gehen Sie überhaupt nichts an. Hören Sie auf damit, oder ich läute der Schwester und lasse Sie rauswerfen.«

Ich ließ tatsächlich vom Schrank ab und ging zurück zu seinem Bett – aber nur, um die Glockenschnur aus dem Wandanschluss zu ziehen, die Glocke vom Bettgalgen zu entfernen und sie in eine Ecke zu werfen. Der Alte japste vor Wut.

»Hey! Sind Sie verrückt? Sie machen sich strafbar!«

Ich beachtete ihn nicht, wandte mich wieder dem Schrank zu und stöberte darin herum. Er enthielt fast nur Plunder und Nippes, nichts, was interessant gewesen wäre – mit Ausnahme zweier alter Schwarz-Weiß-Fotografien. Ich nahm sie heraus und sah sie mir an. Beide Bilder zeigten einen gut aussehenden blonden Jüngling in SS-Uniform, und nur die Gesichtszüge verrieten, dass es sich dabei um dieselbe Person handelte, deren noch nicht ganz sterbliche Überreste einige Meter entfernt von mir im Bett lagen.

Auf dem ersten Foto stand er, fröhlich lächelnd, in der Mitte einer Gruppe junger blonder Damen, zwei davon in seinen Armen haltend.

Auf dem zweiten Foto stand er, fröhlich lächelnd, vor einigen barackenartigen Gebäuden, die von einem hohen Stacheldrahtzaun umgeben waren.

Ich schaffte es irgendwie, den Würgereiz, der in mir hochstieg, zu unterdrücken, packte die Fotos wieder weg, ging erneut zurück zum Bett und blieb am Bettrand stehen.

Der Alte funkelte mich zornig an.

»Sie können mir schon glauben, ich habe Ihnen keine Märchen erzählt. Sie brauchen nicht nach Beweisen zu suchen. Sagen Sie mir jetzt endlich, warum Sie zu mir gekommen sind?«

Ich betrachtete die Gegenstände auf seinem Nachtkästchen. Neben der benutzten Nierenschale befanden sich darauf ein offenbar mit Tee gefüllter Schnabelbecher, ein Medikamentendispenser mit vielen bunten Pillen drin, ein kleiner Teller, auf dem einige Scheiben Zwieback lagen, ein Zahnprothesenbecher, ein Hörgeräte-Etui, eine Illustrierte mit TV-Programm, ein abgegriffener Western-Heftroman sowie eine verdreckte Brille und eine große Lupe. Was sich nicht darauf befand, war ein gerahmtes Foto.

»Haben Sie Kinder?«

Er stieß einen leisen Seufzer aus.

»Nein. Ich bin nach dem Krieg nach Nürnberg zurückgekehrt und habe hier geheiratet, aber unsere Ehe ist kinderlos geblieben, obwohl wir uns Kinder gewünscht haben. Aber ich habe mich immer damit getröstet, dass ich ja damals bei meiner Tätigkeit im *Hotel Luitpold* sicherlich ganz viele Nachkommen in die Welt gesetzt hatte.«

Er umfasste meine Hände, die oben auf dem Bettgitter ruhten.

»Darum geht es doch, nicht wahr? Darum sind Sie doch hier! Sie wurden von einem dieser Kinder beauftragt, seinen Vater ausfindig zu machen. Sie sind dabei auf dieses Notizbuch gestoßen, und das hat Sie zu mir geführt.«

Ich entwand meine Hände seinem kalten knochigen Griff. Er zog die seinen wieder zurück und ließ sie auf die Bettdecke sinken.

»Ich liege hier in meinem Sterbebett, ich habe nicht mehr lange zu leben, ein paar Monate, wenn's hochkommt, vielleicht auch nur noch ein paar Wochen. Ich habe keine Angehörigen und keine Verwandten mehr.«

In seinem Blick lag jetzt etwas Flehendes.

»Ich würde, bevor ich sterbe, gerne noch eines meiner Kinder persönlich kennenlernen. Sagen Sie der Person, die Sie beauftragt hat, wer ich bin und wo ich bin und dass sie mich besuchen kann.«

Ich musterte den Alten – sehr lange und sehr genau. Vor mir lag zweifelsohne ein alter, kranker, sterbender, bemitleidenswerter Mensch. Aber nach dem, was ich gehört und gesehen hatte, sah ich in ihm nicht mehr den Alten und den Kranken und den Sterbenden und den Bemitleidenswerten, der er jetzt war, ich sah in ihm die mordende Bestie, die er ebenso zweifelsfrei einmal gewesen war.

»Sie irren sich. Sie haben recht mit der Vermutung, dass mich eine Person, deren Mutter damals ›Gast‹ im *Hotel Luitpold* war, beauftragt hat, ihren Vater zu suchen – aber Sie sind es definitiv nicht. Von allen Betreuernamen im Notizbuch stand nur Ihrer auch im Nürnberger Telefonbuch, und ich bin nur zu Ihnen gekommen, um zu erfahren, was damals überhaupt in diesem Hotel abgelaufen ist.«

Die Kinnlade fiel ihm runter, und er glotzte mich an, als würde er die vier apokalyptischen Reiter auf sein Bett zugaloppieren sehen. Ich ignorierte seinen Blick und redete einfach weiter.

»Die Organisatoren dieses Zeugungsprogramms haben offenbar tatsächlich noch bis ins Frühjahr 1945 weitergemacht, denn die Ergebnisse der ersten Monate des Jahres 44, sprich die dabei entstandenen Kinder, wurden in dem Notizbuch dokumentiert. Anhand der Eintragungen kann man genau nachvollziehen, welche Frauen tatsächlich schwanger wurden – und von welchem ›Betreuer‹.«

Ich hielt kurz inne.

»Bei keiner einzigen der Frauen, die Sie ›betreut‹ haben, findet sich unter ›Ergebnis‹ ein Eintrag. Sie haben kein einziges Kind gezeugt. Wahrscheinlich sind Sie unfruchtbar, deswegen hat es später auch mit Ihrer Ehefrau nicht geklappt.«

Er starrte mich an mit vor Entsetzen weit aufgerissenen Augen. Jeder andere Mensch hätte damit mein Mitgefühl erregt, doch dieser hier widerte mich nur an. Ich spuckte auf den Boden.

»Ich habe mir Ihre zwei netten Erinnerungsfotos angesehen. Das erste wurde offenkundig im *Hotel Luitpold* aufgenommen. Und wo das zweite geschossen wurde, kann man sich denken, wenn man den Geschichtsunterricht nicht komplett verschlafen hat. Schon klar, warum Sie mir nichts darüber sagen wollten, was Sie nach dem Job im *Hotel Luitpold* gemacht haben. Vom Lebenserzeugungsprogramm direkt weiter zum Lebensvernichtungsprogramm. Das waren die beiden Seiten der Medaille bei der Rassenpolitik des Naziregimes: Die wertvolle arische Rasse sollte hochgezüchtet werden – und alle anderen minderwertigen Rassen sollten ausgebeutet und ausgerottet werden. Und die SS war dazu auserkoren, beides in die Tat umzusetzen. Was hat Ihnen eigentlich mehr Spaß gemacht – das Ficken im *Hotel Luitpold* in Nürnberg – oder das Foltern und Morden in dem Konzentrationslager, in dem Sie danach ›gearbeitet‹ haben? Sie sind ein Teufel, und es ist eine himmelschreiende Ungerechtigkeit, dass ein Stück Scheiße wie Sie auch noch so lange lebt und so alt wird. Aber ein bisschen Gerechtigkeit gibt es zum Glück doch noch: Sie werden sterben, ohne irgendetwas von sich hinterlassen zu haben. Und Sie werden für das, was Sie getan haben, in der Hölle schmoren – bis in alle Ewigkeit.«

Er bedachte mich mit einem hasserfüllten Blick und schloss dann die Augen. Es würde noch nicht für immer sein, aber der Sensenmann wetzte die Klinge schon – deutlicher hörbar als je zuvor.

Ich ging zur Tür und knallte sie so hart hinter mir zu, dass das Altenheim in seinen Grundfesten erschüttert wurde.

4

Das Gesicht meiner Klientin war ein einziges großes Fragezeichen.

»Es hat mich sehr überrascht, dass Sie mich schon so schnell wieder hier in Ihr Büro bestellt haben. Das kann nur etwas sehr Gutes oder etwas sehr Schlechtes bedeuten. Spannen Sie mich nicht länger auf die Folter – sagen Sie mir, was Sie herausgefunden haben.«

Ich blickte aus dem Fenster auf die rußgeschwärzten Fassaden der alten klassizistischen Häuser gegenüber meinem Büro. Da war er wieder, dieser verhasste Moment, in dem man einem Menschen eine unangenehme, eine böse, eine brutale Erkenntnis ins Gesicht schleudern musste.

»Leider bedeutet es etwas sehr Schlechtes.«

Ich wandte meinen Blick vom Fenster zu meiner Klientin.

»Sie werden nie erfahren, wer Ihr Vater war. Das *Hotel Luitpold* war die einzige Chance – und es war sogar eine realistische Chance, denn das Hotel gibt es tatsächlich noch. Ich war dort und habe recherchiert. Aber es existieren keine Unterlagen über die Zeit vor 1945 mehr – sie wurden alle vernichtet. Und einen anderen Ansatzpunkt gibt es nicht. Unter dieser Voraussetzung macht es überhaupt keinen Sinn, noch weitere Nachforschungen anzustellen. Ich muss die Suche abbrechen und beenden. Versuchen Sie, sich damit abzufinden, dass die Identität Ihres Vaters für immer ein Mysterium bleiben wird.«

Ich bemühte mich, überzeugender und vertrauenerweckender als jeder Anlageberater und jeder Versicherungsvertreter dreinzublicken.

»Und ich habe irgendwie das Gefühl, dass es auch besser ist so. Ihre Mutter wird ihrer Tochter die Identität ihres Vaters sicherlich nicht ohne gute Gründe vorenthalten haben.«

Meine Klientin sah mich an wie ein kleines Kind, dem man gerade eröffnet hatte, dass der Weihnachtsmann in Wirklichkeit nur der verkleidete und mit angeklebtem Bart und Perücke ausgestattete Onkel Theodor war.

»Ich wollte einfach nur wissen, welchem Mann ich meine Existenz mit verdanke. Egal, wer oder was er war.«

In ihrer Stimme lag Trotz – der kindliche Trotz, am Glauben an den Weihnachtsmann ungeachtet der Sache mit Onkel Theodor festzuhalten.

»Und ich werde meine Suche auch nicht aufgeben. Es gibt auch noch andere Privatdetekteien.«

Ich nickte.

»Tun Sie, was Sie nicht lassen können.«

Ich wollte ihr den Vorschuss komplett zurückgeben, aber sie bestand darauf, dass ich zumindest einen Teil davon behielt. Und dann verabschiedeten wir uns, ohne noch eine große Szene daraus zu machen.

Nachdem sie gegangen war, öffnete ich die Schreibtischschublade und zog das Notizbuch heraus. Noch hatte ich die Möglichkeit, es nicht zu tun. Noch konnte ich meine Klientin ein paar Tage später anrufen, ihr irgendeine Geschichte erzählen, dass ich doch noch etwas gefunden hätte, noch konnte ich ihr das Notizbuch zeigen und ihr die Adresse des Altenheims nennen, in dem ihr Vater lag – nur ein paar Kilometer von ihrem Wohnort entfernt.

Aber mein Entschluss stand fest.

Ich ging zum Waschbecken, zündete das Notizbuch mit einem Feuerzeug an, warf das brennende Ding ins Waschbecken, wartete, bis es nur noch Asche war, und spülte diese mit Wasser den Ausguss hinunter.

Dann ging ich zurück, setzte mich in meinen Sessel, legte die Füße auf den Schreibtisch und starrte lange Zeit in die unendlichen Weiten des Himmels.

Ich versuchte nachzudenken, aber es brauchte eine Weile, bis sich aus einem wirren Brei von Eindrücken einige halbwegs klare Gedanken formten.

Ich hatte meinen Job als Detektiv ad absurdum geführt: Statt die Wahrheit aufzudecken, hatte ich sie verschleiert und sowohl den alten Mann als auch – was viel schlimmer war – meine Klientin belogen.

Aber es gab gute Gründe, das zu tun.

Der sterbende alte Mann im Heim hatte, wie aus den Einträgen in dem Notizbuch hervorging, tatsächlich meine Klientin gezeugt – und außerdem Hunderte andere Kinder.

Ich wollte meiner Klientin nicht zumuten zu erfahren, dass ihr Vater ein SS-Teufel gewesen war, der fleißig an der fabrikmäßigen Vernichtung von unzähligen Menschen mitgewirkt hatte, dass sie Hunderte Halbgeschwister hatte, dass sie ihre Existenz nur einem perversen Zuchtprogramm der Nazis zur Gründung einer Herrenrasse verdankte, und dass sie keinem Akt der Liebe entsprungen war, sondern einer lieblosen, kalten, rein technokratischen Massenbefruchtung.

Und dem SS-Teufel wollte ich nicht auch noch den Triumph gönnen, scharenweise Kopien von sich hergestellt zu haben und hundertfacher – zumindest biologischer – Vater zu sein; er sollte einsam und verbittert sterben in dem Bewusstsein, nichts von sich hinterlassen zu haben.

Ich hatte die Gute – meine Klientin – vor der brutalen Wahrheit beschützt und den Bösen – ihren biologischen Vater – mit einer brutalen Unwahrheit bestraft.

Philipp Marlein, der Richter und Rächer von Fürth.

Aber wollte ich das denn wirklich sein? Ein Richter und Rächer von eigenen Gnaden? Oder wollte ich nicht eigentlich doch ein Detektiv sein, ein Wahrheitsfinder? Wenn ich ein Wahrheitsfinder sein wollte, warum zum Teufel verdunkelte und verfälschte ich sie dann? Durfte man die Wahrheit um einer fragwürdigen Gerechtigkeit willen verfälschen? Oder war die Wahrheit ein so hohes Gut, dass man sie immer akzeptieren musste – auch wenn sie brutal und ungerecht war?

Wahrscheinlich würde ich nie eine abschließende Antwort auf diese Fragen finden, sie würden mich quälen, *meine* Hölle sein, bis in alle Ewigkeit.

Wie gesagt – manchmal hasse ich meinen Job.

Friederike Schmöe

Ich wollt', ich wär' (k)ein Huhn

Sie hatten beide dieses Faible für die *Comedian Harmonists*. Total retro. Ansonsten waren sie ziemlich durchschnittlich. Lediglich *Ich wollt', ich wär' ein Huhn* wurde meines Erachtens zu häufig abgespielt in diesem Haushalt. Sie werden noch hören, warum.

Wobei – inzwischen wird nichts mehr abgespielt dort. Die haben sich umgebracht. Mit einem Kugelschreiber.

Tragik. Aber sie waren eben auch beide reichlich doof. Laura und Werner. Wirklich wahr.

Sie hatten sich in Togo kennengelernt. Beide waren mit Feuereifer Entwicklungshelfer. Brachen auf, um der leidenden Menschheit zu helfen. Aus Franken musste man auf alle Fälle weg, wenn man Gutmensch sein wollte. Laura und Werner entschieden sich für Afrika. Das spricht nicht wirklich gegen sie. Jahre später kamen sie zurück nach Deutschland und robbten auf der Suche nach einem Job durchs Land. Ist ja typisch. Manche schaffen einfach nicht mehr den Weg zurück. Die haben sich in irgendwas verrannt und können in der Ursprungskultur nicht mehr Fuß fassen. Bei Laura und Werner lag es am Voodoo. In Lomé hatten sie Kontakte zu Mtoto, einem Voodoopriester. Laura wurde sogar als Priesterin initiiert. Eine gebürtige Oberfränkin. Man möchte es nicht glauben.

Als sie wieder in Deutschland landeten, vor gut zwanzig Jahren, trugen sie beide Batikhemden und Pferdeschwanz und waren bei »Atomkraft – Nein danke«-Treffen aktiv. Ist ja nicht ehrenrührig. Gemeinsam entschieden sie, in Franken unterzukriechen. Hier ist die Welt noch in Ordnung, und man kommt auch mit Spinnern gut klar, wenngleich es auf den ersten Blick nicht so aussieht. Die beiden bekamen eine Menge dubioser Jobs angeboten. Also hockten sie eines Tages bei einem Solarzellenheini in dessen Wohnung in Erlangen. Zu der Zeit waren Solarzellen noch kein Thema. Keiner hatte welche. Sie waren im Prinzip Science Fiction, ein Traum versponnener Vögel mit Brillengläsern, dick wie Glasbausteine, aber Werner glaubte an die Sonne. Immerhin waren er und Laura in Afrika gewesen. Außerdem brauchten sie Geld. Sie saßen also in dieser Wohnung, rauchten sich die Hucke voll und debattierten, während auf *Bayern 3* die üblichen Songs liefen. Tee kochen und Radio hören mit Sonnenenergie waren die Gesprächsthemen. Der Fuzzi machte den beiden die Solarsoße schmackhaft. Mit feuchten Lefzen führte er seine Gerätschaften vor. Laura und Werner sollten als Vertreter für ihn arbeiten. Er würde sie generös am Gewinn beteiligen. Nannte Prozentzahlen. Hohe. Laura übersah die Gefahrensignale.

Dann machte sich Werner auf die Socken. Unmöglich zu recherchieren, worauf er aus war. Damals ging man noch nicht raus zum Rauchen. Laura sagte, es könnte sein, dass er an der Tanke Bier holen wollte. Die beiden tranken Beck's. In Franken und Beck's! Aber sie waren ja ziemlich frisch aus Togo eingeflogen und ohnehin absolut unangepasst.

Der Solarmensch wurde anzüglich und fasste Laura zwischen die Beine. Sie knallte ihm eine Bierflasche auf den Hinterkopf, er rutschte vom Sofa, schlug hin, war tot. Knall. So schnell geht das.

Werner kam zurück, den Nachschub unter dem Arm. Irgendwo hatte er auch ein bisschen Gras aufgetrieben.

Sie erleichterten den Typen um fünftausend Mark, die er im Schlafzimmerschrank hatte, wischten ihre Fingerabdrücke ab und gingen. Wenn man so drüber nachdenkt, könnte man sich einbilden, sie hätten das in Benin schon mal gemacht. Leute hopsgenommen, so professionell gingen sie vor.

Dann allerdings wurden sie unachtsam. Im Treppenhaus rumorten sie mit den Bierflaschen, und ein Nachbar kam aus seiner Bude getaumelt und machte Stress. Er sah besoffen aus. War er aber nicht. Er hatte ein gutes Gesichtergedächtnis. Seine Beschreibung des Paares in bunten Hemden war teuflisch präzise.

Die Polizei befragte Laura und Werner eine Woche später. Sie stritten alles ab. Ermittlungstechnisch waren sie vom Haken. Es gab keine Beweise. Vorsichtshalber vollzogen Laura und Werner ein Voodoozeremoniell, um klarzumachen, dass ihnen nie irgendwer auf die Spur kommen würde. Sie riefen Mtoto an und baten auch ihn um ein Schutzritual. Schickten ihm Geld. Die Bunthemden wurden verbrannt. Werner rasierte seinen Bart ab, Laura ging zum Friseur und hatte seit Jahren mal wieder so was wie einen Haarschnitt. Damit war der Käse gegessen. Der Fall wurde nie geklärt.

Die Zeit ging ins Land, und Laura und Werner wurden sesshaft. Sie vergaßen Togo. Sie vergaßen den Solarzellenmann und Mtoto, den Voodoopriester. Stattdessen eröffneten sie eine Nostalgiekneipe im ehemaligen Gasthof eines Kaffs in der Fränkischen Schweiz. Das Kaff war ziemlich malerisch. Zwischen steilen Felswänden klebten Fachwerkhäuschen. Nachts wurden sie angestrahlt. Auf den Straßen roch es nach Pferdemist.

Laura und Werner bezogen das Häuschen direkt neben dem Gasthaus, eine historische Bruchbude unterhalb der höchsten Felsen des Dorfes, und renovierten die Hütte, wofür sie gute fünf Jahre brauchten. Das Ergebnis war ansehnlich, und die alteingesessenen Dorfbewohner zollten den neu Zugezogenen ihren Respekt.

Touristen überrollten die Gegend in immer größerer Zahl, für ein oder zwei Wochen. Sie gingen wandern, kletterten in Horden auf Felsen, angeseilt, mit Helmen und

Spezialschuhwerk ausgerüstet. Andere ließen sich mitsamt Kajak in der Wiesent absetzen und paddelten kilometerweit flussabwärts. Manche kamen nur, um das einheimische Bier und die Brände zeitintensiv durchzutesten. Wem's gefällt.

Weil zur Hauptsaison die Pensionen flott ausgebucht waren, vermieteten Laura und Werner ein Zimmer in ihrer Schauerhütte als eine Art Bed & Breakfast. Das klappte drei Jahre, danach hatten sie keinen Nerv mehr für Gäste und nutzten den leeren Raum für ihr ausrangiertes Voodooequipment und andere sentimentale Erinnerungen.

In der Musikbox der Kneipe liefen oft die *Comedian Harmonists*. Das gefiel Einheimischen und Touris. Manchmal kamen die einen mit den anderen ins Gespräch. Meistens aber nicht. Jede Gruppe fühlte sich der anderen irgendwie überlegen. Laura und Werner heirateten. Aus Steuergründen. Werner bekam Hautkrebs; aufgeschreckt hörten beide mit dem Rauchen auf.

Sie integrierten sich, machten bei amnesty international mit und lebten ansonsten nur für die Kneipe. Sie verdienten ganz gut. Werners Krebs hatte keine Metastasen gebildet. Offiziell galt er als geheilt.

Sie professionalisierten die Hobbygärtnerei, hielten Hühner, Kaninchen und zogen Kürbisse. Eingedeckt mit Fachliteratur erarbeiteten sie sich das nötige Expertenwissen. Sie wussten, wie man wann welche Bäume wie weit beschnitt. Werner baute ein klitzekleines Gewächshaus für die Tomaten- und Zucchinipflanzen. Zur Erntezeit tauschten Laura und Werner ihren Ertrag mit den Nachbarn. Sie waren verdammt arriviert.

Unerträglich fanden sie eigentlich nur die Zucchinischwemme. Wenn es Zucchini gab, dann reichlich, und dann wollten die Nachbarn gar nicht mehr tauschen, weil ihnen das grüne Monsterzeug selbst schon zu den Ohren rauskam. Manchmal, am Abend, hockten Laura und Werner vor der Glotze und sagten Sachen wie: »Kannste nichts machen. Sind ja nur Zucchini. Gibt Schlimmeres.«

Allerdings.

Schließlich leisteten sie sich einen Urlaub pro Jahr. Tui schickte mit der Buchungsbestätigung die Kofferanhänger gleich mit. Während andere in der Fränkischen Schweiz abhingen, weil die Natur ihnen hier ungezähmt und wunderbar erschien, verbrachten Laura und Werner ihre Ferien in All-inclusive-Clubs rund ums Mittelmeer. Es war »mal was anderes«, wie Werner nachher den Leuten im Dorf erklärte, die in der Zwischenzeit die Zucchini abgeerntet hatten. Die nickten verständnisvoll.

Inzwischen trugen beide die Haare kurz. Laura färbte ihre. »Wild Chestnut« stand auf der Schachtel, die sie alle sechs Wochen in der örtlichen Drogerie kaufte.

Sie tranken auch nicht mehr Beck's. Für die Kneipe und für sich privat kauften sie das Bier einer regionalen Ökobrauerei. Laura mochte sowieso lieber Frankenwein. Riesling. Werner schluckte ab und zu mal einen richtigen Obstbrand. Einen von denen, die noch schwarz gebrannt wurden, von Zeit zu Zeit. Zu mehr Illegalität konnte er sich nicht mehr aufraffen.

Nur einmal in der ganzen Zeit seit der Sache mit dem Solarmenschen wachte Laura in der Nacht schweißbedeckt auf. Ein dunkler Traum hatte sie zermürbt. Sie erzählte Werner nichts darüber.

Die Jahre vergingen, und die Technologie entwickelte sich. Es gab Solarzellen auf den Dächern. Und es gab DNA-Analysen. Die Kriminaltechniker unterzogen die Kippen, die damals in der Wohnung des Solarknilchs sichergestellt worden waren, einem molekulargenetischen Check. Alle, die damals verdächtig gewesen waren, wurden aufgefordert, eine Speichelprobe abzugeben.

Eine eigentümliche Stimmung hing über dem Dorf. Am Nachmittag hatten dicke Wolken den Himmel bedeckt. Doch nun trieben sie weg, und die schwüle Luft schien ins Universum hinausgesaugt zu werden.

Laura hob sämtliche Kohle vom Konto ab und öffnete die Käfigtüren im Garten. Die Kaninchen suchten unverzüglich das Weite, kamen aber nur wenige Meter. Entweder stießen sie sich die rosa Näschen an den Felsentürmen oder am Gartenzaun. Ich ließ mir Zeit. Das wurde mein Verhängnis.

In der Stunde der Not brach aus Laura hervor, was auch das Haus mit Garten im Kaff, die Kneipe, das Öko-Bier, die Wild-Chestnut-Tünche und einmal jährlich Tui nicht ausradieren konnten. Sie war eben doch Voodoopriesterin, und wenngleich Mtoto, der sie dereinst in Lomé einer Initiation unterzogen hatte, vermutlich nicht mehr unter den Lebenden weilte, so glaubte Laura selbst an ihre Kräfte und an die Geister.

Sie schnappte mich am Hals und bugsierte mich zurück in meinen Käfig.

Verstehen Sie jetzt, warum ich das schmalzige Lied der *Comedian Harmonists* nicht so realitätsnah finde? Ich meine, wer möchte schon ein Huhn sein. Mag auf einem Bauernhof witzig sein, wo sie dich Eier legen lassen, bis du alt und zu zäh für die Suppe bist. Aber im Haushalt einer Voodoopriesterin ...

Laura und Werner gingen zur Polizei nach Forchheim, wo eine Frau mit Wattestäbchen über ihre Mundschleimhaut schrubbte. Ein paar Stunden später läge das Ergebnis vor, sagte sie.

Die beiden Verdächtigen fuhren schweigend nach Hause ins Kaff. Danach bereitete Laura die Zeremonie akribisch vor. Sie war einfach zu blöd. Sie dachte, sie könnte das Ergebnis der DNA-Analyse aus den Angeln heben.

Das letzte Gespräch der beiden ging so:

Laura:
Ist unsere einzige Chance.

Werner:
Scheiße, Laura, unsere einzige Chance ist, den Mund zu halten.
Laura:
Wir haben schon die Tickets.
Werner:
Ich begreif's nicht. Wie kannst du jetzt an Urlaub denken?
Laura:
Wir hauen ab.
Werner:
Genau das machen wir nicht, verdammt! Wir sagen die Reise ab und warten, bis sich der Rummel legt. Die können uns nichts nachweisen. Nur weil wir in der Wohnung waren ... Das sagt noch nicht, dass wir den Kerl umgebracht haben.
Laura:
Ich habe ihn umgebracht.

Sie schob den Riegel zurück, der meinen Käfig versperrte. Nun war ich in akuter Gefahr. Während des Rituals brechen sie uns die Beine und die Flügel, reißen uns den Kopf ab und lassen uns ausbluten. Es war ein lauer Spätsommerabend. Der Himmel hatte sich samtblau gefärbt; davor hoben sich die beleuchteten Felsen und die Fachwerkhäuser überdeutlich und unwirklich ab. Laura zündete ein paar Kerzen an.

In der Nachbarschaft kläffte ein Hund. Der Penner hatte gut kläffen. Er war frei.

Laura hatte mich fest im Griff. Sie war dabei, einen Mord zu begehen, der hundertmal brutaler und blutiger sein würde als der an dem Solarfuzzi. Wobei das ja eigentlich Totschlag gewesen war. Aber juristische Feinheiten halfen mir in meiner Lage nicht weiter.

Ich sträubte mich, gackerte, flatterte. Spürte Lauras irren Blick auf mich gerichtet, raste vor Angst, sah Werner, der zweifelnd dreinschaute. Die Panik ließ meine Augen rechts und links aus meinem Kopf quellen. Laura saß im Schneidersitz auf einer Decke im Gras. Vor sich eine Menge Fetische und Zeug aus Togo. Ich wollte nicht sterben. Ich wollte kein Huhn sein.

Laura hatte da irgendeinen Fetisch und wedelte ihn mit mir ab. Sie benutzte mich quasi als Besen. Mir wurde sofort schlecht. Danach schleuderte sie mich weg. Sie wusste, dass ich vor Schwindel keine Chance haben würde abzuhauen. Mir tat alles weh. Ich konnte mich nicht auf meinen zwei Beinen halten und torkelte über den Hof. Sieh da. Ein bekifftes Huhn. Die Fachwerkhäuser und die Felsen kullerten vor meinen Augen herum, purzelten in alle möglichen Richtungen. Eine Mondsichel tänzelte über den Himmel.

Der Streifenwagen kam gerade rechtzeitig. Sie nahmen Laura und Werner fest.

Einer der beiden Streifenpolizisten hatte Kinder, und die wollten schon immer ein Huhn haben. Das war mein Glück, in zweifacher Hinsicht. Denn ich bekam ein neues Zuhause, und ich hatte die Gelegenheit herauszufinden, was mit Laura und Werner passierte.

Ihre DNA stimmte logischerweise mit den Spuren an den Kippen überein. Sie waren dringend tatverdächtig.
Ich erinnerte mich, wie Werner zu Laura gesagt hatte: »Unsere einzige Chance ist, den Mund zu halten.«

Eines Abends kam der Polizist, bei dem ich wohnte, heim und sagte: »Sie haben sich umgebracht. Beide haben sich eine Kugelschreibermine ins Ohr gestoßen.«

Schade um Laura und Werner. Schade um die Kneipe. Im Kaff suchen sie dringend einen Nachfolger. Manchmal vermisse ich die beiden. Nur die Musik nicht. Dieses verdammte Lied. Nein, das fehlt mir wirklich nicht.

Blanka Stipetić

Mein Freund Billy

Es regnet, und ich drücke mich gegen die Wand, um nicht nass zu werden, während ich meine abendlichen drei Zigaretten rauche. Ich höre die Geräusche der B19. Ab und zu gleitet Scheinwerferlicht von vorbeifahrenden Autos über den verlassenen Parkplatz. Um das Gelände herum ist es stockdunkel. Der Wagen fährt im Schritttempo, mit ausgeschalteten Scheinwerfern.

Wie ein Insekt mit glänzendem schwarzen Panzer rollt er leise schnurrend unter der Parkplatzbeleuchtung entlang und hält nur wenige Meter von mir entfernt vor dem Eingang zum Lager. Ich werfe die Zigarette auf den Boden, trete sie aus und drücke mich noch stärker an die Wand.

Ein Liebespaar, denke ich.

Er betrügt seine Frau mit ihr, oder sie ihren Mann mit ihm. Oder sie betrügen beide. Ihre Partner. Sich selbst. Ein Mann steigt aus und geht um den Wagen herum, öffnet die Beifahrertür und hilft einer Frau beim Aussteigen. Sie lachen über irgendetwas. Dann macht er plötzlich zwei, drei Bewegungen, als würde er ihr in den Magen boxen. Die Frau sackt in sich zusammen und verschwindet aus meinem Sichtfeld. Der Mann beugt sich hinunter und kommt gleich darauf wieder hoch. Er geht zurück auf die Fahrerseite, und für einen kurzen Moment fällt Licht auf seine rechte Gesichtshälfte. Er steigt ein und fährt weg, genauso leise, wie er gekommen ist. Auf dem Parkplatz bleibt ein regloser Körper zurück. Sie hat braune Haare, und ihr ganzer Bauch ist nass und dunkel. Mit zitternden Händen suche ich nach einem Puls, am Handgelenk, dann am Hals. Aber da ist kein Flattern, kein Pochen. Es ist nicht das erste Mal, dass ich eine Leiche berühre, ihr genau ins Gesicht schaue. Doch zum ersten Mal habe ich das Gefühl, mich selbst zu sehen. Meinen toten Körper. Auch wenn sie mir nicht wirklich ähnlich sieht. Eigentlich sind es nur die Haare, Länge und Schnitt. Und da ist etwas vage Vertrautes in ihrem Gesicht. Vielleicht habe ich sie auch nur schon einmal gesehen. Etwas in mir schaltet ab. Ich knie vor ihr und stelle mir vor, auf mich selbst zu blicken. Dann befinde ich mich auf einmal im Rampenlicht. Ich habe nicht gehört, dass er zurückgekommen ist. Ich springe auf und laufe. Hinter das Gebäude zu einer kleinen Tür, die zu den Verwaltungsräumen führt. Im Laufen krame ich den Schlüssel aus meiner Hosentasche. Beim dritten Anlauf gelingt es mir, die Tür zu öffnen. Ich lausche, und als nichts zu hören ist, gehe ich durch die dunklen Räume zum Vordereingang. Der Parkplatz ist leer. Er ist verschwunden. Die tote Frau auch.

Genau so erzähle ich es Kommissar Heinlein. Fast. Ein paar Dinge lasse ich weg. Es hat mich viel gekostet, die Polizei anzurufen. Aber das Gesicht der Frau ist in meinem Kopf. Niemand hat es verdient, unbemerkt zu sterben. Ich bin mit dem ersten Bus zum Bahnhof gefahren und habe aus einer der öffentlichen Telefonzellen angerufen. Kommissar Heinlein ist zuständig, und er hat zugehört, ohne mich zu unterbrechen. Als ich fertig bin, räuspert er sich. »Was haben Sie dort gemacht?«

»Spazieren«, sage ich.

»Ich würde mich gerne mit Ihnen dort treffen, und dann brauche ich noch Ihren Namen und Ihre Anschrift.«

Ich lege auf. Dann fahre ich mit dem Bus zurück nach Hause. Es macht mich ganz kribblig, so lange draußen zu sein. Als die Schiebetüren auseinandergleiten und ich den Vorraum betrete, atme ich aus. Ich schnappe mir eine der gelben Taschen und fahre mit der Rolltreppe hinauf. Eigentlich knurrt mein Magen, aber ich entscheide mich für den langen Weg durch die Ausstellung, statt am Ende der Rolltreppe die Abkürzung zum Restaurant zu nehmen. Ich schlendere mit all den anderen Menschen zwischen Möbeln hindurch, begrüße Billy und

Björn, mache eine kurze Pause auf Stockholm, stecke Teelichter in meine gelbe Tasche und eine dünne Tagesdecke und dann noch eine Packung Kleiderhaken. Im Restaurant hole ich mir Kaffee und Brötchen und setze mich ans Fenster, mit Blick auf den Parkplatz. Sie kommen mit einem ganz normalen Wagen, aber trotzdem fallen sie auf. Sie sind zu zweit und gehen langsam den Parkplatz ab. Einer ist leicht untersetzt, der andere groß und schlank. Einer muss Heinlein sein. Es regnet noch immer, und auch, wenn ich sie nicht hören kann, weiß ich, dass der eine flucht, über das Wetter wahrscheinlich.

Sie gehen durch den Haupteingang ins Gebäude und kommen nach nur zwanzig Minuten wieder heraus. Wahrscheinlich vermuten sie eine Mitarbeiterin von IKEA hinter der Anruferin.

Ich arbeite nicht bei IKEA. Ich wohne hier. Ich habe wirklich alles probiert: leere Wohnungen, spartanisch eingerichtet, möblierte Wohnungen, Wohngemeinschaften, Hotelzimmer und Ferienwohnungen. Es war alles zu fest, zu endgültig. Hier dagegen ist alles Attrappe. Sogar die Menschen, die täglich hier hindurchhetzen oder flanieren, erscheinen mir manchmal wie Stellvertreter ihrer selbst. Das Gute daran ist, dass auch ich hier nicht ich selbst sein muss. Hier bin ich das Modell ICH. Ein Mitglied der IKEA-Family. Ich habe zwar keine Mitgliedskarte, dafür einen Haustürschlüssel, den ich aus einem der Büros geklaut habe.

Jeden Abend wähle ich ein Wohnzimmer aus. Ich bringe in Ordnung, was die Leute tagsüber verstellt oder durcheinandergebracht haben, und mache es mir auf dem Teppich oder dem Sofa bequem. Und jeden Abend bedauere ich, dass IKEA es noch nicht geschafft hat, mir ein Modell, sagen wir mal, Anna-Lena oder Simon anzubieten. Es wäre die perfekte Ergänzung zu diesen ganzen Attrappen, die Tausende von Menschen nach Hause schleppen, um sich dort geklonte IKEA-Wohn- und Schlafzimmer einzurichten. Ein kleiner blonder Junge und ein kleines blondes Mädchen, die einträchtig auf dem Teppich sitzen und in einem Bilderbuch blättern. Oder, noch besser, mit der IKEA-Holzeisenbahn spielen.

Seit drei Jahren wohne ich bei IKEA. Nicht immer am gleichen Ort, aber das merke ich nicht, wenn ich mich einmal eingerichtet habe. Das ist mein ganz persönlicher Nutzen, den ich aus der Globalisierung ziehe. Fast überall auf der Welt bin ich zu Hause.

Einmal nur bin ich erwischt worden, das war, als ich Urlaub an der Ostsee machte und mich im IKEA Rostock einquartierte. Ich tat einfach so, als wäre ich eingeschlafen und hätte nach dem Erwachen alles verschlossen vorgefunden. Am nächsten Morgen fuhr ich zurück Richtung Süden. Es hatte mir in Rostock sowieso nicht gefallen, zu viel Wasser.

Den ganzen Tag überlege ich, was ich tun soll. Haben sie mir geglaubt, und läuft nun eine Maschinerie bei der Polizei an, von der ich nichts mitbekomme? Oder haben sie es als Anruf einer Verrückten zu den Akten gelegt?

In der Nacht lässt mir ein Gedanke keine Ruhe. Sie schien so vertraut, das kam nicht allein durch die Ähnlichkeit mit mir. Es gibt eine Möglichkeit, die ich überprüfen will.

Ich gehe ins Personalbüro und suche die Personalakten. Es dauert zwei Stunden, dann habe ich sie gefunden. Sie hat gerade einmal zwei Wochen hier gearbeitet, als Sachbearbeiterin. Deshalb habe ich sie wahrscheinlich nur ein- oder zweimal kurz gesehen. Anna Behringer hieß sie.

Am späten Vormittag gehe ich zu den Telefonzellen und rufe in der Personalabteilung an.

»Frau Behringer hat Urlaub«, höre ich. Ist das ein Beweis, der Kommissar Heinlein überzeugen würde? Ich bin unschlüssig.

In der Nacht habe ich zum ersten Mal das Gefühl, nicht alleine zu sein. Ich höre Schritte. Nicht die lässig schlendernden des Wachmannes, der hier regelmäßig seine Runden dreht und ansonsten in einem der Büros vor dem Fernseher sitzt. Diese Schritte haben einen anderen Rhythmus. Sie gehören zu jemandem, der sich hier nicht auskennt und darauf achten muss, nicht an Möbel und Ständer oder Körbe mit den Mitnahmesachen zu stoßen, der nicht weiß, wo der Rundgang scharf nach rechts oder links abknickt. Ich verbringe den Rest der Nacht in der Teppichabteilung, ganz hinten an der Wand hinter den aufgeklappten Teppichen. Sollte er mich hier suchen, merke ich es rechtzeitig und kann an der Wand entlang ein ganzes Stück weiterkriechen.

Am Morgen habe ich mich entschlossen. Ich kann die Sache nicht auf sich beruhen lassen. Ich denke an die Familie von Anna Behringer. Ich weiß nicht, ob sie Kinder hat, einen Mann, eine Mutter. Heinlein muss sie finden.

Dieses Mal melde ich mich mit meinem Namen. »Sie hieß Anna Behringer. Sie hat bei IKEA gearbeitet, und angeblich ist sie im Urlaub. Das könnten Sie doch überprüfen.«

Heinlein lässt sich von mir noch einmal die Ereignisse der Mordnacht schildern, stellt Zwischenfragen, die ich nur zum Teil beantworte. Am Ende fragt er, ob ich bereit wäre, aufs Präsidium zu kommen. »Wir könnten ein Phantombild anfertigen«, schlägt er vor.

Ich zögere. Aber ich habe Heinlein unterschätzt. Während ich gesprochen habe und er seine Fragen gestellt hat, waren seine Mitarbeiter fleißig.

»Sie heißen also Margit Gruber, sind am 17. März 1972 geboren und wohnen in Berlin, in der Amsterdamer Straße 19. Sie haben einen Mann und eine fünfjährige Tochter. Es wäre wirklich das Einfachste, Sie kämen her, und wir sprechen persönlich miteinander.«

Ich schweige.

»Was tun Sie eigentlich in Würzburg?«, fragt er, doch ich antworte nicht.

»Weiß Ihre Familie, dass Sie hier sind?«

Ich schweige weiter. Es gibt Dinge, über die kann man nur schweigen, weil jedes Wort überflüssig ist, weil jedes Wort zum Messer wird.

»Nehmen Sie Psychopharmaka?«, fragt Heinlein.

»Nein«, sage ich.

Am Ende stimme ich zu. Was habe ich schon zu verlieren. Ich fahre mit dem Bus in die Stadt und sitze kurz darauf in Heinleins Zimmer. Und wieder überrascht er mich.

»Warum haben Sie es mir nicht einfach erzählt?«, fragt Heinlein, und ich weiß genau, wovon er spricht.

Ich schaue ihn an und frage mich, ob er auch nur erahnen kann, was es heißt, darüber zu reden.

»Das Phantombild«, sage ich.

Es dauert eine Stunde. Am Ende bin ich nicht sicher. Die Hälfte seines Gesichts lag im Schatten. Ich kenne seine Augenfarbe nicht, und selbst an die Haarfarbe erinnere ich mich nur als »nicht strohblond«.

Während Heinleins Kollege am Computer arbeitet und ich versuche, mir Details ins Gedächtnis zu rufen, telefoniert Heinlein.

»Haben Sie Anna Behringer gefunden?«, frage ich ihn.

Er schüttelt den Kopf. »Sie ist in den Urlaub gefahren. Das hat sie ihrer Familie erzählt. Es gibt keinen Grund, daran zu zweifeln.«

»Ich weiß, was ich gesehen habe.«

»Sie können gehen«, sagt er und gibt mir die Hand. »Es tut mir wirklich sehr leid.«

Ich verlasse das Präsidium und laufe durch diese Stadt, in der ich seit einem halben Jahr lebe, von der ich aber nichts kenne. Auch jetzt bekomme ich nicht viel mit. In meinem Kopf kreist ein Wort. Langsam baut es sich auf, ts-ts-ts. Aus dem leisen Plätschern werden Wellen, tsu-tsu-tsu. Sie gewinnen an Fahrt, vereinen sich zu einer, die sich langsam und gewaltig auftürmt, tsunaaaaaaa, und schließlich zusammenbricht, das Wasser füllt meinen Kopf bis in den letzten Winkel, Ts-u-na-mi. Ich versuche auf jede erdenkliche Weise, dieses Wort loszuwerden. Doch erst, als ich den Main überquert habe und am Bahnhof in den Bus Richtung Lengfeld steige, gelingt es mir, das Wort auf stumm zu stellen.

Ich fahre in die Ausstellung hinauf, schnappe mir eine gelbe IKEA-Tasche und laufe langsam durch die Hallen. Es ist schön, wieder zu Hause zu sein. Billy, Klippan und Stockholm geben mir Struktur und Sicherheit, nur keine Überraschungen mehr. Ich lasse mich von der Menge schieben, den langen Weg entlang. Ich ignoriere die Abkürzungen, die manchmal einen direkten Weg von der Küche ins Schlafzimmer ermöglichen oder vom Büro ins Bad. Bei den Sofas habe ich das komische Gefühl, dass in der Menge ein Bewegungsmuster meinem eigenen gleicht. Jemand schiebt sich mit genau der gleichen Geschwindigkeit durch die Gänge.

Ich schlüpfe hinter ein Sofa und hoffe, er läuft vorbei in dem Glauben, dass ich eine Abkürzung genommen habe. Was tut er hier? Sucht er mich? Woher weiß er von mir? »Schläfst du hier?« Ein dünnes Stimmchen lässt mich den Kopf heben. Sie ist vielleicht fünf, hat braune Haare und eine Zahnlücke. »Ich habe nur etwas verloren«, sage ich und versuche, über den Rand des Sofas zu erkennen, ob er noch in der Nähe ist.

Draußen ist es längst dunkel, als ich in einen Pax-Doppelschrank krieche und die Tür hinter mir schließe. Im gedämpften Licht lehne ich meinen Kopf an die Rückwand und sehe wieder sein Profil. Vielleicht ist es Zeit, wieder einmal umzuziehen. Vielleicht habe ich mir alles eingebildet. Vielleicht hat die Tsunami-Welle diese ganze Geschichte in meinen Kopf gespült und als Strandgut zurückgelassen. Nein, ich nehme keine Psychopharmaka, Kommissar Heinlein, aber vielleicht sollte ich es tun. Dann müsste ich nicht jede Nacht davon träumen, durch Trümmer zu laufen und eine Leiche nach der anderen auf den Rücken zu drehen. Verzweifelt nach zwei bekannten Gesichtern suchend und gleichzeitig in der Hoffnung, sie nicht unter den Toten zu finden. Das sind die Albträume. Aber es gibt auch diesen einen schönen Traum, in dem ich eine Leiche umdrehe und mich selber tot sehe. Dann weiß ich, dass wir wieder eine Familie sind, wo auch immer wir sind. Das Einzige, das mich nach dem Erwachen tröstet, ist meine provisorische Umgebung. Sie wiegt mich in dem Glauben, mein wirkliches Leben sei woanders.

Mehr kann ich für Anna Behringer nicht tun. Irgendwann wird ihre Leiche auftauchen. Sie wird nicht aus dem Urlaub zurückkehren, und ihre Familie wird Fragen stellen. Mich werden sie dann nicht mehr finden, aber ich habe ohnehin alles gesagt, was es zu sagen gibt. Irgendetwas stört mich allerdings an der Sache. Es hat mit dem Urlaub zu tun. Aber ich komme nicht darauf.

Ich habe ihn fast vergessen, zum Treibgut gelegt, als er wieder auftaucht. Ich sitze am Fenster und frühstücke. Er sitzt schräg hinter mir, und ich bemerke ihn nur, weil eine Frau ihn im Vorübergehen anstößt und sich wortreich entschuldigt. Ich starre ihn an, und er starrt nicht zurück, so intensiv sieht er *nicht* zu mir, dass ich sicher bin. Ich kann ihn gar nicht erkennen. Doch er ist meinetwegen hier. Und warum? Weil er der Mann von vorletzter Nacht ist. So muss es sein. Er ist der Mörder, und er glaubt, ich wüsste, wie er aussieht.

Ich gehe zum Aufzug und lasse ihn zurück. Er macht keine Anstalten, mir zu folgen. Zwei gelb und blau gekleidete Mitarbeiter des Hauses fahren mit mir im Aufzug nach unten. Ich folge ihrer Unterhaltung nur mit halbem Ohr. Doch ein Wort dringt klar und deutlich zu mir durch. Die Zahnräder in meinem Kopf laufen an. *Urlaubssperre* hat die Frau gesagt. Es macht klick und noch einmal klick in meinem Gehirn. Wer bekommt nach nur zwei Wochen im neuen Job schon Urlaub? Und noch besser gefragt, wer kann so etwas bewilligen?

Dieses Mal mache ich mir nicht die Mühe, in die Stadt zu fahren. Ich nehme den Münzfernsprecher vor den Toiletten. Doch Heinlein springt nicht durch den Hörer vor Begeisterung. »Sobald mein Schreibtisch etwas leerer ist, gehe ich der Sache nach«, sagt er. »Was machen Sie bei IKEA?«, fragt er noch. Als ich den Hörer auflege und mich umdrehe, steht der Mann hinter mir. Wieder schaut er mich nicht an, doch er hat bestimmt jedes Wort gehört.

Ich muss eine Entscheidung treffen, und ich nehme München. Morgen werde ich meine wenigen Sachen packen und aus Würzburg verschwinden. Ich habe Angst, das wundert mich. Ich habe nichts zu verlieren, auch an meinem Leben hänge ich nicht sehr. Ich könnte darauf verzichten. Aber warum habe ich dann Angst?

Als der Kundenstrom am Abend dünner wird, schlüpfe ich unbemerkt in einen Kleiderschrank am Anfang der Möbelhalle und warte, dass der Wachmann seine erste Runde dreht. Danach erlöschen die Lichter, und ich mache es mir auf einem Modell Stockholm bequem. Es ist der letzte Abend, das tut mir ein wenig leid. Ich habe mich gerade an meine Busfahrten in die Stadt gewöhnt und kann mir vorstellen, daraus eine Gewohnheit zu machen. Dem Modell ICH wieder etwas Leben zu erlauben.

Plötzlich höre ich, dass die Rolltreppe anläuft. Ich springe auf und kauere mich hinter das Sofa. Doch nichts passiert, das Geräusch der Rolltreppe verändert sich, sonst nichts. Er ist hier. Um mir das bisschen Leben zu nehmen, das ich gerade wiedererlangt habe. Ich wage mich heraus und schleiche zum Geländer. Da liegt sie. Der Mistkerl muss sie einfach unten abgeladen haben. Die Rolltreppe hat sie nach oben getragen und ihren Oberkörper auf den Boden geschoben, unter ihr läuft die Rolltreppe weiter. Ich weiß nicht, was er mit ihr gemacht hat. Sie müsste stinken. Ich weiß, wie Leichen nach drei Tagen aussehen, und nach vier, fünf, sechs und noch viel mehr Tagen. Irgendwann nützt es nichts mehr, sie anzusehen, man würde die, die man sucht, doch nicht mehr erkennen.

Er hat sich unter der Rolltreppe versteckt und tritt nun ins Licht, das von draußen matt hereinscheint. In der Hand hält er einen länglichen Gegenstand, der nur ein Messer sein kann. Er blickt zu mir herauf, und ich weiche zu spät zurück. Durch das Restaurant stolpere ich zur Treppe, laufe hinunter ins Erdgeschoss und weiter durch die Küchenabteilung, dabei reiße ich Stapel mit Tellern und Gläsern um. Ich produziere Chaos und Lärm. Wo bleibt der Wachmann?

Ich renne an den Kassen vorbei und die Rolltreppe hoch, nehme die Abkürzung zum Restaurant und gleich wieder die Treppe hinunter. Überall Scherben. Bis zur Lampenabteilung halte ich das Tempo, dann bleibe ich stehen und versuche, meinen Atem zu beruhigen. Vielleicht habe ich mir etwas Zeit verschafft. Ich muss leise sein. Er weiß nicht, ob ich irgendwo in der Möbelausstellung oder im Erdgeschoss bin. Ich vertraue darauf, dass er mich in einem Kleiderschrank oder hinter einer Billy-Wand vermutet. Er wird jeden Schrank öffnen und in jede Ecke spähen.

Ich laufe bis zur Eingangshalle, durchquere sie und gehe zu den Büros, tippe Heinleins Nummer ins Telefon.

»Er ist hier. Und er hat die Leiche der Frau mitgebracht.«

»Von wo aus rufen Sie an?«

Ich gebe meine Geheimniskrämerei auf und sage es ihm.

Zuerst schweigt er nur, dann lacht er.

In der Halle fällt etwas polternd auf den Boden. Ich senke meine Stimme zu einem Flüstern. »Bitte«, sage ich. Dann lege ich auf.

Heinlein wird nicht kommen. Er hält mich für übergeschnappt und glaubt mir kein Wort. Ich überlege, ins Freie zu laufen, einfach zu gehen und irgendwo unterzutauchen. Bis vor ein paar Tagen wäre das die richtige Lösung gewesen. Aber etwas in mir sträubt sich dagegen. Die Angst hat mich geweckt. Ich will keine Leiche sein. Ich will auch keine Attrappe mehr sein. Ich will mein Leben zurück. Und wenn ich wieder ich bin, kann er mich jederzeit finden.

Ich schleiche zurück zu den Kassen, bis in die Pflanzenabteilung, und suche eine große Glasvase aus. Dann gehe ich in die Lagerhalle und entscheide mich für Regalreihe zehn. Ich klettere nach oben. Dort reiße ich Kartons heraus und lasse sie zu Boden fallen, bis genug Platz ist, dass ich ins Regal kriechen kann. Ich reiße noch einen Karton auf und schmeiße Einzelteile aus lackiertem Sperrholz auf den Boden. Dann höre ich ihn kommen. Ich schlage die Vase gegen einen Metallpfosten und behalte eine große Glasscherbe in der Hand. Es dauert keine drei Minuten, und er hat mich gefunden. Er steht unten, in der einen Hand das Messer, in der anderen eine Taschenlampe, damit leuchtet er mir ins Gesicht. Er steht vor einem Problem. Die Taschenlampe legt er weg. Als seine freie Hand nach dem Regalboden greift, auf dem ich sitze, steche ich mit der Scherbe zu. Von der Seite. Es geht schnell.

Danach gehe ich in eine der Toiletten und wasche mir die Hände. Als ich zur Rolltreppe komme, steht sie. Anna Behringer liegt noch da, von unten blickt Kommissar Heinlein zu mir hoch.

»Wo ist er?«, fragt er.

Ich deute zu den Kassen. »Regalreihe zehn.«

Er nimmt sein Handy aus der Tasche, wendet sich ab und spricht. Ich weiß, dass ich es nicht tun sollte, aber ich steige über Anna Behringer und gehe die Treppe hinunter. Ich habe einen Menschen getötet.

Viel später sitze ich in Heinleins Zimmer und mache meine Aussage. Sie entspricht nicht ganz der Wahrheit. Heinleins Kollege, Kommissar Kilian hat die ganze Zeit zugehört.

»Sie sind also sicher, dass er direkt in die Glasscherbe gefallen ist?«, fragt Kilian skeptisch.

Ich nicke.

Er hebt die rechte Schulter und blickt zu Heinlein. »Das wird Pia dann erst bestätigen müssen.«

»Wo können wir Sie finden, wenn wir Sie noch einmal sprechen müssen?«, fragt Heinlein.

»Berlin«, sage ich. Und bin von mir selbst überrascht.

»Lichtenberg, Spandau oder Tempelhof?«, hakt er nach.

Ich lächle. Der Mann weiß Bescheid.

Anm. der Autorin:
Der Auftritt der Kommissare Heinlein und Kilian erfolgt mit freundlicher Genehmigung von Roman Rausch.

Elmar Tannert

Maschek vor Gericht

»Herr Maschek?«

»Maschek hier.«

»Herr Maschek, hier Richter Ochsenkühn, Amtsgericht Gräfenbach. Sie waren als Zeuge vorgeladen für den erstensechstenfünfzehnuhr und sind dem Termin unentschuldigt ferngeblieben.«

Maschek weiß von keinem Termin.

»Wir haben Ihnen eine Vorladung geschickt«, schnarrt der Richter. Maschek stellt ihn sich vor mit einem rotierenden Aufziehschlüssel im Rücken und entgegnet kühl, dass irgendwann im Mai allerdings der Postbote einen Zettel bei ihm eingeworfen habe, es sei ein Brief abzuholen auf dem Postamt. Diesen aber habe er niemals abgeholt. Kein Mensch könne ihn zwingen, zum Postamt zu gehen.

»Herr Maschek!«

Der Schlüssel rotiert schneller.

»Darf ich Sie darüber belehren, dass Sie verpflichtet sind, Ihre Post abzuholen!« Außerdem: Er könne ein Ordnungsgeld von bis zu eintausend Euro verhängen, wovon er allerdings noch einmal absehen werde. Dann: Der neue Termin sei der dreiundzwanzigste, elf Uhr. »Sollten Sie wiederum unentschuldigt fernbleiben, ist das Ordnungsgeld fällig beziehungsweise sechs Wochen Haft. Eine neue Ladung wird Ihnen zugesandt.«

Bevor Maschek fragen kann, um welchen Fall es geht:

»Auf Wiederhören.«

Zeuge?, überlegt Maschek. *Gerichtsverhandlung?*, grübelt Maschek. Und steht minutenlang im Flur mit dem Telefonhörer in der Hand, im Ohr den Kammerton a, 440 Hertz.

***

Als Maschek am nächsten Morgen zur Schule radelt, hört er plötzlich ein Auto näherkommen, das nicht überholt, sondern kurz hinter ihm sein Tempo verlangsamt. Der Mafioso Rigatoni Quattro Stagioni alias Aglio Olio. Maschek tut, als bemerke er die Bedrohung nicht, und macht sich bereit, bei drei vom Fahrrad zu springen und über die Hecke rechts von ihm zu hechten. Eins – zwei –

Der Wagen zieht auf gleiche Höhe mit ihm und ist gelb.

»Guten Morgen, Herr Maschek!«, ruft der Postler durchs offene Fenster. »Bist mir ein sauberer Detektiv. Ich observier dich schon mindestens eineinhalb Minuten, und du merkst nichts.«

»Guten Morgen, Herr Sendelbeck!«, ruft Maschek, hält sich mit der linken Hand an der Beifahrertür fest und hört zu treten auf. »Ich hab dich schon geahnt, da warst du noch drei Kilometer hinter mir, so schaut's aus.«

Was niemand weiß: Sendelbeck und Maschek kooperieren. Erstens ist der Postler Sendelbeck einer von Mascheks wichtigsten Informanten. Denn Postler wissen alles. So gut wie. Verzogen, verstorben, Verwandte, Feinde, Freunde. Zweitens hat Maschek schon mehrmals vom Postauto aus observiert. Auf dem Bauch im Laderaum liegend, durch die getönten lukenartigen ovalen Fenster in der hinteren Tür spähend.

»Maschek«, ruft Sendelbeck jetzt, »die Gruber ist vor Gericht!«

Beinah hätte Maschek den Sendelbeck gefragt: welche Gruber? Aber er bemerkt Sendelbecks Blick und sagt: »Freilich, die Gruber.« Und im selben Moment fällt's ihm ein.

»Herr Maschek, was hast denn heute? Matheschulaufgabe? Oder immer noch schwer verliebt?«

»Neuer Fall«, sagt Maschek, obwohl es gerade keinen gibt. »Ich werd demnächst wieder einmal vom Postauto aus observieren müssen.«

»Herr Maschek«, sagt Sendelbeck, »Postler wissen alles, vergiss das nicht. Ich hab vorgestern bei Alexandra Seibold im Haselnußweg 11 ein Geburtstagsgeschenkpäckchen von dir zugestellt. Du hast aus Versehen deinen richtigen Namen und deine richtige Adresse als Absender draufgeschrieben.«

Zwei Wochen später um fünf vor elf steht Maschek vorm Gerichtssaal. Zeugen ist es nicht erlaubt, den Saal vor ihrer Vernehmung zu betreten. Geht man um elf einfach hinein?, überlegt Maschek. Oder sagt einem jemand Bescheid? Wird man aufgerufen? Warum gibt es Dinge, die einem niemals jemand sagt und die man trotzdem wissen soll?

Zwei nach elf wird Maschek von einem Polizisten hereingebeten.

»Bitte Sie, Platz zu nehmen«, sagt der Richter. Dann folgt ein langer Satz mit den Worten: belehren, Falschaussage, Meineid, absichtlich, Unwahrheit, Freiheitsstrafe, und so weiter. Also ein ganz ähnlicher Satz wie der, den auch Maschek für seine Vernehmungen geübt hat.

»Die Personalien. Sie heißen?«

»Maschek.«

»Vorname?«

»Den verwenden nicht einmal die Eltern. Nur Maschek.«

»Sind geboren am?«

»Fünften achten vor fast fünfzehn Jahren.«

»In?«

»Gräfenbach.«

Und so fort. Maschek wundert sich, dass ihm der Richter alles glaubt.

***

Der Sendelbeck hatte sich hinsichtlich der Gruber an seinen Vorgesetzten gewandt. Dieser aber habe keinen Anlass gesehen einzugreifen. Je mehr Pakete befördert werden, umso besser für die Post. Umso besser für Sie, Herr Sendelbeck. Das sichert Ihren Arbeitsplatz. Die Post existiert dadurch, dass sie täglich die Welt durcheinanderbringt. Dass jeden Tag so viele Dinge wie möglich ihre Plätze tauschen.

Daraufhin hatte Sendelbeck den Maschek beauftragt.

»Wir leben als freie Menschen in einem freien Land«, sagt der Gruber ihr Rechtsanwalt. »Jeder Mensch hat das Recht, sich bei Neckermann oder Otto zu bestellen, was er will. Und das gilt auch für meine Mandantin Gruber von der Kirchgasse 11a.«

Maschek kündigt belastendes Material an, zieht ein Aufnahmegerät aus der Hosentasche und schaltet auf Wiedergabe. Zuerst vernimmt man die Ansage: »Spar-Einkaufsmarkt Götz, 4. Mai 2011, 11 Uhr 23, zwischen Tiefkühltruhe und Nudelregal.« Dann hört die Gruber ihre eigene Stimme. Jeder im Saal hört ihre Stimme. Und sie muss sich selber zuhören, wie sie hohnkichernd ihrer Nachbarin Schlüsemeyer von ihrem Rachefeldzug gegen den Postler Sendelbeck erzählt. Wie sie systematisch komplette Kataloge nach und nach durchbestelle, täglich ein Dutzend fortlaufende Bestellnummern, anderntags die bestellte Ware per Abholauftrag wieder retourniere. Heimtrainer. Fahrräder. Werkbänke. Garderobenschränke. Campingzelte. Taucherausrüstungen. Praktisch alles, was der Mensch aus Eisen, Holz und Erdöl herstellen kann.

Maschek hat plötzlich eine entsetzliche Vision: dass seine Alex durch sechzig vergehende Jahre in eine Gruber verwandelt werden könnte. Und er denkt: Man kann ein Mädchen nur lieben, wenn man daran glaubt, dass es niemals eine Frau Gruber wird.

Und das Band läuft. Und je länger das Band läuft, desto länger werden einige Gesichter im Gerichtssaal.

Das von der Gruber.

Das von ihrem Anwalt.

Auch das von der Nachbarin Schlüsemeyer, die eigentlich nur als Zuschauerin im Saal sitzt.

Nach der Vernehmung ist eigentlich alles klar. Dass sich die Gruber vorsätzlich (wie Maschek zu behaupten wagt) eine

Wohnung im vierten Stock (ohne Aufzug? Ohne Aufzug!) genommen hat, lässt sich allerdings nicht nachweisen. Auch nicht, dass sie vorsätzlich (wie Maschek zu behaupten wagt) in eine Straße von Sendelbecks Zustellbezirk gezogen ist.

Aber das Motiv für ihre Bestellungen? Frau Gruber schweigt. Alte Akten werden aus dem Gerichtskeller, Regal G, Abteilung Gillitzer bis Guthmann, geholt. 1988 soll Frau Gruber ein Paket an ihren Bruder aufgegeben haben, das bis heute bei der Post verschollen ist. Von 1975 bis 1978 soll Frau Gruber zeitweilig an einer Allergie gegen die Farbe Gelb gelitten haben, doch habe die Oberpostdirektion ihr mehrfaches Ersuchen, sämtliche Briefkästen und Postfahrzeuge blau zu lackieren, stets abgelehnt. In ihrer Jugend soll sich Frau Gruber um eine Lehrstelle als Briefträgerin beworben haben, doch wegen schlechter Noten in Sport (vor Hunden davonrennen) und Mathematik (Postleitzahlen! Hausnummern!) nicht eingestellt worden sein. Dazu Frau Gruber stets: »Nein, das ist es nicht.« Was dann? Frau Gruber schweigt.

Das Urteil lautet: Versandhausbestellverbot lebenslänglich. Weihnachtspakete von Verwandten nur auf Antrag, zu stellen bei Paketzusteller Sendelbeck beziehungsweise seiner Urlaubsvertretung.

Beim Hinausgehen sagt der Sendelbeck zum Maschek: »Und alles nur, weil ich ihr vor achtunddreißig Jahren als Bub einmal einen Fußball durchs Küchenfenster und direkt in den Kochtopf hinein geschossen hab.«

***

»Bitte, Herr Sendelbeck«, sagt am andern Tag der bäuchlings im Postauto liegende und zu den rückwärtigen Fenstern hinausspähende Maschek, »fahr noch einmal rechts um die Ecke und halt am Gartenzaun von der Hausnummer 11 an.«

»Maschek, wir machen uns verdächtig. Wir halten schon zum dritten Mal an derselben Stelle, und die alte Breinbauer von der 12 gegenüber wird zum dritten Mal zum Fenster hinausschauen und rufen, *Herr Sendelbeck,* wird sie rufen, *haben Sie was für mich?* Und ich werd zum dritten Mal sagen: ›Nein, Frau Breinbauer, das Paket von Ihrer Nichte aus Amerika ist noch nicht da. Ich halt einfach bloß so vor Ihrem Haus.‹«

»Postautos können immer und überall anhalten«, beharrt Maschek. »Auf jeden Fall ist es unauffälliger, als wenn bloß ich vor dem Haus liegenbleib, ohne dein Postauto um mich rum.«

Im Garten sitzt die Alex.

Sendelbeck seufzt auf und tut so, als würde er seine Nachsendekartei ordnen. Und der Warnblinker macht klickklack klickklack.

Alex ist nicht allein im Garten klickklack. Sondern mit wem anders, der nicht Maschek ist, wie Maschek sieht. Die beiden sonnen sich. Und reden und lachen. Wie es scheint, im Klickklackrhythmus des Postautowarnblinkers.

Vergiss den Maschek, liest Maschek von den Lippen von der Alex ihrem Besucher ab. *Der liebt dich sowieso nicht. Den interessiert nichts anderes als seine Kriminalfälle.* Klickklack klickklack.

Der Sendelbeck raucht schon die zweite Zigarette und blättert in den *Dienstanweisungen für Kraftfahrzeugführer der Deutschen Post.*

»Maschek, du weißt, ich werd's dir mein Leben lang danken, dass du die alte Gruber überführt hast. Aber müssen wir uns noch lang deine Alex mit ihrem Cousin aus Berlin anschauen?«

Cousin? Berlin? Dann hießen also die Lippenbewegungen in Wahrheit: *Jib mia mal ehmt det Sonnenöl rüba –?*

»Kannst weiterfahren, Herr Sendelbeck. Observierung beendet. Es geht dich zwar nichts an, aber der Waschbetonmüllschrank von der Nummer 11 ist ein toter Briefkasten, über den international operierende Mafiabanden kommunizieren.«

Und die Breinbauer von der Nummer 12 blickt verwundert dem Postauto nach, das an diesem Tag drei Mal vor ihrer Haustür angehalten und drei Mal nichts gebracht hat.

1. Fränkischer Krimipreis
für Nachwuchsautoren

Gewinnerbeiträge

NÜRNBERGER Nachrichten

ars vivendi

Jurysieger des 1. Fränkischen Krimipreises

Killen McNeill

Pfarrers Kinder, Müllers Vieh

In der Kirschenallee, die zum Friedhof führte, sauste Pauline den Hang hinunter auf uns zu. Ich lief dem Trauerzug mit dem Kreuz voraus und wusste sofort: Das würde Ärger geben. Pauline hätte eingesperrt sein sollen, aber mein Vater hatte es wieder nicht geschafft.

Ich hasste es, wenn uns Pauline vor dem ganzen Dorf blamierte. Ich hasste es überhaupt, wenn meine Familie durch ihre versponnenen Gewohnheiten im Dorf auffiel. Ich hasste es, wenn meine Eltern hochdeutsch mit den Dorfbewohnern sprachen, ich hasste es, wenn mein Kumpel Manni am Sonntag bei uns aß und meine Mutter Klößel sagte und nicht Kloß und wenn es als Nachtisch Kompott gab und nicht Apfelküchli. Ich hasste es, dass meine Mutter so ganz anders war als die anderen Frauen vom Dorf, so zierlich, so unbekümmert. In ihrer Freizeit machte sie Filethäkelei oder, noch schlimmer, malte abstrakte Bilder. Auf jeden Fall gab sie sich nur flüchtig und widerwillig mit der Hausarbeit ab. Ich hasste es, dass es bei uns nie nach Knieküchle oder Zimtrollen roch, sondern nach den ganzen Katzen, die die Bauern laut schimpfend und nachtretend verjagt hätten. Ich wollte so sein wie die anderen vom Dorf. Ich wollte fränkisch reden, ich hatt's vom Manni schon gelernt, und wenn ich meine Eltern richtig ärgern wollte, sprach ich es zu Hause auch. Ich wollte nicht Engelbert heißen und auch nicht Eberhard, Eckart oder Ewald wie meine älteren Brüder, sondern Manfred oder Herbert oder Schorsch wie meine Freunde. Ich wollte, dass mein Vater sich ins Wirtshaus mit einem Bier und einer dicken Zigarre hockte und mit Riesenpranken auf den Tisch sein Schafkopfblatt hinschmetterte, dass es nur so schepperte. Ich wollte, dass er ein Bauer war und ich ein Bauernbub.

Aber mein Vater war der Dorfpfarrer. Und ein Vertriebener aus Schlesien noch dazu.

Pauline lief an mir vorbei, und ich konnte nur ahnen, was hinter mir los war. Bald hörte ich die ersten Kicherer von den Kindern, aber ich behielt meinen Blick steif nach vorne und dachte an das Prinz-Eisenherz-Heft, das ich in Scheinfeld heimlich kaufen würde.

Als Kreuzträger bekam ich nämlich immer etwas Geld von den Angehörigen. Deswegen mischte sich bei der Ankündigung eines Todesfalles in unserem Dorf Unterhembach in Franken in mein Mitleid und meine Trauer immer eine gewisse Portion Freude, so ist's halt im Leben, des einen Freud, des anderen Leid.

Pauline war weder an der Freude noch am Leid noch an dem Trauerzug als solchem interessiert. Sie sah nur meine Mutter, der sie sowieso immer hinterherlief, weil diese sie fütterte. Pauline war eine ausgewachsene Sau. Der Bauer Müller hatte sie uns vor zwei Jahren geschenkt. Ein Ferkel, als Naturalie. Zum Schlachten, natürlich. Aber niemand aus unserer Familie brachte das fertig, nicht meine Mutter, nicht meine drei älteren Brüder, mein Vater sowieso nicht, obwohl in seinem Weltbild Gewalt durchaus ihren Platz hatte. Er konnte, wenn es sein musste, in der Schule und im Konfirmationsunterricht zum Beispiel, Schellen sehr gut verteilen, vielleicht traf er nicht immer den Urheber einer Störung, aber er traf ihn zielgenau, mitten auf der Backe. Das zählte bei den Dorfburschen, so konnte auch ein Dahergelaufener aus Schlesien bei ihnen punkten.

So belastete Pauline unseren mageren Pfarrershaushalt damals in den Fünfzigerjahren, statt ihn aufzuwerten. Sie wurde immer größer und unansehnlicher. Und nun lief sie an diesem grauen, feuchten Novembernachmittag quietschend und grunzend, ihr schwabbeliger Bauch starr vom letzten Dreck, in dem sie sich gewälzt hatte, im Trauerzug irgendwo hinter meiner Mutter her, die sie vermutlich zu ignorieren versuchte.

Ich wusste, dass das Ärger geben würde. Aber ich wusste nicht, wie viel.

Der Gesangsverein hob an, »'s is Feierabend« zu singen. Diese grässlichen Bögen, »'s is F*eie*rabend, 's is F*eie*rabend«, immer knapp unter dem richtigen Ton wie ein Limbotänzer, mein Vater musste immer schauen, dass er nicht zusammenzuckte. Er stand am offenen Grabe, groß, hager, grauhaarig, er hatte seine Worte gesprochen, sein knatterndes, hochdeutsches »r« hatte sich über den ganzen Friedhof erhoben, der Sarg war hinabgelassen worden, eine besonders traurige Beerdigung diesmal, Frau Helmenreich war kopfüber in dem eigenen Hauswasserversorgungsbrunnenschacht gefunden worden, klar, auch mir Dreizehnjährigem, dass das Selbstmord war. Aber keine Rede davon. Auch kein Wunder. Ihr Mann, der Heinz, war ein ganz brutaler Typ. Ich ging als Kind ein und aus in jedem Bauernhaus in Unterhembach. Nur nicht in dem Helmenreichhaus. Das stand am Dorfrand, war völlig verwahrlost, umkreist von einem Ring rostiger Gerätschaften, alter Reifen und morschen Holzes, wie eine Nordseeinsel inmitten von Strandgut nach einem Sturm. Ein halbwegs geräumter, enger Weg führte durch das Gerümpel zur Haustür. Da hörte man es schreien und brüllen im ganzen Dorf. Und klatschen, wenn Helmenreich wieder zuschlug.

Helmenreich stand direkt hinter meinem Vater, die Hände in den Hosentaschen, das Gesicht rot und versoffen, mit geplatzten Äderchen, schlecht rasiert, die ganzen Gesichtszüge wie nach unten gezogen, wie wenn alles auf seinen Schultern zerrinnen wollte, wenn es nicht von seinem schmutzigen Hemdkragen aufgehalten worden wäre. Das ganze Bild wiederholte sich in größerem Maße um die Taille, wo man meinte, nur der Gürtel verhinderte, dass alles weiter nach unten rutschte und der ganze Helmenreich sich in eine fettige Pfütze ergoss.

Etwas weiter hinten stand meine Mutter, und bei ihr die zwei Helmenreichskinder, der Karl, in meinem Alter, natürlich auch in meiner alten Schulklasse. Mit dem wollte niemand befreundet sein, weil er immer eine Riesenrotzglocke an der Nase hatte und, was schlimmer war, eine Hasenscharte. Wenn er in der Nähe war, konnte keiner sein Pausenbrot essen. Und die Magda, zwei Jahre älter, also fünfzehn, an sich nicht hässlich, aber völlig verhärmt und verdreckt, mit strohblondem, struppigem Haar, immer in zwei Zöpfen hängend und mit speckigen, abgelutschten, rot-weiß karierten Schleifen gebunden. Sie war schon groß gewachsen, aber in sich gekrümmt, als ob sie sich unsichtbar machen wollte.

Hinter den dreien Pauline, die mit ihrer rosafarbenen, schlabbrigen, triefenden Schnauze immer gegen die Hand meiner Mutter schubste.

Und weiter im Hintergrund die Dorfgemeinschaft, obwohl das Wort nie ganz passte und an diesem Tag erst recht nicht. Auch ich konnte es spüren, auch ich war Teil davon. Es lag eine gewisse Scham in der nasskalten Luft, eine Mitschuld, ein Wegschauen.

Die letzten Missklänge des Liedes verhallten. Mein Vater sprach das »Asche zu Asche und Staub zu Staub« zu Ende. Dann stach er mit der Handschaufel in den Kübel Erde, sprenkelte sie ins Grab und reichte die Schaufel an den Helmenreich weiter. Der nahm sie aber nicht, sondern presste sein glänzendes Gesicht ganz nah an das Gesicht meines Vaters und brüllte so laut, dass es jeder hören konnte: »Ihre Sau, die macht's nimmer lang, des versprech ich Ihna!« Und stampfte davon.

Jetzt wusste ich, dass es nichts mehr werden würde mit dem Prinz-Eisenherz-Heft.

Am Nachmittag erschien dann eine Delegation aus dem Dorf bei uns, alle mit Säge und Hammer bewaffnet und mit einem Anhänger, vollgeladen mit frisch gesägtem Holz. Der Stall wurde blitzschnell und ohne viele Worte errichtet und die Pauline hineingetrieben. Als ich vorbeilief, hörte ich, wie meine Mutter auf Hochdeutsch gerade den Männern erzählte, dass die Pauline bisher im Haus unter der Treppe zu schlafen pflegte. Statt ihnen Bier zu bringen, wie es sich gehört hätte. Ich sah die Blicke, die die Bauern sich zuwarfen, und ich genierte mich wieder. Keine Ahnung hatte sie.

In der Frieh hat die Pfarreri alle aufg'weckt,
»Schaut hie«, hat's geschria, »die Sau ist g'freckt«,
»Die arme Pauline«, socht der Pfaff, kreidebleich,
»Doch net die«, socht die Frau, »es ist der Helmenreich.«

Das ist die allererste Version der Legende über die Ereignisse des nächsten Tages. Sie ist aus der Kerwapredigt aus dem Jahre 1955, gedichtet damals in den holprigen Reimen vom Müller Schorsch, dem Stifter von Pauline und einem der ersten Zeugen.

Ich habe alle Kerwapredigten seit dem Weltkrieg gesammelt, schließlich bin ich heute der Vorsitzende vom Geselligen Verein. Kerwa ist bei uns immer am dritten Oktoberwochenende, also hat es damals fast ein ganzes Jahr gedauert, bis sich diese Version etabliert hatte. Und so wird es bei uns im Dorf seitdem erzählt. Das gibt immer einen Lacher, das mit der Sau, die dann doch nicht die richtige Sau ist, sondern ein Mensch. Ich glaube, es gibt einen ähnlichen Witz über Franz Josef Strauß.

In Wirklichkeit war's natürlich anders, gar nicht lustig. Ich erinnere mich nur bruchstückhaft. Das aufgeregte Grunzen von Pauline in der Früh, das uns verwunderte. Der haarige, zitternde, schmutzige Hintern von Pauline, vom Küchenfenster aus gesehen, über etwas in ihrem Stall gebeugt. Dann der Aufschrei meiner Mutter, als die Pauline auf einmal ihre Beute von der anderen Seite anging und den Blick freigab, den Blick auf ein geknicktes Hosenbein, das unter Paulines Stößen ganz komisch hin- und herwippte. Dann waren wir alle im Stall und versuchten, die Pauline von Helmenreichs Leiche wegzuzerren, denn dass es eine Leiche war, war ganz klar, sie schlenkerte herum wie eine Stoffpuppe. Wir stellten uns natürlich wieder an wie die letzten Deppen, wie immer, wenn es um bäuerliche Tätigkeiten ging, Eberhard, Eckart und Ewald schubsten an Paulines Rüssel und Kopf von außen, Vater, Mutter und ich zogen am Schwanz und an den Hinterbeinen von innen. Es hatte die ganze Nacht geregnet, und der Stall war ein Schlammfeld. Wir waren alle von oben bis unten mit Dreck besudelt, und Pauline ließ immer noch nicht vom Helmenreich ab.

Irgendwann erschien Bauer Müller mit einer Mistgabel, und die Sache erledigte sich mehr oder weniger von selbst. Bald lag Helmenreichs Leiche außen, und Pauline schnaubte und grunzte ihr von innen zu.

Dann Arzt, Polizist.

»Lerge Fisch, du lebst auch noch!« Doktor Wollny entstieg ächzend seinem schwarzen Lloyd und begrüßte meinen Vater. Sie kamen beide aus der Nähe von Breslau. Er trug einen Panamahut, auch im Winter, einen blauen Zweireiher und einen Schnurrbart, so dünn, dass er wie aufgemalt schien. Dann folgte ein langes Schweigen und viel später: »Oh je, oh je.«

»Tot?«, fragte mein Vater.

»Mehr als tot«, sagte Wollny, während er Helmenreichs verdreckten Kopf von einer Seite zur anderen drehte. »Bloß wie?«

Inzwischen hatten sich einige Dorfbewohner versammelt. Ihnen war es klar, was passiert war.

»Umbringen wollt' er sie, die Pauline, wie er's gestern gesocht hat!«

»Hommer alle geheert!«

»Na isser g'stolpert. Im Suff, wohrscheints!«

»Hat s'n wohl aweng og'fressen, Herr Doktor? Hää? Die Pauline?«

»Da! Da! Da liegt's doch. Das Messer!«

Und tatsächlich lag ein langes Schlachtmesser im Schlamm und wurde vom Gendarm sichergestellt. Die Sache war klar. Der Helmenreich wollte seine Drohung wahr machen, war über den Zaun geklettert, ausgerutscht, auf den Kopf gefallen und gestorben.

Wir Buben mussten uns am Hausbrunnen ausziehen und wurden abgespritzt. Dann bekamen wir ausnahmsweise frische Wäsche, obwohl es gar nicht Samstag war, und wurden aufs Zimmer geschickt.

Das Nächste, woran ich mich erinnere, ist, wie wir Buben vom Schlafzimmerfenster aus auf den Stall hinunterschauten. Immer, wenn etwas Aufregendes passierte, wenn der Ofen explodierte oder eine Kuh in den Hausbrunnen stürzte, schickte uns die Mutter ins Bett und sagte uns, wir sollten schlafen. Und das war das Aufregendste, was wir jemals erlebt hatten. Und Eberhard, unser Ältester, war schon siebzehn. An Schlafen war nicht zu denken.

Das muss am Nachmittag desselben Tages gewesen sein.

Pauline ist inzwischen aus dem Stall entfernt und befindet sich eingesperrt in Müllers Scheune. Mein Vater ist wieder im Stall drin, auch er mittlerweile sauber. Nur, dass er natürlich im heiß gemachten Wasser in der Wanne hat baden dürfen. Er war ja auch immer der Einzige, der ein gekochtes Ei am Sonntag zum Frühstück bekam. Er steht mitten auf der Längsseite vom Stall, mit dem Rücken zum Zaun, uns ziemlich genau gegenüber. Mit im Stall ist ein Polizist von der Kripo. Dass er von der Kripo ist, können wir leicht an seiner Hutkrempe und an seinem beigen Mantel erkennen. Sein Gesicht dagegen können wir nicht erkennen, nur seinen mahlenden

Unterkiefer mit seinem Spitzbart. Kaugummi. Durften wir nicht. Er geht den Stall seitlich auf und ab, systematisch, vorsichtig, den Blick nach unten gerichtet, seine Gummistiefel hinterlassen gerade Bahnen im Riesenspurenchaos von Pauline und uns von heute früh, wie ein Pflug, der seine Furchen auf dem Acker zieht. Bald wird er die Hälfte der Fläche des Stalles abgegangen sein. Wo er gewesen ist, klare Linien, Ordnung, die unsere Anarchie langsam, aber stetig besiegt. Mein Vater bleibt sozusagen in der Wildnis stehen. Er schaut zu. Sein Kopf folgt den Bewegungen des Polizisten, wie bei einem ganz langsamen Tennisspiel. Jetzt schaut mein Vater ihm hinterher. Dann wendet er seinen Blick weg vom Polizisten, lässt ihn ziellos umherwandern, sein Kopf bleibt auf einmal stehen, seltsam still, konzentriert, seine Augen sind auf etwas gerichtet, das ziemlich genau in der Mitte des Stalles zu sein scheint, gerade noch im wild vertrampelten Teil, dann sehe ich das auch, etwas Rot-Weißes, das aus dem Schlamm spitzt, etwas, das genau in der nächsten Bahn des Polizisten sein wird. Ich merke, wie mir der Atem stockt. Mein Vater wirft dem Polizisten einen Blick hinterher, er ist fast am linken Zaun, jeden Augenblick wird er sich umdrehen.

Plötzlich löst sich mein Vater vom Zaun, schreitet ganz schnell zur Stallmitte, hebt den Stofffetzen auf, steckt ihn in seine Tasche, geht zurück zum Zaun, lehnt sich wieder hin. Seine Fußstapfen fallen im Gewühl gar nicht auf. Im selben Moment dreht sich der Polizist um und läuft wieder los. Im selben Moment legt sich auch ein Kondensfilm aufs Fensterglas, sodass ich nichts mehr sehe. Wir vier haben alle gleichzeitig ausgeatmet. Schnell rubbeln wir das Fenster frei. Vom Quietschen vielleicht alarmiert, schaut mein Vater, Eberhard Eckhold, zu uns hoch. Zu seinen Söhnen, denen er allen Namen mit »E« gegeben hat, damit sie so schön zum schlesischen Nachnamen passen, und die es ihm später nicht danken werden. Oder wenigstens nicht alle. Ich auf jeden Fall nicht. Wir stehen in der Reihenfolge unseres Alters am Fenster, von ihm aus gesehen von links nach rechts: Eberhard Eckhold, Eckart Eckhold, Ewald Eckhold, Engelbert Eckhold. Es ist ein merkwürdiger Blick, den er da auf uns richtet, wie wenn er uns gar nicht kennt, wie wenn er uns das erste Mal sieht, wie wenn er sich fragt, was wir da tun. Was er da tut.

Dann schaut der Polizist zu ihm hinüber, sagt offenbar etwas Lustiges, und mein Vater lächelt ihm zu.

Wir haben niemals über diese Szene gesprochen, meine Brüder und ich. Mein Vater auch nicht.

Der Kripobeamte sah die Sache genauso wie das Dorf. Nachdem die Leiche vom Helmenreich saubergemacht wurde, entdeckte man eine Wunde am Hinterkopf, die zu einem Stein im Stall passte. Alkoholisiert war er auch, stellte man bei der Obduktion fest. Also im Suff wollte er das Schwein erstechen, wie er es angekündigt hatte (Zeugen: das ganze Dorf), und ist ausgerutscht und selber umgekommen. Geschieht ihm recht. Ätsch-bätsch. Niemand hat um ihn getrauert. Nicht mal die eigenen Kinder. Da waren sie schon weg.

Meine Mutter war sowieso bei den Helmenreichkindern. Mein Vater ging am Nachmittag hinunter und holte sie und die Kinder zu uns ins Haus, nachdem der Kripobeamte fort war. Die Kinder übernachteten einmal bei uns, Magda auf dem Sofa im Wohnzimmer und Karli bei uns Buben im Zimmer. Mein Vater hatte mit einem Kinderheim in Neuendettelsau telefoniert und irgendwas für den nächsten Tag organisiert. »Aber Mama, mir graut's vor dem so!«, flüsterte ich meiner Mutter beim Abendbrot zu und hatte schon eine Trümmerschelln sitzen, bei der mir die Ohren bloß noch so summten. »Wenn du es so nicht kapierst, musst du es halt spüren«, hieß es dann, wie immer.

Ich, als Kleinster, musste natürlich mein Bett räumen und zu Ewald ins Bett steigen. »Dassdmer fei net alles z'sammsabberst«, habe ich noch zu Karli hinübergezischt, bevor ich einschlief.

In der Nacht schrak ich hoch. Karli saß aufrecht im Bett und wankte mit dem Oberkörper hin und her. »Du Schauhund!«, stöhnte er. »Du Schau!«

Um mich herum wurden meine Brüder wach.

»Pssst! Ruhe!« Das war Eberhard, der Oberaufseher, mein Vater in Kleinformat.

»Er sabbert«, sagte ich.

»Ruhe! Alle! Jetzt wird geschlafen!« Eberhard wieder.

»Hör auf! Lasch schie in Ruh!« Karli, lauter.

»Karli! Du träumst!« Ewald.

»Er sabbert auf mein Bett.«

»Jetzt ist aber endlich Ruhe hier!«

»Du hast leicht reden. Es ist ja nicht dein Bett, das er zusammensabbert.«

Karli wurde noch lauter. »Lasch schie in Ruh!«

»Du sollst net sabbern!«, rief ich genauso laut.

»Entschuldischung.« Und er legte sich wieder hin und schlief ein.

Auch darüber haben wir Brüder nie gesprochen.

Am nächsten Tag in der Früh stand die NSU Lambretta meines Vaters im Hof, und er machte sich auf den Knien daran, den Seitenwagen zu befestigen. Dabei kam ihm sein handwerkliches Ungeschick und sein unzureichendes Werkzeug dazwischen. Als Pfarrer konnte er natürlich nicht fluchen, aber er stieß immer wieder ein verklemmtes »*Scheiben*kleister!« hervor, oder »mein *Gott*fried Schlohnhein!«

Irgendwann war das Ensemble doch fertig. Meine Mutter packte ein Bündel mit Habseligkeiten, die sie von unseren Kleidern für den Karli und von anderen Bauernfamilien mit Töchtern für die Magda zusammengesammelt hatte, vorne in den Beiwagen. Mein Vater bestieg den Roller. Karli hockte sich hinten darauf und umklammerte seine Taille, Magda stieg in den Beiwagen. Sie trug ein schwarz-weiß gepunktetes Kleid, das die Scheuerings Betti auf der letzten Kirchweih anhatte, und einen alten burgunderroten Mantel meiner Mutter. Und Strümpfe, das weiß ich heute noch.

Einige Dorfbewohner hatten sich wieder versammelt, um die Abfahrt mitzuerleben. Damals betete ich noch. Das war noch vor der Konfirmation. Also flüsterte ich: »Lieber Gott, lass das Ding bitte anspringen. Und dass der Vater nicht hinunterfällt und alle mit ihm. Und überhaupt, dass wir nicht wieder alle wie die letzten Deppen dastehen.«

Es klappte. Der Roller sprang an, er saß furchtbar tief und fuhr furchtbar langsam, aber es klappte. Und als der Roller unten auf die Straße hinausfuhr und nach rechts abbog, sah ich, wie der Fahrtwind das Haar von Magda nach hinten wehte und wie ein kurzes Lächeln über ihr Gesicht huschte. Sie trug keine Zöpfe.

Und ich dachte, mein Gott, sie ist ja hübsch.

Magda kam nur noch einmal ins Dorf.

Dummerweise gehörte das Helmenreichhaus der Kirche. Das bedeutete, dass wir es in den nächsten Tagen ausmisten mussten.

»Mein *Gott*fried Schlohnhein! Das einzig Saubere hier ist die Robbern!«

»Du meinst die Schubkarre.« Eberhard schaute zu mir von dem undefinierbaren Klumpen Stoff hoch, den er in den Händen hielt. War es ein altes Kleid, ein Sack oder ein Vorhang? Ein Teppich? Eberhard verstand sich als Hüter des Hochdeutschen in unserer Familie, das ja an allen Fronten vom Fränkischen angegriffen wurde, und nun auch von mir.

»*Scheiben*kleister, ja! Na ja, der Fußboden geht auch noch.«

Eberhard sah mich an, als ob er mir am liebsten eine Schelle verpassen würde, aber ich hatte die Grenze dazu noch nicht überschritten. Ich legte Wert darauf, diese Grenze zu beachten, ich wusste natürlich genau, wo sie lag, ich tänzelte bis kurz davor heran, aber nie darüber hinaus.

Eigentlich wollte ich nicht dauernd anecken und nerven, aber irgendwie fiel mir diese Rolle in der Familie zu, es wurde von mir erwartet, ich musste es machen, alle anderen Rollen waren schon besetzt, als ich dazukam: Mein Vater war Gottes Vertreter auf Erden, Eberhard war meines Vaters Vertreter, wenn er nicht da war, der Zurechtweiser, Eckart war der Schlaue, Ewald der Liebe. Was blieb mir dann übrig?

Das einzig Gute an dem Haus war, dass es noch heruntergewirtschafteter war als unsers. Das verschaffte mir ein seltenes, wohliges Gefühl der Rechtschaffenheit. Ich wollte die Leute, die vorbeiliefen, als wir aufräumten, hereinholen und ihnen sagen: »Riecht, wie es stinkt. Seit Jahren nicht gelüftet. Schaut, wie modrig, feucht und schimmelig die Wände sind. Und die Betten, seit Jahren nicht frisch bezogen. Seht, wie die alten Blätter unter den Betten liegen. Und das muss mal eine Ratte gewesen sein, und das vielleicht eine Taube. Und jetzt geht mit in die Küche. Das glaubt ihr nicht, was da an Dreck ist, Ruß, tote Mäuse. Da ist doch unser Pfarrhaus aufgeräumt und sauber, oder?«

Es war aber auch tatsächlich auffallend, wie sauber die Schubkarre und der Boden im Wohnzimmer gegen das ganze andere Geschlamp wirkten.

Irgendwann war das Haus aufgeräumt, und es fanden sich neue Mieter. Mitte der Siebzigerjahre habe ich es gekauft, jahrelang renoviert und bewohne es nun mit meiner Frau.

Es ist ein Schmuckstück.

In den Sechzigerjahren schwand mein Glaube nach und nach. Ich hatte sowieso den Eindruck, er hatte immer mehr an Kraft verloren, je weiter er in unserer Familie nach unten versickert war, so wie die Vornamen mit »E«. Eberhard war so vom Glauben erfüllt, dass er Pfarrer werden wollte, für mich war nichts mehr übrig. Ich hatte schon lange aufgehört, den Predigten meines Vaters zuzuhören, ich machte andere Dinge, wie zu zählen, wie oft er »wiewohl« sagte oder den Mund wie ein Karpfen zusammenschnürte und seine Augen nach hinten rollte, sodass nur das Weiße zu sehen war. Aber an eine Predigt kann ich mich erinnern, also nicht an die ganze, sondern nur an das Ende, weil da die Gemeinde seltsam leise und aufmerksam geworden war. »Wenn wir das Glück haben, in einer Familie aufzuwachsen, in der dafür gesorgt wird, dass wir eine gesicherte Zukunft haben, dann sollten wir Gott dafür danken«, sagte gerade mein Vater, als ich anfing, aufzupassen. »Wenn wir das Glück haben, in einer Familie aufzuwachsen, in der man nicht täglich Angst vor Prügeln oder vor noch Schlimmerem haben muss, dann sollte man Gott dafür danken. Wenn man die geliebte Schwester retten will und dafür sich eine schwere Sünde aufbürden muss, ja muss, wer will da mit dem Finger auf einen zeigen? Wir wollen jetzt alle ins Gebet einschließen, die bisher im Dorf und im Leben außen vor standen.« Und er stimmte das Vaterunser an. Das Schlimmste war, und das hatte ich noch nie gesehen, dass mein Vater dabei Tränen in den Augen hatte.

Als ich um mich schaute, hatte ich das Gefühl, alle wussten, um was es ging, nur ich und meine Brüder nicht. Mein Vater ging dieses Mal auch nicht zur Tür und verabschiedete sich von den Besuchern, wie es der Brauch in den letzten Jahren geworden war.

Zufällig weiß ich auch genau das Datum. Es war ein Tag nach dem Endspiel der Fußballweltmeisterschaft 1966 im Wembley-Stadion in London. Wir hatten immer noch keinen Fernseher, und ich hatte das Spiel im Wirtshaus angeschaut und mich über das Wembley-Tor, das keins war, wahnsinnig aufgeregt und mein erstes Bier getrunken.

Ich will zum Ende dieser Geschichte kommen. Meine Mutter starb 1986 und mein Vater 1995. Er war schon lange im Ruhestand, durfte noch im Pfarrhaus wohnen und wurde von mir und meiner Frau gepflegt. Ich war schon lange im Dorf angekommen, da, wo ich sein wollte, ich liebe meine Frau natürlich, aber sie war auch die Tochter vom größten Bauern im Dorf, und ich hatte schließlich Landwirtschaft studiert. Die Liebe muss nicht immer vor unüberwindbaren Umständen stehen, finde ich, sie kann auch so mal auf fruchtbarem Feld gedeihen. Ich bin der einzige Eckhold, den es in Unterhembach gehalten hat, alle meine Brüder sind aus dem Dorf verschwunden, so schnell sie konnten, unsere Kinder wohnen auch woanders. Für mich war es gut, im Dorf anzukommen. Aber manche müssen den anderen Weg gehen. Manche müssen dem Dorf entkommen oder daran zugrunde gehen. Und manche wiederum, und das müssen nicht die Schlechtesten von uns sein, packen es weder so noch so.

Je älter man wird, umso öfter werden Beerdigungen Anlässe für Familientreffen, so auch das bevorstehende Begräbnis unseres Vaters. Interessant, wie schnell man dabei von altbekannten Familienmitgliedverhaltensmustern wieder genervt ist. Eberhard zum Beispiel nahm es gleich auf sich, Vaters Papiere durchzugehen, obwohl er seit Jahren nicht mehr in seinem Arbeitszimmer gewesen war, nur, weil er selber Pfarrer war. Wir anderen saßen im Wohnzimmer nebenan und unterhielten uns über alte Zeiten, über die Pauline und so weiter, und Eberhard erschien immer wieder und machte sich furchtbar wichtig. Er sagte dann Dinge wie: »Er hat die letzten Jahre einfach das Kirchenbuch als Gabenkasse benutzt!« und schaute uns an, als ob wir uns empören sollten. »Mensch, Eberhard«, sagte ich, »ist doch zwanzig Jahre her. Wen kümmert's?«

Dann hörten wir ihn wieder herumräumen und schimpfen, sodass wir uns nicht richtig unterhalten konnten. Als er wieder herauskam, hielt er einen Umschlag hoch, als ob er gerade ein Beweisstück für einen Mord gefunden hätte. »Wieso sind private Briefe bei den Kirchenein- und -austritten dabei?«

Wieder ich: »Mein *Gott*fried Schlohnheim, Eberhard, du trägst die ganze Ruhe hinaus.« Dann, weil er ihn mir vor die Nase hielt, erkannte ich den Absender auf der Rückseite, *Magda Helmenreich.* Ich nahm ihn Eberhard ab und drehte ihn um. Er war mit »Nürnberg, 28. Juli 1966« gestempelt.

»Wisst ihr noch, die Helmenreichs?«

»Lies ihn vor.«

Ich las ihn vor.

Sehr geehrter Herr Pfarrer Eckhold,
ich werde Ihnen und Ihrer Frau ewig dankbar sein für das, was Sie damals getan haben. Oder vielmehr für das, was Sie nicht getan haben. Sie wissen schon, was ich meine.

Ich muss Ihnen aber leider sagen, dass der Karli es nicht gepackt hat. Eine schwere Schuld hat er auf sich geladen damals, und er ist nicht damit fertiggeworden. Er hat's halt nicht ausgehalten, als der Vater mich anstelle von der Mutter holen wollte, damals in der Nacht, und da hat er mit dem Holzscheit zugeschlagen.

Er ist immer wieder aus dem Heim ausgerissen, wo Sie uns hingebracht haben, bis sie ihn dann endlich hinausgeschmissen haben. Ich wusste immer, wo ich ihn finden konnte, und zwar am Nürnberger Hauptbahnhof. Aber ich konnte ihm nicht helfen. »Für mich ist es zu spät, Magda«, hat er immer gesagt. »Hauptsach, dir geht's gut. Versprich mir, dass aus dir was wird. Dass das damals einen Sinn gehabt hat. Ich krieg halt die Bilder nimmer aus dem Kopf. Wie der Vater immer wieder aus dem Schubkarren gefallen ist und wie wir ihn immer wieder hineingeladen haben. Und dann denke ich, ich hätt's viel früher machen müssen, dann wär die Mutter noch am Leben.« Dann fing er meistens das Weinen an. Und trank. Daran ist er dann gestorben, Herr Pfarrer. Letzte Woche habe ich die Nachricht von der Bahnhofspolizei bekommen. Der Karli ist tot. Alkoholvergiftung.

Das wollte ich Ihnen sagen, Herr Pfarrer. Und dass es mir aber gut geht, das sollten Sie auch wissen. Ich werd's schaffen. Ich muss es schaffen. Für den Karli. Ich habe meinen Hauptschulabschluss gemacht und mache eine Ausbildung als Hauswirtschaftslehrerin. Stellen Sie sich das vor, Herr Pfarrer! Ich werde Lehrerin! Und ich habe einen lieben Freund. Das alles habe ich dem Karli zu verdanken. Und Ihnen, Herr Pfarrer. Dass Sie damals nichts gesagt haben. Und dass Sie mir die Schleife zurückgebracht haben. Und dass Sie gesagt haben, wir sollen die Robbern und den Boden saubermachen, damit keiner was merkt.

Wenn ich nie mehr nach Unterhembach komme, ist es mir egal, aber ich wollte Sie bitten, dass Sie Karli in Ihr Gebet miteinschließen, er hat kein leichtes Leben gehabt.

Hochachtungsvoll,
Ihre Magda Helmenreich

Irgendwie war es mir so, als ob ich es schon immer gewusst hätte. Und als ich meine Brüder anschaute, merkte ich, dass auch von ihnen keiner richtig überrascht war. Ich glaube, jeder von uns hatte die gleichen Bilder im Kopf: zwei verlorene Kinder, die bei Nacht und Regen ihren toten Vater durchs Dorf karrten, wie die Schubkarre immer wieder zur Seite umkippte und wie sie ihn immer wieder mühsam hineinzerrten.

Die Beerdigung meines Vaters war dann am nächsten Tag. Der Gesangsverein hatte sein Unvermögen wie einen Schatz gehütet, die Tenöre hatten's an ihre Söhne und die Soprane an ihre Töchter weitergegeben, und »'s is Feierabend« klang noch genauso grässlich wie in den Fünfzigerjahren.

Als dann alles vorbei war, schauten wir Brüder zu, wie die Trauergemeinde Blumen aus den bereitstehenden Schalen ins Grab warf. Fast gegen Schluss, als die Warteschlange sich im Auflösen befand, trat eine gutaussehende, sehr gepflegte Frau Mitte fünfzig heran. Sie hatte blondes Haar, trug teure schwarze Kleider und wurde begleitet von einem sympathisch wirkenden Mann mit einer Glatze. Sie ist nicht anschließend auf uns zugekommen, und ich hätte sie nicht erkannt, hätte sie nicht, statt Blumen, in ihre Handtasche gegriffen und eine abgewetzte rot-weiße Schleife ins Grab geworfen.

Claudia Blendinger

Leise tröpfelt das Blut

Siegerin des Publikums-Votings

So richtig gegruselt habe ich mich, soweit ich mich erinnern kann, nur einmal in meinem bisherigen Leben. Als Kind habe ich beim Walderdbeerensuchen ein verirrtes totes Reh im dichten Gestrüpp unseres verwahrlosten Nachbargrundstücks gefunden.

Ein fleischloses Rehskelett mit Rehschädel undefinierbarer Farbe, grau, grün. Widerlich, abstoßend, furchteinflößend, gruselig. Der Tod schleicht hinter unserem Gartenzaun, zumindest dort im Dickicht. Ich lass ihn nicht rein, ich geh nicht raus. Was war ich nur für ein schlaues, naives Kind.

Und jetzt stehe ich da und hechle, was das Zeug hält, vor einer Leiche, festgenagelt an der Innenseite der Holztür zur Moritzbergkapelle. Es ist der 24. Dezember, Heiligabend.

»Ja, haben denn die Leute an so einem Tag nichts Besseres zu tun, als Männer an Kirchentüren zu nageln?«, schießt es mir durch den Kopf.

Ich neige eigentlich nicht zu Übersprunghandlungen oder vielmehr -gedanken. Aber solche Präsente auf meinem Gabentisch bin ich nun mal nicht gewohnt.

110, oder war es 112, was man da anrufen muss, um dergleichen Geschenke öffentlich anzuzeigen?

Zuvor schieße ich allerdings noch ein paar Fotos mit meiner Canon vom Ort und Gegenstand des Grauens. Schließlich bin ich Profi, na ja, eher Semiprofi. Zumindest einmal im Monat bekomme ich einen kleinen Auftrag vom *Neumarkter Echo*. Dann schicken die mich zu irgendeiner Veranstaltung zum Thema »Metropolregion Nürnberg«. Ich sitze dann viel zu früh in vorderster Reihe. Da ich auf einem Ohr fast taub bin, muss ich beizeiten dort sein, um ja alles haarklein mitzukriegen, und schieße ein paar aktuelle Bilder vom Preisträger, den Veranstaltern oder wem auch immer. Genau betrachtet reduziert sich mein Job auf »aktuelle« Bilder, dafür gibt es auch die meiste Kohle, mein Geschreibsel bringt weder Lob noch nennenswert Bares. Zumindest steht mein Name immer drunter. Bescheidenheit ist eine Zier ... und die erzkatholische, oberpfälzische Lokalredaktion baut auf meine.

»Schöne Impressionen von einem entzückenden Kleinod vor den Toren Nürnbergs« – so in etwa war mein heutiger Artikel angedacht gewesen.

»Was hamm S' zu melden? Wo solln wir hin? Sie erlaubn sich edz aber keinen Scherz mit uns? Hamm S' was getrunken?«, der diensthabende Beamte am anderen Ende meiner Handy-Verbindung.

»Bitte, ich weiß selbst, dass heute Heiligabend ist. Drum bin ich ja auf dem Moritzberg. In einer guten Stunde beginnt die Mitternachtsmette. Ich werde mich bis zu Ihrem Eintreffen vor der Kapelle positionieren und keinen reinlassen. Und wenn S' die Güte hätten, dann machen S' schnell. Ich bin hier oben ganz allein.«

»Also kein Scherz!«, der Diensthabende resigniert. »Hamm S' was angfasst?«

»Nö«, von mir, viel zu schnell. Anfassen, Gott bewahre, ich habe lediglich meinen Handschuh ausgezogen, um dem Toten, ohne ihn zu berühren selbstverständlich, zur Sicherheit die Hand vor die Nase zu halten. Aber so tot wie der ausschaute, kam nicht mal mehr der leiseste Atemhauch. Festgenagelt wie Jesus Christus, allerdings an Weihnachten und nicht zu Ostern, hatte er seine Seele auf nahezu unbarmherzig-groteske Art und Weise ausgehaucht. Ich bekreuzige mich vor seinem Angesicht und sende ihm »Der Herr sei deiner Seele gnädig« nach.

Das Licht in der Kapelle lasse ich brennen, ziehe die verdammt schwere Tür hinter mir so behutsam wie möglich ins Schloss und warte auf die Staatsgewalt aus Nürnberg.

Draußen stecken ein paar Fackeln im Schnee. Heimelige Illumination für die späten Kirchgänger. Ich zünde sie an und mir eine Zigarette. Die Heilige Nacht wird ein bisschen heller, das Grauen hängt inwendig an der geschlossenen Kirchentür. Hoffentlich kann meine Canon mit diesen sparsamen Lichtverhältnissen hier draußen etwas anfangen. Müßig zu erwähnen, dass ich auch auf dem Gebiet der Nachtaufnahmen ein blutiger Amateur bin. Fast hätten meine Beine nun doch nachgegeben. Krampfhaft halte ich mich an meiner Zigarette fest, ziehen, inhalieren, den Rauch ausstoßen. Normalität im Anormalen. Nie habe ich eine Zigarette dringender gebraucht als in eben jenem Moment.

Unten vom Tal her jugendliches Lachen. Die Wirtschaft gleich links der Kapelle hat natürlich geschlossen. Nach einer Weile die ersten zuckenden Strahlen von Taschenlampen.

»Frohes Fest«, die herannahende Jugend. Frische, rosige Gesichter draußen, ein aschfahles drinnen. Vier Jungs und zwei Mädchen, die Gitarrenkoffer schaukeln munter auf ihren Rücken.

»Wird wohl nichts werden mit der Heiligen Nacht. Fällt heuer aus.« Ich will nicht mit der Tür ins Haus fallen und die der Kapelle auf Teufel komm raus geschlossen halten.

»Wie sind Sie denn drauf?«, eines der Mädchen spitz.

»Schlecht, denn dort drin befindet sich ein Mordopfer. Die Polizei ist bereits alarmiert, die müssten gleich da sein, und ich habe strikte Order, keinen hineinzulassen.«

»Echt?«, einer der Jungs, »krass!«, das Mädchen. »Das will ich sehen!«, ein anderer.

»Die Tür bleibt zu, weil drinnen ein toter Mann mit Zimmermannsnägeln dran festgetackert wurde.«

Nochmals »krass!«, diesmal das andere Mädchen.

Herannahende Polizeisirenen entbinden mich von weiteren Erklärungen an die schwer interessierte Jugend.

»Hier?«, ein drahtiger Beamter in Zivil. »Sie bleiben, wo S' sind!«, kurz und knapp. Artiges Nicken von mir. Keine zehn Pferde hätten mich mehr da reingebracht. Meine Bilder waren schließlich im Kasten, aktuell, brandaktuell.

»Scheiße!«, als er wieder ins Freie kommt. »Den Parkplatz unten abriegeln. Es kommt mir keiner rauf. Sagt, der Pfarrer ist krank oder was ihr wollt. Wo bleibt die Spusi? Der Doc?«, schnarrend ins Funkgerät.

»Sie haben angerufen«, eher eine Feststellung als eine Frage. »Ihre Personalien, bitte.«

»Otto Braun.«

»Wie?«

»Künstlername, eigentlich Ottilie Braun.« Augenbrauen hochziehen von ihm. Resigniertes Schulterzucken von mir. »Hab ich mir nicht ausgesucht, meine Patentante hieß so.«

»Adresse? Daten? Familienstand?«

»Verwitwet! Unschuldig«, füge ich noch schnell hinzu. Man kann ja nie wissen. »Und Sie?«

»Geschieden, schuldig«, und fast nebenbei: »Paul Breitner, und mein Patenonkel hieß anders.«

»Aha, Paul Anders.« Ich hatte schon immer einen messerscharfen Verstand.

Ein Blitzlicht zuckt auf. Ich hatte dem forschen Mädchen zuvor die Kamera in die Hand gedrückt. Und es hat brav meinen Auftrag erfüllt.

»Was soll das?«, ganz der Bulle.

»Fürs Album«, ich harmloser als harmlos. Gott sei Dank hat er mich nicht nach meinem Beruf, eher Minijob, gefragt. Ich hätte schwindeln müssen.

»Gesehen haben Sie wohl niemanden, als Sie hier ankamen? Irgendwas Verdächtiges aufgefallen?«

»Leider nein.«

»Gut, das wär's fürs Erste. Kommen Sie am 27. um acht bitte aufs Dezernat, Frau Braun. Wir brauchen Ihre Aussage schriftlich.«

Gemeinsam mit den Kids mache ich mich auf den Weg runter zum Parkplatz, während das eine um das andere Polizeiauto an uns vorbeibraust.

Die Schlussredaktion meiner Zeitung wird sich freuen, und wenn sie clever genug sind, werden sie die Titelseite komplett ändern.

Artig zehn vor acht sitze ich auf der Stuhlreihe vor Herrn Breitners Büro, die Tagesausgabe vom *Echo* ordentlich gefaltet auf dem Schoß. Ich bin, wie gesagt, immer pünktlich, wenn es um meine Arbeit geht.

»Die Braun sofort zu mir, wenn sie da ist«, lautstark von drinnen.

Zaghaft klopfe ich an.

»Ja, sind Sie denn komplett verrückt?«

»Guten Morgen«, freundlich entwaffnend von mir.

»Ach hörn S' mer auf!«, knurrig zurück. »Wozu hab ich Sie einbestellt? Steht eh alles in der Zeitung, was ich von Ihnen wissen will. Ich dachte, Sie sind Künstlerin und nicht Journalistin.«

Ein bisschen wachsen kann ich mit meinen zweiunddreißig Jahren immer noch. Journalistin, so hat mich noch keiner bezeichnet.

»Kann ich wissen, dass Sie noch nie einen Artikel von mir gelesen haben? Denn dann dürfte der Name Otto Braun nicht unbekannt sein.« Hui, versteh ich zu klappern, wenn's dem Ansehen dient. »Außerdem brauchen Sie sich nicht zu beschweren, Sie kommen recht gut rüber, trotz der minimalen Lichtverhältnisse gestern Nacht.«

»Sie meinen das Foto, wo ich Ihnen anscheinend kollegial die Hand schüttle? Frau Braun?«, resigniertes Stirnrunzeln, »was soll ich nur mit Ihnen anfangen?«

Graziös schlage ich meine nylonbestrumpften Beine übereinander. Herrn Breitners Blicke saugen sich förmlich fest.

»Otto, wenn Sie mögen.« Anderer Ort, andere Stelle, da würd Ihnen bestimmt was einfallen – was kann ich nur wieder witzig denken und gleichzeitig meine Knie zusammenpressen.

»Also gut, dass der Tote Ars Wulf heißt, wissen Sie und die ganze Nation bereits.«

»Stand zumindest im Personalausweis, den er in seiner Jackentasche trug, Deutscher, einundfünfzig Jahre alt und laut seiner Homepage Fachanwalt für Strafrecht.«

»Den Namen seines Mörders und dessen Motiv können Sie mir aber nicht nennen?«

»*Ihr* Job, ich mache nur den meinen, so gut es eben geht«, leicht indigniert zurück. Schließlich biete ich nicht jedem Bullen meinen Vornamen an. »Wie lange, sagten Sie, war er schon tot? Todesursache? Ich tippe mal auf Erwürgen, den Malen nach zu schließen. An die Kapellentür wurde er post mortem genagelt?«

»Erstens sagte ich gar nichts, und Ihre privaten Vermutungen entnehmen Sie bitte Ihrem eigenen Geschreibsel. Und sollte ich Sie je in der Gerichtsmedizin sehen, buchte ich Sie ein.«

»Vorhin konnte mir Herbert noch keine präzisen Angaben zu seinem Todeszeitpunkt machen, er meinte, in einer Stunde wäre er dann so weit. Wenn Sie also die Freundlichkeit hätten, mal Ihren Posteingang zu checken?«

»Herbert Gruber, ich zerreiß dich in der Luft. Woher in drei Teufels Namen kennen Sie unseren Pathologen, und sagen Sie jetzt nicht aus der Grundschule.«

»Salsa-Kurs, semiprofessionell«, so würdevoll es mir möglich war. Herbert war unzweifelhaft jünger als ich. Na und?

Wo liegt das Problem? Dunkelhaarig, schlank, ein bisschen schwerhörig, aber dafür kurzsichtig. Pah! Wofür gibt es Kontaktlinsen? So übel bin ich nun auch wieder nicht, gell, Herr Breitner.

»Nur damit wir uns richtig verstehen, Frau Braun. Ich schätze es ganz und gar nicht, wenn Sie sich in meine Ermittlungen einmischen.«

»Bitte, Sie sind der Boss.«

»Raus!«

»Meine Adresse haben Sie ja. Und wenn Sie noch etwas wissen möchten, ab achtzehn Uhr finden Sie mich in der Tanzschule Krebs, und anschließend esse ich im *Da Claudio.*«

Ob er meine indirekte Einladung annehmen würde?

»Raus!«, diesmal etwas weniger laut.

Auf meinem Nachhauseweg stöckle ich ganz zufällig an der Kanzlei des Herrn Dr. Wulf vorbei. Die von der Redaktion pochen schließlich immer auf aktuelle Bilder.

Das unauffällige Geschäftshaus in der Johannisstraße gibt von außen wenig her und ist von aktuell meilenweit entfernt. Da hatte sich seit mindestens dreißig Jahren nichts verändert.

Beherzt klingle ich. Prompt öffnet sich mit einem Summen die Tür. Aha, zweiter Stock rechts, das dezente Messingschild weist mir den Weg.

Eine unbenommen attraktive Sekretärin öffnet: »Wir haben geschlossen, ein plötzlicher Todesfall.«

»Ich weiß. Mein Name ist Ottilie Braun, ich komme von der Polizei.« Stimmt ja auch, auf direktem Weg, sozusagen. Ich lüge nur, wenn nötig. »Ich würde mich gern ein wenig mit Ihnen über Ihren Arbeitgeber unterhalten, was war er für ein Mensch, seine letzten Fälle?«

»Das hab ich doch hinlänglich Ihrem Chef erzählt, und jetzt darf ich hier allein die Stellung halten. Ich komm kaum noch weg vom Telefon.«

»Herr Breitner ist nicht mein Vorgesetzter.«

»Verstehe.«

Nicht die Bohne tut sie, und einen Ausweis will sie auch nicht sehen. Sie führt mich sogar in sein verwaistes Büro. Ich schieße ein paar Bilder von den Räumlichkeiten und eins von ihr, wie sie einen Aktenordner auf seinen Schreibtisch legt, sich mit dem Taschentuch ans Auge tippt. »Sehr schön, wenn Sie den Kopf nun leicht zu mir drehen. Nein, das Tüchlein stört überhaupt nicht. Würden Sie mich nun ein paar Minuten in seinem Zimmer allein lassen? Ich möchte mir gerne einen Eindruck von seinen letzten Fällen verschaffen. Erhielt er Drohungen, gab's unzufriedene Mandanten? Wie lange arbeiten Sie schon für ihn?«

Es stellt sich heraus, dass sie erst seit drei Monaten hier ist, und die paar Akten geben auch nichts Brisantes her. Drogendelikte, Nachbarschaftsstreitigkeiten, häusliche Gewalt, illegal eingeschleuste Prostituierte. Nichts, was einen derartig grausigen Tod rechtfertigt. Als Chef muss er ganz in Ordnung gewesen sein. Sie konnte sich nicht beschweren, und ihr Gehalt wurde pünktlich überwiesen. Einmal war sie mit ihm essen gegangen. Es hätte sich vielleicht etwas entwickeln können, da er offensichtlich ungebunden war und der holden Weiblichkeit nicht abgeneigt.

Nun gut, ich habe meine Bilder, und ein bisschen Text lässt sich auch problemlos zusammenschustern. Herr Breitner wird noch von mir lesen.

Herbert erscheint nicht zum Salsa-Kurs. War der mir etwa böse? Egal, ich lasse Peter auf meinen Füßen rumtrampeln, der ist Gartenarchitekt und vielleicht auch zu irgendwas nütze.

Mein leider zu früh verstorbener Ehemann hat mir ein kleines Vermögen hinterlassen, sodass ich ganz gut über die Runden komme und meine diversen Hobbys gründlich pflegen darf.

»Interessante Brille, macht verblüffend intelligent.«

»Guten Abend, Herr Breitner, schön, Sie zu sehen. Schicker Anzug, sehr vorteilhaft.« Auf die Wirkung meiner Beine ist offensichtlich immer noch Verlass, auch wenn seine Flirtversuche etwas ungelenk kommen.

Der Kellner bringt die Karte. »Ich nehme das Gleiche wie die Lady da.«

»Sehr wohl, der Herr.«

»Sie mögen Leber?«

»Ich kann Leber nicht ausstehen.«

»Na dann, bon appétit!«

Dass ich mir eigentlich Austern und anschließend ein kleines Steak bestellt hatte, würde er schon noch früh genug sehen.

»Der Gruber war heute Abend nicht da?«

»Nö!«

»Gut so, denn bis die Ermittlungen abgeschlossen sind, hat er strengstes Tanzverbot. Wer weiß, was Sie sonst noch alles aus ihm herausleiern?«

»Na besten Dank. Jetzt, wo's der Gruber langsam drauf hat, lassen Sie mich dem Peter hinterherhechten. Wissen Sie eigentlich, was der für eine Schrittlänge hat?«

»Sie werden's mir bestimmt gleich sagen. Zuhören kommt eindeutig billiger als ein Abo vom *Neumarkter Echo*, wo eh alles von Ihnen drinsteht.«

Contenance, Ottilie – zitiere ich insgeheim meine frühere Klavierlehrerin, um Herrn Breitner nicht auf der Stelle an den Kragen zu gehen.

»Na ja, allzu lange kann Herr Wulf nicht tot gewesen sein. Zumindest war die Leichenstarre noch nicht eingetreten. Und seine letzte Mahlzeit, seine allgemeine Verfassung, dürfte die öffentliche Meinung weniger interessieren. Seine Sekretärin meinte übrigens, dass ihr Chef sehr gesundheitsbewusst gelebt hat, Nichtraucher, Obst und Joghurt in der Mittagspause. Wohnhaft in Rockenbrunn, Kirchenvorstand, Single.

Also was hätt der Gruber da noch groß ausplaudern können, was ich nicht weiß?«

»Aha, bei der waren Sie also auch«, eher eine Feststellung als ein Vorwurf. »Und haben S' sonst noch was rausgefunden, was uns Deppen bei der Polizei weiterhelfen könnte?«

»Nichts, seine letzten Fälle waren auch nicht weiter spektakulär. Der übliche Kleinkram, den Lieschen Müller vor Gericht erwartet, da hat's ja Barbara Salesch spannender.«

»Fein gemacht, ein paar Minuten später, und Sie hätten Ihre Nase in nichts mehr reinstecken können. Mittlerweile sind alle Unterlagen unter Verschluss.«

Warum erfüllt sein Lob mich nicht mit Stolz?

»Trotzdem, eins würde mich dennoch brennend interessieren. Nicht, dass Sie mich davon überzeugt hätten, Unmögliches wahr zu machen. Aber wieso findet zwischen den Feiertagen ein Tanzkurs statt?«

»Schlussprobe vor unserem Auftritt.«

»Interessant, und wo soll der sein?«

Shit, das will ich ihm eigentlich gar nicht so genau sagen, könnt peinlich werden mit dem schrittgewaltigen Peter an meiner Seite. »Vorprogramm Silvesterball in der Röthenbacher Stadthalle, glaub kaum, dass Sie das kennen. Röthenbach an der Pegnitz«, wiegle ich ab.

»Klar, da bin ich aufgewachsen, da stamm ich her. Da ist selbst der Italiener ums Eck ein Türke, da hält man zusammen wie Pech und Schwefel, alle gegen einen.«

Meine Speisenauswahl scheint Herrn Breitner dann doch zu schmecken, und nach einer Flasche »gutem Roten« nennt er mich Otto, und ich sage kichernd Paul zu ihm.

Die Zeitung bringt meinen Bericht wieder in voller Länge. Wie erfreulich. Der rasende Reporter schätzt es nämlich ganz und gar nicht, wenn von der Redaktion eigenmächtig gekürzt wird. Zumindest ich sehe meine Artikel als Gesamtkunstwerke, auch wenn sie eigentlich keinen interessieren.

Nachmittags gegen vier Uhr mache ich mich auf den Weg zu Bertold Specht, dem Mandanten Wulfs mit den illegalen Prostituierten.

Den Berti kenne ich wirklich noch von der Schule, wir gingen damals auf das Leibniz-Gymnasium in Altdorf. Ich bis zum bitteren Ende, Berti hatte schon früher die Nase voll. Einen ordentlichen Beruf erlernt hat der meines bescheidenen Wissens nach nie. Berti war bereits als Schulbub mit allen Wassern gewaschen, seine steile Karriere führte schon damals auf direktem Weg nach unten. Aber er war kein schlechter Kerl, genau genommen hatten wir uns immer bestens verstanden.

Schummerlicht im angesagtesten diesbezüglichen Club der Stadt. Ein paar gelangweilte, übernächtigte Mädels vorm Tresen.

»Ist der Chef da?«

»Wer fragt?«, ein herziger Barmann unfreundlich, der Name Jacqueline prangt unübersehbar auf seinem tätowierten Oberarm.

»Sagen Sie einfach Otto Braun vom *Neumarkter Echo*. Ach was, lassen S' das Braun weg, der kennt mich nur unter Otto.«

Nachdenkliches Augenbrauenrunzeln bin ich gewohnt, wenn ich meinen Namen nenne, was Wunder, der Keeper ist da keine Ausnahme.

Nach einer Weile: »Zweite Tür dahinten links.«

Berti freut sich tatsächlich, mich zu sehen, er bietet mir gleich was »für die Nase« an. Ich nehme lieber ein stilles Wasser aus der Leitung, man hört ja so allerlei. Wir tauschen ein paar Erlebnisse aus unserer Schulzeit aus. So nach dem Motto: Kennst du den noch, was mag wohl aus dieser oder jenem geworden sein? Berti glänzt dabei mit Insiderwissen, vor allem von diesem und jenem, ich bin ganz Ohr.

»Da werd ich mir wohl einen neuen Anwalt suchen müssen. Schön blöd, so ein Tod, und das direkt an Weihnachten. Na ja, gibt eh keinen passenden Tag, an dem man gerne abdankt. Da ist eigentlich der eine so gut wie der andere.«

Berti war mir schon immer tiefgründig erschienen.

»Du meinst also, dass du nichts damit zu tun hast?«

»Ja spinnst edz, Otto? Mein Geschäft und meine Leidenschaft sind die Weiber, das solltest eigentlich wissen. Irgendwann ruinieren die mich noch.«

»*Ich* hab dir aber nicht dein Herz gebrochen, Berti, *du* hast mich doch ständig versetzt.«

»Na ja, aber fast. Weil halt nichts lief mit dir, musste ich mich, der blanken Not gehorchend, anderweitig umsehen. Aber ich hab oft dabei an dich gedacht«, frech grinsen konnte der Kerl schon immer.

»Wichser«, ich schiebe ihm meinen Artikel zu, »da les, damit du im Bilde bist.«

»Weißt schon, Otto, dass das sehr emotional rüberkommt. Man könnte fast meinen, du warst dabei«, nach einer Lesepause.

»Näher als ich konnte man doch gar nicht sein.«

»Nur sein Mörder, ist dir das schon mal in den Sinn gekommen? Du solltest vorsichtig sein.«

»Quatsch, ich erledige nur meinen Job.«

»Zumindest sperr deine Tür immer gut ab. Oder besser, ich leih dir Frank, einen meiner Türsteher. Der ist mir in der letzten Zeit eh etwas unaufmerksam geworden, eine kleine anderweitige Aufgabe würde ihn vielleicht wieder in die Spur bringen. Einkaufstüten hinterherschleppen, beim Frisör warten, sich den Arsch abfrieren, um deine Haustür im Blick zu haben, so als Abschreckungsmaßnahme, auch für die anderen.«

»Berti, ich kann ganz gut auf mich alleine aufpassen, und dein verträumter Nachtwächter sollte es vielleicht mal mit einer ordentlichen Mütze Schlaf versuchen, um wieder in die Gänge zu kommen, statt in der Freizeit die Mucki-Bude zum Beben zu bringen.«

»Musst du selber wissen, Otto, ist nur ein Vorschlag. Übrigens, hier in der Szene kennt man mich unter Klopfer. Also, wenn's mal brennt und du Hilfe brauchst, ruf nach Klopfer. Eine Hand wäscht zwar die andere auch nicht mehr, aber du rührst mein gutes Herz. Hab ich mir übrigens selbst zugelegt, du weißt schon, klopfen ... Specht und so.« Eine eindeutig ordinäre Geste unterstreicht sein herzliches Grinsen.

»Alles klar, Hase, ich kann's mir merken.«

»Miststück!« und eine dicke Umarmung begleiten mich in den lausig kalten Dezembernachmittag.

Ob wohl Dr. Ars Wulf freie Kost und, mal vorsichtig ausgedrückt, Logis bei ihm genossen hatte? Zumindest darf ich Berti zitieren. »Schlechte Publicity ist besser als keine, und schau zu, dass der Name *Come-in* drin auftaucht.« Okay, aber dessen Adresse in der Kaiserstraße würde ich nicht preisgeben.

In nur knapp fünf Tagen vom Aushilfsschreiberling zum Polizeireporter und jetzt zum Rechercheur in der Zwischenwelt, meine Karriere – unaufhaltsamer geht es kaum. Otto, du immer Hintendran, bist grandios.

Die Schlussredaktion wartet – Deadline.

Vor allem dem Gelegenheitsraucher gehen immer die Zigaretten aus. Klar, der Kühlschrank annähernd voll, aber die Schachtel gähnend leer. Was bin ich doch perfekt.

Winterjacke an, Stiefel auch, um sieben Uhr abends Frau Braun auf dem Weg zur nächsten Tankstelle. Zigarettennachschub, etwas kafkaesk, aber gemäß der Ereignisse irgendwie stimmig, find ich.

Warum ich mich verfolgt fühle? Berti eingedenk und meiner inneren Verunsicherung gemäß schließe ich ausnahmsweise meine Haustür ab.

Am Vortag hatte ich bei Patrizia Pepe in der Kaiserstraße ein Kleid im Schaufenster gesehen. Sogar ohne Kontaktlinsen konnte ich auf dem Preisschild bereits überdeutlich MEINS lesen. Dem schrittgewaltigen Peter, zur Not auch dem Breitner, würde die Luft im Halse stecken bleiben. Frau weiß: Es gibt auch ein Leben jenseits der Jeans. Here we are, here we go, cha-cha-cha oder so ähnlich.

Ich mache ein paar tänzelnde Schritte vor dem Kleiderspiegel und sehe neben meinem mir bekannten Konterfei Bertis Barmann im *Café Lukas* auf der gegenüberliegenden Straßenseite verschwinden. Mikrokosmos Nürnberg, doch irgendwo ein Kaff. Mei, was kenne ich Gott und die Welt, berufsförderlicher geht es kaum. Ich hauche meinem gespiegelten Angesicht ein Küsschen zu.

Den Nachmittag und gesamten Abend verbringe ich auf meinem Sofa. Nebenjob, nicht Hauptberuf wohlgemerkt. Die *Bildzeitung* ruft auch nicht an, um mich abzuwerben. Gut, ich hätte auch die *Frankfurter Allgemeine* genommen, nur um aus der Nummer mit der Metropolregion Nürnberg herauszukommen. Herr Breitner kräht auch nicht nach mir. Wie heißt es so schön: aus den Augen, aus dem Sinn. Sinn muss her, ich darf meine frisch erworbenen Drähte zur Polizei schon berufsbedingt nicht abreißen lassen.

»Guten Morgen, Paul. Otto hier, gibt's was Neues?«

»Wir tun unsere Arbeit, falls du da drauf hinauswillst«, nicht unfreundlich. »Um drei geben wir eine Presseerklärung ab, wenn's dich interessiert. Aber ich kann dir jetzt schon verraten, dass du nichts Neues erfährst.«

»Gut, das ist die offizielle Seite, verstehe, aber so unter der Hand? Quasi streng vertraulich, wir haben immerhin den Heiligen Abend zusammen ...«

»*Du* machst mich nicht zum Vollidioten.«

»Ich dachte nur ...« hat er nicht mehr mitbekommen. Dauertuten kommt aus meiner Leitung.

Klar werde ich auf der Konferenz erscheinen, allein schon wegen der aktuellen Bilder.

Ein Anruf bei Berti: »Sag mal, lässt du mich beschatten?«

»Du meinst Frank? Gefeuert!«

»Und dein Barkeeper?«

»Welcher?«

»Ich sprech von dem mit der gestichelten Jacqueline auf dem Bizeps.«

»Der Reiber? Tausend Watt in jedem Arm und oben kein Licht. Der feiert krank, während bei mir der Laden brummt.«

Wer ist krank? Rein automatisch zünde ich mir eine Zigarette an, meine Hände zittern. Ich muss meine Gedanken ordnen, strukturieren und ... dringend mit Wulfs Sekretärin telefonieren.

Nach der Pressekonferenz stecke ich Paul einen Zettel zu.

Pünktlich um drei viertel acht klingelt das bestellte Taxi. Meine Füße tragen mich verlässlich nur an Schaufenstern in der Fußgängerzone vorbei oder berufsbedingt auf den Moritzberg. Ansonsten bevorzuge ich meinen Mini oder heute vorsichtshalber ein Taxi.

Paul Breitner erwartet mich bereits im *Da Claudio.* »Was sollen deine kryptischen Worte: ›Showdown zwanzig Uhr, Otto‹?«

»Erst mal hab ich Hunger, und ja danke, das Kleid steht mir ausgezeichnet, und sehr nett von dir, dass du uns den Täter präsentierst.«

Paul guckt etwas irritiert, fängt sich aber schnell wieder.

»Du meinst also im Ernst, du hast ihn?« Anstoßen mit Mineralwasser, sanfter Schmelz in der Stimme, warmer Griff nach meiner Hand. »Na dann schieß mal los«, leider eine klitzekleine Spur zu gönnerhaft.

»Der Reiber war's. Es passt nahezu alles. Er arbeitet bei Bertold Specht hinter der Bar. Berti, alias Klopfer, hat ein

Ermittlungsverfahren wegen Illegaler in seinem Schuppen am Hals und Reiber eins von seiner Frau Jacdiequeline: Gewalt und Nötigung. Ich hab's recherchiert. Ars Wulf hat sowohl Reiber als auch Specht vertreten. Steht alles in seinen Akten. Herr Wulf, der beruflich im Milieu agiert, und, wie ich von Berti weiß, den Spitznamen ›Die Bibel‹ trägt, da er oft und gern daraus zitiert, war dem Reiber als Angestelltem im *Come-in* somit hinlänglich bekannt und vertrauenswürdig genug, um in eigener Sache auf dessen exzellenten, uneingeschränkten juristischen Beistand zu hoffen. Und jetzt kommt's: Der feine Anwalt übernimmt zwar die Verteidigung, lässt aber unseren armen Reiber, zu dessen Ärger, unverhältnismäßig lange in U-Haft schmoren, während er ungestört mit Frau Reiber ein kleines Techtelmechtel beginnt. Laut Wulfs Sekretärin ließ der Gute nämlich wenig bis nichts anbrennen. Und da er nur ein einziges Mal mit ihr, der Sekretärin, ausgegangen ist, vermutet diese, ganz weibliche Intuition, dass es rein objektiv eine Neue geben müsse. Und als jene unter anderen Umständen banale Fleurop-Rechnung über ihren Schreibtisch flattert, hat sie Namen und Adresse buchstäblich schwarz auf weiß. Diese, sagen wir mal, amouröse Beziehung muss nun dem Reiber fatalerweise zu Ohren gekommen sein. Na ja, und da er sich bekanntlich nicht immer ganz unter Kontrolle hat, ging Herrn Wulfs letztes Mandantengespräch leider äußerst nachteilig für beide Parteien aus.«

»Aber warum die Kirchentür?«

»Blasphemie, verquere Doppelmoral, oder wie auch immer du es nennen willst. Braver Kirchenvorstand, fromme Bibelsprüche klopfen und gleichzeitig die Frau des Mandanten vögeln – da hat's dem Reiber halt gereicht. Eifersucht! Altes, klassisches Motiv. Übrigens sitzt dein Mörder draußen in der roten Schrottkarre auf der anderen Straßenseite und beobachtet mich, seit ich bei Berti Specht aufgeschlagen bin. Und ganz ehrlich, Paul, ständig einen Mörder an der Hacke, irgendwann wird's lästig. Und ich Obergranate hatte mich dem Reiber nebst Profession auch noch persönlich vorgestellt. Kein Wunder, dass der mich verfolgt, um über meinen Informationsstand genauestens im Bilde zu sein.«

»Otto!«, dass es fast das halbe Lokal hört.

Dann hektisches Telefonieren.

Kurz darauf zerren zwei Streifenwagenbesatzungen einen völlig überraschten Herrn Reiber aus seinem Auto, während ich ein paar aktuelle Bilder schieße.

»Deinen Espresso kannst auch auf dem Dezernat trinken. Ich will morgen schließlich die Wahrheit in der Zeitung lesen.«

»Aye, aye, du bist der Boss.«

Dank

Der *ars vivendi verlag* bedankt sich sehr herzlich: bei den Teilnehmern am Wettbewerb um den 1. Fränkischen Krimipreis für die vielen spannenden Beiträge, bei der Jury für ihren großen Einsatz und bei den *Nürnberger Nachrichten* für die gute Zusammenarbeit.

Die Autoren

Ewald Arenz,
geboren 1965 in Nürnberg, wurde für sein literarisches Werk unter anderem mit dem Bayerischen Staatsförderpreis ausgezeichnet. Im *ars vivendi verlag* erschienen bisher seine erfolgreichen Romane *Der Teezauberer* (2002), *Die Erfindung des Gustav Lichtenberg* (2004), *Der Duft von Schokolade* (2007), *Ehrlich & Söhne* (2009), der historische Kriminalroman *Das Diamantenmädchen* (2011) sowie mehrere Bände mit humorvollen Kurzgeschichten. Nähere Infos auf www.ewald-arenz.de

Jan Beinßen,
1965 in Stadthagen geboren, arbeitet als Journalist und Autor in Nürnberg, wo er auch mit seiner Familie lebt. 1997 erschien sein Debütroman *Zwei Frauen gegen die Zeit*. Nach weiteren Publikationen eröffnete 2005 Dürers Mätresse im *ars vivendi verlag* die erfolgreiche Krimireihe rund um Paul Flemming. Es folgten 2006 *Sieben Zentimeter*, 2007 *Hausers Bruder*, 2008 *Die Meisterdiebe von Nürnberg*, 2009 *Herz aus Stahl* und 2010 *Das Phantom im Opernhaus*. Im Frühjahr 2012 ermittelt der Nürnberger Fotograf in seinem siebten Fall *Die Paten vom Knoblauchsland*. Nähere Infos auf www.janbeinssen.de

Claudia Blendinger
wurde 1959 in Feucht geboren. Sie hat drei erwachsene Kinder und lebt in Altdorf. Nach dem Abitur am Leibniz-Gymnasium in Altdorf arbeitete sie viele Jahre in einer Firma, die Natursteine bearbeitet – zunächst als Sekretärin der Geschäftsleitung und von 2003 bis 2009 als Leiterin einer Verkaufsfiliale in Nürnberg. Ihr Wettbewerbsbeitrag für den 1. Fränkischen Krimipreis, *Leise tröpfelt das Blut*, ging als Sieger aus dem Online-Voting hervor und wurde damit zum Publikumsliebling gekürt.

Veit Bronnenmeyer,
1973 in Kulmbach geboren und in Lauf aufgewachsen, absolvierte eine Ausbildung zum Schreiner und studierte Soziale Arbeit in Bamberg. Derzeit ist er als Projektmanager im Schul- und Bildungsreferat der Stadt Fürth tätig und schreibt regelmäßig für die *Fürther Freiheit*, eine literarische Rubrik der *Fürther Nachrichten*. 2009 erhielt der Autor den Agatha-Christie-Krimipreis für seinen Kurzkrimi Eigenbemühungen. Beim *ars vivendi verlag* erschienen bisher seine Kriminalromane *Russische Seelen* (2005), *Zerfall* (2007), *Stadtgrenze* (2009) und *Gesünder sterben* (2012) mit dem Ermittlerduo Albach und Müller. Nähere Infos auf www.veit-bronnenmeyer.de

Brigitte Bühler,
in Köln geboren, lebt seit 2005 in Boston, MA (USA). Sie ist promovierte Ethnologin und derzeit als freischaffende Autorin und Dozentin für deutsche Sprache und Literatur am Goethe-Institut tätig. Seit 2011 ist sie Mitglied des P.E.N. Zentrums deutschsprachiger Autoren im Ausland. Ihr erster Kriminalroman *Tod in Bayreuth* erschien 2011.

Natascha Engel,
geboren 1970, wuchs im fränkischen Steigerwald auf und lebt in der Nähe von Nürnberg. Auch nach dem Studium der Sprach- und Literaturwissenschaft ist Sprache ihre Passion geblieben, sei es nun als leidenschaftliche (Krimi-)Leserin, bei der Arbeit als Lektorin und Werbetexterin oder beim Verfassen wissenschaftlicher wie literarischer Texte.

Sabine Fink,
geboren 1969 in Dortmund, lebte in Köln, Braunschweig und Hongkong. Die gelernte Informatikerin war einige Jahre in der Erwachsenenbildung tätig. Heute unterrichtet sie Kinder und arbeitet als freie Autorin in Mittelfranken. Neben einigen

Kurzgeschichten erschien im Jahr 2011 ihr erster Erlangen-Krimi *Kainszeichen*, weitere sind in Arbeit.

Peter Freudenberger

wurde 1960 in Aschaffenburg geboren, wo er heute auch mit seiner Frau und seinen drei Kindern lebt. 1988 wurde er Redaktionsleiter bei der Tageszeitung *Main-Echo* in der Außenstelle Miltenberg, 1997 Redaktionsleiter in Aschaffenburg. Seit dem Jahr 2007 ist er dort als leitender Redakteur beschäftigt.

Sein Kriminalroman *Stiller und die Tote im Bus* erschien 2008, gefolgt von *Stiller und die Finsternis* im Jahr 2009 und *Stiller und der Gartenzwerg* im Frühjahr 2012.

Tommie Goerz,

Jahrgang 1954, heißt im richtigen Leben Dr. Marius Kliesch. Er studierte Soziologie, Philosophie und Politische Wissenschaften, arbeitete 20 Jahre als Texter und Konzeptor bei einem der größten Agenturnetzwerke der Welt, hatte einen Lehrauftrag für Text und Konzeption an der Georg-Simon-Ohm-Universität Nürnberg und war in einer Unternehmensberatung tätig. Heute ist er Inhaber einer kleinen Agentur. Er gewann unter anderem den Bronzenen Löwen in Cannes (2007).

2010 erschien bei *ars vivendi* sein erster Kriminalroman *Schafkopf*. Auch im zweiten Band *Dunkles* (Frühjahr 2011) und dem dritten Fall *Leergut* (Herbst 2011) ermittelt wieder der Nürnberger Kommissar Friedo Behütuns. Der vierte Band *Auszeit* folgt im Herbst 2012. Nähere Infos auf www.tommie-goerz.de

Anne Hassel

lebt als freie Autorin in Miltenberg. Sie schrieb viele Jahre lang Kindergeschichten für Zeitungen und Verlage. Veröffentlicht wurden zwei Kinderbilderbücher und zwei Märchenbücher.

Neben Beiträgen in Sammelbänden erschien 2004 ihr erster Kriminalroman *Grüningers Tod*. Anne Hassel ist außerdem

Mitherausgeberin von vier Krimianthologien, Mitglied bei den Mörderischen Schwestern, im Syndikat und im AutorenVerband Franken.

Thomas Kastura,

geboren 1966, lebt mit seiner Frau und seinen beiden Töchtern in Bamberg, studierte Germanistik und Geschichte und arbeitet heute als Autor für den *Bayerischen Rundfunk*.
Seit 1998 veröffentlichte er zahlreiche Erzählungen, Jugendbücher und Kriminalromane, unter anderem *Der vierte Mörder* (2006; Platz 1 auf der KrimiWelt-Bestenliste) und zuletzt *Das geheime Kind* (2010), der dritte Band in der Reihe um Kommissar Klemens Raupach. Thomas Kastura ist außerdem Herausgeber der Krimianthologie *Tatort Garten* (2012, *ars vivendi*). Im Herbst 2012 erscheint bei *ars vivendi* ein Sammelband mit seinen Brandeisen & Küps-Geschichten.
Nähere Infos auf www.thomaskastura.de

Christian Klier,

1970 in Nürnberg geboren, lebte an verschiedenen Orten in Deutschland und in Frankreich. Nach einem Sprachenstudium ist er heute als Autor und Lehrer in Nürnberg tätig. Im Jahr 2010 erschien sein erster Kriminalroman *Klotz, der Tod und das Absurde*, im Frühjahr 2012 folgte *Klotz und der unbegabte Mörder*. Nähere Infos auf www.christian-klier.de

Tessa Korber

ist freie Autorin und wurde mit ihren historischen Romanen bekannt, schrieb aber auch sechs Stadtkrimis um die Nürnberger Kommissarin Jeannette Dürer. Bei *ars vivendi* erschienen bisher der Band *Das Leben ist mörderisch* mit zehn Kurzkrimis (2010) sowie ihr historischer Kriminalroman *Todesfalter* um Maria Sibylla Merian (2011).
Tessa Korber studierte Literatur und Geschichte, arbeitete als Buchhändlerin, Stadtführerin und Werbetexterin im

Großraum Nürnberg und lebt heute mit ihrer Familie in der Nähe von Erlangen. Sie ist Trägerin des Forchheimer Kulturpreises 2010. Nähere Infos auf www.tessa-korber.de

Dirk Kruse,

1964 in Geesthacht geboren, wuchs in Schleswig-Holstein auf. Nach einer Krankenpflegeausbildung studierte er in Erlangen Politikwissenschaft, Germanistik und Theaterwissenschaft. Seit 1995 arbeitet er als Literatur- und Theaterkritiker, Nachrichtenreporter und BR Klassik-Moderator für den *Bayerischen Rundfunk* in Nürnberg sowie als Rezitator und freier Moderator. Außerdem ist er Dozent für Literatur an der Hochschule Ansbach und Künstlerischer Leiter des Fränkischen Krimifestivals in Weißenburg.
Bei *ars vivendi* erschien 2008 mit *Tod im Augustinerhof* der erste Fall von Frank Beaufort, auf den 2009 mit *Requiem* der zweite folgte. Im Herbst 2012 ermittelt der fränkische Gentleman-Detektiv wieder: in *Tod im Botanischen Garten.* Nähere Infos auf www.dirkkruse.com

Killen McNeill

stammt aus Nordirland und wurde 1953 in Kilrea geboren. Er studierte Germanistik, war in den Jahren 1973/74 Austauschstudent in Erlangen und zog 1975 nach Franken. Seit 1976 arbeitet er als Fachlehrer für Englisch an der Haupt- bzw. Mittelschule Scheinfeld. Er ist verheiratet und lebt in Unterlaimbach.
Für den fränkischen Dialekt interessiert er sich seit seiner Studentenzeit, tritt im fränkischen Kabaretttrio *McNeills & Winkler* sowie in der fünfköpfigen fränkischen Band *Nauswärts* auf. 2002 erschien sein Roman *Trains & Boats & Planes* in englischer Originalfassung und deutscher Übersetzung (*Damals in Irland*). Da die Stoffe, die ihn inzwischen beschäftigen, deutsch-fränkischer Natur sind, beschloss er, auf Deutsch zu schreiben. Seine Kriminalgeschichte *Pfarrers Kinder, Müllers Vieh* wurde

als Siegergeschichte der Jury im Wettbewerb um den 1. Fränkischen Krimipreis ausgezeichnet.

Stefanie Mohr,

Jahrgang 1972, gelangte über ein Jurastudium in Erlangen und die Arbeit in einer Kanzlei schließlich zu den Sprachwissenschaften. Heute lebt sie als freiberufliche Fotografin und Autorin in Nürnberg. Seit 2005 hat sie mehrere Kriminalromane veröffentlicht, unter anderem *Die dunkle Seite des Sommers* (2010) und *Frauentormauer* (2011). Zuletzt erschien bei *ars vivendi* ihr Roman *Frühstück mit einer Fotografin.* Nähere Infos auf www.stefanie-mohr.de

Josef Rauch,

geboren 1968 in Eichstätt, studierte in Nürnberg und absolvierte eine Ausbildung in Fürth. Er wohnt mit Frau und Sohn im Landkreis Fürth und arbeitet im Klinikum Fürth. Josef Rauchs literarische Vorliebe gilt dem Privatdetektivroman.
Sein eigener Schnüffler Philipp Marlein ist bisher in drei Romanen aufgetreten: in *Der Fall Urbas* (2007), in *Rickeracke – Ein Max-und-Moritz-Krimi* (2008) und im neuen Fürth-Krimi *Der tiefe Fall* (2011), in dem der Autor wieder auf den literarischen Spuren von Raymond Chandler und Jakob Wassermann wandelt.

Friederike Schmöe

wurde 1967 in Coburg geboren. Nach dem Studium der Germanistik und Romanistik promovierte und habilitierte sie sich. Neben ihrer Tätigkeit als Dozentin für Linguistik an den Universitäten in Bamberg und Saarbrücken schreibt sie seit 2000 Kriminalromane und Krimikurzgeschichten. Außerdem gibt sie Kreativitätskurse für Kinder und Erwachsene im In- und Ausland und veranstaltet Literaturevents, auf denen sie in Begleitung von Musikern aus ihren Werken liest. Außer an der Krimireihe um die Bamberger Privatdetektivin Katinka

Palfy arbeitet sie derzeit an einer Krimiserie um die Münchner Ghostwriterin Kea Laverde. Der 2009 erschienene erste Band wurde von *Brigitte* unter den »besten Taschenbüchern für den Urlaub« empfohlen.
Nähere Infos auf www.friederikeschmoee.de

Blanka Stipetić,
1967 im ehemaligen Jugoslawien geboren, wuchs in der Nähe von Stuttgart auf. Sie studierte Slawistik und Politik in Würzburg und war lange Zeit in der Erwachsenenbildung tätig.
Seit 2007 lebt sie mit ihrer Familie in Berlin und arbeitet als freie Autorin und Literaturübersetzerin. Sie ist Mitglied der Gruppe so-uebersetzen.net.
Gemeinsam mit Roman Rausch schrieb sie den Kommissar-Kilian-Krimi *Der Bastard* (2007). Unter dem Pseudonym Mila Wolf erschien außerdem im August 2010 ihr Roman *Schandfleck*.

Elmar Tannert,
1964 in München geboren, absolvierte ein Studium der Musikwissenschaft und Romanistik. Von 1991 bis 2003 war er in verschiedenen Berufen tätig, beispielsweise als Datentypist, Zeitungsverkäufer, Postbote und Tankwart. Ab 1994 erfolgten erste Veröffentlichungen seiner Kurzgeschichten. Seit 2003 arbeitet er als freier Schriftsteller sowie unter anderem beim *Bayerischen Rundfunk* und der *Abendzeitung Nürnberg*. 1999 erhielt er den Kulturförderpreis der Stadt Nürnberg wie auch des Freistaats Bayern und 2001 den Kulturförderpreis des Bezirks Mittelfranken.
Bei *ars vivendi* erschienen von ihm *Der Stadtvermesser* (1998), *Keine Nacht, kein Ort* (2002), *Ausgeliefert* (2005) und die beiden gemeinsam mit Petra Nacke verfassten Kriminalromane *Rache, Engel!* (2008) und *Blaulicht* (2010). Im Frühjahr 2012 erscheint der Roman *Der Mittagsmörder* aus der Feder des Autorenduos. Nähere Infos auf www.elmar-tannert.de

Originalausgabe

1. Auflage April 2012

www.arsvivendi.com

Lektorat: Dr. Felicitas Igel
Umschlaggestaltung: ars vivendi verlag,
unter Verwendung einer Illustration von Silke Klemt
Druck: fgb, Freiburg
Printed in Germany

ISBN 978-3-86913-118-4

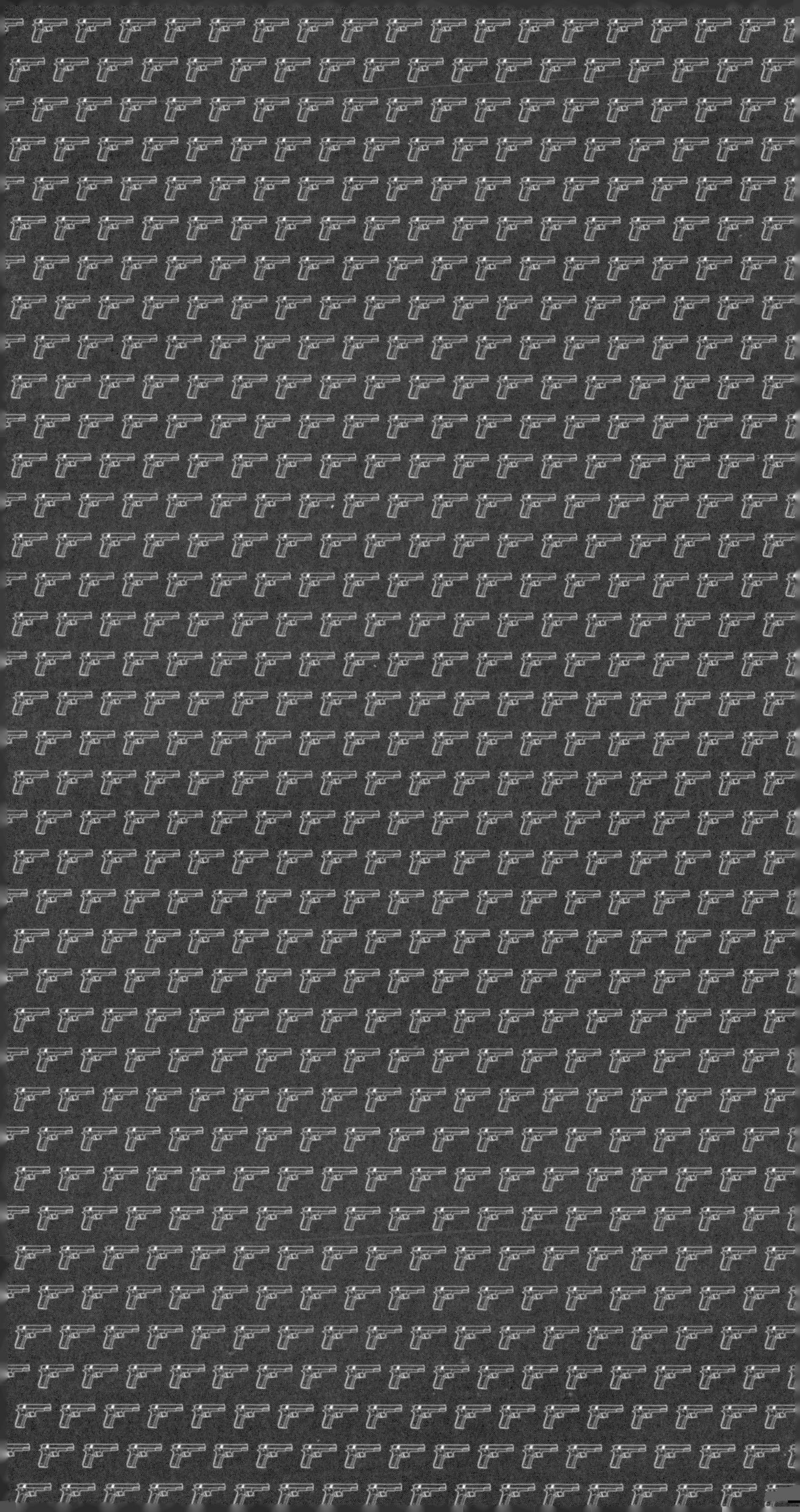

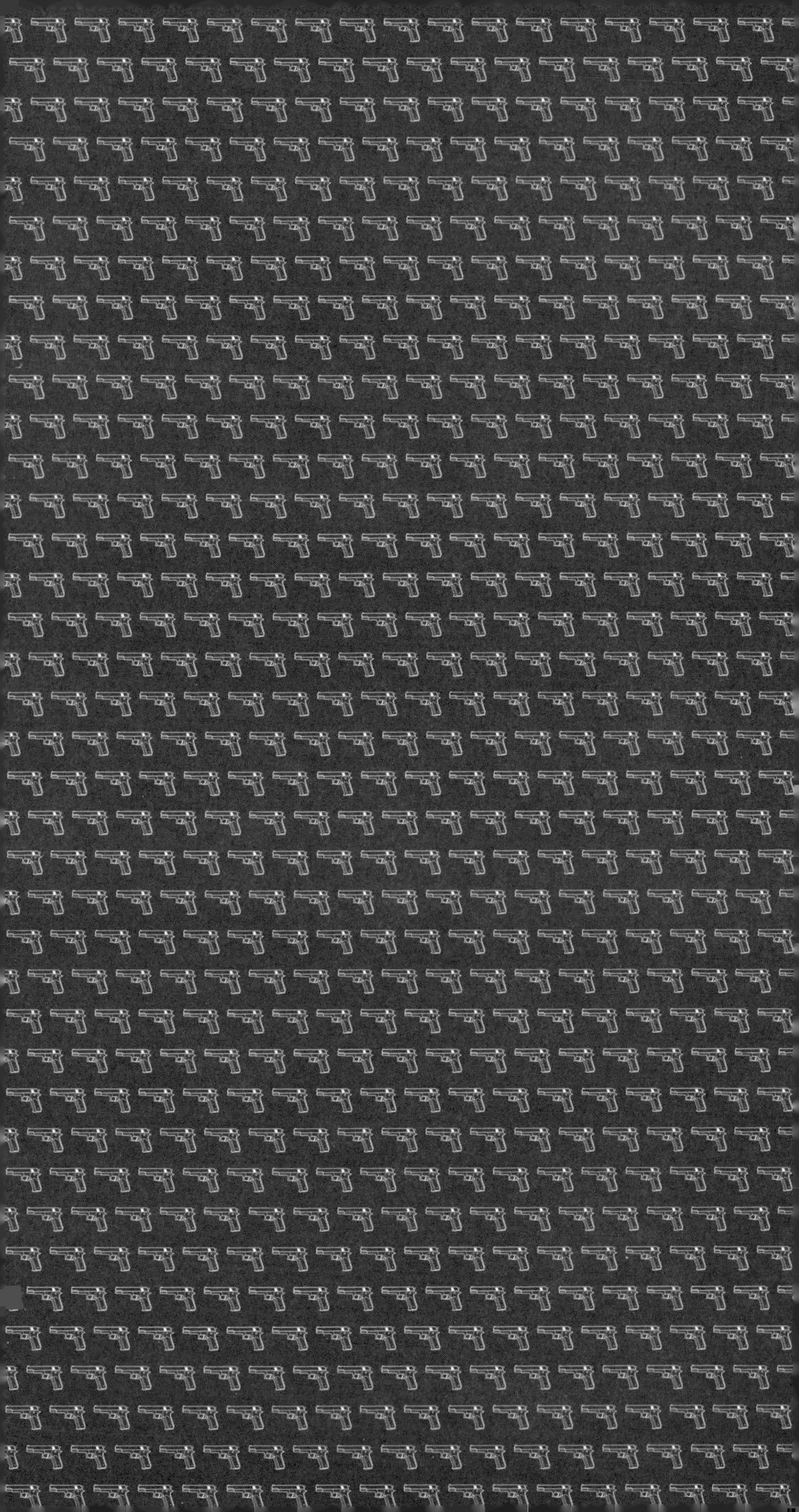